# शेखर : एक जीवनी

## पहला भाग

## उत्थान

D1882080

सच्चिदानन्द हीरानन्द वात्स्यायन 'अज्ञेय'

राजकमल पेपरबैक्स

**प्रकाशन वर्ष :** 1941

राजकमल पेपरबैक्स में
**पहला संस्करण :** 2015
**ग्यारहवाँ संस्करण :** 2025

© वत्सल निधि

**राजकमल पेपरबैक्स :** उत्कृष्ट साहित्य के जनसुलभ संस्करण

राजकमल प्रकाशन प्रा.लि.
1-बी, नेताजी सुभाष मार्ग, दरियागंज
नई दिल्ली-110 002
द्वारा प्रकाशित

**शाखाएँ :** अशोक राजपथ, साइंस कॉलेज के सामने, पटना-800 006
पहली मंजिल, दरबारी बिल्डिंग, महात्मा गांधी मार्ग, प्रयागराज-211 001
1, अनमोल सोराबजी सन्तुक लेन, धोबी तलाव, मरीन लाइंस, मुम्बई-400 002

वेबसाइट : www.rajkamalprakashan.com
ई-मेल : info@rajkamalprakashan.com

बी.के. ऑफसेट
नवीन शाहदरा, दिल्ली-110 032
द्वारा मुद्रित

**मूल्य :** ₹399

SHEKHAR : EK JEEVANI-1
*Novel by* Sachchidanand Hiranand Vatsyayan 'Ajneya'

ISBN : 978-81-267-2677-6

# सच्चिदानन्द हीरानन्द वात्स्यायन 'अज्ञेय'

सच्चिदानन्द हीरानन्द वात्स्यायन 'अज्ञेय' का जन्म 7 मार्च, 1911 को उत्तर प्रदेश के देवरिया ज़िले के कुशीनगर नामक ऐतिहासिक स्थान में हुआ। बचपन लखनऊ, कश्मीर, बिहार और मद्रास में बीता।

प्रारम्भिक शिक्षा-दीक्षा पिता की देखरेख में घर पर ही संस्कृत, फ़ारसी, अंग्रेज़ी और बांग्ला भाषा व साहित्य के अध्ययन के साथ। 1929 में बी.एससी. करने के बाद एम.ए. में उन्होंने अंग्रेज़ी विषय रखा; पर क्रान्तिकारी गतिविधियों में हिस्सा लेने के कारण पढ़ाई पूरी न हो सकी।

1930 से 1936 तक विभिन्न जेलों में रहे। 1936-37 में 'सैनिक' और 'विशाल भारत' नामक पत्रिकाओं का सम्पादन किया। 1943 से 1946 तक ब्रिटिश सेना में। इसके बाद इलाहाबाद से 'प्रतीक' नामक पत्रिका निकाली और ऑल इंडिया रेडियो की नौकरी स्वीकार की। देश-विदेश की यात्राएँ कीं। दिल्ली लौटे और 'दिनमान साप्ताहिक', 'नवभारत टाइम्स', अंग्रेज़ी पत्र 'वाक्' और 'एवरीमैंस' जैसे प्रसिद्ध पत्र-पत्रिकाओं का सम्पादन किया। 1980 में 'वत्सल निधि' की स्थापना की।

उनकी प्रमुख कृतियाँ हैं—'भग्नदूत', 'चिन्ता', 'इत्यलम्', 'हरी घास पर क्षण भर', 'बावरा अहेरी', 'इन्द्रधनु रौंदे हुए ये', 'अरी ओ करुणा प्रभामय', 'आँगन के पार द्वार', 'कितनी नावों में कितनी बार', 'क्योंकि मैं उसे जानता हूँ', 'सागर मुद्रा', 'पहले मैं सन्नाटा बुनता हूँ', 'महावृक्ष के नीचे', 'नदी की बाँक पर छाया', 'प्रिज़न डेज़ एंड अदर पोयम्स' (कविता-संग्रह); 'विपथगा', 'परम्परा', 'कोठरी की बात', 'शरणार्थी', 'जयदोल' (कहानी-संग्रह); 'शेखर : एक जीवनी' (प्रथम भाग और द्वितीय भाग), 'नदी के द्वीप', 'अपने-अपने अजनबी' (उपन्यास); 'अरे यायावर रहेगा याद?', 'एक बूँद सहसा उछली' (यात्रा-वृत्तान्त); 'सबरंग', 'त्रिशंकु', 'आत्मनेपद', 'हिन्दी साहित्य : एक आधुनिक परिदृश्य', 'आलवाल' (निबन्ध-संग्रह); 'त्रिशंकु', 'आत्मनेपद', 'भवन्ती', 'अद्यतन' (आलोचना); 'स्मृति लेखा' (संस्मरण); 'भवन्ती', 'अन्तरा' और 'शाश्वती' (डायरियाँ); 'संवत्सर' (विचार-गद्य); 'उत्तरप्रियदर्शी' (नाटक); 'तार सप्तक', 'दूसरा सप्तक', 'तीसरा सप्तक' (सम्पादित ग्रन्थ) के साथ कई अन्य पुस्तकों का सम्पादन।

उन्हें 1964 में 'आँगन के पार द्वार' के लिए 'साहित्य अकादेमी पुरस्कार' और 1979 में 'कितनी नावों में कितनी बार' के लिए 'ज्ञानपीठ पुरस्कार' से सम्मानित किया गया।

**निधन** : 4 अप्रैल, 1987

उन सबको
जिनके कारण 'शेखर' का निर्माण हुआ
और जो
मैं प्रार्थना करता हूँ, इसे कभी नहीं पढ़ेंगे।

# भूमिका

वेदना में एक शक्ति है जो दृष्टि देती है। जो यातना में है, वह द्रष्टा हो सकता है।

'शेखर : एक जीवनी', जो मेरे दस वर्ष के परिश्रम का फल है—दस वर्षों में अभी कुछ देर है, लेकिन 'जीवनी' भी तो अभी पूरी नहीं हुई। घनीभूत वेदना की केवल एक रात में देखे हुए vision को शब्द-बद्ध करने का प्रयत्न है।

आप इसे शेखी समझ सकते हैं। मेरे कहने का यह अभिप्राय नहीं है कि इतना बड़ा पोथा मैंने एक रात में गढ़ डाला। नहीं, आप मेरे एक शब्द को फिर ध्यान से पढ़िए—'शेखर' घनीभूत वेदना की केवल एक रात में देखे हुए vision को शब्द-बद्ध करने का प्रयत्न है।

सम्भव है, आप जानना चाहें वह रात कैसी थी। किन्तु निजी बातों का वर्णन शक्य नहीं होता, न उसका आपके लिए कोई प्रयोजन ही है। आपके लिए तो उसका यही वर्णन और यही महत्त्व हो सकता है कि उसमें मैंने यह vision देखा था। वह रात मुझे उपलब्ध कैसे हुई, इसके सम्बन्ध में इतना बता सकता हूँ कि जब आधी रात को डाकुओं की तरह आकर पुलिस मुझे बन्दी बना ले गई और उसके तत्काल बाद पुलिस के उच्च अधिकारियों से मेरी बातचीत, फिर कहासुनी और फिर थोड़ी-सी मारपीट भी हो गई, तब मुझे ऐसा दीखने लगा कि मेरे जीवन की इति शीघ्र होने वाली है। फाँसी का पात्र मैं अपने को नहीं समझता था, न अब समझता हूँ, लेकिन उस समय की परिस्थिति और अपनी मन:स्थिति के कारण यह मुझे असम्भव नहीं लगा। बल्कि मुझे दृढ़ विश्वास हो गया कि यही भवितव्य मेरे सामने है। ऊपर मैंने कहा कि घोर यातना व्यक्ति को द्रष्टा बना देती है, यहाँ यह भी कहूँ कि घोर निराशा उसे अनासक्त बनाकर द्रष्टा होने के लिए तैयार करती है। मेरी स्थिति मानो भावानुभावों के घेरे से बाहर निकलकर एक समस्या-रूप में मेरे सामने आई—अगर यही मेरे

जीवन का अन्त है, तो उस जीवन का मोल क्या है, अर्थ क्या है, सिद्धि क्या है—व्यक्ति के लिए, समाज के लिए, मानव के लिए?...इस जिज्ञासा की अनासक्त निर्ममता के, और यातना की सर्वभेदी दृष्टि के आगे मेरा जीवन धीरे-धीरे खुलने लगा, एक निजू और अप्रासंगिक विसंगति के रूप में नहीं, एक घटना के रूप में, एक सामाजिक तथ्य के रूप में, और धीरे-धीरे कार्य-कारण परम्परा के सूत्र सुलझ-सुलझकर हाथ में आने लगे...

पौ फटने तक सारा चित्र बदल गया। अर्थ के बहुत से सूत्र मेरे हाथ में थे, लेकिन देह जैसे झर गई थी, धूल हो गई थी। थककर, किन्तु शान्ति पाकर मैं सो गया और दो-तीन दिन तक सोया रहा।

यही उस रात के बारे में कह सकता हूँ। उसके बाद महीना भर तक कुछ नहीं हुआ। एक मास बाद जब मैं लाहौर किले से अमृतसर जेल ले जाया गया, तब लेखन-सामग्री पाकर मैंने चार-पाँच दिन में उस रात में समझे हुए जीवन के अर्थ और उसकी तर्क संगति को लिख डाला। पेंसिल से लिखे हुए वे तीन-एक सौ पन्ने 'शेखर : एक जीवनी' की नींव हैं। उसके बाद नौ वर्ष से अधिक मैंने उस प्राण-दीप्ति को एक शरीर दे देने में लगाए हैं। उसी को शरीर देने के लिए, इसलिए कि वैसी 'तीव्रता' (intensity) केवल कल्पना के सहारे नहीं मिल सकती, वह जीवन में ही मिल जाए, तो कल्पना से उसे संयत ही किया जा सकता है, पूर्वापर का जामा ही पहनाया जा सकता है।

यदि आपने क्रान्तिकारियों के जीवन का कुछ भी अध्ययन किया होगा, तो आप पाएँगे कि अथक कार्यशील इन प्राणियों में उनके सारे कृतित्व के नीचे छिपी हुई एक कठोर नियति रहती है। क्रान्तिकारी अन्ततोगत्वा एक प्रकार के नियतिवादी होते हैं। लेकिन यह नियतिवाद उन्हें अक्षम और निकम्मा बनाने वाला कोरा भाग्यवाद नहीं होता, वह उन्हें अधिक निर्मम होकर कार्य करने की प्रेरणा देता है। इसमें वह गीता के कर्मयोग से एक सीढ़ी आगे होता है—क्योंकि यह कर्ता को निरा निमित्त नहीं बना देता। यदि यों कहा जाए, कि क्रान्तिकारी का नियतिवाद अटल निर्यात की स्वीकृति न होकर, जीवन की विज्ञान-संगत कार्य-कारण परम्परा पर गहरा (यद्यपि अस्पष्ट) विश्वास होता है तो शायद सच्चाई के निकट होगा। मेरा खयाल है कि आज के अधिकांश वैज्ञानिक भी कुछ इसी प्रकार के नियतिवादी हैं।

तो 'शेखर : एक जीवनी' के क्रान्तिकारी नायक ने अपने जीवन में इसी नियति के सूत्र को पहचानने का प्रयत्न किया है। क्योंकि उसे पहचान लेना ही जीवन को समझ लेना है, उसकी पूर्ति पा लेना है। ईश्वर जो करता है, अच्छा ही करता है, अतएव प्रत्येक घटना स्वयं अपनी सिद्धि है—यह भी एक मार्ग है, लेकिन इस तर्क-परम्परा को जो व्यक्ति स्वीकार नहीं कर सकता है उसके लिए जीवन को सह्य बनाने का दूसरा उपाय यही हो सकता है। इसीलिए आप पाएँगे कि 'जीवनी' के पहले भाग में शेखर अपने बाल्यकाल की छोटी-छोटी घटनाओं की भी जाँच कर रहा है। बाल्यकाल का अध्ययन स्वयं अपना महत्त्व रखता है, और विदेशों के कई कलाकारों ने बाल्यमन का अध्ययन और चित्रण किया है, लेकिन 'जीवनी' में यह अध्ययन साध्य नहीं है, वह केवल उन सूत्रों को खोजने का साधन है, जो होते हैं प्रत्येक जीवन में, किन्तु जिन्हें देखने की शक्ति सदा नहीं होती—वह तो तब मिलती है जब किसी घटना की चोट से जीवन दीप्त हो उठता है या तब जब यातना की तीव्रता से व्यक्ति ही सूक्ष्म-द्रष्टा बन जाता है...अपनी रचना के बारे में कुछ कहने का अधिकार मुझे नहीं है, लेकिन 'शेखर' का और अपना सम्बन्ध ध्यान में रखते हुए मुझे लगता है कि इसी में उसके जीवन की महानता और इसी में उसकी दीनता है। महानता इसलिए कि उसकी जिज्ञासा में लगन है, निष्ठा है, दीनता इसलिए कि इस तीव्रता के कारण ही वह कई जगह सच्चा शोधक न रहकर केवल हेतुवादी रह जाता है और उसका हेतुवाद (rationalisation) करुण और दयनीय जान पड़ने लगता है...*

तो संक्षेप में यही 'शेखर : एक जीवनी' की बुनियाद की कहानी है। आप कहेंगे कि यह तो एक vision नहीं, यह एक तर्क-प्रणाली है, एक फलसफा है। लेकिन मैं मानता हूँ कि फलसफा भी अन्ततः दृष्टि है, vision है और अपनी धारणा की पुष्टि के लिए फलसफे के हिन्दी नाम की शरण लेता हूँ—दर्शन।

---

* उपर्युक्त कथन के बाद यह कहने की तो आवश्यकता नहीं होनी चाहिए कि यद्यपि शेखर का जीवन-दर्शन सामान्यतया उसके लेखक का भी जीवन-दर्शन है, तथापि उसमें जहाँ-तहाँ शेखर जिन rationalisations या fallacies की शरण लेता है वे शेखर की ही हैं, उसके लेखक की नहीं। तर्क की ऐसी करुण भूलें सभी करते हैं, लेकिन एक कहानी के पात्र में जो त्रुटि है, ठीक वही त्रुटि उसके लेखक में भी है, यह मानना ग़लती है। यह यहाँ इसलिए कहना पड़ता है कि हिन्दी का पाठक ऐसी भूल प्रायः करता है और यह मैं अनुभव से जानता हूँ।

## [2]

क्या यह 'जीवन' आत्म-जीवनी है ? यह प्रश्न अवश्य पूछा जाएगा। बल्कि शायद पूछा भी नहीं जाएगा, क्योंकि पाठक पूर्व-धारणा बनाकर चलेगा। हिन्दी में जहाँ प्रत्येक कवि अपनी स्त्री को लक्ष्य करके लिखता है, जहाँ वियोग की कविता इतने भर से प्रमाणित मान ली जाती है कि उसे अमुकजी ने अपनी पत्नी के देहान्त के बाद लिखा है, वहाँ यह आशा करना व्यर्थ है कि 'शेखर' जो केवल एक जीवनी ही नहीं, एक व्यक्ति की अपने मुँह कही हुई जीवनी है, उसके लेखक की जीवनी नहीं मान ली जाएगी। मुझे याद है, तीन वर्ष पहले जब मेरी एक कविता 'द्वितीया' छपी थी, तब उसके कई एक पाठकों ने मुझे संवेदना के पत्र लिखे थे और एक ने यहाँ तक लिखा था कि 'मुझे आपसे पूरी सहानुभूति है, क्योंकि स्वयं उसी परिस्थिति में होने के कारण मैं आपकी अवस्था बखूबी समझ सकता हूँ।' पत्र के सम्पादक ने भी (यद्यपि कुछ मज़ाक में) पूछा था कि 'आपका पहला विवाह तो हुआ नहीं, दूसरी पत्नी से यह झगड़ा कैसा ?' ऐसे व्यक्तियों को यदि प्रमाण मिल जाए कि मैंने बिना एक भी विवाह हुए दूसरे विवाह की बात लिख दी है, तो वे समझेंगे कि उन्हें धोखा दिया गया है। यह कहते खेद होता है, किन्तु बात सच है कि आजकल का अधिकांश हिन्दी साहित्य और आलोचना एक भ्रान्त धारणा पर आश्रित है, कि आत्मघटित (आत्मानुभूति नहीं, क्योंकि अनुभूति बिना घटित के भी हो सकती है) का वर्णन ही सबसे बड़ी सफलता और सबसे बड़ी सच्चाई है। यह बात हिन्दी के कम लेखक समझते या मानते हैं कि कल्पना और अनुभूति-सामर्थ्य (Sensibility) के सहारे दूसरे के घटित में प्रवेश कर सकना और वैसा करते समय आत्मघटित की पूर्व-धारणाओं और संस्कारों को स्थगित कर सकना—objective हो सकना—ही लेखक की शक्ति का प्रमाण है। इसके विपरीत लेखकों में ऐसे अनेक मिल जाएँगे जो ऐसी अनुभूति (मैं फिर कहता हूँ कि आत्मघटित ही आत्मानुभूति नहीं होता पर घटित भी आत्मानुभूत हो सकता है यदि हममें सामर्थ्य है कि हम उसके प्रति खुले रह सकें) को परकीय, सेकंड-हैंड, अतएव घटिया और असत्य कहेंगे। ऐसे व्यक्तियों के लिए टी.एस. इलियट की उस उक्ति का कोई अर्थ नहीं होगा जो वास्तव में इसका एकमात्र उत्तर है : There is always a separation between the man who suffers and the artist who creates, and the greater the artist the greater the separation.

(भोगने वाली प्राणी और सृजन करने वाले कलाकार में सदा एक अन्तर रहता है और जितना बड़ा कलाकार होता है उतना ही भारी यह अन्तर होता है।)

लेकिन यह एक लम्बा विषयान्तर हो गया है और मुझे मानना पड़ेगा कि इलियट के कथनानुसार मैं बहुत बड़ा आर्टिस्ट हो सका हूँ। शेखर का एक भी पात्र नहीं है जो न्यूनाधिक मात्रा में एक संश्लिष्ट चरित्र (composite character) नहीं है, तथापि मेरी अनुभूति और मेरी वेदना शेखर को अभिसिंचित कर रही है और यह अभिसिंचन ऐसा है कि उससे यह कहकर छुटकारा नहीं पाया जा सकता कि अन्ततोगत्वा सभी गल्प साहित्य आत्मकथा-मूलक है, अपने ही जीवन का चित्रण नहीं तो प्रक्षेपण (Projection) है, अपने स्यात् की कहानी है। 'शेखर' में मेरापन कुछ अधिक है, इलियट का आदर्श (जिसकी महानता मैं मानता हूँ) मुझसे नहीं निभ सका है। शेखर निस्सन्देह एक व्यक्ति का अभिन्नतम निजी दस्तावेज (a record of personal suffering) है, यद्यपि वह साथ ही उस व्यक्ति के युग-संघर्ष का प्रतिबिम्ब भी है। इतना और ऐसा निजी वह नहीं है कि उसके दावे को आप 'एक आदमी की निजू बात' कहकर उड़ा सकें। मेरा आग्रह है कि उसमें मेरा समाज और मेरा युग बोलता है कि वह मेरे और शेखर के युग का प्रतीक है, लेकिन इतना सब होते हुए भी मैं जानता हूँ कि यदि इस उपन्यास का सूत्रपात दूसरी परिस्थिति में और दूसरे ढंग से (और शायद दूसरे अधिक समर्थ हाथों से!) हुआ होता तो इस भूमिका की आवश्यकता न रहती...और न ही इसकी सम्पूर्ण उपेक्षा करते हुए पाठक के यह कहने की गुंजाइश रहती कि शेखर में घटनाओं की तो बात ही क्या स्थान भी लेखक के देशाटन की परिचर्या से मेल खाते हैं (यद्यपि यह कहने के लिए लेखक को मेरे सम्बन्ध में विशेष रूप से जानकार होना पड़ता)।

इस अन्तिम साम्य के बारे में एक बात कह दूँ। शिशु-मानस के चित्रण की सच्चाई के लिए मैंने 'शेखर' के आरम्भ के खंडों में घटनास्थल अपने ही जीवन से चुने हैं, फिर क्रमशः बढ़ते हुए शेखर का जीवन और अनुभूति-क्षेत्र मेरे जीवन और अनुभूति-क्षेत्र से अलग चला गया है, यहाँ तक कि मैंने स्वयं अनुभव किया है कि मैं एक स्वतन्त्र व्यक्ति की प्रगति का दर्शक और इतिहासकार हूँ, उसके जीवन पर मेरा किसी तरह का भी वश नहीं रहा है। एक पात्र के स्रष्टा के लिए यह

कहना उचित है या नहीं, पात्र सचमुच ऐसा स्वतन्त्र अस्तित्व रख सकता है या नहीं, लेखक के हाथों की कठपुतली न रहकर स्वयं लेखक को बाध्य कर सकता है या नहीं—ऐसे गूढ़ प्रश्नों में जिनकी रुचि हो वे पिराँडेलो की साक्षी ले सकते हैं।

## [3]

'जीवनी' का सूत्रपात कैसे हुआ और उसे पाठक किस रोशनी में देखे, इसके बारे में मुझे जो निवेदन करना था वह मैं कर चुका। लेकिन शायद इसके बाद भी कुछ कहने को रह जाता है क्योंकि पाठक के सामने इस भूमिका के साथ जीवनी का एक भाग ही पहुँचेगा, दो बाक़ी रह जाएँगे।

'शेखर : एक जीवनी' तीन भागों में विभक्त है। तीनों भाग एक ही कथा-सूत्र में गुँथे होकर भी अलग-अलग भी प्राय: सम्पूर्ण हैं। कहा जा सकता है कि जीवनी वास्तव में तीन स्वतन्त्र उपन्यासों का अनुक्रम है। ऐसा न भी होता तब उन्हें अलग-अलग छापा जा सकता है, ऐसा होने पर तो विशेष सफ़ाई देने की ज़रूरत नहीं है। जो एक भाग पढ़ने के बाद दूसरा पढ़ना नहीं चाहेंगे, उनको यह सोचने की आवश्यकता नहीं कि उन्होंने अधूरी कहानी पर वक़्त बरबाद किया, ये एक को ही पूरा उपन्यास मान सकते हैं और उसी पर अपनी राय भी कायम कर सकते हैं, मैं पक्षपात की शिकायत नहीं करूँगा।

किन्तु जो पाठक पहला भाग पढ़ते हुए जानना चाहते हैं कि शेष भाग ये क्यों पढ़ें या उनके बारे में कैसी पूर्व-धारणा बनाकर चलें, उनके लिए कुछ निवेदन करना यहाँ अप्रासंगिक न होगा। अत: उन पाठकों के लिए मैं कहना चाहता हूँ कि अभिप्राय की—यदि उतना दम्भ कर सकूँ तो कहूँ कि सन्देश की—दृष्टि से शेखर के तीन भागों में एक एकान्तता है, क़ालीन के रंगबिरंगे बाने को जैसे मोटे और सख़्त बटे हुए सूत का एकरंगा ताना धारणा करता और सहता है उसी तरह जीवन के तीन भागों की रंगीन गाथा में मेरे अभिप्रेत, मेरे कथ्य का एक तन्तु है, जो एक है, अविभाज्य है, मेरी ओर से जीवन की आलोचना और जीवन का दर्शन है। 'जीवनी' को गढ़ते हुए मैंने कथावस्तु गढ़ने का यत्न किया है, इसलिए वह चाहे कैसी भी हो, उसे लेकर मैं पाठक के आगे प्रार्थी के रूप में तो आ सकता नहीं, पर इतना कहूँगा कि यदि आप निर्णेता होने का हौसला करते हैं तो पहले पूरा पढ़ने की उदारता भी दिखाइए।

शेखर से आपका साक्षात् करा देने के बाद अब मैं अलग हट जाता हूँ—अब आप उससे स्वयं परिचय प्राप्त करें। शेखर कोई बड़ा आदमी नहीं है, वह अच्छा भी आदमी नहीं है। लेकिन वह मानवता के संचित अनुभव के प्रकाश में ईमानदारी से अपने को पहचानने की कोशिश कर रहा है। यह अच्छा संगी नहीं भी हो सकता है, लेकिन उसके अन्त तक उसके साथ चलकर आपके उसके प्रति भाव कठोर नहीं होंगे, ऐसा मुझे विश्वास है। और, कौन जाने आज के युग में जब हम, आप सभी संश्लिष्ट चरित्र हैं, तब आप पाएँ कि आपके भीतर भी कहीं पर एक शेखर है जो बड़ा नहीं, अच्छा भी नहीं, लेकिन जागरूक और स्वतन्त्र और ईमानदार है, घोर ईमानदार।

—'अज्ञेय'

## पुनश्च
## ( द्वितीय संस्करण की भूमिका )

यह संस्करण प्रथम संस्करण की पुनरावृत्ति ही है, किन्तु जहाँ-तहाँ कुछ संशोधन किया गया है। अँगरेज़ी उद्धरणों के या वाक्यों के अनुवाद भी दे दिए हैं। प्रथम संस्करण में अनुवाद नहीं दिए गए थे, विज्ञों ने राय दी थी कि छोटे-छोटे पद्यांशों का गद्यानुवाद करने से उनका चमत्कार नष्ट हो जाएगा। किन्तु हिन्दी के पाठक (और आलोचक) का अपने अधिकार पर आग्रह है, प्राण रहे न रहे, देह उसे चाहिए। जो अनुवाद दिए गए हैं, दोनों भाषाएँ जाननेवाले को वे रद्दी और अनर्थकर जान पड़ें तो उनसे प्रार्थना है, मुझे क्षमा कर दें, क्योंकि वे कम-से-कम देवनागरी हिन्दी तो हैं! फिर जो आत्मा तक पहुँच सकते हैं, उन्हें रूप-सज्जा पर आग्रह नहीं करना चाहिए; वे मूल पढ़ सकते हैं।

—लेखक

# अनुक्रम

# प्रवेश

फाँसी!

जिस जीवन को उत्पन्न करने में हमारे संसार की सारी शक्तियाँ, हमारे विकास, हमारे विज्ञान, हमारी सभ्यता द्वारा निर्मित सारी क्षमताएँ या औजार असमर्थ हैं, उसी जीवन को छीन लेने में, उसी का विनाश करने में, ऐसी भोली हृदयहीनता—फाँसी!

फाँसी, क्यों? अपराधी को दंड देने के लिए। पर इससे क्या वह सुधर जाएगा? इससे क्या उसके अपराधों का मार्जन हो जाएगा? जो अमिट रेखा उसके हाथों खिंची है वह क्या उसके साथ मिट जाएगी? फाँसी, दूसरों को शिक्षा देने के लिए। पर यह कैसी शिक्षा है कि जीवन के प्रति आदर-भाव सिखाने के लिए उसी की घोर हृदयहीन उपेक्षा का प्रदर्शन किया जाए। और, इससे भी कभी कोई सीखा है...मुझे तो फाँसी की कल्पना सदा मुग्ध ही करती रही है...उसमें साँप की आँखों-सा एक अत्यन्त तुषारमय, किन्तु अमोघ सम्मोहन होता है...एक सम्मोहन, एक निमन्त्रण, जो कि प्रतिहिंसा के इस यंत्र को भी कवितामय बना देता है, जो कि उस पर बलिदान होते हुए अभागे—या अतिशय भाग्यशाली!—को जीवन की एक सिद्धि दे देता है, और उसके असमय अवसान को भी सम्पूर्ण कर देता है...

फाँसी!

यौवन के ज्वार में समुद्र-शोषण। सूर्योदय पर रजनी के उलझे हुए और घनी छायाओं से भरे कुन्तल। शारदीय नभ की छटा पर एक भीमकाय काला बरसाती बादल! इस विरोध में, इस अचानक खंडन में निहित अपूर्व भैरव कविता ही में इसकी सिद्धि है...

सिद्धि कैसी—काहे की? मेरी मृत्यु की क्या सिद्धि होगी—मेरे जीवन की क्या थी?

यवनिका उठती है और गिर जाती है। परदे आते हैं और बदल जाते हैं। किन्तु यवनिका का प्रत्येक आक्षेप, परदे का प्रत्येक परिवर्तन, अपने अवसान में लीन होकर भी, नाटक के प्रवाह में एक बूँद और डाल जाता है, एक बूँद जो स्वयं कुछ नहीं है किन्तु जिसके बिना उस प्रवाह में गति नहीं आ सकती—जिसके बिना उसका अस्तित्व ही नहीं हो सकता।

मैं अपने जीवन का प्रत्यवलोकन कर रहा हूँ, अपने अतीत जीवन को दुबारा जी रहा हूँ। मैं जो सदा आगे ही देखता रहा, अपनी जीवन-यात्रा के अन्तिम पड़ाव पर

पहुँचकर पीछे देख रहा हूँ कि मैं कहाँ से चलकर किधर-किधर भूल-भटककर, कैसे-कैसे विचित्र अनुभव प्राप्त करके यहाँ तक आया हूँ। और तब दिखता है कि मेरी भटकन में भी एक प्रेरणा थी, जिसमें अन्तिम विजय का अंकुर था, मेरे अनुभव-वैचित्र्य में भी एक विशेष रस की उपभोगेच्छा थी जो मेरा निर्देश कर रही थी और जीवन-यात्रा के पथ में जो पहाड़, तराइयाँ, नदी-नाले, झाड़-झंखाड़, आँधी-पानी आए, उन सब में मेरे और केवल मेरे सम्बन्ध में एक ऐक्य था, जिसका ध्येय था किसी विशेष काल में, विशेष परिस्थिति में विशेष स्थान पर, विशेष साधनों और उपायों से मेरे जीवन का विशेष रूप से समापन, जिससे उसे अपनी सिद्धि, अपनी सफलता और अपनी सम्पूर्णता प्राप्त हो जाए...अब मैं अधूरा हूँ पर मुझमें कुछ भी न्यूनता नहीं है, अपूर्ण हूँ, पर मेरी सम्पूर्णता के लिए कुछ भी जोड़ने को स्थान नहीं है।

सिवाय इस प्रत्यवलोकन के। शायद, जीवन-पथ के अन्तिम पड़ाव का पाथेय ही यही है, क्योंकि मुझे इससे, और इस मात्र से, तृप्ति मिलती है...

सबसे पहले तुम, शशि।

इसलिए नहीं कि तुम जीवन में सबसे पहले आईं या कि तुम सबसे ताजी स्मृति हो। इसलिए कि मेरा होना अनिवार्य रूप से तुम्हारे होने को लेकर है—ठीक वैसे ही जैसे तलवार में धार का होना सान की पूर्वकल्पना करता है। तुम वह सान रही हो, जिस पर मेरा जीवन बराबर चढ़ाया जाकर तेज़ होता रहा है, जिस पर मँज-मँजकर मैं कुछ बना हूँ जो संसार के आगे खड़ा होने में लज्जित नहीं है—लज्जित होने का कोई कारण नहीं जानता।

तुम जीवित नहीं हो। मेरे शेखर के बनने में ही तुम टूट गई हो—शायद स्वयं शेखर के हाथों ही टूट गई हो। और मैं अपने मन में बार-बार यह दुहराकर कि 'शशि नहीं है, शशि मर गई है, शशि नहीं है,' भी यह समझ नहीं पाता कि क्या हुआ—अपनी क्षति का कोई अनुमान नहीं लगा सकता, कोई अनुभव नहीं कर पाता!

क्यों ? क्यों...तेज़ तलवार कैसे यह जान पाए कि सान अब टूट गई है, जब तक कि वह स्वयं भोंडी न हो जाए या टूट न जाए...और मैं अभी जीता हूँ। अभी जल रहा हूँ, अभी 'हूँ'—

पर, तब मैं क्यों कहूँ कि तुम नहीं हो ? जो सान तलवार को बनाती है, वह तब तक नहीं टूटती, जब तक कि तलवार नहीं टूटती। मुझे मरना है, फाँसी पर मरना है, पर अभी मैं जीता हूँ।

मैं तुमसे माँगता हूँ कि मुझे आज्ञा दो, मैं तुम्हें याद करूँ। जहाँ तुम हो वहाँ 'याद' शब्द को लाना पूजा को भ्रष्ट करने-सा है, फिर भी मैं तुमसे माँगता हूँ, यह

भी अधिकार मुझे दो। तुम मर गई हो, अत्यन्त न-कुछ हो गई हो, यही मुझे अपने आपको समझाने दो और इसके लिए उसे सामने लाने दो जिसे मैं 'कुछ' समझूँ—तुम्हारी छायाएँ, जिन्हें कभी मैं सच समझता था...

नहीं, वह क्षण नहीं जिसमें कि मैंने घबराकर पूछा था कि, 'क्या होता है शशि?' और तुमने भर्रायी हुई, बेहोश होती हुई आवाज़ में कहा था, 'सुख, शेखर, सुख...' उस क्षण को क्षण ही भर से अधिक सामने आने देने की क्षमता मुझमें नहीं है।

मुझे याद आता है, कभी ऐसा भी था कि हम सहज भाव से मिलते-जुलते थे। स्नेह हम में था, मोह हम में था, लेकिन वह स्नेह नहीं जो कि विघ्नों के सहारे बहता है, वह मोह नहीं जो कि पीड़ा की नींव पर ही अपना घर खड़ा करता है...

जब मैं जेल से आकर पहले-पहल तुम्हें मिला था, तब तुम्हें देखकर एक गहरा आघात मेरे मन पर हुआ था। तभी मैंने कहा था, 'बाहर आकर मेरा बहुत-कुछ खो गया है। भीतर मैं तुम्हें अपने से एक ही देखता था, अब लगता है कि मुझे तुम्हें दुबारा पहचानना है।' और तब तुम रोई थीं...

तब तुमने सहसा कहा था, 'मेरा घर देखने न चलोगे?' क्योंकि तुम्हारी शादी हो चुकी थी, तुम्हारा घर था...

मैंने तुम्हारा घर देखा, उन्हें भी देखा, जिनके आधार पर वह घर तुम्हारा घर हुआ था। और मुझे लगा, तुम सन्तुष्ट बैठी हो, तुम्हारे जीवन के चलने के लिए एक पटरी निश्चित हो गई है और उस पटरी के इधर-उधर कहीं कोई नहीं है। तब मेरा संकोच और भी दृढ़ हो गया कि मुझे दुबारा पहचानना है—तुम मेरी परिचित नहीं हो...

मैंने कहा, 'शशि कुछ गाओ।'

'अब मैं नहीं गाती-वाती।'

'क्यों, अब बहुत बुजुर्ग हो गई हो क्या?'

तुम हँसी। और उस हँसी की ध्वनि के आसरे ही मुझे एकदम वह क्षण प्राप्त हुआ जो जीवन में कभी-कभी ही आता है। बहुत ही स्पष्ट, अचूक दृष्टि से मैंने देखा, मेघाच्छन्न आकाश, प्रकाशहीन सायंकाल, पवन अचंचल, चंचला भी अदृश्य और उड़ते-उड़ते सहसा पंख टूट जाने से विवश गिरता हुआ अकेला ही अकेला एक पक्षी, जो गिरता है और फिर अपनी उड़ान, अपना स्थान पा लेने के लिए छटपटा रहा है, छटपटा रहा है...

मैंने एकदम से तुम्हें पहचान लिया...तब मुझसे नहीं हो सका कि मैं वहाँ बैठा रहूँ—मैं बिदा माँगकर चल पड़ा।

तुम द्वार तक छोड़ने आईं।

'देख लिया मेरा घर।'

'हाँ, देख लिया। बहुत कुछ देख लिया।' कहकर मैं जल्दी से बढ़ गया और तुम उस अपने घर की परिधि में घिरी खड़ी रहीं।

बन्दावीर के समय में बने हुए मकानों के खँडहर और उनके आसपास बने हुए, उनसे नए, किन्तु फिर भी बहुत पुराने मकान। ऐसे एक मकान में शेखर बैठा है। 'कमरे' में वह बैठा है, वह वास्तव में रसद की कोठरी के एक ओर बनी हुई पुराने ढंग की खिड़की की चौखट है, चौड़ी और बेडौल, प्राचीनता से काला पड़ा हुआ, किन्तु कामदार। इसी चौखट पर वह बैठा है, हाथ दोनों ओर लटक रहे हैं और सिर दाईं ओर बाहर को झुका हुआ है।

कमरे की दीवारों में और खिड़की की चौखट में अनेक गोलियों के निशान हैं। दीवारों में दो-चार जगह भीतर से गोलियाँ चलाने को मोरचे बने हुए हैं। ये गोलियों के निशान और ये मोरचे उस मकान के इतिहास का एक परिच्छेद है, जिसे अब कोई नहीं पढ़ता। वह भी खिड़की में बैठा इन्हें नहीं देख रहा है, उसकी आँखों के सामने जो दृश्य है उसका इससे दूर का भी सम्बन्ध नहीं है।

टूटी हुई दीवारों से घिरा हुआ एक छोटा-सा आँगन। उसके एक कोने में, छोटा-सा बेरी का वृक्ष जिसकी छाया में एक टूटा-सा अन्धा कुआँ। कुएँ के पास पुराने ढंग की छोटी-छोटी ईंटों का एक ढेर, कुछ पीले-पीले, उड़कर आए हुए, पीपल के पत्ते आँगन के दाईं ओर, दीवार के बाहर एक पीपल जिसके नीचे एक गाय बँधी है, उससे कुछ दूर एक छोटे-से मन्दिर का छत्र और सिरिस के पेड़ की कुछ फुनगियों की झाँकी। और यह सब दुपहर की प्रशान्त नीरवता में।

वह बैठा इसी को देख रहा है। शशि के पिता हृदयरोग से बीमार पड़े हैं, इस कारण सारा कुटुम्ब किसी अनिष्ट की प्रतीक्षा से भरा रहता है, यह काली छाया घर पर मँडराती रहती है और ऐसा जान पड़ता है कि घर के विभिन्न कमरों की नीरवताएँ आपस में बहुत दबी हुई कानाफूसी किया करती हैं।

इसी विचित्र काँपती हुई नीरवता से बचकर वह यहाँ आकर बैठ जाता है, और इस दृश्य को देखकर उसमें घर के वायुमंडल की गन्ध को भुलाने की चेष्टा करता है। क्योंकि वह उस कुटुम्ब के प्रत्येक व्यक्ति से स्नेह करता है, पर उससे यह उपालम्भपूर्ण-सा मौन सहा नहीं जाता।

उस घर की देवी है शशि, उसकी बहिन। यह शशि के ही कारण है कि कॉलेज के सजीव और उन्मुक्त वातावरण से भागकर यहाँ आ जाता है, इस छाया में भी सान्त्वना पाता है।

वह उसकी सगी बहिन नहीं है। पर उस सम्बन्ध से उसे यदि कोई अन्तर जान पड़ता भी तो दूरी का नहीं, बल्कि और अधिक समीपत्व का, एक निर्बाध सखा भाव का। वह भाव जैसे प्रात:कालीन शारदीय धूप की तरह है जिसमें वह उस घर की ही नहीं, अपने अन्तर की भी छायाओं को सुला लेता है।

वह सर्गा नहीं है। इसलिए शेखर उसे कभी 'याद' नहीं करता, कभी 'देखता' नहीं, अधिकार उसने नहीं पाया। पूजा ही पूजा उसने दी है। वह वहाँ बैठा स्वप्न देखा करता है और शशि स्वयं चित्र की तरह न आकर उसे आलोकित करने वाले प्रकाश की तरह आती है, विचार न होकर अनुभूति रहती है।

वह अनुभूति कभी एक प्रखर कम्पन में व्यक्त हो उठती है। शशि गाती है। उसकी आवाज़ में अलंकार नहीं है, कलावान की बारीकियाँ और उसकी मनमोहक छलना नहीं है, पर उसमें है एक प्रकम्पमय दीप्ति, शरत्काल में सेंकी हुई आग की मीठी गरमाई, उसमें है बेला के स्वर-सा घनत्व, उसमें है उषा के समय दूर पहाड़ पर बजती हुई बीन की खिंची हुई वेदना, उसमें है बरसात की घोर अँधेरी रात में सुनी हुई वंशी का मर्मभेदी आग्रह और इन सबके साथ-साथ है यौवन के गहरे और टूटने की सीमा तक आकर न टूटने वाले स्वर की ललकार-सी।

और वह गाती है—क्या? एक गान जिसे शेखर ने कई बार, कई मुखों से सुना है, कई बार एक-एक हजार व्यक्तियों के समवेत स्वर में भी सुना है, पर जिसमें उसने वह अर्थ, वह ऊर्ध्वमुखी ज्वाला कभी नहीं पाई...

क्या था जो मुझमें जागता था उस गान को सुनकर? प्रेम या व्यथा या युयुत्सा या तीनों? जो कुछ भी हो, वह एक सम्मोहन की तरह छाकर मुझे दिखाता था वीरत्व के और रणप्रांगण के उन्मत्त स्वप्न, जिनमें खोलकर मैं अपने को अपनी ही शक्ति की, अपने ही बलिदानों की, अपने ही आग्नेय आत्म-विसर्जन की कहानी सुनाने लगता—कहानी जिसका हेतु, जिसकी आन्तरिक प्रेरणा शशि ही होती है और उससे मेरे भीतर जागती थी एक पवित्रतम वस्तु की चेतना, जिसके लिए मैं जिहाद करने को प्रस्तुत होता, मुझे लवलीन कर लेती थी एक रहस्मय भावना...

शशि के व्यक्तित्व की यह पुकार, यह 'अपील' थी मेरे मन के एक खंड के लिए जो कि जीवन में क्रियाशीलता की उफान से छलका पड़ता है, जो विद्रोही है। किन्तु मेरे मन का दूसरा खंड, जो कि सृष्टि के सौन्दर्य को ही प्रतिबिम्बित कर सकता है, जो वास्तव में मेरे मस्तिष्क का हृदय है और इसलिए कवि है, वह जागता था शशि की हँसी से। उस हँसी में कुछ था जो चौंका देता था, पर साथ ही वाणी की शक्ति को भी छीन लेता था, वह हँसी कविता से भी परे थी, उसे सुनकर चुप ही होना पड़ता था। कल्पना देखती थी नदियों के, जल-प्रपातों के, चन्द्रोदय के, समुद्र के, व्योम गंगा के दृश्य और फिर चुपचाप लौट आती थी उसी हँसी को सुनने।

मेघाच्छन्न आकाश। प्रकाशहीन सायंकाल। पवन अचंचल। चंचला भी अदृश्य। और आज वह पक्षी भी नहीं है जो उड़ते-उड़ते पंख टूट जाने से विवश गिरता जा रहा था, पर अपना स्थान पाने के लिए छटपटा तो रहा था, छटपटा तो रहा था...

एक तापसी का स्वर एक छोटे-से नरक में मुझे एक पवित्र तपोवन दिखाकर उस विराट् वंचना का एक कण भर कम कर देता है और परिस्थिति को और

उपयुक्तता को भूलकर, किन्तु एक दिव्य संवेदना से कहता है, 'चक्रवाकवधुके! आमन्त्रयस्व सहचरं। उपस्थिता रजनी!'

आह रजनी!

पता नहीं, किस सुदूर देश से यात्रा करते आए हैं हम! हमारा बजरा (house-boat) अभी श्रीनगर से कुछ एक मील ही आया है, किन्तु ऐसा जान पड़ता है, इस यात्रा में युगों बीत गए हैं—कि यह यात्रा अनन्त काल से चली आई है और अनन्त काल तक चली जाएगी—कि इसके यात्री नारद का शाप पाए हुए हैं, और कभी कहीं रुक ही नहीं सकते।

बजरा जेहलम की नहर में से होकर अब मानसबल झील में प्रवेश कर रहा है। जेहलम का गँदला पानी पार किया जा चुका है, चिनार वृक्षों की घनी छाया भी बहुत दूर रह गई है। अब तो झील की निर्मलता, आकाश की अनभ्रता को प्रतिबिम्बित कर रही है और झील के अन्तर में उगती हुई लम्बी-लम्बी घास सूर्य की ज्योति को प्रतिबिम्बित करती हुई, अनेक रंगों में चमक रही है—कहीं सुनहरी, कहीं लाल, कहीं एक प्रोज्ज्वल हरापन लिये हुए। और उनकी उलझन को चीरकर कभी-कभी कोई किरण तल पर पड़े किसी पत्थर को चमका देती है।

बजरा तीव्र गति से नहीं जा रहा है। वह बह रहा है। ऐसे क्षीण प्रवाह में, मानो उसे चलानेवाली शक्ति उसे धकेलकर समाप्त हो गई हो और वह उसी धक्के की पीनक में चला जा रहा हो, अभी रुक न पाया हो। उसकी अगली नोक मानो नींद से जागकर अपने सामने नाचते हुए किरण-जाल को देखकर उसे पकड़ने को एक अलसाया हुआ हाथ बढ़ा रही हो।

और उसके अग्रभाग में दो व्यक्ति बैठे हैं। बालक निकर पहने हुए, किन्तु सारा शरीर नंगा, उलझे हुए भूरे बाल और हाथों में एक लम्बी-सी छड़ी लिये जिसके आगे एक काँटा बाँधकर लग्गा बनाया गया है। यह बालक झील में से श्वेत कमल तोड़ रहा है, तोड़-तोड़कर अपने आगे ढेर जमा करता है, पर सन्तुष्ट नहीं होता। तोड़ता भी है वह तो अधलिखी कलियाँ ही तोड़ता है, पूरा खिला हुआ, न जाने क्यों, उसे अच्छा नहीं लगता।

उससे, कुछ ही दूर पर, एक लड़की बैठी है। किन्तु मनसा, वह सैकड़ों-हजारों मील दूर है। उसके पास एक अंग्रेज़ चित्रकार के बनाए हुए काश्मीर के अनेक चित्र पड़े हैं, और उसकी गोद में एक किताब—कालिदास का रघुवंश। पर वह चित्र भी नहीं देख रही, पुस्तक भी नहीं पढ़ रही है। वह उस बालक की ओर एक शून्य दृष्टि से देख रही है, मुँह से कुछ गुनगुना रही है और मनसा पता नहीं क्या सोच रही है।

बालक की आयु है कोई आठ-एक वर्ष, बालिका की कोई तेरह वर्ष। बालक स्वयं मैं हूँ और वह बालिका मेरी बहन।

बजरे में और भी अनेक लोग हैं किन्तु इस दुपहर के संसार में स्नेह की धूप का आनन्द लेने वाला कोई और नहीं है। वे अलग हैं, खोए हुए हैं और बजरा अपनी धीर गति से उनके स्वप्नों का पीछा करता जा रहा है।

बालक फूल तोड़ते-तोड़ते थक गया है और जब फूलों का वह बाहुल्य भी नहीं रहा, अब कहीं दूर पर एक-आध फूल मिल जाता है। अब वे झील की गहराई में आ रहे हैं। बालक उन फूलों की लम्बी-लम्बी नाल को टुकड़ों में चीरकर मालाएँ बना रहा है। नाल दो होकर मालाकार हो जाती है, और प्रत्येक माला के नीचे एक फूल का लोलक रह जाता है। वह मालाएँ बनाता जाता है और जब-जब एक तैयार हो जाती है, तब-तब दबे पाँव अपनी बहिन के पास जाकर, धीरे से उसके गले में डाल देता है। वह निश्चल बैठी रहती है, प्रत्येक बार एक स्वप्निल-सी मुस्कान देती है और फिर खो जाती है। भाई ने उसे फूलों से लाद दिया है, पर उसकी तृप्ति नहीं हुई और वह भी उसे मना नहीं करती।

फूल भी समाप्त होने को आए—कुछ एक रह गए जिनकी एकाध पत्ती टूट गई है। बालक सोच रहा है कि ये माला उपयुक्त नहीं हैं। पर साथ ही उसे जान पड़ता है कि मालाएँ थोड़ी रह गईं—अभी तो कई और लादी जा सकती हैं...तब यह अप्रतिभ-सा होकर, अपराधी-सा बहिन के पास जाकर कहता है, 'बाक़ी तो अच्छे नहीं हैं।'

उसका असन्तोष देखकर बहिन हँसती है और कहती है, 'बहुत हैं—और क्या कुचल दोगे?'

और फिर खो जाती है। बालक उसके पास बैठ जाता है, पूजा के भाव से उसकी गुनगुनाहट सुनता हुआ मानो देवी उसे वरदान दे रही हो—

वे शब्द मुझे आज भूले नहीं। उन दिनों मैं उनका अर्थ नहीं जानता था, आज जानता हूँ। पर उन दिनों जो स्वप्न देखे थे, जो भाव जगाए थे, उनका अर्थ नहीं जान पाया—वे अर्थ से परे हैं...

*स्त्रगियं यदि जीवितापहा हृदये किन्निहिता न हन्ति माम्?*

बहिन को गाते सुनते-सुनते, एकाएक कोई अज्ञात भाव बालक के मन में जागता है वह एकाएक उत्पन्न नहीं हुआ, कई दिनों से धीरे-धीरे उसके हृदय में अंकुरित हो रहा है, किन्तु इसकी यह व्यंजनीय सम्पूर्णता नई है, आज ही मालाएँ पहनाते समय और गायन सुनते समय, उसके मानसिक क्षितिज के ऊपर आई हैं। एक अत्यन्त कोमल स्पर्श से बहिन के कपोल को छूकर बालक कहता है, 'कितनी अच्छी लगती हो तुम!'

उसकी शब्दावली में सुन्दर और असुन्दर, अच्छे और बुरे, सत्य और असत्य के लिए अलग-अलग संज्ञाएँ नहीं हैं, वह अबोध बालक है, पर 'सत्यं शिवं सुन्दरम्' के तथ्य को भली-भाँति समझता है। इसीलिए अपने हृदय के अप्रस्फुट भाव को व्यक्त करने के लिए, यही कह पाता है, 'कितनी अच्छी लगती हो तुम!'

और बहिन भी उसे समझती है। वह फिर हँसती है, और एक बहुत क्षीण-सी लज्जा से अधिक सुन्दर हो उठती है और मुँह फेरकर पानी में देखने लगती है।

क्या उसमें अपना अलक्ष्य प्रतिबिम्ब देखने के लिए? मैं नहीं जानता, वह भी शायद ही जानती हो। और वह अब एक अज्ञात परिवर्तन से बदल रही है। मैं अब भी उसे अपने सारे रहस्य कह डालता हूँ, किन्तु उसे अब ज्ञात हो रहा है कि उसके अधिकार में एक स्वतन्त्र रहस्यागार है—उसका हृदय?

जैसे मोतियों की माला टूट गई हो, और बिखरे मोतियों को फिर एक बेतरतीब लड़ी में पिरो दिया जाए, उसी तरह मेरी स्मृतियों की तरतीब उलझ-सी गई है। इसी दृश्य के साथ मुझे दीखता है एक और दृश्य। जिसमें पात्र भी वही हैं, उपकरण भी वही हैं, पर जिसकी आन्तरिक प्रेरणा बिलकुल विभिन्न है। वह दृश्य की दृष्टि से बिलकुल इसके साथ हैं, किन्तु मेरे जीवन के प्रभाव में, ऐसा जान पड़ता है कि उसका इससे कोई सम्बन्ध ही नहीं, और यदि कोई है भी तो यही कि ये दोनों दृश्य दो अत्यन्त विभिन्न भावनाओं के समकालीन विकास के चिह्न हैं...

वही झील, वही बजरा, वही दिन। सन्ध्या हो चुकी है, सब लोग अन्दर चले गए हैं। मैं ही अकेला बजरे की छत पर बैठा हूँ। झील पर आकाश के गाढ़े और सम्मिश्रित रंग का प्रकाश पड़कर उसे ऐसा बनाए है, जैसे प्रकृति की वह निश्छल आँख नींद से अलसाई हो और उसे घेरे हुए बरौनियों की तरह सब ओर लम्बी-लम्बी घास क्षितिज-रेखा को जहाँ-तहाँ चीर रही है। मैं मुग्ध होकर भी इसी घास के श्याम छायाचित्र को देख रहा हूँ। वह काली है, स्वतः सौन्दर्य-विहीन है, किन्तु कितने सौन्दर्य को घेरे हुए!

और इतना ही नहीं, मैं किसी प्रतीक्षा में बैठा हूँ। पूर्व की ओर, घास की बरौनियाँ और भी काली दीख पड़ रही हैं, क्योंकि उनके ऊपर आकाश में एक चिकना-सा सफेद प्रकाश छा रहा है। मैं कल्पना ही में यह देखने का प्रयत्न कर रहा हूँ कि चन्द्रोदय से किस वस्तु में क्या परिवर्तन आ जाएगा, कौन-सा आकार दीखने लगेगा। मैं नहीं जानता कि वास्तविकता मेरी कल्पना से कितनी बढ़कर हो सकती है...

नीचे, बजरे के अन्दर, कोई गा रहा है। मैं कान देकर सुनता हूँ—दो स्वर एक साथ ही गा रहे हैं। एक मेरी बहिन का है और एक हमारी मौसी का। उस गायन के शब्द मुझे याद नहीं है, पर स्वर दोनों मेरे कानों में गूँज रहे हैं...

मैं कल्पना करता हूँ, ये स्वर दो तेज़ तैराक हैं, जो झील की छोटी-छोटी अदृश्य लहरों पर सवार होकर चले जा रहे हैं क्षितिज की ओर, चन्द्रोदय की ओर, चन्द्रमा की किरणों से मिलने, क्योंकि ये किरणें उनकी बहिनें हैं, और वे इन्हें कुमुदिनियों के हार पहनाएँगे...

आह! वे किरणें तो यहीं चली आ रही हैं—वे झील की काली बरौनियाँ अब क्षितिज की पलक में सुरमे की रेखा बन गई हैं, उनके ऊपर एक बड़ी-सी पथराई हुई आँख की भाँति चाँद निकल आया है...

मेरे मन में एक विचित्र भाव उठता है। चाँद एक कन्या है, और यह पृथ्वी का काला सौन्दर्य उसका आवरण। किन्तु चाँद इतना सुन्दर है कि इस आवरण को उसे ढक रखने का अधिकार नहीं है, इसीलिए चाँद ने उसे उतार फेंका और निरावरण होकर क्षितिज के ऊपर आ गया है। और वह सौन्दर्य बिखरकर उस परित्यक्त आवरण को भी कितना सुन्दर बनाए डालता है!

ये भाव उस समय सचमुच इसी रूप में मेरे हृदय में जागे थे, यह मैं निश्चयपूर्वक नहीं कह सकता। किन्तु मेरी स्मृति में जो चित्र आता है, उसमें वह बालक इसी भावना से भरा हुआ खड़ा है। व्यक्त रूप से यदि यह भाव उसके मस्तिष्क में नहीं था, तो इसका अंकुर अवश्य वहाँ था, अवश्य ही उस दिन उसे इस बात का अप्रत्यक्ष ज्ञान हो गया था कि सौन्दर्य कितना नग्न और नग्नता कितनी सुन्दर है...

बालक के स्वप्न को चीरती हुई एक आवाज़ आई, 'शेखर, अब उतर आओ?' यह भी उसी बहिन की आवाज़ है। क्या तभी से, जब भी मैं किसी अत्यन्त सुन्दर दृश्य को देखकर, एक ऊर्ध्वगामी उन्माद में अपने आपको भूल जाता हूँ, तब एक तीखी आवाज़ पुकारकर कहती है—शेखर, अब उतर आओ!

*Dead, long dead;*
*Long dead!*
*And my heart is a handful of dust,*
*And the wheels go over my head,*
*And my bones are shaken with pain.*
*For into a shallow grave they are thrust,*
*Only a yard beneath the street.*
*And the hoofs of the horses beat, beat,**

---

* मृत-चिरातीत! और मेरा हृदय मुट्ठी-भर राख हो गया। पहिए मेरे ऊपर से गुज़रते हैं, मेरी अस्थियाँ पीड़ा से काँपती है, क्योंकि वे एक तंग कब्र में बन्द हैं, पथ की सतह के गज-भर नीचे! और घोड़ों की अनवरत टाप-टाप-टाप...

युकलिप्टस वृक्षों के एक कुंज की आड़ में 'गरुड़ नीड़' नाम का वह बँगला अधछिपा खड़ा था। जिस दिन शेखर एक दुर्दम भाव से भरकर, अपने ऊपर छाई हुई शारदा को सह सकने में असमर्थ, फूलों से लादकर उसे छोड़ गया था, उस दिन वह इसी बँगले में रहती थी। आज शेखर इतने दिनों के अवकाश के बाद दौड़ा हुआ उस नीड़ की ओर चला जा रहा था और अतीत की स्मृतियाँ उसके मन में दौड़ी जा रही थीं...और यौवन के आरम्भ का ज्वार भी उसके भीतर कहीं उमड़ता आ रहा था।

*The hoofs of the horses beat...*

वही शारदा, जो उसे हँसाती थी। वही शारदा, जिसकी बजाई हुई वीणा के स्वर में वह बह गया था, उसे चिढ़ाते-चिढ़ाते ही उसकी सखी बनी थी। जो उसके लिए सब कुछ हो गई थी, जो उसका अपना घर नहीं था, और जिसके लिए आज वह इस आग्रह से भर रहा था...जो स्वयं उससे सहा नहीं जाता था...

नीड़ के बिलकुल पास आकर वह रुका। क्या उसे आशा थी कि वह शारदा को द्वार पर खड़ी पाएगा और वह उसे सामने देखकर पुलक उठेगी, वैसा नहीं हुआ–वह द्वार पर नहीं थी। द्वार बन्द थे। और बहुत दूर से जिसे देख-देखकर दिन काटा करता था, वह 'गरुड़ नीड़' की चिमनी से उठने वाला धुआँ भी आज नहीं था...

शेखर सहमा हुआ-सा मकान के दरवाज़े पर गया। उसमें ताला पड़ा हुआ था। शीशे में से भीतर झाँककर देखा–मकान बिलकुल खाली था...

थोड़ी देर तक उसे समझ ही नहीं आया कि क्या उसके सामने है। फिर धीरे-धीरे ज्ञान होने लगा, और

*The hoofs of the horses beat, beat,*
*The hoofs of the horses beat...*

वह लड़खड़ाकर वहीं सीढ़ियों पर बैठ गया।

जब वह उठकर चल दिया, तब उसका मन शून्य था। उसके बाद उसे इतना समय ही नहीं मिला कि वह इस चोट से घायल हो या इसे समझे।

जिस प्रकार घोंघे के भीतर रहने वाला जीव तभी बाहर निकलता है, जब वह भूखा होता है या जब वह एक प्रणयी खोजता है और तृप्त होकर फिर घोंघे के भीतर घुस जाता है, उसी प्रकार असन्तुष्ट और अतृप्त होकर शेखर भी बाहर निकला हुआ था। अभागा होकर, कदम-कदम पर आहत होकर, वह यदि लौटना चाहता था, तो उसके भीतर की भूख उसे लौटने नहीं देती थी, वह आघातों के लिए खुला था, कवचहीन था और जीवन उसे उसके सुरक्षित घर से दूर-दूर खींचे लिये जा रहा था...

वह चुपचाप बैठा हुआ रोटी खा रहा था। साथ-साथ सोचता जा रहा था। माँ पास ही रसोई में बैठी थी, पिता उससे बात कर रहे थे। उसका जो बड़ा भाई कॉलेज

से भाग गया था, उसी का कुछ समाचार तार द्वारा आया था। पता लगा था कि वह कलकत्ते में पुलिस की नौकरी करने की कोशिश में है। यही पिता माँ को बता रहे थे और शेखर भी अनमना सुन रहा था।

भाई ने कलकत्ते में कॉलेज का पता तो दिया था, पर माँ-बाप का नाम ग़लत बताया था। कॉलेज में जाँच होने पर वहीं से पिता को तार आया।

पिता को सबसे अधिक आघात इसी बात से पहुँचा था कि पुत्र ने अपनी वल्दियत ग़लत बतलाई। ऐसा ही कह रहे थे।

माँ ने कहा, 'मैं तो हमेशा से ही कहती हूँ। भला ऐसे लड़के का कोई क्या विश्वास करे?'

पिता ने कहा, 'हूँ—'

माँ फिर बोली, 'और सच पूछो तो'—उनका स्वर एकाएक धीमा पड़ गया, 'सच पूछो तो मैं इसका भी विश्वास नहीं करती।'

इसका?

शेखर ने कुछ देखा नहीं, लेकिन वहाँ बैठे भी उसकी कल्पना को वह पूरा दृश्य देखते देर नहीं लगी, वह सम्भ्रान्त-सा, ठहर गया-सा भाव, वह शेखर की ओर उठा हुआ अँगूठा—'इसका!'

शेखर रोटी छोड़कर उठ गया, कमरे से बाहर ही उसका सारा शरीर शिथिल पड़ गया। उसके आगे अन्धकार छा गया।

शाम तक वह वहीं वैसा ही पत्थर-सा बैठा रहा। खाया-पिया कुछ नहीं। माँ आईं झिड़कती रहीं, फिर अपने को कोसती रहीं, रोईं, चली गईं। पिता आए, डाँट-डपट कर चले गए। रात हुई, सब सो गए, सन्नाटा हो गया। शेखर ने अपने कमरे के द्वार बन्द करके कुंडी चढ़ा दी, बत्ती बुझाई और चारपाई पर बैठकर सुलगने लगा...

बहुत रात गए उसने अपनी डायरी उठाई और उसमें अपना उफान उतारने की कोशिश करने लगा...

'अच्छा होता कि मैं कुत्ता होता, चूहा होता, दुर्गन्धमय कीड़ा-कृमि होता—बनिस्बत इसके कि मैं वैसा आदमी होता, जिसका विश्वास नहीं है...'

वह उठ खड़ा हुआ। दीवार की ओर उन्मुख होकर, अंग्रेजी में बोला, 'आई हेट हर, आई हेट हर! (मैं उससे घृणा करता हूँ)' और फिर कपड़े पहनकर खिड़की की राह बाहर कूदकर घूमने चल दिया।

कुछ मील दूर एक बाग में पहुँचते-पहुँचते उसने प्रतिज्ञा कर ली कि वह माँ की नहीं मानेगा, उससे कोई सम्पर्क नहीं रखेगा, कोई ऐसा काम नहीं करेगा जिसमें माँ को बाध्य होकर उसका रत्ती-भर भी विश्वास करना पड़े—

यह प्रतिज्ञा उसने जबानी नहीं की, एक काग़ज़ पर लिख डाली। पर तभी उसके भीतर एक और परिवर्तन हुआ, उसने उस काग़ज़ के चिथड़े किए, उन्हें गीली

ज़मीन पर फेंका और पैरों से रौंदने लगा, तब तक जब तक कि वे कीच में सनकर, दबकर अदृश्य नहीं हो गए...

'मैं योग्य हूँ, योग्य रहूँगा! उसमें विश्वास की क्षमता नहीं है, तो मैं क्यों पराजित हूँगा?'

सबेरा होते-होते वह घर लौट आया।

एक असम्बद्ध दृश्य मुझे दीखता है। वह अत्यन्त सजीव है, मैं उसे प्राय: बिलकुल प्रत्यक्ष देख सकता हूँ, किन्तु उसका ठीक अनुक्रम मुझे नहीं मिलता। चित्र में, अपना जो रूप मुझे दीखता है, उससे मैं अनुमान करता हूँ कि उसी वर्ष का है, पर इस अनुमान को पुष्ट करने में स्मृति सहायक नहीं होती।

मैं बैंक से पिता का चेक भुनाकर उनके मासिक वेतन का रुपया लाया हूँ। पिता दफ्तर गए हुए हैं, मैं माँ को वह रुपया अपनी जेब से निकालकर दे रहा हूँ। कई तरह के बहुत-से नोट हैं और बहुत से चाँदी के रुपए, इसलिए माँ के बढ़ाए हुए हाथ को देखकर मैं कहता हूँ, 'माँ, आँचल में लो—बहुत हैं।'

माँ धीरे-धीरे आँचल फैलाती है, पर हँसती हुई कहती है, 'आँचल तो तब फैलाऊँगी, जब तुम कुछ कमा के लाओगे, इसके लिए क्या?'

मैं रुपया डालने को हुआ हूँ पर रुक जाता हूँ। एक विचित्र दृष्टि से माँ की ओर देखता हूँ, जिसे वह नहीं समझती, शायद मैं भी नहीं समझता। फिर उसके फैले हुए आँचल की उपेक्षा करते हुए मैं तिपाई खींचकर उस पर रुपया रख देता हूँ, 'गिन लो।' और वहाँ से हट जाता हूँ।

जब कभी मुझे विचार आता है कि मेरे आज यहाँ होने के कारणों में से एक कारण यह भी हो सकता है, यह अविश्वास की प्रतिक्रिया, तब न जाने क्यों माँ को इस विराट् परिवर्तन के लिए, इस इतने गहरे प्रभाव के लिए, श्रेय देने की इच्छा नहीं होती? न जाने क्यों मेरा जी चाहता है, उसके इतने भी उपकार का भागी न होऊँ, उसके इस अनिच्छित सत्प्रभाव के लिए भी उसका आभारी न रहूँ।

उस दिन के बाद सोते-जागते, चैतन्य में और सुषुप्ति में, संग्राम और पलायन में, जितनी अधिक बार विश्वास के उस भयंकर आकस्मिक ज्ञान का चित्र मेरे सामने आया है, उतनी बार कोई चित्र नहीं आया। मुझे याद है, अपनी गिरफ्तारी के बाद पहले-पहल जब मुझे घर का विचार आया तब यही था कि जब माँ सुनेंगी तब इस समाचार के प्रति उसका पहला भाव तो विजय का ही होगा, जैसे—'मैं तो जानती ही थी, मैंने कभी उसका विश्वास ही नहीं किया!' फिर वह दुखी होगी, रोएगी भी,

जलेगी भी, पर उसका पहला विचार, चाहे वह कितना भी क्षणिक क्यों न हो और तत्काल ही कितनी ग्लानि क्यों न उत्पन्न करे, पहला विचार तो यही होगा कि उससे यही आशा होनी चाहिए थी...और न जाने क्यों, इस विचार ने मुझे बड़ी सान्त्वना दी थी, एकदम शान्त कर दिया था और पुलिस के अत्याचारों के प्रति सर्वथा निरपेक्ष बना दिया था!

क्षमा हृदय का धर्म है, लेकिन वह कर नहीं पाता। इस घटना से जो कुछ मुझ पर बीता, उसी के कारण मैं क्रुद्ध होऊँ, ऐसा नहीं है। कम से कम अब नहीं है। मैं जानता हूँ कि यह घटना न भी हुई होती तब भी मैं इस दिशा में अग्रसर होता, यही बनता जो अब बना हूँ। मेरे भीतर जन्मत: ही कोई शक्ति थी या शक्ति का अंकुर था, जो मुझे अरुद्ध गति से इधर ही प्रेरित कर रहा था और करता रहता, चाहे माँ मुझसे या मेरे सम्बन्ध में, कभी बात ही न करती। यह ज्ञान जहाँ एक ओर मुझे क्रोध नहीं करने देता, वहाँ दूसरी ओर कृतज्ञ भी नहीं होने देता...

मुझे विश्वास है कि विद्रोही बनते नहीं, उत्पन्न होते हैं। विद्रोहबुद्धि परिस्थितियों से संघर्ष की सामर्थ्य, जीवन की क्रियाओं से, परिस्थितियों के घात-प्रतिघात से नहीं निर्मित होती। वह आत्मा का कृत्रिम परिवेष्टन नहीं है, उसका अभिन्नतम अंग है। मैं नहीं मानता कि दैव कुछ है, क्योंकि हममें कोई विवशता, कोई बाध्यता है तो वह बाहरी नहीं, भीतरी है। यदि बाहरी होती, परकीय होती, तो हम उसे दैव कह सकते, पर वह तो भीतरी है, हमारी अपनी है, उसके पक्के होने के लिए भले ही बाहरी निमित्त हो। उसे हम व्यक्तिगत नियति—'Personal destiny' कह सकते हैं...

मेरा यह अभिप्राय नहीं है कि कार्ल मार्क्स ही उत्पन्न हुआ था या कि शैली ने संसार से कुछ नहीं सीखा या कि त्रात्स्की अपने संसार द्वारा उतना ही निर्मित नहीं हुआ जितना कि उसने संसार को बनाया। विद्रोही हृदय की एक विशेषता है कि वह अपने विकास में फैलते हुए इसीलिए विचारों को अपनाकर भी विद्रोही ही रह जाता है, क्योंकि वह अपने काल के अग्रणी लोगों से भी आगे ही रहता है। इसीलिए तो प्रतिक्रियावादी जर्मनी में उत्पन्न होकर और पलकर भी आइनस्टाइन विद्रोही हैं, और संसार की सबसे विराट्, सबसे अधिक आग्नेय घोरतम युग-प्रवर्तक रूसी क्रान्ति की गोद में पलकर भी स्टालिन विद्रोही नहीं हो पाया। जूठन बीनने वाला ही रह गया है...

यदि ऐसा है, तब तो विद्रोही विचारों का प्रचार करना व्यर्थ है? नहीं, यदि प्रचार इस आशा से किया जाए कि उसके द्वारा नए विद्रोही बनाए जा सकेंगे, विद्रोह-सामर्थ्य उत्पन्न की जा सकेगी, तब तो वह निष्फल होगा ही, किन्तु यदि उद्देश्य यह रखा जाए कि इसके द्वारा पहले से विद्यमान क्रान्ति-शक्ति का, will to revolution का संचय किया जा सकेगा, उसे पथनिर्देश दिया जा सकेगा, तब अवश्य ही यह आशा फलीभूत होगी।

और फिर, विद्रोही स्वाभाविक नेता है। उसके अनुयायी सभी विद्रोही ही हों, यह क्यों आवश्यक है? मैं बढ़ई हूँ, बसूले-बटाली के प्रयोग से कुछ बनाता हूँ, तो बसूला और बटाली भी मुझ जैसे स्वयंचालित, अन्त:प्रेरित हों, यह बाध्यता क्यों?

मैंने अनेक व्यक्ति ऐसे देखे हैं, जो कहते हैं और समझते हैं कि किसी विशेष मानसिक प्रतिक्रिया ने उन्हें क्रान्तिकारी बना दिया है, जैसे तिलक की अन्त्येष्टि ने या मार्शल ला के दृश्यों ने या जतिन दास की भूख हड़ताल ने। वे झूठ बोलते हैं! या उन्होंने इतनी गहरी आत्मविवेचना ही नहीं की, जिससे इस बाह्य कारण के पीछे अपनी सच्ची विद्रोहेच्छा को देखें या फिर उनमें इच्छा है ही नहीं और विद्रोही ही नहीं हैं। वे हैं क्रान्ति के डरौने जिनमें विद्रोह का बाह्य आकार और भावुक क्षमता तो है, किन्तु उसे स्थायित्व और सार देने वाली अनिवार्य आग्नेय आन्तरिक प्रेरणा नहीं। किसी भी घोर खिंचाव के काल में वे नंगे हो जाते हैं, उनका आन्तरिक छूँछापन, दिवालियापन, प्रकट हो जाता है, नृसिंह की शक्ति और प्रभावशालिता का आडम्बर करने वाले इन लोगों की गहराई में छिपी हुई भेड़ निकल पड़ती है और मिमियाने लगती है!

आज हमारे नेता बार-बार कहते हैं, हमारा विद्रोह केवल मात्र आर्थिक है। हमारे घर में रोटी नहीं है, रोजी हमें मिलती नहीं, हम भूखे हैं, इसलिए हम विद्रोही हैं। मैं समझता हूँ कि यह कहना क्षुद्रता है, अपना घोरतम अपमान है।

दिन था जब धर्म की सत्ता थी। तब हमारे ढोंगी नेता विद्रोह को छोटा दिखाने के लिए कहा करते थे, प्रजा का द्रोह धार्मिक नहीं, सामाजिक है। हमें समाज सुधारने का अधिकार होना चाहिए। फिर समाज की सत्ता हुई, तब वे ढोंगी उसका सामना करते हुए डरे और कहने लगे कि हम राजनीतिक पुनर्संगठन माँगते हैं, तब राज-शक्ति की सत्ता हुई और वे कहने लगे, हम राजनीतिक अपराध कब करते हैं, हम तो केवल अर्थ-संकट के विरोधी हैं। क्षुद्र, क्षुद्र, क्षुद्र! मैं कहता हूँ, ओ विद्रोहियो, आओ, पहले इसी दम्भ को काटो! जानो, समझो, घोषित करो कि हम इस या उस दुर्व्यवस्था के नहीं, हम इस ऐसेपन के ही, एतादृशत्व मात्र के विरोधी हैं, हम सभी कुछ बदलना चाहते हैं, हमारी विद्रोही-प्रेरणा धर्म के, समाज के, राजसत्ता के, अर्थसत्ता के और अन्त में अपने व्यक्तित्व के प्रति विद्रोही है!

मूर्ति का निर्माण हो सकता है, मृत्तिका का नहीं। उसी मिट्टी से अच्छी प्रतिमा भी स्थापित की जा सकती है, बुरी भी, पर जहाँ मिट्टी ही न हो, वहाँ कितने ही प्रचार से, कितनी भी शिक्षा से, कितने भी जाज्वल्यमान बलिदान से मूर्ति नहीं बन सकती।

विद्रोही हृदय को विद्रोही गढ़न की आवश्यकता है, उसी प्रकार जैसे मृत्तिका को कलाकार के स्पर्श की। विद्रोही को सम्पूर्ण करने के लिए, एक मानव विभूति बनाने के लिए, मन:शक्ति की, घोरतम नियंत्रण की, अथक परिश्रम की आवश्यकता

है, वैसे ही जैसे मृत्तिका से एक कला की वस्तु तैयार करने के लिए उनकी आवश्यकता होती है...

किन्तु सब शिक्षा पाकर, सब कृत्रिम योग्यताएँ प्राप्त करके उस आन्तरिक शक्ति से हीन व्यक्ति उतना ही क्रान्तिकारी हो सकता है जितना कि सब अलंकारों से अलंकृत, किन्तु प्रतिभा (Inspiration) से हीन चित्र एक कला की वस्तु हो सकता है...

इसीलिए मैं कहता हूँ, मैं विश्वास करता हूँ कि जिस प्रकार एक लियोनार्डो दा विंची को या एक रवीन्द्रनाथ ठाकुर को उत्पन्न करने के लिए सहस्र वर्ष का परिश्रम भी अधिक नहीं है उसी प्रकार एक सम्पूर्ण और आदर्श विद्रोही को उत्पन्न करके ही एक समूची शताब्दी, बल्कि एक समूची संस्कृति सफल हो जाती है!

कलाकार के लिए कला की अन्त:शक्ति के उद्‌बोध के बाद सबसे महत्त्वपूर्ण विभूति है कला के प्रति एक पवित्र आदरभाव, उसी प्रकार क्रान्तिकारी के लिए क्रान्ति की अन्त:शक्ति के बाद सबसे महत्त्वपूर्ण वस्तु है क्रान्तिकारिता के, विद्रोह-भावना के प्रति एक पूजाभाव। इसी के द्वारा उसमें इतनी सामर्थ्य आती है कि वह अपने कार्य में अपने को खोकर, उसमें अपने व्यक्तित्व (subjectivity) को सम्पूर्णत: लवलीन करके भी उसकी तटस्थ (objective) विवेचना कर सकता है, इसी के द्वारा, वह बहता है तो अपनी इच्छा से बहता है, मरता है तो आत्म-बलिदान की भावना से मरता है, संसार में अपने को भुलाता है तो अपने व्यक्तित्व को पहचानकर...

और इसी के द्वारा, केवल इसी के द्वारा, वह अनेक 'अनैतिक' कार्य करके भी उनके दाग से बचा रहता है, 'पाप' करके भी पवित्र रहता है।

और इन्हीं निष्कलंक पापों में क्रान्तिकारी के लिए एक अत्यन्त करणीय पाप है घृणा।

क्रान्तिकारी की बनावट में एक विराट्, व्यापक प्रेम की सामर्थ्य तो आवश्यक है ही, साथ ही उसमें एक और वस्तु नितान्त आवश्यक, अनिवार्य है—घृणा की क्षमता, एक कभी न मरने वाली, जला डालने वाली, घोर मारक, किन्तु इतना सब होते हुए भी एक तटस्थ सात्त्विक घृणा की क्षमता, यानी ऐसी घृणा जिसका अनुभव हम अपने सचेतन मस्तिष्क से करते हैं, ऐसी नहीं जो कि हमें भस्म कर डालती है और पागल करके अपना दास बना लेती है।

निहिलिस्ट लोग इस बात को समझते थे। उन्होंने अपने सर्वभंजक आग्नेय उत्साह में घृणा को बहुत अधिक महत्त्व दे दिया था, वे उसे एक तेज़ शराब की तरह पीकर उसमें अपने व्यक्तित्व को भुलाकर उसे ही एक ज्वलन्त आदर्श मान बैठे थे। यह उनकी ग़लती थी, उनके उत्साह का ज्वार था, जो एक ऐसी लहर में उठकर आया था जो पहले तो बहुत दूर तक तीर पर चढ़ जाती है और फिर धीरे-धीरे फेन

के एक उपद्रव में छिपकर अपनी स्वाभाविक सीमा पर लौट आती है। किन्तु फिर भी उन्होंने इस प्रखर बौद्धिक घृणा का महत्त्व समझा था और उन्होंने इसकी प्रेरक शक्ति का पूरा प्रयोग किया था, पूरा लाभ उठाया था...

और संसार इसे नहीं समझता, सामान्य जनता का सामान्य नैतिक विधान इसे अत्यन्त गर्हणीय गिनता है। उसके लिए घृणा hatred–एक अधोमुखी प्रवृत्ति है जो मानवता का विनाश करती है, जो इसके अतिरिक्त कुछ कर नहीं सकती। वे नहीं जानते कि इस एक भावना में कितनी शक्ति है, कितनी युगान्तकारी शक्ति, यदि उसका उचित और बुद्धियुक्त प्रयोग किया जाए!

मैं उस दिन की कल्पना करता हूँ जिस दिन हमारे देश के—हमारे संसार के—क्रान्तिकारी कहाने वाले व्यक्तियों में ऐसी प्रखर किन्तु शीतल बौद्धिक घृणा जागेगी और वे उससे डरेंगे नहीं, उसे अपनाएँगे और उसकी प्रेरणा स्वीकार करके संसार पर अपनी छाप बिठा जाएँगे, युगान्तर कर जाएँगे और फिर भी एक नए युगान्तकारी विद्रोह का बीज बो जाएँगे...

क्योंकि विद्रोह अनन्त है, नित्य है, क्योंकि उसके उपकरणों में प्रेम के बाद सबसे बड़ा और सबसे अमोघ अस्त्र है यही बौद्धिक घृणा।

सिवाय यातना के—घोरतम यातना के। क्योंकि यातना भी एक उच्च कोटि का और बहुत पवित्र अस्त्र है।

पर, मैं यातना की बात क्यों लिखूँ?

किसी भवन का और विशेषत: लैंडस्केप में उस भवन की स्थिति का वर्णन करने के लिए, उसे देखना पड़ता है। केवल समीप खड़े होकर बाहर से ही नहीं, किन्तु उससे बहुत काफ़ी दूर हटकर भी...तब मैं कहीं जाकर यातना को देखूँ, कहाँ से उसे माप-तोलकर, परखकर उसका मूल्य और महत्त्व आँकूँ!

तब से मुझे जान पड़ता है कि मेरे मन के दो टुकड़े हो गए हैं। कभी-कभी तो दो से भी अधिक जान पड़ते हैं, किन्तु दो तो अवश्य हो गए हैं और जहाँ तक मैं स्वयं सोच पाता हूँ, इस न भरने वाली दरार का कारण वह एक कल्पित चित्र ही है, जो मेरे मन ने उस रसोईघर की दीवार को भेदकर देखा था, उस समय जब कि माँ कह रही थीं—'मैं तो इसका भी विश्वास नहीं करती।'

इस दरार का कोई कारण हो सकता है, कोई और समाधान हो सकता है, इसका निर्णय मनोविज्ञानवेत्ता ही कर सकते हैं। किन्तु इतना मैं जानता हूँ कि उसका अस्तित्व है ज़रूर। क्योंकि कभी-कभी मुझे स्वयं ज्ञात होता है कि मेरे मन के वे दोनों खंड घोर युद्ध कर रहे हैं, मेरी चेतना पर राजत्व पाने के लिए लड़ रहे हैं...और ऐसा भी होता है कि कभी किसी का प्रभाव बढ़ जाता है, कभी किसी का और इसके

फलस्वरूप मेरे कार्यों में एक प्रतिकूलता, एक असम्बद्धता आ जाती है, जिसे मुझे बाह्यरूप से जानने वाले नहीं समझ सकते, किन्तु जो मेरे व्यक्तित्व में आकर एकभूत हो जाती है, हल हो जाती है। कभी ऐसा होता है कि किसी भी खंड की प्रधानता नहीं होती, तब वे मनक्षेत्र के विभिन्न केन्द्रों पर अधिकार करते हैं और यदि हाथ एक के नियंत्रण में होते हैं, तो मुख दूसरे के, या चेतना एक के, तो शारीरिक परिचालन दूसरे के। तब मैं ऐसा ही दीखता हूँगा जैसी कोई मशीन जिसके पुर्जे उलझ गए हों, किन्तु जिसकी गति बन्द न हुई हो!

मैं पागल तो नहीं हूँ! किन्तु कभी-कभी सोचता हूँ कि मुझे पागलपन के इस ओर रखने वाली, सीमित कर देने वाली रेखा कितनी पतली है!

शायद उतनी ही पतली जितनी घृणा और प्रेम में या क्रूरता और यातना में या स्नेह और वैराग्य में होती है।

क्योंकि ये कभी अलग नहीं किए जा सकते, जहाँ प्रेम जितना उग्र होता है, वहाँ वैसी ही तीखी घृणा भी होती है, क्रूरता में केवल यातना दी ही नहीं जाती, स्वयं पाई भी जाती है और स्नेह में स्नेही अपने को ही नहीं भूलता, स्नेह के पात्र को भी भूल जाता है।

स्नेह एक ऐसा चिकना और परिव्यापक भाव है कि उसमें व्यक्तित्व नहीं रहते। स्नेही अपने स्नेह-पात्र को कभी 'याद' नहीं करता, क्योंकि यह उसे कभी भूलता नहीं, वह उससे इतना अभ्यस्त हो जाता है कि उसे कभी ध्यान नहीं होता कि इसे भी देखूँ, इसे देखने के लिए एक अलग, एक विशिष्ट प्रयत्न करूँ। जैसे एक भली-भाँति प्रकाशित दृश्य को देखकर हम प्रकाश को अलग नहीं देखते, किन्तु एक अँधियारे दृश्य को देखकर हठात् पूछ बैठते हैं कि इसका कौन-सा अंश प्रकाशमान है...

किसी ने मुझे फूल भेजे हैं।

यदि धूप और छाँह एक-दूसरे के परिपूरक हैं, तो क्यों इन फूलों को देखकर यह भावना नहीं जागती, क्यों इस कोठरी के पाँच कदम लम्बे और तीन कदम चौड़े, लोहे की कड़ियों से घिरे हुए अन्धकार के टुकड़े में, मुझे इन फूलों को देखकर सम्पूर्णता का भान नहीं होता, क्यों इनके बिखरे-बिखरे सफेद सौन्दर्य में खुली-खुली सी पीली आँखें देखकर मुझे अत्यन्त अपूर्ति, अखंड शून्यता का अनुभव होता है! क्यों मेरे अन्दर एक उत्कट विद्रोह, एक सर्वनाशक जिज्ञासा जागती है...

*भाङ् भाङ् भाङ् कारा*<br>
*आघाते आघात कर*<br>
*अरे आज कि गान गेये छे पाखी*<br>
*एशेछे रविर कर!*

जिसने ये फूल भेजे हैं, वह क्या समझती होगी कि उसने मुझे क्या भेज दिया, क्या मुझे झुलसाए डालता है, पर जिसके लिए मैं फिर भी उसका कृतज्ञ हूँ!

वह मेरी शिष्या थी, पर मैं उसका गुरु नहीं था। मैं उसे केवल पढ़ाता ही था, पर वह मुझे कभी गुरु नहीं समझ पाई, उसके लिए मैं था एक बड़ा-सा भाई—किन्तु ऐसा भाई जिससे प्रेम किया जा सके, जिस पर झुका जा सके, जिसके आधार पर स्वप्न बुने जा सकें—

और जो उपेक्षा से उन्हें तोड़ दे!

मैं पढ़ाता था, बड़ी मेहनत से पढ़ाता था। पर वह कुछ भी नहीं सीख पाती थी! नित्य मैं उससे पूछता, 'पिछला सबक याद किया है?' तब वह सिर झुकाकर एक निरर्थक-सी मुस्कुराहट लेकर चुप रह जाती थी। तब मैं बार-बार पूछता था, फिर डाँट देता था, और कहता था, 'ऐसे पढ़ाई नहीं हो सकती।' और पुराने सबक को दुहराने बिठा देता था।

तब वह बिलकुल नहीं पढ़ती थी। किताब सामने रखकर बड़ी मननशीलता से उसे देखती रहती थी, उन आँखों से जो बड़ी-बड़ी बूँदों से भरी हुई होती थीं और कुछ भी नहीं देख सकती थीं...

तब मैं स्नेह के (किन्तु बहुत थोड़े से स्नेह के!) स्वर में कहता था, 'अच्छा आज आगे पढ़ा देता हूँ। कल दोनों सबक याद कर लेना!' और वह पढ़ती थी। और दूसरे दिन फिर वही हाल!

एक दिन मुझे बहुत क्रोध आया। तब उसकी आँसू-भरी आँखें देखकर मैंने झुँझलाए स्वर में कहा, 'पढ़ती-लिखती तो कुछ हो नहीं, और कुछ कहता हूँ तो रो पड़ती हो! हटो कल से मैं नहीं आऊँगा।'

मैं उठ खड़ा हुआ। तब वह दीन स्वर में बोली, 'मुझे फुरसत कहाँ मिलती है? अम्माँ सारे दिन तो पचीसों काम बताती रहती हैं?'

गुरु कैसे मान जाए! अम्माँ भी आईं। उनसे भी पूछा, 'इसे कितना समय पढ़ने के लिए मिलता है?'

'सारा दिन तो किताब लिये बैठी रहती है। मैं तो पढ़ाई के डर से कभी कुछ कहती भी नहीं! क्यों, ठीक नहीं पढ़ती क्या?'

मुझे कहना सच ही चाहिए था, पर मैंने कहा, 'नहीं, पढ़ती तो है, पर थोड़ी देर और पढ़ा करे तो—'

वे चली गईं। तब मैंने फिर उससे पूछा, 'क्यों?' वह क्या कहती? किताब सामने रखकर कितनी देर स्वप्न देखे जा सकते हैं, इसकी भी कोई सीमा है!

मैंने और कठोर स्वर में कहा, 'क्यों, अब?'

'अब ध्यान से पढ़ूँगी?' तब मैं पढ़ाने लगा।

तब एक दिन ऐसा आया कि मैं उसे पढ़ाने नहीं गया। दो दिन नहीं, तीन दिन नहीं। चौथे दिन मैंने उसके पिता को पत्र लिख दिया कि मैं नहीं पढ़ा सकूँगा। उन्होंने दूसरे ही दिन एक चेक मेरे नाम भेज दिया।

कहानी समाप्त हो गई। पर दूसरे दिन उनका नौकर, एक छोटा लड़का, मेरे पास आया और बोला, 'बीबीजी पूछती हैं, पढ़ाने नहीं आइएगा?'

मैंने डपटकर कहा, 'कौन बीबीजी?'

'छोटी। उन्होंने बुलाया है।'

मैंने फिर पूछा, 'शीला ने?'

'हाँ।'

उसे शायद पता नहीं था कि पढ़ाई कैसे समाप्त हो चुकी है। मैंने कहा, 'उनसे कहना, नहीं आ सकता। उनके पिता ने पढ़ाई बन्द कर दी है।'

वह चला गया। मुझे यह विचार नहीं हुआ कि मैं कैसी कायरता से झूठ बोला हूँ। मैं यही सोचता रहा कि मैंने विजय पा ली है!

उस विजय ही में मेरी हार हुई। यदि मैं उसे सच ही कहला देता कि मैंने ही इनकार किया है, तब शायद वह अपने को अन्याय का भागी समझकर ही कुछ सान्त्वना पाती, मैंने उसके लिए भी स्थान नहीं छोड़ा और तब से उसकी उलाहना भरी छाया मेरे साथ-साथ आती है और रोती सी कहती है—झूठे! झूठे!

मैं इससे बचकर भागता हूँ। भागता आया हूँ और अब भी फूलों की ओर देखकर सोच रहा हूँ, इन मुरझाए हुए फूलों से कहाँ भागूँ?

पर क्यों भागूँ?

शीला, मैंने तुम्हें धोखा नहीं दिया। अपने को अब तक अवश्य धोखा देता आया हूँ। मैं जो झूठ बोला था, उसने तुम्हें नहीं भुलाया, मैं ही उसमें भूला था। पर आज मैं अपनी भूल जाना गया हूँ। आज मैं तुम्हें कष्ट देने वाला तुम्हारा भाई, जो तुम्हारी श्रद्धा को कृतज्ञता से स्वीकार करता है, जो अपनी लज्जा भुलाकर कहता है कि उसने झूठ बोलकर अपने को तुमसे नहीं, अपने आपसे छिपाया था। यही उसका प्रतिदान है जो तुम्हें अब तक नहीं मिला, जो शायद अब तुम्हें कभी नहीं मिल सकता, किन्तु जिसे यह आज चुकता कर चुका है।

जब तक फूल ताजे थे, तब तक यह नहीं दीखता था कि ये कैसे बँधे हुए हैं। मैंने इन्हें अपनी कोठरी के जँगले से बाँध दिया था, पर उन्हें बाँधने वाला फीते का टुकड़ा नहीं दीखता था, काले लोहे के सीखचों के साथ लगे हुए ये सफेद कोमल फूल, एक बड़े अमधुर सत्य की याद बड़े मधुर ढंग से दिला देते थे...

आज वह फीता दीखता है। उसके अपरिवर्त्त फन्दे में फूल सूख चुके हैं, अपना स्मारक भर रह गए हैं और विवश-से लटक रहे हैं। याद दिला रहे हैं किसी चीज़

की—जाने किसकी! कह रहे हैं, वासना नश्वर है, मुरझा जाती है और तब प्रेम-तन्तु ही ज़ीवन की स्थिरता बनाए रखता है...या शायद इससे उलटा! कह रहे हैं, जब प्रेम मर जाता है, तब वासना उसके शव को उठाए-उठाए फिरती है और उससे अपने को धोखे में छिपाना चाहती है...कह रहे हैं, और कुछ याद दिला रहे हैं, किसी ओर इंगित कर रहे हैं...

'रम्य तटी रावी' का एक तट, जो और कैसा भी हो रम्य नहीं है। तट पर छोटी झाड़ियों और ठूँठे वृक्षों का घना जंगल। खिंची हुई आह की तरह गर्म और निस्तब्ध रात। ऊपर पेड़ों की सूखी शाखों में उलझा हुआ एकाध तारा, नीचे मरे हुए और धूल हुए पत्तों की सूखी आहों की भाफ और सामने...

एक बिखरा हुआ शव। उसके दोनों हाथ कटे हुए हैं। एक पैर कटा हुआ है, पेट खुल-सा गया है और उसमें से अँतड़ियाँ बाहर गिरी पड़ रही हैं। फटी-फटी आँखें, ऊपर शाखों के जाल को भेदकर देख रही हैं किसी तारे को, और मुँह एक बिगड़ी हुई दर्द भरी मुस्कुराहट लिये हुए हैं...

उसे मरे देर हो गई। जिस वक़्त एक भयानक विस्फोट से वह मानव-विभूति टूटे हुए स्तम्भ की तरह गिरी, उस वक़्त वहाँ एक-दो दर्शक थे किन्तु जब वह मरा, तब जीवन की उलझन को सुलझाने में उसका सहायक कोई नहीं था। वे गए थे साहाय्य प्राप्त करने—एक को वहीं छोड़कर। पर रात होने को आई और उसके रुके हुए प्रतीक्षमान प्राण और अधिक नहीं सह सके...तब वह अन्तिम प्रहरी ढूँढ़ने चला...

और जब उन्हें ढूँढ़कर लाया, जब वे सब वहाँ पहुँचे उसे उठा ले चलने के लिए, तब वह खो गया था? अपने दुख और दर्द की, और अपनी आशा और क्रियाशीलता की स्मृति-स्वरूप वह विकृत मुस्कान छोड़कर चला गया था।

वे चार-पाँच जन उस शरीर के पास खड़े हैं। वे रो नहीं रहे हैं, आँसू नहीं बहा रहे हैं। वे अपने चिरसंचित अरमान बहा रहे हैं, क्योंकि उनका उद्‌देश्य एक विस्फोट का धुआँ बनकर उड़ गया है। घने जंगल की शाखों के उलझे जाल में से धीरे-धीरे छनकर निकल गया है, तड़प-तड़पकर किन्तु चुपचाप, एक भरी हुई मुस्कान छोड़कर उस निविड़ एकान्त में जब कि अन्तिम प्रहरी भी उसे छोड़कर चला गया था और उसकी अपनी अन्तर्वेदना ही एकमात्र प्रहरी बनकर उस निविड़तम हताशा के क्षारपुंज पर एक व्यर्थ पहरा दे रही थी...

उस बीहड़ में उस फटी हुई आँख के अन्धेपन ने क्या देखा, यदि हम जान पाते...

वे चार-पाँच उसके पास खड़े हैं। कतार बाँधे, सावधान मुद्रा में, सिर झुकाए हुए। किसी आदर की भावना से वे सब एक साथ ही उसे हाथ उठाकर नमस्कार करते हैं और बहुत देर तक वैसे ही रह जाते हैं...

वे सब चुप हैं, इस दृश्य को पूरा करने वाली भैरवी उनके अन्तस्तल में कहीं मूक स्वर में बज रही है...

यही है उस कवि-हृदय सिपाही की अन्त्येष्टि, उस विद्रोही के विद्रोह का अन्तिम उफान।

दृश्य फीका पड़ जाता है। एक निस्सीम श्वेत आकाश में पड़ा हुआ रह जाता है केवल वह शरीर जमते हुए रक्त के एक छप्पड़ में...

उसके दोनों ओर दो आकार—एक स्त्री और एक पुरुष। वे एक-दूसरे को देख रहे हैं, उनकी आँखें नीचे पड़े उस शव को नहीं देखतीं, उनके हृदय नहीं अनुभव करते कि वे किसी भव्य पवित्रता की समाधि भ्रष्ट कर रहे हैं। वे मिलते हैं, बाँहों से एक-दूसरे को घेरकर बाँधते हैं, आलिंगन करते हैं किसी दानवी भूख से और उसी शव के आर-पार! फिर—

भ्रम! मैं देख रहा हूँ जँगले से लटके हुए सूखे हुए नरगिस के गुच्छे को और उसे घेरे हुए फीते के टुकड़े को।

मानव के लिए झूठ, छल और मक्कारी अत्यन्त सहज है, क्योंकि ईश्वर ने मानव को अपना प्रतिरूप बनाया और ईश्वर हमारे ज्ञान में सबसे बड़ा झूठ और छलिया और मक्कार है...

नहीं तो जो चित्र मुझे दीखता है, उसका क्या कारण है? क्या मानव इतनी नीचता और इतने ज्वलन्त आत्मत्याग के आगे इतनी नीचता कर सकता है?

जब मुझे याद आता है कि कैसी परिस्थिति में वह विस्फोट और वह मृत्यु हुई और जब सोचता हूँ कि उस समय जब वह वीर अपने बुझे हुए स्वप्नों को अपनी बुझती जीवन-ज्योति से फूँक-फूँककर कुछ देर और जीवित रखने की चेष्टा कर रहा था, तब उसके आसपास कैसे-कैसे षड्यंत्र हो रहे थे, मानव हृदय की ओछी-ओछी कमजोरियों की आड़ लेकर कैसी-कैसी नग्नताएँ नाच रही थीं, तब एकाएक अपने पर से और अपने किए हुए पर से विश्वास उठ जाता है...कि क्या इस सबके भी प्रेरणास्रोत ऐसे ही थे!

मैं सोचता हूँ कि यद्यपि हमारा सिद्धान्त इस बात को स्वतः मान लेता है कि मानव की प्रत्येक प्रेरणा किसी भौतिक ज़रूरत से उत्पन्न होती है, तथापि हम इस बात में भी अखंड विश्वास करते हैं कि मानव में कोई ऊर्ध्वगामी शक्ति है, कोई नैसर्गिक सत्प्रेरणा! इन दो परस्पर विरोधी मूलतत्त्वों का हल करना ही हमारी सबसे बड़ी समस्या है। इसके हल हो जाने के बाद अन्य प्रश्नों का तो कोई विशेष महत्त्व रहता ही नहीं। पर यह एक प्रश्न ही इतना बड़ा, इतना गूढ़ और इतना व्यापक है कि हमें पद-पद में इसके उदाहरण मिलते हैं, हम सारा जीवन ही इसके हल में बिता देते हैं, और फिर भी समस्या वैसी ही रह जाती है।

*Alas for all the loves that youth lets fall*
*Like the beads of a told rosary!**

---

* माला के दानों की तरह यौवन के हाथ से कितने प्रणय एक-एक करके गिर जाते हैं।

किन्तु इतने सब बिखरे हुए प्रणयों की याद कर-करके न जाने क्यों दुख नहीं होता? क्यों विफलता और वंचना की भावना नहीं जागती? मुझमें उठता है एक क्रुद्ध विद्रोह इसलिए नहीं कि मैंने क्या कुछ खोया है या कितना कष्ट उठाया है, बल्कि इसलिए कि मैंने कितना दुख दिया है, किन-किन भोले हृदयों को कैसी कठोर चोटें पहुँचाई हैं...

क्या है मेरे इस जीवन की सिद्धि? क्या है इसकी सम्पूर्ति? हर झूठ—शून्य, शून्य, शून्य! बल्कि शून्य से भी कम, एक ऋण, जिसे मैं पूँजी समझे बैठा हूँ!

पर यह मैं क्या कर रहा हूँ? क्या इतनी बड़ी-बड़ी चोटों पर यह क्षुद्र दया दिखाकर मैं उनकी पीड़ा को और नहीं बढ़ा रहा हूँ? क्योंकि बहुत गहरी चोट का एकमात्र मरहम होता है चोट पहुँचाने वाले की उपेक्षा-दृष्टि, दया तो उसके घावों को खरोंचकर खोल देती है...

मैं क्या हूँ? मेरा ममत्व क्या है? जिसके अन्त के लिए इतनी शक्ति व्यय की जा रही है, इतना आयोजन हो रहा है, उस जीवन की सत्यता क्या थी? वायु में उड़ती धूल पर खिंची रेखा, और बस?

नहीं हो सकता! मेरे इतने सब स्वप्न, उतने नगण्य नहीं हो सकते, भले ही मेरा जीवन नगण्य रहा हो! मैं कुछ नहीं, मेरा कार्य कुछ नहीं, मेरा स्थायित्व कुछ नहीं, पर मेरी यह विद्रोहचेष्टा कहाँ जाएगी! मैं जो इतने अनवरत यत्न से संसार की—या संसार में जहाँ तक मेरी पहुँच हो सकी है, उसकी—प्रत्येक वस्तु में घोर परिवर्तन, एक मौलिक क्रान्ति का आदर्श लेकर आया हूँ, वह क्या एक फाँसी के फन्दे में ही घुटकर मर जाएगा? मैं न रहूँ, मेरा कोई चिह्न भी न रहे, पर क्या यह शक्ति भी नष्ट हो जाएगी, क्या इसकी दीप्ति का कम्पन भी खो जाएगा?

विज्ञान कहता है, कुछ होता नहीं, कुछ होगा नहीं। जो कुछ हो चुका है, वह भविष्य के अन्त तक रहेगा, और जो होना है, वह भूत के प्रारम्भ से ही था। क्योंकि भूत और भविष्य कुछ नहीं है, क्योंकि काल भी कुछ नहीं है, लम्बाई, चौड़ाई और ऊँचाई की भाँति गति की एक दिशा, एक प्रकार है। तब मैं मरकर भी जीता रहूँगा, पर जीते हुए भी मर चुका हूँ...

मुझे जीवन का मोह नहीं करना चाहिए। पर मैं ऐसा मोह करता कहाँ हूँ? मोह तो जब होता, जब इस जीवन की कोई सिद्धि होती और मैं सोच रहा हूँ कि मृत्यु ही इसकी सिद्धि है!

पर क्या? विज्ञान यह भी तो कहता है कि जीवन एक ही बार मिलता है, और मानव-जीवन का कोई भी अंश नित्य नहीं, मृत्यु में उसका सम्पूर्ण अवसान हो जाता है, कुछ भी नहीं रहता जो पुनर्जन्म पा सके...

और शक्ति? शक्ति भी नष्ट हो जाती है? नहीं, शक्ति नहीं नष्ट होती, केवल रूप बदलती है। पर शक्ति तो अकर्तृक (impersonal) होती है, और शक्ति और

पदार्थ विभिन्न नहीं, एक ही कुछ के दो आकार हैं, तब क्या आज जो मेरी विद्रोही शक्ति है, वही कल किसी को बाँधने के लिए लौह-शृंखला होगी—किसी विद्रोही को, जो कि मेरी ही भाँति भविष्य को बदलना चाहता होगा, और जो स्वयं अपने भविष्य के लिए बन्धन हो जाएगा!

हाय, मानव के छोटे-से मस्तिष्क और हाय, भव के विराट् सत्य!

पर क्या इसी विचार में सान्त्वना नहीं है, इसी में हमारी सारी गति और सारे विकास का तत्त्व, उसकी सिद्धि, उसकी सफलता नहीं है? इसी अनन्त नश्वरता, अनन्त पुनर्जन्म, अबाध परिवर्तन में, इसी सिद्धान्त में कि कोई दो क्षण एक से हो ही नहीं सकते, कि प्रत्येक छोटे से छोटे विपल में उसकी मृत्यु और उससे अगले विपल का उद्‌भव अवश्यम्भावी है...मैं मरता हूँ क्योंकि मेरा जीवन केवल उस मरण की भूमिका है, जिसमें लाखों और करोड़ों आगामी जीवन निहित हैं!

मैं अपने पहले बीते हुए असंख्य युगों का निचोड़ हूँ। एक निर्जीव धूम्रकेतु से इस पृथ्वी के जन्म की, उस पर अत्यन्त प्राथमिक जीवन के उद्‌भव की, और उससे उत्पन्न अनेक विभिन्न जातियों के उद्‌भिज, अंडज, स्वेदज और पिंडज जीव-जन्तुओं की वसीयत की छाप मुझ पर है, पिछले करोड़ों वर्षों से निरन्तर उन्नत होती हुई नृजाति के उच्चतम आदर्शों का केन्द्रीभूत पुंज भी मैं ही हूँ। इस दृष्टि से, मैं जो कुछ हूँ, अपना कुछ नहीं हूँ, नया कुछ नहीं हूँ। मैं किसी अत्यन्त प्राचीन ग्रन्थ का एक नया संशोधित, संवर्धित और सटीक-सटिप्पण संस्करण हूँ, जिसके मूल लेखक का पता नहीं।

और मैं नया हूँ, अपूर्व हूँ। मेरे जीवन का एक क्षण भी पहले कभी नहीं हुआ। मैं एक नई वस्तु हूँ, एक नई प्रतिज्ञा हूँ जिसे भविष्य पूरा करेगा, एक शिक्षा हूँ जो भविष्य के लिए रह जाएगी।

नित्यता क्षणों की है, पर क्षण, क्षण-भंगुर हैं। मैं भी हूँ, मुझमें जो कुछ नूतनता है, उसे मुझे इसी क्षण में कह डालना है, क्योंकि वह भविष्य की वस्तु है, मैं उसे कहे बिना रुक नहीं सकता और सोचने का समय नहीं—क्षण का अस्तित्व कितना?

कह डालूँ अन्तःकथा को, बहा डालूँ अन्तर्वेदना को, बिखेर दूँ अन्तःज्वाला को, लुटा दूँ आन्तरिक अनुभूतियों को, दान कर जाऊँ अपनी अन्तःशक्ति की चिर-संचित शिक्षाओं को, अपने अन्तःकरण के उन्माद को!

चला जाऊँ। थका हूँ, सो जाऊँ। पर, पहले इस एकमात्र अपने रहस्य को कह जाऊँ—जो नृवंश-विकास की मेरे नाम और मेरी नृवंश-विकास के नाम वसीयत है—अपनी विद्रोह-शक्ति की, अपने will to revolution की गाथा...

*मौन में, कैसी-कैसी स्मृतियाँ!*

*ओ रे कवि, तोरे आज करेचे उतला*
*झंकारमुखरा एइ भुवनमुखला*

*अलक्षित चरणेर अकारण अवारण चला।*
*नाड़ीते नाड़ीते तोर चंचलेर शुनि पदध्वनि*
*वक्ष तोर उठे रनरनि*
*नाहि जाने केउ*
*रक्ते तोर उठे आज समुद्रेर ढेउ,*
*काँपे आज अरण्येर व्याकुलता।*
*मने आज पड़े सेई कथा*
*युगे युगे एसेचि*
*चलिया,*
*स्खलिया स्खलिया,*
*चुपे चुपे*
*रूप ह'ते रूपे,*
*प्राण ह'ते प्राणे।*
*निशीथे प्रभाते*
*जा किछु पेयेचि हाते,*
*एसेचि करिया क्षय दान ह'ते दाने,*
*गान ह'ते गाने!*

कहूँगा!

ज्यों-ज्यों मैं अपने जीवन की कहानी को सोचता हूँ, उसकी एक-एक बात को नाप-तौलकर उसकी विवेचना पर एक विद्रोही के जीवन में उसके महत्त्व पर विचार करता हूँ, त्यों-त्यों उसके प्रति मेरा आदर-भाव बढ़ता जाता है। इस जीवन में भी कुछ है। एक उत्ताप, एक ऊर्ध्वगामी दीप्ति, जो यदि विद्रोह की शक्ति नहीं, तो विद्रोह-शक्ति की उपासना-सामर्थ्य अवश्य है!

मुझे बहुत दिनों की बात याद आती है, कोई दस-एक बरस पूर्व की। तब मेरी आयु कोई चौदह वर्ष की थी, शायद पन्द्रह की। तब मेरे अन्दर सुलगता हुआ विद्रोह-भाव, अनेक स्थानों पर भटककर घर लौट आया था। मैं अपने घर के विरुद्ध ही विद्रोह का आयोजन किया करता और अपनी विवशता पर और अपनी अकिंचनता पर दाँत पीस-पीसकर रह जाता था।

एक दिन, न जाने किस कारण मैंने घर छोड़ दिया। यह निर्णय मैंने कैसे किया, किन प्रेरणाओं से बाध्य होकर किया, मुझे याद नहीं, किन्तु जिस भावना को लेकर मैं घर से निकला वह मुझे अभी याद है। मेरा अन्तर उबल रहा है, मानो बाह्य दबाव को उठाकर फूट निकलेगा, मैं एक आहत अभिमान को लिये सोच रहा हूँ कि क्या इतने बड़े संसार में मेरे लिए ठौर नहीं होगा और मैं मुड़-मुड़कर घर की ओर ऐसे देखता हूँ जैसे उसे भस्म कर डालूँगा।

इस दर्प से, और ऐसी आशा से भरा हुआ, मैं घर से निकला हूँ। मेरी पूँजी क्या है? एक छोटा बिस्कुटों का पैकेट, एक डबलरोटी और अपने साधारण वस्त्रों के अलावा एक पुराना ओवरकोट जिसकी जेब में ये दोनों वस्तुएँ रखी हैं।

मैं घर से घूमने निकला हूँ, और एक पहाड़ी पर खड़ा सोच रहा हूँ, किधर चलूँ? 'कहाँ जाऊँ' की भावना अभी नहीं जागी, क्योंकि यह तो मुझे सूझा ही नहीं कि कभी ऐसा भी हो सकता है कि कहीं जाने को ठौर ही न हो। मैं बाध्य होकर किसी एक स्थान को नहीं जा रहा हूँ, मैं तो अनेक गमनीय दिशाओं में से स्वेच्छापूर्वक एक चुन रहा हूँ...

मेरे पाँव एक ओर चल पड़े—मैं उनकी प्रेरणा पर चलता रहा। पहले सात-आठ मील तक तो मुझे स्वयं नहीं ज्ञात हुआ कि किधर जा रहा हूँ, मेरा ध्यान ही इधर नहीं गया, वह अभी तक पीछे घर की ओर देख रहा था और कुढ़ रहा था। पर दस-एक मील आकर घर मेरे ध्यान के लिए भी बहुत दूर रह गया। तब उसने पथ की ओर देखा और पथ के आगे की ओर मुझे सूचित किया कि वह मुझे एक जल-प्रपात की ओर ले जा रहा है, जिसको मैंने मानचित्र में और कल्पना में कई बार देखा है।

मैं आजीवन न लौटने का निश्चय करके घर से निकला हूँ, किन्तु यह तो विचार किया नहीं कि आजीवन इसी बिस्कुट के पैकेट पर और एक डबलरोटी पर गुज़र करना है। और धूप बहुत निकल आई है, और भूख बहुत लगी है...

मुझे पहला ही झरना जो मिला मैंने उसी के किनारे कपड़े उतारकर रखे और उसमें लेट गया। और जब शरीर कुछ ठंडा हुआ तब मैंने जल में ही औंधे होकर बिस्कुटों को पानी में भिगो-भिगोकर खाना आरम्भ किया, इसी प्रकार अपनी आधी पूँजी उसी समय समाप्त करके मैं फिर स्वप्न देखने लगा, उस समय का जब किसी को भी किसी प्रकार का अत्याचार नहीं सहना पड़ेगा, चाहे घर में, चाहे बाहर...

मैं पानी में से बाहर निकला और कुछ देर सुस्ताने के लिए कपड़े पहनकर और डबलरोटी सिरहाने रखकर लेट गया।

जब नींद खुली तब दिन ढल रहा था। मैं घबराकर उठा और जल्दी-जल्दी चलने लगा, मानो कहीं जाना ही हो!

चलते-चलते अँधेरा हो गया, तारे निकल आए। मैंने देखा, मैं कहवे के एक बागान में होकर जा रहा हूँ, पर जिस जल-प्रपात की ओर जा रहा हूँ उसका कहीं चिह्न भी नहीं है...

मैं मील भर और चला। अभी बागान समाप्त नहीं हुआ था। एक छोटे-से झरने के पास पहुँचकर मैंने सोचा कि यहीं पड़ाव करना चाहिए और साथ ही याद आया कि मेरे पास एक डबलरोटी भी है।

पूँजी समाप्त हुई। मैंने ओवरकोट भूमि पर बिछाया और कॉफी के वृक्ष की एक उभरी हुई जड़ का तकिया बनाकर झींगुरों का शोर सुनते हुए सोने की चेष्टा करने लगा।

पता नहीं, शोर पहले बन्द हुआ था या मैं पहले सो गया। पर आधी रात में कहीं मेरी आँख खुली। मेरा शरीर ठिठुर गया था। मैंने कोट को निकालकर ओढ़ लिया, और सोने की चेष्टा करने लगा, झींगुर चुप थे, मैंने सुना, कहीं दूर पर समुद्र-सा गम्भीर शब्द हो रहा है। यह जल-प्रपात का शब्द था।

कोट ओढ़ लेने से, ठंड और अधिक लगने लगी। तब मैंने उसे आधा बिछाया और आधा ओढ़ा और इस विभाजन को पूरा रखने की निरन्तर चेष्टा में किसी तरह सबेरा कर दिया...

जब जल-प्रपात का दृश्य मुझे दूर ही से दीखा तब मैं सड़क पर ही बैठ गया और बहुत देर तक उसे देखा किया। सोचता रहा कि जीवन ऐसा होना चाहिए, शुभ्र, स्वच्छ, संगीतपूर्ण, अरुद्ध, निरन्तर सचेष्ट और प्रगतिशील घरबार के बन्धनों से मुक्त और सदा विद्रोही...फिर धीरे-धीरे उठकर उसके नीचे चला गया।

उस दिन भर में, मैंने न जाने कितनी बार उस प्रपात का फेनिल पानी पिया। क्योंकि पानी से भूख मिटती तो नहीं, और जितनी बार मुझे भूख की याद आती पानी पी लेता...

वह रात मैंने जल-प्रपात के नीचे ही बिताई। एक चिकनी और समतल और दिन भर धूप से तपी हुई चट्टान खोजकर उस पर सो रहा और जब रात में किसी समय वह चट्टान मुझे धोखा देकर ठंडी हो गई, तब फिर मैंने उस बुड्ढे ओवरकोट को खींच-तानकर लम्बा करने की चेष्टा में सबेरा कर दिया। सबेरा हो जाने के बाद भी मैं उठा नहीं, सिकुड़कर पड़ा ही रहा, जब तक कि धूप ने आकर मेरे अकड़े हुए शरीर में एक स्निग्ध गरमाई नहीं फैला दी...

उस समय तक, मेरा वह क्रोध मिट चुका था, उफान शान्त हो गया था। मैं एक विचारपूर्ण मुद्रा में उस समय प्रपात को देख रहा था और उसके जीवन में एक शून्यत्व पा रहा था...सोच रहा था कि इसकी परिवर्तनशीलता में एक प्रगूढ़ एकस्वरता है, इसकी निश्चिन्त उन्मुक्तता में एक परवशता, एक भूखापन...और बार-बार पानी पी-पीकर अपने को अपने से छिपाए जा रहा था!

दुपहर तक, वह विचारशीलता भी चली गई। मुझमें एक ग्लानि उत्पन्न हुई, एक झुँझलाहट-सी। वह उस भावना से बहुत कुछ मिलती-जुलती थी, जिससे प्रेरित होकर मैं घर से चला था। किन्तु यह आज मुझे घर की ओर प्रेरित कर रही थी।

उसमें क्षोभ था, पराजय थी और मैं उसे अपने से छिपा न सका, भूख ने छिपने नहीं दिया। मैं उठा और घर की ओर चल पड़ा! रात कहीं राह में कटी और सवेरे घर पर पहुँच गया—उस क्षोभ और पराजय को भी भुलाकर जीवन के प्रति एक नया आदर-भाव लेकर, जो कि व्यथा और अनुभूति से उत्पन्न और पुष्ट हो गया था।

मेरी तलाश सर्वत्र हो चुकी थी, केवल उस प्रपात की ओर जाने का किसी को ध्यान ही न हुआ था। पिता ने मुझे कुछ नहीं कहा, यह भी नहीं पूछा कि मैं कहाँ गया था। उन्होंने मेरे प्रत्यागमन को चुपचाप स्वीकार कर लिया। उनमें एक विशालता थी जो अपनी ही नहीं, दूसरे की पराजय को भी सह सकती थी, और जिसे मैंने बहुत दिन बाद पहचाना...

उसी दिन के से आदर भाव को लेकर, मैं अपनी कहानी कहूँगा। उस आदर भाव को, जिसमें अनुभव की प्रशान्ति है, व्यथा की पवित्रता है, और शायद, थोड़ी-सी पराजय की जलन भी है...क्योंकि यद्यपि मेरे जीवन ने एक प्रकार की सम्पूर्ति पा ली है, वह तृप्ति नहीं है। वह वैसी ही है जैसे किसी ने भोजन पाकर भूख तो मिटा ली हो, किन्तु प्यास न मिटा पाया हो। उसी तड़पती हुई सम्पूर्ति-अपूर्ति की कहानी मैं कहूँगा।

ओ दीप्ति! ओ ज्वाले! इस आदर भाव को, इस पवित्रता को और इस जलन को स्थायित्व दे, ताकि मैं अपनी प्राण-शक्ति को पूर्णतः उस सन्देश पर केन्द्रित कर सकूँ, जो मेरे जीवन-पट पर लिखा है, जो मैं विकास के अन्धकारमय भूत से लाया हूँ और प्रोज्ज्वल भविष्य के लिए छोड़ जाऊँगा...

कभी-कभी तो एक विचार उठता है कि मैं क्या सन्देश छोड़कर जा सकता हूँ, सिवाय एक भयानक शाप के—क्योंकि मेरा जीवन ही तो एक शाप-सा है!

*Cursed be the social wants that sin against*
*the strength of youth!*
*Cursed be the social lies that warp us*
*from the living truth!**

कैसे लिखूँ?

अपनी कहानी में अपने व्यक्तित्व की पूरी इच्छा-शक्ति डालकर, सब्जेक्टिव दृष्टि से विवेचना करते हुए, एक दर्द और आग की भरी ललकार दूँ या अपने को अपनेपन से बाहर खींचकर एक बाह्य ऑब्जेक्टिव दृष्टि से अपने कर्मों की और उनके प्रेरणा-स्रोतों की परीक्षा लेते हुए, एक शान्त, अनासक्त बौद्धिक सन्देश सुनाऊँ, या अपने जीवन को किसी नैसर्गिक शक्ति की दी हुई थाली समझकर, एक ऋणी की भाँति, उसे लौटाते समय पूरा हिसाब चुकाते हुए, किसी भूल-चूक के लिए सफ़ाई देते हुए, एक ब्योरेवार क्षमा-प्रार्थी बयान पेश करूँ?

अपने व्यक्तित्व को 'मैं' समझूँ, या 'वह' या 'तू'?

---

* धिक्कार समाज की उन न्यूनताओं को, जो यौवन की शक्ति के खंडन का अपराध करती हैं! धिक्कार समाज के उस मिथ्या को, जो जीवित सत्य से हमें भ्रष्ट करता है!

मैं एक कर्तव्य भावना से आया हूँ, एक दायित्व मेरे सिर पर है। इसलिए, उचित तो यही है कि जिस प्रकार एक अपराधी किसी न्यायकर्ता के आगे खड़ा होकर अपने चरित्र का उत्तरदाता होता है और फिर न्यायकर्ता के मुख से, फर्दे-जुर्म के रूप में, अपने चरित्र की नपी-तुली और निष्पक्ष आलोचना सुनता है, उसी प्रकार मैं भी अपने को 'तू' के स्थान में रखकर उसकी आलोचना करूँ या फिर अपनेपन का स्मारक छोड़ जाने के लिए, अपने व्यक्तित्व, अपनी शक्ति की छाप बिठा जाने के लिए, अपने को 'मैं' कहूँ और उसे व्यक्त कर जाऊँ।

पर मुझे ये दोनों कार्य नहीं करने हैं। अपना दायित्व मैंने खुद अपने ऊपर लिया है, इसलिए मैं यदि 'तू' हूँ तो केवल अपने आगे और मेरा अपनापन कुछ है ही नहीं, जिसकी छाप बिठाने की मुझे इच्छा हो, मैं तो गति की एक कला हूँ जो गति में ही लीन हो जाएगी, मैं स्वयं एक छाप हूँ!

मैं एक सन्देश लाया हूँ, जो कि मेरा अपना नहीं है, जो मैंने अपने वंश-विकास से पाया है और जिसे मैं एक बाह्य प्रेरणा से बाध्य होकर कहूँगा। मेरे सब कर्म उसी प्रेरणा के फल हैं जो मुझसे बाह्य हैं, जिससे मैं विभिन्न हूँ। मैं चाहता हूँ, उसी प्रेरणा के भविष्य को इंगित कर जाऊँ—उसे अपने व्यक्तित्व से अलग एक शक्ति, एक विभूति समझकर।

अत: जिसकी कहानी में निहित सन्देश को मैं प्रकट करूँगा, वह 'वह' ही है। उसका नाम है शेखर। वह इस समय मृत्यु की प्रतीक्षा कर रहा है। उसी प्रतीक्षा में वह अपना अपनापन व्यक्त किए जा रहा है और मैं उसके जीवन के सत्यों को पढ़कर, उनका निष्कर्ष निकालकर और शब्दबद्ध करके छोड़े जा रहा हूँ।

जा रहा हूँ। कहाँ? जहाँ वह जा रहा है, जहाँ हम दोनों अपरिचित हैं। क्योंकि हम अभिन्न हैं, अत्यन्त एक हैं और हमारा एकत्व मृत्यु की प्रतीक्षा कर रहा है...

कह डालूँगा एक ही उत्तप्त, भस्म कर देने वाले विश्वास में, सब कुछ कह डालूँगा। भले ही उसकी ज्वाला को व्यक्त करने में उसके जीवन की कोमलता नष्ट हो जाए, भले ही वह शून्य से टकराकर खो जाए, किसी तक पहुँच न पाए!

नश्वरते!

*काँटों पर जब होगा क्रुद्ध प्रभंजन का आघात,*
*तब उनमें उलझे फूलों की कौन सुनेगा बात?*
*जब मेरा अपनापन होगा चिरनिद्रा में मौन,*
*मुझमें जो है रह:शील वह कह पाएगा कौन?*

नश्वरते, कौन!

प्रथम खंड

# उषा और ईश्वर

जीवन की गहनतम घटनाएँ किसी अनजान क्षण में ही हो जाती हैं। घोर पीड़ा का उद्‌भव सदा ही रहस्यपूर्ण होता है, उसकी अनुभूति स्पष्ट होती है किन्तु उसका अंकुर कब, कहाँ, कैसे फूटा, यह पता नहीं चलता, क्योंकि इसके लिए हम उस समय चौकन्ने नहीं होते...

उसका जन्म भी इसी प्रकार अनजाने में हो गया था। देहात से भी बाहर एक वीरान भूमि में बहुत-से टूटे-फूटे खँडहरों के पास लगे हुए एक खेमे में उसका जन्म हुआ था। उस समय उसका पिता वहाँ उपस्थित नहीं था, उस समय उसकी माँ भी बेहोश थी...

दाई थी। पर ऐसे तो प्रत्येक घटना को, प्रत्येक पीड़ा के उद्‌भव को देखने वाला कोई-न-कोई, कहीं-न-कहीं होता है, प्रगति के प्रत्येक उफान का रहस्य कोई-न-कोई तो समझता ही है, पर जब हम 'किसी' का परिचय नहीं जानते, जब हम उस 'द्वारा' प्राप्त ज्ञान और अनुभूति का प्रत्यक्ष अनुभव नहीं कर पाते, तब हम कहते हैं कि 'वह' है ही नहीं...

उस नवजात शिशु ने अपने जन्म का अनुभव किया था या नहीं, यह कोई नहीं जानता। वह उस समय सचेत भी था या नहीं इसका भी निर्णायक कोई नहीं है, क्योंकि प्रसूति-बेला का कोई निश्चित वृत्तान्त कहीं नहीं मिलता। सुनी-सुनाई इतनी बात का पता अवश्य है कि उस समय के लगभग सन्ध्या हो चुकी थी, पक्षी चिल्ला-चिल्लाकर घोंसलों में सिमटकर किसी समाधिस्थ जिज्ञासा में, किसी क्रियाहीन विस्मय में, चुप हो गए थे और उन खँडहरों पर पहरा देने वाले चौकीदारों ने, कोई बेसुरा-सा राग अलापते हुए, इधर-उधर घूमना आरम्भ कर दिया था...

पर जैसे पीड़ा की स्पष्ट अनुभूति के बाद उपचार होने लगते हैं, वैसे ही जब उसकी माँ ने जागकर थके हुए स्वर में कहा, 'हाय!' तब सब ओर चहल-पहल मच गई...तब उस नवजात शिशु को धोकर और साफ़ करके ब्राह्मणकुमार के उपयुक्त शरीर दिया जाने लगा, तम्बू में बसने वाले पाँच-चार प्राणियों की दौड़-धूप होने लगी, इधर-से-उधर, उधर-से-इधर, निरर्थक, निरुद्‌देश्य...

तब उसके पिता भी आए। उसे देख-भालकर उनका खिंचा-खिंचा शरीर कुछ ढीला हो गया, उनके मुख पर किसी अनिष्ट-निवारण की इच्छा में सिमटी हुई झुर्रियाँ बिखरकर खो गईं और वे किसी आधे सुखपूर्ण, आधे सन्तोषपूर्ण विचार में

चुप खड़े रहे। तब पंडित-पुरोहित भी आए और एक बौद्ध भिक्षु भी और सभी अपने-अपने संसार में उस नवजात शिशु का स्थान निर्दिष्ट करने में अपने जीवन-विधान की शृंखला में एक कड़ी उनके लिए जोड़ने में जुट गए...

जिन खँडहरों के मध्य में उसका जन्म हुआ था, वे एक बौद्ध विहार के खँडहर थे। वहाँ उसी दिन गौतमबुद्ध की अस्थियों की एक मंजूषा निकली थी, जिसकी उपासना करने वे भिक्षु उसके पिता के पास अतिथि होकर आए थे। वहाँ आकर जब उन्होंने देखा कि उसी दिन इस शिशु का जन्म हुआ है तब उन्होंने पिता से कहा—यह शिशु बुद्ध का अवतार है। इसको बौद्ध धर्म की दीक्षा देना।

पिता ने कहा, 'अच्छा।'

जो पुरोहित आए हुए थे, उन्होंने कहा, 'यह लड़का ब्राह्मण-कुल में उत्पन्न हुआ है, इसके संस्कार भी कुल के उपयुक्त होने चाहिए और बुद्ध के प्रभाव से यह अहिंसा का पुजारी होगा और ब्राह्मणत्व का नाम उज्ज्वल करेगा।'

माँ ने कहा, 'ठीक है।'

पिता ने कुछ सोचते-सोचते कहा, 'इसका नाम 'बुद्धदेव' रखना चाहिए।'

माँ ने मन-ही-मन कहा—मैं तो इसे टाऊँ कहूँगी, और प्रत्यक्ष बोली, 'मैं इसकी ओर से प्रण करती हूँ कि इसे आजन्म निरामिषभोजी रखूँगी।'

पिता ने मन-ही-मन निश्चय किया—मैं इसे इंजीनियर बनाऊँगा, ताकि यह नए नगरों का निर्माण करे।

माँ ने मन में कहा—मेरा टाऊँ बैरिस्टर होगा और प्रपीड़ियों का रक्षक होगा।

इस प्रकार बोध होने से पहले ही बालक का जीवन एक रूढ़ि में बँध गया, बहुत-से अनुभूत किन्तु सुदृढ़ बन्धन उसके जीवन में छा गए, वह बिक गया।

कहते हैं कि मानव अपने बन्धन आप बनाता है, पर जो बन्धन उत्पत्ति के समय से ही उसके पैरों में पड़े होते हैं, और जिनके काटने भर में अनेक के जीवन बीत जाते हैं, उनका उत्तरदायी कौन है?

पंडितों से पूछो, भिक्षुओं से पूछो, क्योंकि उन्होंने भी क्या-क्या बन्धन मन-ही-मन निर्दिष्ट किए थे, कोई नहीं जान पाया!

एक स्वर पूछता है—यह सब तुमने कैसे जाना?

हम शायद कभी इस बात का ध्यान नहीं करते कि शिशु में एक सम्पूर्ण मानवीय चेतना का उदय कब से होता है, तब इस बात का ध्यान कौन करता होगा कि शिशु में मानवीय चेतना से नीचे किसी दर्जे की अनुभूति, जो केवल अंकित करती है, अनुलेख को समझती नहीं, उसके सम्बन्ध में कोई इच्छा नहीं करती, कब उत्पन्न होती है।

पर शिशु शायद जिस समय एक आकारहीन मांसपिंड भर होता है, तभी से वह एक अमिट छाप ग्रहण करने लगता है, जो उसको उत्पन्न करने वाली तात्कालिक शक्तियों की ही नहीं होती, वरन् उससे पहले हुई असंख्य घटनाओं और बाद में होने वाले असंख्य परिवर्तन की भी होती है...यह छाप पड़ जाती है, और पड़ी रहती है, व्यक्त नहीं होती, हमारी चेतना में नहीं आती, तब तक जब तक किसी आकस्मिक प्रेरणा की चोट से किसी न समझ आने वाले आघात से वह स्पष्ट होकर लहर की तरह हमारे जीवन में नहीं फैल जाती...

ये सब जन्म के समय की बातें, स्वयं उसके अपने मस्तिष्क के अनुलेख तो शायद नहीं हैं। किन्तु वह नहीं कह सकता कि ये उसने कहाँ से पाए, कैसे पाए, पाए भी या नहीं। क्योंकि ये शायद असंख्य विभिन्न मौकों पर विभिन्न असम्बद्ध वाक्यों को सुनकर, टूटी-टूटी मुद्राओं को देखकर, टूटे-टूटे अव्यक्त विचारों को किसी प्रगूढ़ अन्त:शक्ति से भाँपकर, एकत्रित किए हुए मनश्चित्रों का पुंज है...

किन्तु कुछ बातें ऐसी भी हैं, जो ऐसे प्राप्त की हुई नहीं हो सकतीं, जो कभी कोई कहता नहीं, कोई सोचता नहीं। ये बातें उसके मन में कैसे आती हैं, ये चित्र उसके स्मृति-पटल पर कैसे दीखते हैं?

कभी-कभी वह स्वयं सोचता है, तब उसे इसका कोई समुचित उत्तर नहीं मिलता। ये सब चित्र सुनी हुई बातों का फल है या उसकी अपनी स्मृति के या उसने सोचते-सोचते ही, आत्म-सम्मोहन की शक्ति से अपने को विश्वास दिला लिया है कि उसने ये दृश्य देखे, ये अनुभव प्राप्त किए?

यह प्रश्न अब भी प्रश्न ही है, और प्रश्न ही रहेगा। पर वे चित्र और वे दृश्य, उसके लिए वास्तविक हैं, वह उनका अब भी अनुभव कर सकता है...

स्निग्ध गर्मी से भरे हुए छोटे-छोटे हाथ...एक समुद्र में तैरती-सी, अनुराग-भरी आँखें, काले-काले तारे, स्तन, नाक की नोक पर एक कोमल हल्की गर्म रगड़...एक लम्बी-सी साँस की गति, जिस पर वह धीरे-धीरे उड़ता है और गिरता है, जैसे समुद्र की बिछलन पर तैरती हुई कोई वस्तु उठे और गिरे...वे सब क्या है? श्रुतियाँ? स्मृतियाँ? या आत्मव्यामोह-जनित भावनाएँ जिनकी सत्यता कुछ नहीं?

ऐसी-ऐसी स्मृतियाँ या अर्द्धस्मृतियाँ तो अनेक हैं, किन्तु यह एक विचित्र बात है कि उसके जीवन की जो सबसे पहली दो-एक घटनाएँ उसे ठीक तौर पर अपनी अनुभूति-सी याद हैं, वे उन तीनों महती प्रेरणाओं का चित्रण करती हैं जो प्रत्येक मानव के जीवन का अनुशासन करती हैं...अहन्ता, भय और सेक्स...

क्यों? इन तीनों शक्तियों का इतना शीघ्र उद्‌भास, जीवन की पहली-पहली स्मृतियों में उनका विद्यमान होना यह जताता है कि ये कितनी महत्त्वपूर्ण हैं कि

मानव उन्हें अपनी मानवता के साथ ही पाता है, बाद की परिस्थिति या व्यवहार से नहीं...

उन स्मृतियों में कौन पहली है, कौन बाद की, इनका निरूपण करना कठिन है, क्योंकि वे लगभग एक ही काल की हैं, इसलिए उन्हें एक ही स्मृति के दो परदों की भाँति साथ-साथ दिखा देना ही ठीक है, क्योंकि वे मिलकर किसी बात को दिखाती हैं...

उसका नामकरण हो चुका है। उसने बड़ी-बड़ी आँखों से होम की अग्नि भी देख ली है और अपने भोले कानों में कोई फुसफुसाकर कहा हुआ मन्त्र भी सुन लिया है। उसकी आयु होगी करीब तीन वर्ष, किन्तु उसका भोला विजयी दर्प ऐसा है जैसा नेपोलियन लाख वर्ष तक विजयी रहकर भी नहीं प्राप्त कर पाता!

वह अपने को उत्तरदायी समझने लगा है और गम्भीर रहता है, इसलिए उसे अपने बड़ों से भी सम्मान और यह विश्वास मिलता है कि वह वास्तव में काफ़ी बड़ा हो गया है। उसे कभी-कभी काम भी बताए जाते हैं जिन्हें वह अभिमान-भरी प्रसन्नता से करता है। आज भी उसे एक काम देकर भेजा गया है, उसका भाई बीमार है, अत: उसे कहा गया है कि जाकर डॉक्टर को लिवा लाए और वह इसलिए घर से चलकर इतनी दूर डॉक्टर के घर के पथ पर आया है।

किन्तु उसकी उत्तरदायित्व भावना यहीं तक है कि उसे कोई महत्त्व का काम सुपुर्द किया जाए। उसे करने ही के विषय में वह अपने को बाध्य नहीं समझता। कई बार काम मिलने की प्रसन्नता में वह उसे करना ही भूल जाता है, जैसे आज? इतनी दूर आकर वह अब कर्तव्यनिष्ठ दूत नहीं, फिर एक बालक बन गया, उसके मन की हँसी जाग उठी है और उसे खेल के लिए बुलाती है, उस स्वर से जिसकी उपेक्षा कोई भी आत्माभिमानी बालक (और कौन बालक आत्माभिमानी नहीं होता?) नहीं कर सकता...

सड़क की ओर जो गोल-सा लाल-लाल लेटरबक्स है, उसी ने बालक का ध्यान आकृष्ट किया है। वह किसी तरह उस पर चढ़ गया है, ऐसे सवार है जैसे घोड़े की पीठ पर ही हो, और उसकी चोटी पर लगी हुई खूँटी को एक हाथ से रह-रहकर ऐसे खींचता है जैसे वह लगाम हो। दूसरे हाथ से वह अपने 'घोड़े' की 'गरदन' थपथपा रहा है जैसे उसने पिता को करते देखा है...

वह सम्राट् है। अपने विजयी घोड़े पर बैठा है और संसार को ललकार रहा है। जब भी कोई राही उसके पास से होकर निकलता है, तब वह उसे मुँह चिढ़ाता है और पुकारकर जो मन में आता है, कह डालता है। वह अपने मन में सम्राट है और राहियों के मन में एक उद्धत शिशु, इसलिए कोई उसका उत्तर नहीं देता, रुष्ट नहीं होता, उसकी ओर देखकर चला जाता है।

वह संसार से एक लेटरबक्स की ऊँचाई भर ऊँचा है। अपने इस आसन से वह सारा संसार देखता है, उसकी क्षुद्रता पर हँसता है।

तभी डाकिया—क्षुद्र संसार का क्षुद्र डाकिया! —आकर उसके स्वप्न को तोड़ देता है, उसे वहाँ से उतर जाने को कहता है, और उसके तत्काल न मानने पर झटक कर फिर कहता है...तब हतवैभव शिशुसम्राट् अपना बदला भी लेते हैं कि उतरते समय डाकिए की उँगलियों पर गिरते हैं, उन्हें कुचल देते हैं और भाग जाते हैं, घर पहुँचकर ही दम लेते हैं, और फूले हुए श्वास को शान्त करते-करते अपने को विश्वास दिला देते हैं कि अब वे विजयी हैं।

जबकि सहसा पिता की हथेली का आघात उन्हें याद दिलाता है कि वे एक छोटे-से पराधीन शिशु-भर हैं जिसे डॉक्टर को बुलाने भेजा गया था और जो उसे बिना बुलाए ही, बिना उसके घर गए ही लौट आया है और वह भी घंटा भर लगाकर...

और दूसरी स्मृति। वह अकेला अजायबघर में फिर रहा है, उस कमरे में जिसमें वन्य और हिंस्र पशु प्रदर्शित किए गए हैं। एकाएक वह देखता है, उसके सामने एक भीमकाय बाघ प्रकट हो गया है। एक पंजा झपटने के लिए उठा—भयंकर दाँत—वह जीभ—आरक्त आँखें...और चीख़ वह उठता है, भय से विकल होकर...और भागता है...

वह बाघ केवल एक चर्म के अन्दर भरा हुआ फूस है, यह बात बालक नहीं जानता। वह भागता है, उसे जान पड़ता है कि वह बाघ उसके पीछे चला आ रहा है, क्षण-भर में उसे पा लेगा, वह घूकर देखता भी नहीं क्योंकि वह उन दाँतों को, उस जीभ को, उन आँखों को फिर नहीं देखना चाहता...

और वह अकेला है, कोई उसका डर दूर करने वाला नहीं...वह किसी तरह बाहर तक आ पाता है और सड़क पर भागता है। तभी एक चपरासी उसे पहचानकर पकड़ लेता है, गोद में उठा लेता है और वह अपने को भागने में असफल पाकर बड़े ज़ोर से चीख़ उठता है कि अब वह बाघ झपटा— !

जो नहीं झपटता। काफ़ी देर तक नहीं। तब शिशु डरते-डरते घूमकर देखता है, उसे वहाँ न पाकर आश्वासन की साँस लेता है...

वह डर उस समय दब गया, किन्तु उसने शिशु के मन में घर कर लिया। उस दिन के बाद उसे भयंकर स्वप्न आने लगे, रात को वह चीख़-चीख़ उठता और कभी जागकर यदि पाता कि कमरे में अँधेरा है तब तो वह अन्धकार एक नहीं, असंख्य बाघों से सजीव हो उठता, एक-से-एक खूँखार...उस दिन से उसके कमरे में रात भर प्रकाश रहने लगा, किन्तु किसी ने जाना नहीं कि उसे क्या हो गया है, क्यों उसे ऐसे भयंकर स्वप्न आने लगे हैं, क्यों वह दुबला और चिड़चिड़ा होता जा रहा है...

वह डर अपने-आप ही मिटा। एक बार वैसा ही बाघ उसके घर लाकर रखा गया और बहुत मुश्किल से अपने भाइयों की देखादेखी वह उसके पास भी गया,

उसकी पीठ पर भी बैठा और उसे निर्जीव पाकर साहस करके उसके मुँह में हाथ भी डालकर देखा। तब डर एकाएक उड़ गया, तब शिशु ने चाकू लेकर उस खाल को फाड़ डाला, उसके भीतर के घास-फूस को बिखेरकर हँसने लगा...

इसका एक और गहरा असर भी हुआ। शिशु ने जाना, डर डरने से होता है। संसार की सब भयानक वस्तुएँ हैं, केवल एक घास-फूस से भरा निर्जीव चाम, जिससे डरना मूर्खता है।

और यही वह आज तक समझता है। यही उसका विश्वास अब भी है कि जब कभी कोई भयानक वस्तु देखो, तब डरो मत, उसका बाह्य चाम काट डालो, उसके भीतर भरी हुई घास-फूस निकालकर बिखरा दो और हँसो। इसने उसे उद्धत बनाया है, लोग कहते हैं कि विध्वंसक और हिंस्र भी बना दिया है, पर वह जानता है...

उस चाम को फाड़ देने पर उसे दंड मिला था और उसके बाद, कई बार ऐसे मिथ्या डर का नाश करने पर उसे दंड मिला, क्योंकि डर के बिना समाज का अस्तित्व नहीं ठहर सकता और आज भी, वह एक बड़े भीमकाय डर का भीतरी खोखलापन दिखाने के अपराध में पकड़ गया है, और दंड की प्रतीक्षा में है और चूँकि उसने संसार के सबसे बड़े डर—शासन के डर—पर आघात किया है, इसलिए उसका अपराध सबसे कठोर दंड माँगता है...

किन्तु वह हँसता है क्योंकि उसने विजय पाई है...

और तीसरी स्मृति...

वह भद्दी, बीभत्स है। उसका ठीक-ठीक रूप, उसका मूल कारण मुझे याद नहीं है, याद केवल उस समय की मन:स्थिति, वह भावना जिसे लिये मैं खड़ा हूँ...

मैं—वह शिशु—कोई दृश्य देख रहा हूँ, याद नहीं कि क्या, किन्तु इतना याद है कि उसमें कुछ अनुचित, कुछ वर्जित, कुछ घृणास्पद, कुछ जुगुप्सा-जनक है और इसी के अनुकूल भावना उसे देखकर उसके मन में उठ रही है...

वह अवर्ण्य है। उसे वे ही समझ सकते हैं, जो कभी वासना से उत्पन्न हुए पाप-कर्म के किनारे तक पहुँचकर लौट आए हैं—किसी बाह्य रुकावट या नियम या असामर्थ्य या डर से नहीं, एक आन्तरिक, स्वत: उत्पन्न ग्लानि के कारण...

और, जीवन भी उन्हीं का है। नियमों के अनुसार चलना आसान है और संसार ऐसे व्यक्तियों का आदर भी करता है जो नियमानुसार चलते हैं। किन्तु जीवन बाध्य नहीं है कि वह आसान हो या आदर की पात्रता दे! जीवन इससे परे है, नियमों में नहीं बँधता और यशोलिप्सा से ऊँचा है...

जो नियमों से नहीं चलते, किन्तु नियमों की मूल प्रेरणा को समझकर अपना नियम स्वयं बनाते हैं, जीवन तो उन्हीं का है...

प्रेम ने मनुष्य को मनुष्य बनाया!
भय ने उसे समाज का रूप दिया!
अहंकार ने उसे राष्ट्र में संगठित कर दिया।

शिक्षा देना संसार अपना सबसे बड़ा कर्तव्य समझता है, किन्तु शिक्षा अपने मन की, शिष्य के मन की नहीं। क्योंकि संसार का 'आदर्श व्यक्ति' व्यक्ति नहीं है, एक 'टाइप' है, और संसार चाहता है कि सर्वप्रथम अवसर पर ही प्रत्येक व्यक्ति को ठोक-पीटकर, उसका व्यक्तित्व कुचलकर, उसे उस टाइप में सम्मिलित कर लिया जाए, उसे मूल रचना न रहने देकर एक प्रतिलिपि-मात्र बना दिया जाए...

और यह शिक्षा दी कैसे जाती है? जो निर्धन होते हैं वे बचपन से ही ठुकते-पिटते हैं, केवल घर में नहीं, केवल बाहर नहीं, सर्वत्र, सबसे। सारा संसार ही उनके लिए एक शिक्षणालय हो जाता है, जहाँ नीरस हृदयहीनता से उन्हें शिक्षा दी जाती है और जो कुछ अधिक सम्पन्न होते हैं, उन्हें एकाएक इस भाँति शिक्षित नहीं किया जाता, उनकी शिक्षा का आरम्भ घर में या स्कूल में होता है और संसार वाली शिक्षा का समय जहाँ तक हो सकता है, स्थगित किया जाता है।

लोहे के कड़े बनते हैं तो लोहा भट्ठी में पिघलाकर एकदम साँचे में ढाल दिया जाता है। किन्तु सोने के कड़े बनाने के लिए पहले उसे नर्म किया जाता है फिर उसका तार बनाया जाता है फिर उसे गोल करके टाँका जाता है, फिर उस पर काम किया जाता है, फिर अन्त में पॉलिश किया जाता है, तब कहीं वह तैयार होता है...ऐसी ही है निर्धन और धनिक बालकों की शिक्षा...

इसे सौभाग्य कहूँ कि दुर्भाग्य? वह एक सम्पन्न घर में उत्पन्न हुआ था, उसकी शिक्षा भी इसके अनुरूप एक कॉन्वेंट स्कूल में आरम्भ हुई।

एक यूरोपियन कॉन्वेंट स्कूल की लताओं से आच्छादित दीवारों द्वारा घिरे हुए छोटे-से उद्यान में लड़के और लड़कियों का एक समूह।

उस समूह के एक ओर कॉन्वेंट की सिस्टर—उस समूह की अध्यापिका—खड़ी है। उसका मुख वात्सल्यपूर्ण है, बाल पकने लगे हैं, और उसकी आँखों में एक विनोद का-सा भाव है। वह थोड़ा-सा तुतलाती है और यह विशेष रूप से तब प्रकट होता है, जब वह हिन्दी बोलने का प्रयत्न करती है।

वह समूह उद्यान के मध्य में स्थित है और उसके बालक-बालिकाएँ गम्भीर भाव से मनोरंजन कर रहे हैं। एक लड़का मध्य में खड़ा है, उसके हाथ में लकड़ी का एक हथौड़ा है और सामने लकड़ी का ही एक अहरन! अन्य बालक-बालिकाएँ उसको घेरे हुए हैं। वह बालक लोहार का अभिनय कर रहा है और ज्यों-ज्यों वह अहरन पर हथौड़ा मारता है, त्यों-त्यों अन्य बालक-बालिकाएँ समवेत स्वर में

पुकारकर गाते हैं, 'दे मार! दे मार! हथौड़ा—लोहा है तैयार!' और वृत्ताकार घूमते जाते हैं...

सिस्टर बहुत प्रसन्न हो रही है, क्योंकि बच्चे उस खेल में तल्लीन जान पड़ते हैं। उनके चेहरे गम्भीर हैं अवश्य, किन्तु यह शायद उसकी उपस्थिति के कारण ही है। वह हट जाएगी, तो बच्चे अधिक स्वच्छन्द होंगे और अधिक आनन्द पाएँगे! यह सोचकर वह चुपचाप उद्यान से निकल जाती है।

चुपचाप, किन्तु इतनी चुपचाप नहीं कि बच्चे न जान पाएँ। उसके बाहर निकलते ही प्रत्येक को पता लग गया कि वे स्वच्छन्द हैं और इस स्वच्छन्दता का उपयोग भी तत्काल ही हो गया, क्योंकि एक मिनट के भीतर ही दो बालक लड़ पड़े, भिड़ गए और बाक़ी सबने पक्ष ले लिये। लगभग दस मिनट तक घमासान रहा, फिर एकाएक ही शान्ति फैल गई। क्योंकि किवाड़ खुल गया था और सिस्टर ने प्रवेश किया था और अब उसके चेहरे पर वह वात्सल्य-भाव नहीं था, न आँखों में वह विनोद...

उस कॉन्वेंट में छात्र पिटते नहीं थे...

उस दिन लगभग चार बजे शेखर घर की ओर चला जा रहा था। धीरे-धीरे किसी विचार में लीन। उसकी जॉकेट के बटन में एक टाइप किया हुआ कार्ड लगा हुआ था। वह पढ़ नहीं सकता था कि उस पर क्या लिखा है, किन्तु अनुमान कर सकता था, क्योंकि सिस्टर ने उसे कहा था कि इसे अपने पिता को अवश्य दिखावे और उत्तर लेकर आवे और फिर बोली थी, 'तुमने बहुत शरारत की है।'

वह इतना गम्भीर इसलिए था कि वह किसी निश्चय पर पहुँचना चाहता था। उसने सिस्टर के शब्दों में 'शरारत' की थी अवश्य, किन्तु यह कोई कारण नहीं था कि वह घर जाकर पिटे। उसकी न्याय-बुद्धि कह रही थी, मैंने दूसरों को मारा, स्वयं भी मार खा ली। अब घर पहुँचकर दुबारा दंड क्यों पाऊँ?

उसने निश्चय कर लिया। कार्ड उतारा, फाड़कर चिथड़े कर दिया। फेंक दिया। घर पहुँचकर पिता से बोला कि मैं अब लड़कों के स्कूल में जाना चाहता हूँ, काफ़ी बड़ा हो गया हूँ, उस कॉन्वेंट में लड़कियों के साथ नहीं पढ़ूँगा...पिताजी ने हँसकर कहा, अच्छा। उसे सिस्टर की विनोद-भरी आँखें बार-बार याद आने लगीं। जो उसकी और कार्ड के उत्तर की प्रतीक्षा कर रही होंगी और वह याद उसके लिए कितनी आह्लादकर थी! वह चिल्ला-चिल्लाकर कहने लगा, 'उसे करने दो प्रतीक्षा! मैं जाऊँगा स्कूल—स्कूल!'

यद्यपि वह तब तक स्कूल भी नहीं गया।

ऊपर कहा गया कि सोने को धीरे-धीरे नर्म किया जाता है, एकदम ढाला नहीं जाता। जब शेखर ने कॉन्वेंट छोड़ दिया, तब उसकी पढ़ाई का कोई और प्रबन्ध सोचा जाने लगा और, जब तक यह निश्चित नहीं हुआ, उसे स्वच्छन्दता मिली...

बालक को जब 'पढ़ाया' जाता है तब वह विद्रोह करता है, किन्तु जब विद्रोही को छोड़ दिया जाता है तब उसकी स्वाभाविक जिज्ञासा उसे बाध्य करती है...उसके बड़े भाई जब अपने मास्टर से पढ़ने बैठते, तब वह स्वयं जाकर उनकी मेज़ के पास खड़ा हो जाता क्योंकि कोई उसे वहाँ खड़ा रहने पर बाध्य नहीं करता था। यह इतना छोटा था कि मेज़ तक पहुँच न पाता, तब वह पंजों पर खड़ा होकर हाथों से मेज़ का किनारा पकड़ लेता और उस पर ठोड़ी टेककर सुना करता...उसके भाई और उनका मास्टर हँस देते, किन्तु उसे कुछ कहते नहीं। उसकी ओर ध्यान भी नहीं देते।

ऐसे ही कई दिन रहा। एक दिन पिता पढ़ाई देखने आए। भाइयों को अष्टाध्यायी पढ़ते देखकर बोले, 'आज का पाठ सुनाओ तो, कुछ याद है?' उन्होंने आरम्भ तो अच्छी तरह किया, किन्तु बीच में भूल गए, घबरा गए, चुप रह गए। पिता ने वात्सल्य-भरी हँसी हँसकर कहा, 'पढ़ो, पढ़ो, ध्यान से पढ़ा करो', और जाने को हुए। तभी उसने अपनी किंचित् बैठी हुई आवाज़ में, जो व्यग्रता से काँप रही थी, कहा—मैं सुनाऊँ।

सब हँस पड़े, पर पिता एक अनुमति-सूचक मुस्कराहट से उसकी ओर देखने लगे।

वह बहुत देर नहीं रही, थोड़ी ही देर में उन सबके चेहरे पर विस्मय छा गया। क्योंकि उस छोटे-से बालक ने उस दिन का ही नहीं, उससे पहले और उससे पहले, और उससे एक कई पहले दिनों के पाठ जबानी सुना दिए। बिना क्षण भर भी रुके हुए!

उसके पिता ने प्रसन्न होकर, ऐसे जैसे पुरस्कृत कर रहे हों, कहा, 'कल से तुम भी पढ़ो। तुम्हारे लिए अलग मास्टर रख देते हैं।'

हाय रे पुरस्कार!

हाँ, तो दूसरे दिन उसका नया मास्टर आया। किन्तु आया ही, रहा बहुत दिन नहीं। आरम्भ के तीन-चार दिन बाद ही मास्टर साहब ने आकर देखा, उनका शिष्य एक कुर्सी की पीठ पकड़े वज्रवत् अपना सिर उस पर पटकता जा रहा है, बार-बार, बार-बार...मास्टर साहब ने पूछा, 'यह क्या कर रहे हो?'

'अपने को पक्का कर रहा हूँ,' कहकर वह फिर अपने काम में लग गया।

मास्टर साहब ने यह नहीं जाना कि बालक ने कहीं किसी बात में सुना था, 'वह बड़ा पक्का निकला' और इस कथन में प्रशंसा की ध्वनि पाकर उसने निश्चय किया था कि मैं भी पक्का होऊँगा। मास्टर साहब ने हँसकर कहा, 'देखूँ तो कितने पक्के हो! मुझसे टक्कर लड़ाओगे?'

आह्वान? उसने कहा, 'आइए!'

एक ही टक्कर हुई। जब बालक ने दूसरी के लिए सिर पीछे झुकाया, तो देखा, मास्टर साहब की हँसी उड़ गई है। वे हाथ से माथा थाम लेते हैं, जैसे अपने को सहारा दे रहे हों और फिर उठकर बाहर चले जाते हैं...

और फिर नहीं आते। क्योंकि ऐसे कितने मास्टर हैं जो यह नहीं समझते कि पढ़ाई तभी तक सम्भव है जब तक शिष्य पर गुरु का रोब रहे...

कुछ दिन बाद एक और नया मास्टर आया। लखनऊ का और उसके अंग-अंग पर लिखा था कि वह लखनऊ का है। वह पढ़ाने बैठा मुँह में पान लेकर और जब बालक डिक्टेशन लिखने लगा तब बार-बार भूमि पर थूककर उसका ध्यान भंग करने लगा।

बालक ने उद्धत स्वर में कहा, 'मास्टर साहब, आप पढ़ाते हैं कि थूकते ही जाते हैं?'

मास्टर साहब ने पिता से रिपोर्ट की। पिता ने बालक को डपटकर कहा, 'क्या शैतानी करते हो? पढ़ना है कि नहीं?'

बालक उसी स्वर में बोला, 'पढ़ूँ कैसे, कोई पढ़ाए भी! मास्टर साहब तो थूकते ही जाते हैं।'

पिता ने समझा तो कि बालक की बात में कुछ सार है। किन्तु वे बालक से ऐसा उत्तर पाने के अभ्यस्त नहीं थे। क्रुद्ध होकर बोले, 'बको मत। जाकर पढ़ो। अब मैंने कोई शिकायत सुनी तो—'

बालक चला गया। उसने देखा, न्याय कहीं नहीं है। किन्तु वह अन्याय के आगे झुकने को भी तैयार नहीं हुआ। सिर झुकाए ही पढ़ने के कमरे में गया, किन्तु वहाँ पहुँचते ही, मास्टर को देखकर उद्धत और ललकार-भरे स्वर में बोला, 'थुक्कू मास्टर!'

मास्टर साहब ने चौंककर कहा, 'क्या?'

'थुक्कू मास्टर! थुक्कू मास्टर! थुक्कू मास्टर!' बालक बार-बार ऐसे कहने लगा, जैसे हथौड़े से किसी चीज़ पर चोट कर रहा हो।

उस दिन इतनी ही पढ़ाई हुई—कम-से-कम मास्टर साहब के सामने। जब मास्टर साहब चले गए, तब उसे कमरे में बन्द कर दिया गया, रोटी नहीं दी गई, कहा गया वचन दो कि ऐसा नहीं होगा...

पर नहीं। बालक थककर सो गया। वहीं रहा, तब तक जब तक कि दूसरे दिन फिर पढ़ाई का समय नहीं हो गया और उसे मास्टर साहब के सामने नहीं उपस्थित किया गया और उसने फिर उसी प्रकार कहना आरम्भ नहीं किया, 'थुक्कू मास्टर! थुक्कू मास्टर! थुक्कू—!'

उसे ले गए, और दूसरी प्रकार की शिक्षा दी जाने लगी...पर मास्टर साहब फिर नहीं आए।

यों समाप्त हुआ उसकी शिक्षा का पहला परिच्छेद।

इसके बाद, उसकी बहिन उसे पढ़ाने लगी। किन्तु उसका ढंग कुछ और ही था।

और बालक ने देखा, शिक्षा भी ग्राह्य हो सकती है और शिक्षक भी उपास्य हो सकता है और वह अपनी बहिन की पूजा करने लगा, और सीखने लगा, बिना किसी के जाने...

किन्तु वह तो बाद में हुआ, उसकी बात यथास्थान होगी...

ऐसा ही था उसका मन। उसमें सहज बुद्धि की कमी नहीं थी। किन्तु उस बुद्धि की प्रवाह गति का निर्देश करने वाली शक्ति संसार में नहीं थी। वह बुद्धि उसकी थी, उसके उपयोग के लिए थी, यह उसका मनचाहा उपयोग करता था और वह जानता है, जहाँ उसने अपनी सहज बुद्धि की प्रेरणा मानी, वहाँ उसने उचित किया, और जहाँ उसकी बुद्धि को दूसरों ने प्रेरित किया, वहीं वह लड़खड़ाया...

यह बुद्धि बाँधी जा सकती, तो क्या नहीं सम्भव था? किन्तु, यदि बुद्धि बाँधी जा सकती!

यही थी उसकी शिक्षा, जिससे उसने सीखा—क्या? शिक्षण का तिरस्कार, अवज्ञा...! पर उन दिनों भी उसने बहुत-कुछ सीखा और सीखा इतने दृढ़ मनोनियोग से कि उस शिक्षा की छाप उसके मानस-पट के रेशे-रेशे पर पड़ी हुई है और मिट नहीं सकती, उस शिक्षा के तन्तु उसके जीवन के ही ताने-बाने में मिल गए हैं और वैसे ही चमकते हैं जैसे शिलाखंड में किसी श्रेष्ठ धातु की रेखा।

उस स्वतः प्राप्त होने वाली शिक्षा का रहस्य क्या था?

शेखर अपने घर के बरामदे में खड़ा था। घर में सब लोग अपने-अपने कार्य में व्यस्त थे, उसके भाई तक अपनी पढ़ाई में निरत थे, पिता तो दफ्तर का काम देख ही रहे थे और माँ उसके छोटे भाई को गोद में सुलाए रोटी पका रही थीं।

वह अकेला था, अनुभव कर रहा था कि मैं अकेला हूँ और यह भी अनुभव कर रहा था कि मैं अकेला इसलिए हूँ कि मैं उस प्रकार का नहीं हूँ, जिसे लोग अच्छा कहते हैं, मैं पढ़ता नहीं हूँ, किसी का कहना नहीं मानता हूँ, ढीठ हूँ, लड़का हूँ, शैतान हूँ। नहीं तो आज इस समय पिता के पास हँस रहा होता या माता के पास कुछ मिठाई खा रहा होता या भाइयों के साथ ही कोई सचित्र पुस्तक पढ़ रहा होता, जिसके स्थान में सबका भुलाया हुआ यहाँ अकेला खड़ा हूँ...

जब वह वहाँ आकर खड़ा हुआ था, उसके कुछ ही देर बाद पिता के कोई मित्र उनसे मिलने आए थे और उन्होंने उससे पूछा था, 'पिताजी हैं?' और उससे उत्तर न पाकर, उसका ध्यान आकृष्ट करने में भी असफल होकर, यह सोचते हुए भीतर चले गए थे कि क्या ऐसे भी बालक हो सकते हैं जिन्हें नए आदमी को देखकर कौतूहल न हो। इस बात को घंटे भर से अधिक हो चुका था और बालक वहीं उसी मुद्रा में खड़ा था और अपने छोटे-से अनुभव की बात को लेकर सोच रहा था...

तभी वे मित्र बाहर आए और उसे वैसे खड़े देखकर भीतर लौट गए, उसके पिता को साथ लेकर आए और उसे मालूम नहीं हुआ कि वे कई मिनट तक उसे देखते रहे हैं, इस विस्मय से भरे कि जो शरीर चांचल्य के लिए बना है, वह इतना स्थिर कैसे खड़ा है और जो बालक सामान्य बालकों से भी अधिक दुर्निवार है, वह इतना प्रशान्त कैसे है।

एकाएक वह पिता का प्रश्न सुनकर चौंका, 'शेखर, क्या सोच रहे हो?' और कुछ सकपकाकर बोला, 'कुछ नहीं।'

किन्तु पिता को शायद उसकी निश्चलता देखकर कुछ परिताप हुआ था या दया आई थी, वे क्रुद्ध नहीं हुए, आग्रह से पूछने लगे...

जिसे वह नहीं टाल सका, वह एक इतनी नई चीज़ थी...बोला, 'मैं सोच रहा था कि बुरे के बगैर अच्छा नहीं होता!'

वे एकाएक समझे नहीं। बोले, 'क्या मतलब?'

'लोग बुरे को देखते हैं, तभी उन्हें पता लगता है कि क्या अच्छा है! बुरा नहीं हो, तो क्या पता लगे कि अच्छा क्या है।'

वे दोनों क्षण भर स्तब्ध रह गए, एक-दूसरे की ओर देखते रहे। फिर पिता ने, शायद यह सोचकर कि छोटे मस्तिष्क के लिए बड़ी समस्या का आकर्षण अच्छा नहीं हो सकता, उससे कहा, 'चलो, अन्दर चलकर खेलो-कूदो। बड़े होकर ये बातें सोचना।' यद्यपि यह डाँटकर नहीं, किंचित् सराहना के स्वर में।

पर, बालक सोचने लगा, 'अगर बड़ा होने पर ही सोचना होता है, तो मैं आज ही सोचकर बड़ा क्यों न हो जाऊँ...'

इसके बाद उसके पिता उसके विषय में चौकन्ने रहने लगे। जब भी उसे अकेला या विचारशील पाते, तो उसे खेल में लगाने या और किसी बात की ओर आकृष्ट करने लगते। उसने अब देखा, उसे एकान्त बहुत कम मिलता है, यद्यपि वह यह भी समझता रहा कि वह है अब भी अकेला ही, बल्कि इस अनभ्यस्त सजगता ने उस अकेलेपन को और भी विशिष्ट कर दिया है...

इसके दो-चार दिन बाद ऐसी घटना फिर घटी। वह फिर वैसे ही, वहीं खड़ा था। सामने के कमानों की ओर देखकर एक और समस्या पर विचार कर रहा था जो उसी दिन प्रातःकाल उठी थी, जब उसे प्रार्थना करना सिखाया गया था। वह उन मकानों को देखकर सोच रहा था—ये सब ईश्वर ने क्यों बनाए होंगे, कैसे बनाए होंगे?

तभी उसके पिता ने आकर पूछा, 'फिर क्या सोच रहे हो?' उनके पीछे माता भी थीं, वे भी उत्तर की प्रतीक्षा करने लगीं।

उसने गम्भीर स्वर में कहा, 'ये सब मकान किसने बनाए?'

माता हँसी। बोली, 'लोगों ने, और किसने?' उन्होंने शायद सोचा, यह बालक खब्ती है, पर इसको बहलाए रखना ठीक है।

'तब, ईश्वर ने तो नहीं बनाए?' बालक ने कहा तो प्रश्न के तौर पर, किन्तु इसमें एक अविकल्पता थी, मानो वह किसी पहले पूछे जा चुके प्रश्न का उत्तर है...

माता-पिता ने सम्भ्रान्त दृष्टि से एक-दूसरे की ओर देखा, बालक ने वह दृष्टि भी देखी। तब पिता बोले, 'आओ मैं समझाऊँ। ईश्वर ने ही बनाए हैं।'

बालक उनका अनुसरण करता हुआ भी यह सोचता रहा कि अगर इस प्रश्न का हल इतना सुगम और निश्चित है, तब उस सम्भ्रान्त दृष्टि का कारण क्या है, वह क्यों...

उसका मनोरंजन करने के लिए, उसे व्यस्त रखने के लिए, पक्षी ख़रीदे गए। एक जोड़ा मरालों का, एक चकोरों का, एक तोता...और इन पक्षियों का चार्ज उनमें बाँट दिया गया, मराल बड़े भाई को, चकोर दूसरे को और तोता उसके हिस्से में आया।

वह बड़े मनोयोग से, तोते को सिखाने लगा। उसे आदेश मिला था, तोते को 'सीताराम' कहना सिखाए और उसके माता-पिता कभी तोते के पास आते, कहते, 'पढ़ सीताराम!' और वह भी उनके सामने यही कहता। किन्तु जब भी एकान्त पाता, तोते के सामने खड़ा होकर हँसता, बार-बार रुक-रुककर एक कृत्रिम हँसी इस इच्छा से कि तोता भी हँसना सीख जाए...

पर तोते ने न सीताराम पढ़ना ही सीखा, न हँसी ही। एक दिन उसके पिता ने तोते को पिंजरे से बाहर निकाला, और उसे हाथ में लेकर मिर्च खिलाने लगे। बालक ने पूछा, 'क्यों?' तो बताया कि जब तोते को मिर्च लगती है, तब बोलता है...

बालक ने कहा, 'लाइए मैं खिलाऊँ।' पिता ने तोता उसे दे दिया।

तोते ने उसके हाथ से भी मिर्च नहीं खाई। इधर-उधर घूमकर उसके हाथ से अपने पंख निकाल लेने की चेष्टा करने लगा।

बालक धैर्य खोकर मिर्च उसकी चोंच में जबरदस्ती ठूँसने का यत्न करने लगा।

तोते ने उसकी उँगली में काट लिया और उँगली छोड़ी नहीं।

बालक ने तोते को छोड़कर हाथ को ज़ोर से झटककर उँगली छुड़ा ली।

बालक अपनी आहत उँगली देखता रहा, तोता उड़कर घर के सामने एक पीपल के वृक्ष पर जा बैठा।

जब बालक को तोते का ध्यान आया, तब उसकी आँखें उसे खोजने लगीं। और थोड़ी ही देर में उन्होंने उसे पा लिया और मुग्ध होकर उसकी ओर देखने लगीं।

बालक का तोते के प्रति क्रोध हट चुका था। उसकी ओर हाथ बढ़ाकर उसे बुलाने लगा, 'मियाँ मिट्ठू!' तोते ने ध्यान नहीं दिया।

बालक ने देखा, तोता धीरे-धीरे डरते-डरते पीपल की एक डाल से उड़कर दूसरी पर बैठता है, दूसरी से तीसरी पर। ऐसा जान पड़ता था मानो पंख डरकर

इसलिए फड़फड़ाता है कि कहीं पिंजरे की परिधि से टकराएँ न, आहत न हों और जब उसने देखा, वे हिल-डुलकर भी पिंजरे से नहीं टकराते, तब वह पेड़ पर से उड़कर बिजली के खम्भे पर बैठ गया, जो घर से अधिक दूर था और फिर यहाँ से दूसरे खम्भे पर। बालक को जान पड़ा, वह अपने को विश्वास दिला रहा है कि अब पिंजरे के सीखचों से घिरा नहीं हूँ, बाहर हूँ, स्वच्छन्द हूँ और फिर वह एकाएक आह्लाद और अभिमान से भरकर उड़ा और उड़ गया दृष्टि की सीमा से परे...

बालक ने एक लम्बी साँस लेकर गम्भीर स्वर में पिता से कहा, 'तोता उड़ गया।'

पिता ने उस स्वर की गम्भीरता को लक्ष्य करते हुए कहा, 'तो क्या हुआ, तुम्हें और ले देंगे।'

पर वह बोला, 'नहीं, और तोता नहीं पालूँगा...'

पिता हँसकर बोले, 'क्यों उँगली में काट खाया इसलिए? और अनेक पक्षी हैं, कोई पाल लेना। मेरे साथ चलकर चुन लेना, ख़रीद...'

'नहीं, अब कोई पक्षी नहीं पालूँगा...'

तब कभी-कभी उसे विचार आता, इन मरालों और चकोरों को भी भगा दिया जाए। पर शायद यह विचार कि ये पिंजरों में बन्द नहीं हैं, उड़कर जा सकते हैं, फिर भी इच्छा से यहीं रहते हैं, उसे रोक देता था।

एक बार उसका मँझला भाई बीमार हुआ, और बहुत बीमार हुआ। बहुधा दिन में ज्वर के कारण वह प्रलाप करने लगता और तब सदा ही कहा करता, 'मेरे चकोर! लाओ मेरे चकोर! कहाँ हैं मेरे चकोर...' और चकोर लाकर उसके पास बिठा दिए जाते, वह उनके ऊपर हाथ रखकर शान्त हो जाता...सो भी जाता...

वह काफ़ी क्षीण हो गया था। एक दिन उसके ज्वर का ताप इतना अधिक हुआ, कि उसका प्रलाप भी बन्द हो गया, वह शून्य-सा, अर्धमूर्च्छित-सा छत की ओर देखता पड़ा रहा। उसने चकोर नहीं माँगे...

पर वे स्वयं आए। उसके माता-पिता उसके पास चिन्तित खड़े थे, उन्होंने देखा, एक चकोर आकर उसके सिरहाने बैठ गया और एक धीरे-धीरे चारपाई के चक्कर काटने लगा...और उन्हें ऐसा जान पड़ा, उस कमरे के वातावरण में किसी अपूर्व खिंचाव का अनुभव चकोर भी कर रहे हैं और साथ ही अपनी माँग न होने के कारण दुखी हैं...

जो चकोर रोगी की चारपाई के चक्कर काट रहा था, उसकी गति धीरे-धीरे उद्भ्रान्त होती जा रही थी, पैर लड़खड़ा-से रहे थे और उसका जोड़ा—चकोरी—जो रोगी के सिरहाने बैठी थी, चिन्तित-सी उसे देख रही थी, पर अपने स्थान से हटती नहीं थी...

चकोर थककर रोगी के पैताने बैठ गया। उसकी ग्रीवा मानो निद्रा में झुक गई, उसका शरीर ढीला पड़ गया।

थोड़ी देर बाद सबने देखा, उसका शरीर लुढ़ककर एक ओर गिर गया है और अकड़ने लगा है...

उसके थोड़ी देर बाद ही रोगी ने मूर्च्छना से प्रलाप की अवस्था में आकर कहा, 'मेरे चकोर?'

कुछ दिन बाद रोगी अच्छा हो गया। न जाने क्यों, तब तक वह एक चकोर से तुष्ट रहता, दूसरे का उसे ध्यान ही नहीं हुआ। किन्तु जब वह चारपाई से उठा तभी उसने माँगा, 'दूसरा चकोर कहाँ है?'

किसी को उसे बताने का साहस नहीं हुआ। थोड़े दिन बाद चकोरी भी चुपचाप वहाँ से हटा दी गई, दे दी गई।

उसे कभी-कभी याद आ जाता और वह पूछ बैठता, 'मेरे चकोर?' खिन्न भी हो जाता...किन्तु वह धीरे-धीरे उन्हें भूल गया और उनके विषय में सत्य को भी जान गया...

शेखर के पास इसका कोई सन्तोषजनक हल नहीं है और वह इसके बारे में कोई राय नहीं बना सका है। वह इतना ही जानता है, उसने कुछ सीखा और बड़ी गहरी स्वीकृति से सीखा। क्या सीखा, यह भी वह नहीं बता सकता। शायद विश्वास, शायद निष्ठा, शायद—पता नहीं क्या...

मरालों का क्या हुआ उसे याद नहीं। शायद वे दे दिए गए, क्योंकि वे उन चकोरों के स्मारक थे...

वे पक्षी शेखर के जीवन से निकल गए। उसके बाद घर में और पक्षी भी नहीं लाए गए। किन्तु क्या शेखर के मन से भी वे निकल गए?

शेखर ने देखा, उसके संसार के अलावा एक और संसार है, जिसमें पक्षी रहते हैं, जिसमें स्वच्छन्दता है, जिसमें विश्वास है, जिसमें स्नेह है, जिसमें सोचने की या खेलने की अबाध स्वतन्त्रता है, जिसका एकमात्र नियम है, 'वही होओ जो कि तुम हो'...और वह संसार उसके लिए एक स्वर्ग, एक अत्यन्त वांछित स्वप्न हो गया, उसकी कुल यंत्रणाओं से उन्मुक्ति का द्वार, उसके अकेलेपन में उसका सहारा।

इससे क्या कि उसकी सभी धारणाएँ झूठी थीं? इससे क्या कि उस दूसरे संसार में भी वे सब कठोरताएँ, वे सब उत्पीड़न, वे सब असत्य विद्यमान थे जिनके कारण उसका मन पहले संसार से परे भागता था? इससे क्या कि जो वस्तुएँ पहले संसार में स्वप्नमात्र थीं, वे इस दूसरे संसार में स्वप्न का भी अस्तित्व नहीं रखती थीं, थीं ही नहीं? उसे एक सहारा चाहिए था और वह उसे इस काल्पनिक संसार से मिला, इसलिए यह कल्पना सच्ची है, सात्त्विक है, इसलिए वह संसार है और रहेगा...

एक दिन वह सन्ध्या समय एक बाग में गया। उस समय वह मानो पक्षियों से भर रहा था और वे सब अनियन्त्रित वाणियों से अपने प्राणों का आह्लाद कर रहे थे—कितना मधुर आह्लाद! बालक ने पूछा, 'क्या यही जंगल है?' क्योंकि उसने सुना था, पक्षियों का घर जंगल है। उत्तर मिला, 'नहीं, यह बाग है।'

'जंगल क्या होते हैं?'

'वे भी ऐसे ही होते हैं, बहुत बड़े-बड़े बाग से। पर जैसे इनमें पेड़ और फूल सजाकर लगाए हैं, ऐसे नहीं होते, अपने-आप उलटे-सीधे लगते हैं।' बालक ने सोचा, कितना उन्मुक्त होगा वह स्थान जहाँ सब कुछ तो स्वतन्त्र होगा ही, ये पौधे भी स्वच्छन्दता से उग-फूल-फल सकेंगे...और तब उसकी कल्पना के स्वर्ग को एक मूर्त आकार भी मिला और एक नाम भी मिला—जंगल...

और आज तक वन उसके लिए वह हैं जो नगर कभी नहीं हुए, न होंगे...आज उसका वह पहला स्वप्न उस उच्च शिखर से उतर आया है, जंगल अब स्वर्ग नहीं रहे हैं, किन्तु उस वन-प्रेम को पुष्ट करने वाली भी बहुत-सी बातें हुई हैं और आज भी वह इस पिंजरे में बद्ध होकर वनों का ध्यान करता है, जहाँ...

उस तोते की तरह, वह भी पंख नहीं फड़फड़ाता कि पिंजरे से चोट न लगे। क्योंकि वह भी अनुभव से सीख चुका है कि चोट लगती है। पर क्या उसकी आत्मा भी बद्ध है, क्या उसके भी चोट लग सकती है, क्या वह भी पंख नहीं फड़फड़ा सकती?

वह आत्मा विचरती है अपने वनों में, जहाँ उसका स्वर्ग है, अबाध...

किन्तु वह सब उसके शिक्षण—स्वत: प्राप्त शिक्षण—का एक पहलू ही था, उसकी शिक्षा उससे कहीं विस्तृत क्षेत्र में हो रही थी। यों कहा जा सकता है कि यह उसकी शिक्षा का मूल था, वह अंश था जो कि भूमि के नीचे—अदृश्य रहता है इसने उसके चरित्र को स्थायित्व दिया था किन्तु उस चरित्र की बनाने वाली शिक्षा, उसकी शिक्षा का वह अंश जो भूमि के ऊपर दृश्य होकर काम करता था, वह और था...पहली शिक्षा उसे स्थायित्व देती थी तो यह उसे गति देती थी, पहली ने उसमें गौरव जगाया तो दूसरी ने प्रवाह की दिशा इंगित की...

उसके खेल के साथियों में एक लड़की भी थी—जिसका नाम कोई नहीं जानता था—सब उसे फूलाँ कहकर सम्बोधन करते थे। वह उसके पड़ोस में रहने वाली एक विधवा की लड़की थी। फूलाँ उसके सब खेलों में शामिल होती थी और खेल-ही-खेल में वे दोनों एक-दूसरे के घर में भी प्रवेश कर जाते थे। उसमें बालकोचित पूर्ण स्वच्छन्दता थी...किन्तु एक दिन उसे घर से आज्ञा मिली कि वह यदि पड़ोस वाले घर में चला भी जाए, तो वहाँ कुछ खाए-पीए नहीं, कुछ भी ग्रहण न करे, क्योंकि

वे छोटी जात के हैं...उसने पूछा (अभी उद्धतता से नहीं, केवल जिज्ञासावश) कि क्या और लोग भी उनके साथ नहीं खाते? तो उत्तर मिला, 'नहीं, अच्छी जात का कोई नहीं खाता!' 'तो फिर उनके साथ खेलते क्यों हैं, बोलते क्यों हैं?' तो उत्तर नहीं मिला। उसने फिर पूछा, तो उत्तर मिला, 'सिर मत खाओ। तुम्हें जो कहा जाए, मान लिया करो, बहुत बातें मत बनाया करो।'

बालक चला गया। उस दिन से वह खेल में कुछ अलग-सा रहने लगा, विशेषत: जब फूलाँ उपस्थित होती थी। इसलिए नहीं कि वह विशेष आज्ञाकारी हो गया था, केवल इसलिए कि वह चाहता था, पहले कोई हल कर लिया जाए, किसी निश्चय पर पहुँच जाया जाए और इसी के लिए वह खेल में भी (और विशेषत: खेल में क्योंकि उसी समय यह समस्या साकार होकर उसके आगे आती थी) सोचता रहता था...

इस समस्या का हल चार-पाँच हजार वर्ष में भी नहीं हो पाया है, किन्तु बालक के आत्मविश्वास के आगे चार-पाँच हजार वर्ष क्या चीज़ है? वह काल की गति पहचानता ही नहीं, उसके लिए केवल दो अवस्थाएँ हैं, प्रकाश और अन्धकार, जागृति और निद्रा, इसलिए उसके वास्ते काल की गति का अस्तित्व ही नहीं है, उसके लिए है केवल प्रकाश और अन्धकार का संघर्ष...

उन दिनों तक वे घर के भीतर सोते थे। किन्तु तब से उन्होंने कोठे पर सोना आरम्भ कर दिया, क्योंकि गर्मी आ गई थी। उनके कोठे के साथ ही सटा हुआ उस विधवा के घर का कोठा था और बीच की दीवार भी अधिक ऊँची नहीं थी, अत: उसके ओर की बातें दूसरी ओर सुन पड़ती थीं। बालक जब सोने आता, तब कभी-कभी फूलाँ का खिलखिलाकर हँसना उस तक पहुँचता, और वह समस्या उसके आगे फिर आ जाती...कभी जब वह सुनता, फूलाँ की माँ उसे पुकारकर कहती है, 'फूलाँ, आ रोटी खा ले' तब उसे जान पड़ता, वे अत्यन्त दुखी होकर खाने बैठे हैं, क्योंकि कोई उनके साथ खाने को तैयार नहीं होगा, उसे लगता, वे मानो छिपकर, चोरी से खा रहे हैं क्योंकि वे किसी के सामने बैठकर खाने के हकदार नहीं हैं, वह सोचता ये खाना खा कैसे सकती होंगी...

वह अक्सर सुनता, खाना खाने के बाद माँ-बेटी हँसती-खेलती थीं और खेल में एक अंश यह भी था कि कभी-कभी माँ बेटी से पूछती, 'फूलाँ, हम लोग कौन हैं?' और उसके हँसने पर या 'पता नहीं!' कहने पर उसे समझाती, 'तू कह, हम—हैं।'

बालक ने एक दिन माँ से पूछा था, '—क्या होता है?' तो माँ ने उसे बताया था कि एक छोटी जात का नाम है और फिर अँगूठे से साथ वाले घर की ओर इशारा करके कहा था, 'ये लोग हैं न!' और उस दिन से बालक सोचा करता—यदि यह छोटी जात है, तो वे इसे छिपाते क्यों नहीं? क्या कारण है कि माँ अपनी बेटी को बार-बार याद दिलाती है? और, और माँ के स्वर में अभिमान भी होता है।

बालक के मन में यह प्रश्न ही रहा। वह दूर बैठे उस विधवा की पूजा तक करने लग गया जो इस बात का अभिमान कर सकती है, फूलाँ भी उसके लिए एक पददलित देवी-सी हो गई, किन्तु उसका उनके घर जाना नहीं हुआ। वह नित्य रात को उनकी हँसी सुनकर सोचता—मैं भी इनके खेल में शामिल हो सकूँ, किन्तु दिन में वह उस घर के बाहर ही रुक जाता और लौट आता, न जाने क्यों!

आज वह समझता है उस भाव को, आज वह उस भयंकर यंत्रणा का भी कुछ अनुमान कर सकता है, जिसे भोग चुकने के बाद ही उस विधवा माँ ने एक स्वरक्षात्मक अस्त्र की तरह यह अभिमान प्राणों में भरा होगा, वह यह भी समझ सकता है कि किस दृप्त अवमानना के भाव से वह फूलाँ को भी यह अभिमान करना सिखाती होगी—आज जब वह जानता है कि इस प्रकार यह समस्या दूर नहीं हो सकती, यह अभिमान अनुचित है, किन्तु यह जानकर भी उसकी विवशता से सहानुभूति और संवेदना का अनुभव करता है! आज वह समझता है कि कैसे यहूदी लोग संसार की सबसे अपमानित और प्रपीड़ित जाति होकर, उसी अपमान और प्रपीड़न से अपनी जीवन-शक्ति पाते हैं, अवज्ञा से भरकर झुकते हैं और नष्ट नहीं होते...किन्तु आज जो फल वह ज्ञान के वृक्ष से तोड़ रहा है, उसका विष-बीज वहीं बोया गया था, उसी दिन...

उसके बहुत दिन बाद की—बीस वर्ष बाद की—एक बात मुझे याद आती है। उन दिनों जब मैं भागा फिरता था आत्मरक्षा के लिए। एक दिन, ज्येष्ठ की कड़ाके की धूप में, मैं और एक और व्यक्ति बीस मील चलकर आए थे। प्यास बहुत लगी थी, पानी कहीं दीख नहीं पड़ता था। हम सड़क पर चुपचाप चले जा रहे थे।

एकाएक हमें सामने आता हुआ एक व्यक्ति दिखाई दिया। मैंने उससे पूछा, 'क्यों भाई, यहाँ कहीं पानी मिलेगा?'

'यहाँ पास तो नहीं, वह उधर नदी है वहाँ होगा।'

'कितनी दूर?'

'यही कोई तीन-एक मील है—'

मुझे एक विचार आया। मैंने पूछा, 'तुम कहाँ रहते हो?'

उसने एक ओर इशारा करके कहा, 'यहाँ पास ही मेरा घर है—उस झुरमुट के पीछे।'

'तो, वहाँ तो पानी होगा।'

'नहीं जी।'

'ऐं? घर में पानी नहीं होगा? तो तुम्हारा काम कैसे चलता है?'

वह चुप।

मैंने फिर कहा, 'चलो, पानी पिला दो न? बहुत प्यासे हैं।'

वह फिर चुप।

मैंने कहा, 'तुम नहीं आते तो न सही। हम वहीं माँग लेंगे। वहाँ कोई है?'

वह फिर भी चुप। किन्तु थोड़ी देर बाद बोला, 'बाबूजी, आप कौन जात हैं?'

'हम जात-पाँत तो मानते नहीं, पर वैसे अगर तुम्हें कोई डर है, तो हैं हम ब्राह्मण ही, तुम्हारे बर्तन भ्रष्ट नहीं होंगे।'

'नहीं, वह बात नहीं,' कहकर वह चुप रहा, फिर बोला, 'आप आगे ही जाकर पी लीजिएगा।'

हमें कुछ आशा हुई थी, मिट्टी में मिल गई। मैंने कहा, 'आख़िर तुम पानी क्यों नहीं पिलाते?'

तब उसने विवश होकर उत्तर दिया, 'बाबूजी, हम छोटी जात के हैं...'

मैं एकाएक हँस पड़ा। 'बस यही बात थी? हम जात नहीं मानते, तुम हमारे बराबर हो—'

'नहीं बाबूजी, ऐसा नहीं हो सकता—'

'अच्छा, तुम नहीं पिलाओगे तो हम खुद पी लेंगे। बताओ, रास्ता किधर से है?'

'नहीं बाबूजी, यह—'

मेरे साथी को कुछ क्रोध आ गया, शायद प्यास बहुत अधिक थी। वह बोला, 'कैसा आदमी है! दिन भर तो मैला ढोता होगा, अब इतनी अकड़ कि पानी नहीं पिलाएगा!'

मैं उसे रोकने ही को था कि वह व्यक्ति एकाएक तनकर बोला, 'बाबूजी, आप हमें जो चाहे समझें, हमारे काम को बुरा मत कहें। हम ईमान का पैसा खाते हैं...'

मैंने सोचा, एक साथ ही इतनी दीन विनय और इतना अभिमान! और मैंने सोचा कि यह उचित ही है...

हमें पानी नहीं ही मिला। हम आगे चल पड़े...

पर यदि सर्वत्र ऐसा ही होता, तो भी कुछ बात थी। मैं जानता हूँ कि यह नहीं है, कई जगह ऐसी अवज्ञा, यह आत्माभिमान नहीं है। वहाँ है केवल दैन्य, सम्पूर्ण दासत्व, वहाँ माता-पिता अपने बच्चों को बोध कराते हैं, अवज्ञा के लिए नहीं, स्वीकृति के लिए, झुकना सिखाते हैं अभिमान से नहीं, दासत्व-भाव से। आत्माएँ इस सम्बन्ध में इस तरह जकड़ी गई हैं कि वे स्वयं नहीं जानते वे किस शृंखला में बँधे हैं और स्वयं उसकी कड़ियाँ पक्की करने में सहायक होते हैं...

वह अभिमान-भरी अवज्ञा इस समस्या का सर्वोत्तम हल तो नहीं है, किन्तु एक हल अवश्य है, निश्चित और स्वाभाविक भी...

एक और पाठ।

उनके घर में कोई रसोइया नहीं था, यद्यपि एक की खोज बहुत दिनों से हो रही थी।

एक दिन एक आदमी आया और पूछने लगा कि रसोइया तो दरकार नहीं है?

पूछताछ के बाद उसे नौकर रख लिया गया।

शेखर और उसके भाई, रसोईघर में नया विधान देखने गए। देखा कि चौका-चूल्हा सब धोया गया है और महाराज ने चूल्हे के पास बैठकर, अपने हाथ भर दूर चूने से एक लकीर खींच दी है। इस लकीर के भीतर जो बर्तन भी जाता है, पुनः धुलकर और महाराज जब उसके बाहर आते हैं तब भीतर जाते पुनः पैर धोते हैं और एक पैर से उछलकर भीतर जाते हैं, ताकि बाहर की छूत भीतर न लग जाए और महाराज थोड़ी-थोड़ी देर बाद बालकों से कहते, 'इधर मत आना? इधर मत आना...'

बालक देखभाल कर चले गए। बाहर जाकर उन्होंने एक लकीर खींची और जैसे महाराज को करते देखा था, वैसे ही एक पैर पर उछलकर उसे पार करने लगे और हँसने लगे...

खैर! जब भोजन का समय हुआ, तब एक मुश्किल पेश हुई। अगर परोसने के लिए महाराज आते हैं तब उन्हें मिनट में दस बार पैर धोने पड़ेंगे और मिनट भर तो पैर धोते ही लग जाता है, तब रोटी बेलेगा कौन, चुपड़ेगा कौन, खिलाएगा कौन...निश्चय हुआ कि महाराज बाहर न आवें, एक भाई ही परोसे और खिलाए। पर जो पात्र एक बार बाहर आ जाए, वह फिर भीतर तो जा नहीं सकता! जब पाँच-सात पात्र इस प्रकार 'भ्रष्ट' हो गए, तब बालक को शरारत सूझी। उसने अपने हाथ का पात्र लकीर के पार रख दिया—

'हैं, हैं, यह क्या किया, सारी रसोई भ्रष्ट कर दी!' कहकर महाराज उछल पड़े। बालक हँस पड़ा...

शिकायत हुई। फिर फ़ैसला हुआ कि महाराज सबको खिलाकर अपनी रसोई फिर करेंगे।

जब सब खा-पी चुके, तब फिर चौका हुआ, महाराज नहाए और अपने लिए खाना पकाने लगे।

बालक फिर गया। एक बर्तन उठाकर उसने लकीर के बाहर ही रखा और उसे भीतर धकेलते हुए बोला, 'महाराज, थोड़ा नमक-मिर्च इसमें रख देना—'

फिर शिकायत हुई। बालक से पूछा गया, तो बोला, 'मैंने चौके के भीतर बर्तन नहीं रखा, बाहर ही रखकर धकेल दिया था, चौका कैसे जूठा हुआ—'

महाराज ने निश्चय किया, तीसरी बार खाना पकेगा! तब दो बज चुके थे। माँ ने कहा तीन बजे चाय तैयार होनी चाहिए और चाय के साथ—इत्यादि।

महाराज ने एक लम्बी साँस ली।

शाम को महाराज ने पहले अपने लिए खाना पकाया। जब खा चुके, तब पिता से बोले, 'बाबू साहब, हमसे यह नौकरी नहीं निभेगी,' और चले गए।

सब लोगों ने भी मुक्ति की एक लम्बी साँस ली। महाराज चले गए।

लोहा या सोना भी—एक चोट से नहीं बनता। उस पर कई चोटें होती हैं, चोट पर चोट, चोट पर चोट...

वैसे ही शिक्षण है। एक या दो चोट में नहीं हो जाता, असंख्य चोटें होती हैं। किन्तु उनमें इतना विभेद नहीं होता, वे एक ही चोट की पुनरावृत्ति मात्र होती हैं...

केवल, कभी जब धातु का आकार टेढ़ा हो जाता है, तब उसे आड़ी-तिरछी चोट भी दे दी जाती है। बस सारा निर्माण, सारा शिक्षण, इन्हीं दो-तीन प्रकार की चोटों का बना होता है, उनकी असंख्य आवृत्ति में और उन्हीं दो-तीन प्रकार की चोटों को देखकर सारी क्रिया का अनुमान हो जाता है...

एक तीसरा पाठ भी है...

गोमती में बाढ़ आई हुई थी—बहुत बाढ़...

शेखर अपने पिता के साथ घूमने निकला है। घूमने, यानी एक छोटी-सी नाव में बैठकर, उसे बाँसों से निकलवाकर इधर-उधर फिरने क्योंकि सड़कों तक पर दो-दो हाथ पानी आया हुआ है, रास्ते बन्द हैं या अगर खुले हैं तो सिर्फ़ नावों के लिए।

नाव बड़ी-बड़ी सड़कों पर हो आई है। वहाँ पर तो ऐसी रौनक लग रही है मानो वेनिस का एक छोटा-सा संस्करण भारत में आ गया हो, क्योंकि नावों में व्यापारी लोग अनेक प्रकार के खाद्य—अनाज, शाक, तरकारी, फल इत्यादि—बेचते फिर रहे हैं, कोई-कोई पुस्तक और अख़बार की फेरी दे रहा है, बाढ़ के फोटो और—हाँ, खिलौने तक बिक रहे हैं...नावें घरों के दरवाज़ों पर ऐसी जा लगती हैं मानो घाट पर लगी हों और व्यापारी लोग अपने माल का नाम, दाम पुकारते हैं...

पर वह था बड़ी-बड़ी सड़कों पर, जिन्हें वे पार कर आए हैं। अब वे जा रहे हैं शहर के निर्धन अंश में—देखने के लिए। यह अंश बाक़ी नगर से नीचा है (होना ही था) इसलिए इसमें अधिक पानी भरा हुआ है और नाव मजे में चलती है। मजे में! वह मज़ा! इधर की गलियाँ बिलकुल सुनसान हैं और दुर्गन्धमयी और अधिकांश घरों में मातम-सा छाया हुआ है—यदि उसके मौन को कोई भंग करता है तो किसी बच्चे के रोने का स्वर ही...वह अपने पिता से पूछता है, 'वे बेचने वाले इधर क्यों नहीं आते?'

'इधर क्या करने आएँ? यहाँ कुछ बिक्री नहीं होती।'

'क्यों?'

'ये ग़रीब लोग हैं, ख़रीद नहीं सकते।'

बालक दयाभाव से भरकर उन बेचारे बच्चों की बात सोचता है जिनके माता-पिता 'ग़रीब लोग' हैं और उनके लिए खिलौने नहीं ख़रीद सकते और न फल।

बालक पूछता है, 'इनके बच्चे खेलते कहाँ होंगे?'

'नहीं खेलते।'

'क्यों?'

'...'

क्या उत्तर दें कि शरीर में इतनी शक्ति ही नहीं है कि खेल सकें? ये वे हैं, जो खेलते नहीं, जो स्वयं खिलौने हैं, जिनसे विधि खेलती है।

इन्हें स्मृतियाँ कहना 'स्मृति' के अर्थ को कुछ खींचना ही है। क्योंकि ये सब मुझे ठीक इस रूप में याद नहीं हैं, बल्कि इनके तथ्य याद ही नहीं हैं, जब मैं भूत की ओर देखता हूँ तब वे चित्रों के रूप में मेरे सामने नहीं आते। मुझे याद आते हैं केवल वे भाव जो मैंने अनुभव किए हैं, वह विशेष मन:स्थिति जिसे लेकर मैं किसी दृश्य में कभी भागी हुआ था और ये जो चित्र मैं खींचता हूँ ये उन्हीं मन:स्थितियों को लेकर उन पर निर्मित हुए छायापट मात्र हैं। यदि ये स्मृतियाँ हैं तो मन की स्वतन्त्र स्मृतियाँ हैं, वैसी स्मृतियाँ नहीं जिनकी मूल छाप बिठाने के लिए आँखें साधन हुई होती हैं...

किन्तु, शिक्षा क्या है? चित्रों का अनुक्रम नहीं। वह भावों का अनुक्रम है—उन भावों का जो उत्तरोत्तर उन्नति पाते जाते हैं। अधिक विस्तीर्ण और गहन होते जाते हैं और जिनके ऊपर ही चित्रों का आश्रय होता है। वे चित्र एक तरह से भावों की समाधियाँ मात्र हैं, और जीवन ऐसी समाधियों का विस्तीर्ण क्षेत्र...

स्थिरता और सामर्थ्य।

उसकी शिक्षा में ये दोनों कहाँ से आईं यह तो दीखता है। किन्तु वह पाता है कि उसमें एक और भी गुण है, एक गति, एक प्रेरणा, एक सशक्त आकर्षण—वह कहाँ से आया?

वह समझता है, वह कुछ है। विकास-गति का एक बुलबुला है, क्षण-भंगुर है पर फिर भी कुछ स्वतन्त्र, कुछ गतिमान, कुछ प्रेरक, कुछ उत्कर्षपूर्ण, कुछ अमर है। क्या?

यह एक विचित्र बात है कि जो घटनाएँ या विचार जीवन का पथनिर्देश करते हैं, उसे किसी एक दिशा की ओर प्रेरित करके उसके भविष्यत् मार्ग का अमिट निर्णय कर देते हैं, वे घटनाएँ या विचार स्वयं अत्यन्त उलझे हुए और अस्पष्ट होते हैं, उनकी मूल प्रेरणा का, उनका निर्देशन करने वाली शक्ति का, कोई पता नहीं लगता।

इसी तरह जब मैं विचार करता हूँ कि मैंने यह निरन्तर ऊर्ध्वमुखी प्रेरणा कहाँ से पाई कि वह क्या है जो सदा मेरी जीवन-गति को निर्दिष्ट करता रहा, उसका

उत्कर्षण करता रहा, किसी ऐसे शिखर की ओर जो पाया नहीं जा सकता, जो कल्पना में भी दिखता नहीं, उच्चतम बादलों के ऊपर कहीं छिपा रहता है—तब उत्तर स्पष्ट नहीं मिलता...

दीखते हैं, अनेक असम्बद्ध चित्र...!

पिछली कुछ एक घटनाओं ने शेखर को कुछ विचलित कर दिया था, उसके जो कुछ एक स्थिर विश्वास थे, उसकी जो निष्ठाएँ थीं, वे टूट-सी गई थीं। उसे सब ओर सब कुछ मिथ्या-सा लगने लगा था। वह अपने को किसी वस्तु में इस डर से आसक्त नहीं कर पाता था कि यह भी झूठ न निकले, हाथ से फिसल न जाए! और इसी कारण वह कुछ अलग-अलग रहने लगा था, अलग ही घूमने जाता था।

इस समय के जितने भी चित्र याद आते हैं, उनकी मुख्य उल्लेखनीय बात है उनकी शान्ति। सम्भवत: इन दिनों वह शान्ति की इतनी उग्र खोज में था कि जहाँ वह प्राप्त हुई, चाहे क्षण भर के लिए ही, वही स्थल उसकी स्मृति में बैठ गया। इसलिए उस समय की स्मृतियाँ बड़ी सुखद हैं...

गोमती का तट। सन्ध्या। शेखर अकेला धीरे-धीरे टहल रहा है, पेड़ों की ओर देखता हुआ। कुछ पेड़ों पर पीली-सी आकाशबेल के जाल के जाल, ढेर के ढेर पेड़ पड़े हुए हैं, उन्हीं को देखता हुआ और यह सोचता हुआ कि इन्हीं को क्यों यह अधिकार प्राप्त हुआ कि इनकी उत्पत्ति भूमि से न हो, पैर भूमि पर न टिकें, ये सदा ऊँची रहकर ही, दूसरों के सहारे पृथ्वी से अपना जीवन-रस खींचा करें। पर वह बहुत देर तक यह नहीं सोच सकता, उसका मन हटकर गोमती की लहरों पर काँपते हुए ताम्रवर्ण प्रकाश की ओर जाता है और वहीं रह जाता है। उसे लगता है कि उस प्रकाश में कुछ है जो उसे बुलाता है, खींचता है, सुख देता है, पर वह उसे नाम नहीं दे पाता, 'सौन्दर्य' शब्द उसके मन:क्षेत्र में अभी तक नहीं आया है...

लखनऊ की बारादरी में शेखर अकेला बैठा है।

एक अत्यन्त सुन्दर घोड़ा तीव्र गति से दौड़ता हुआ उसके सामने से जाता है। उसकी गति में कहीं चेष्टा नहीं है, कहीं रुकावट नहीं है, मानो कहीं भी इच्छा की प्रेरणा ही नहीं है, वह स्वत: सम्पूर्ण, सुन्दर, अच्छे संगीत की तरह ताल-विशिष्ट एक गति है।

शेखर एकाएक खड़ा हो जाता है। यह एक नई बात थी उसके जीवन में और यह विद्युत की तरह उसके मन में तड़प गई...

Rhythm...लय...

वह फिर बैठ गया। आकाश की तरह शान्त, पहाड़ी झील की तरह स्वच्छ।

शायद तभी से, यह जीवन सर्वत्र उस वस्तु को खोजने लगा और शायद उसने उसे पाया भी, क्योंकि बहुत वर्षों बाद, अपने जीवन के घोरतम अन्धकारमय दिनों

में, जब वह अपने सब ओर के विरोधों से त्रस्त हो उठता। तब एकाएक कोई आलोक-किरण उस अन्धकार को चीर जाती है और वे सब वैपरीत्य, उलझनें इस हद तक हल हो जातीं कि एक ही महान एकत्व के विभिन्न अंग जान पड़ने लगतीं...

एक दिन शेखर के पिता उसे अजायबघर में ले गए और जिस कमरे में मूर्तियाँ रखी थीं वहाँ पहुँचाकर अपने काम पर चले गए।

शेखर कुछ सहमा हुआ इधर-उधर देखने लगा। उसके सभी ओर मूर्तियाँ थीं, कुछ साबुत, कुछ टूटी, कुछ शरीर-हीन सिर, कुछ सिर-हीन शरीर, कुछ काली, कुछ श्वेत, कुछ पत्थर की, कुछ मिट्टी की, कुछ चमचमाती हुई धातु की, कुछ जंग से खाई हुई।

शेखर की दृष्टि एक प्रतिमा पर जाकर ठिठक गई।

यों कहें कि प्रतिमा के पैरों पर ठिठक गई, क्योंकि वह प्रतिमा बहुत बड़ी थी, और शेखर की आँखों के तल पर उसके पैर ही आरम्भ होते थे।

शेखर धीरे-धीरे दृष्टि उठाता गया। वह छत तक पहुँच गई, जहाँ मूर्ति का सिर था।

शेखर ने फिर उसे ऊपर से नीचे तक देखा। पैरों के नीचे लगी हुई लकड़ी की तख्ती तक, जिस पर बड़े अक्षरों में लिखा था, 'महाबीर जिन।'

शेखर के मन में किसी भाव ने जागकर कहा, 'मूर्ति बिलकुल नंगी है।'

वह नंगी थी। शेखर नहीं समझ सका कि कैसे उसकी विशाल, भीमकाय, प्रकांड नग्नता का चित्रण करते, उसे गढ़ते समय मूर्तिकार का हाथ नहीं काँपा, उसकी कल्पना नहीं लज्जित हुई। नग्नता का सत्य, सत्य की तरह नंगा, उसके जगत में नहीं था, आने नहीं दिया गया था, उसके लिए नग्नता झूठी थी, भद्दी थी, अवांछनीय और अदर्शनीय थी। किन्तु या इसीलिए वह स्थिर और अकम्प दृष्टि से उसे देखता रहा, बहुत दूर तक देखता रहा।

मानो उसके मन ने उस नग्नता को स्वीकार कर लिया, वह उसकी दृष्टि में अत्याज्य, अनस्वाभाविक, सुन्दर हो उठी!

वह धीरे-धीरे लौट पड़ा। शान्ति की मधुर, शीतल साँस मानो उसके मन पर एक हलका-सा परिमल बिखेर गई।

कुछ ही दिन बाद, जब उसके पिता सारनाथ गए और बौद्ध-विहार में ठहरे, तब वह अवसर पाकर चोरी से निकला और एक बड़े पोखर के किनारे से होता हुआ सारनाथ के अजायबघर की ओर बढ़ता चला। पोखर में कुछ लोग सिंघाड़े बटोर रहे थे, किनारे पर या कीच में कुछ अधनंगे लड़के शोर मचा रहे थे, उनकी ओर उसने आँख उठाकर देखा भी नहीं। किसी समय जो दृश्य आह्लादमयी आत्मविस्मृति में डुबा देता वह आज उसके लिए देखने की वस्तु ही नहीं रही, क्योंकि वह अजायबघर की ओर जा रहा था...

सारनाथ के अजायबघर को बहुत कम लोग देखने आते थे और जिस समय शेखर वहाँ पहुँचा, उस समय उसके बन्द होने का समय भी था।

शेखर ने देखा, दरवाज़े पर या चरखड़ी के पास, कोई चपरासी नहीं था। वह चुपचाप चरखड़ी के नीचे से होकर भीतर हो लिया।

दाईं ओर मूर्तियाँ पड़ी थीं। शेखर कुछ देर उन्हीं की ओर देखता घूमता रहा फिर तारा की एक मूर्ति की चौड़ी पीठिका पर बैठ गया।

एकाएक उसे लगा, वहाँ एक अनभ्यस्त नीरवता छाई हुई है। इतनी अधिक कि वह ध्यान देकर सुनने लगा, कहीं कोई तनिक-सा भी शब्द हो, पर नहीं। वह अखंड थी।

वह जल्दी से उठा और बाहर की ओर गया।

द्वार बन्द था, अजायबघर के भीतर वह अकेला था। वह धीरे-धीरे लौट आया। आकर फिर उसी स्थान पर बैठ गया।

जब हम साथ चाहते हैं, ध्वनि चाहते हैं, तब नीरवता हमें खटकती हैं, हम उसे सुनते हैं और वह हमें बोलती हुई जान पड़ती है, उस शब्द से बोलती हुई जान पड़ती है, जिसके लिए प्राचीनकाल में किसी मनस्तत्त्वविद् साहित्यकार ने 'साँय-साँय करना' वाक्य प्रयुक्त किया था। शेखर को यह नहीं जान पड़ता कि वहाँ की नीरवता साँय-साँय कर रही है, उसे काटने को आ रही है। मैं रात भर बन्द रहूँगा, भोजन नहीं मिलेगा, सो नहीं सकूँगा, पिता ढूँढ़ते फिरेंगे ये सब चिन्ताएँ उसके मन में आईं ही नहीं, वह एक भव्य, सुन्दर, आनन्दमयी, विह्वल, शान्तियुक्त, आत्मविस्मृत स्वीकृति में बैठा रहा, बैठा रहा, बैठा रह गया...

अब कभी वह उस क्षण का चिन्तन करता है, तो सहम-सा जाता है, इतनी व्यापक थी वह शान्ति, वह नीरवता! पर उस समय उसे कुछ भी विचित्र नहीं लगा, विचित्र लगा एक किवाड़ खुलने के शब्द द्वारा उस शान्ति का खंडन...एक शब्द जिसमें वह विश्वास ही न कर सका, इतनी दूर चला गया था वह! विचित्र लगी उसके नाम की पुकार—'शेखर!'

वह चौंककर उठ बैठा और जल्दी से उस तारा की मूर्ति से परे हट गया। उसे यह असह्य जान पड़ा कि लोग यह भी जान पाएँ कि वह कहाँ था, इतनी देर कहाँ रहा, क्या करता रहा, उसे लगा कि यदि लोग यह जान जाएँगे कि वह किस विशेष स्थान पर बैठा था तो वह लज्जा से डूब मरेगा...

बुद्ध ने जिस स्थान पर बैठे-बैठे दिव्य ज्ञान पाया था, वह उनकी दृष्टि में वैसा ही पवित्र, संसार की दृष्टि से गोपनीय हो गया होगा...

उससे पूछा गया कि वह कैसे वहाँ आया, क्या करता रहा—क्यों, क्यों, कब—प्रश्न जो सदा पूछे जाते हैं, किन्तु उसका उत्तर कुछ महत्त्व नहीं रखता—सिवाय इसके कि जैसे वे प्रश्न अनिवार्य होते हैं, वैसे ही उनके उत्तर भी सदा एकरूप होते हैं!

शेखर का लज्जित मौन ही उसका उत्तर था।

जब वह अपने आपसे कहता है कि उसमें विश्व-शान्ति का, विश्वात्मा का एक अंश है, तब क्या वह झूठ बोलता है, अपने आपको धोखा देता है ?

उसके चारों ओर दुख है, दारिद्र्य है, पीड़ा, रोग, मृत्यु, सब कुछ है। देश-विदेश के धर्म के ठेकेदारों ने अपनी कुल आविष्कार-शक्ति को खर्च करके नरक में जिन बुरी-से-बुरी और भयंकर-से-भयंकर यातनाओं का सृजन किया है, वे सभी संसार में, उसके संसार में मौजूद हैं और वह उन्हें स्वीकार नहीं करता, उनके विरुद्ध विद्रोह करता है, लड़ता है। किन्तु क्या वह इसीलिए नहीं कि उसकी आत्मा ऐसे किसी स्थान को देख या अनुभव कर सकती है जिसमें ये सब कुछ नहीं है, कि उसकी आत्मा पारलौकिक शान्ति की झलक पा चुकी है, इस नरक में रहकर भी एकात्म है उस नरक से नहीं बल्कि उस विश्वशान्ति से ?

धोखा ? एक धोखा क्या एक समूची जीवनी को, एक समूचे संघ को अनुप्राणित कर सकता है ? धोखे में क्या शक्ति हो सकती है ? धोखे के लिए मर सकते हैं, किन्तु क्या धोखे के लिए जिया भी जा सकता है ?

लोग कहते हैं, विद्रोही के विचार संकुचित हैं, उसका मस्तिष्क कमज़ोर है, उसका हृदय टेढ़ा है। लोग यह भी कहते हैं कि उसके स्वप्न छूँछे, आदर्शवादी, असम्भव हैं। यह सब शायद ठीक है लेकिन वह पतितों और असहायों को समानता की दृष्टि से देख सकता है, उसका हृदय गिरे हुओं को उठा सकता है, उसका मस्तिष्क एक समूचे राष्ट्र को चला सकता है और अपने स्वप्नों के लिए सच्चाई और दृढ़ता के साथ लड़ सकता है और उसके स्वप्न सच्चे भी हो जाते हैं।

क्या वह भी धोखा है।

मैं अपने आपको एक पाँच वर्ष के बालक के रूप में देखता हूँ, जो केवल एक नीला निकर पहने हुए नंगे पैर घास पर भागा जा रहा है। बालक ने अपने कन्धे पर बहुत-से कमल लादे हुए हैं, कुछ खिले हुए, कुछ अधखिले, कुछ अभी बन्द। जिस पथ पर वह चला जा रहा है, वह चिनार के वृक्षों की छाया में होता हुआ जाता है और खिले हुए पत्तों और चिनार फूलों से प्रायः बिलकुल ढका हुआ है। कहीं-कहीं किसी अँधेरे और ठंडे कोने में रोएँदार पत्तों वाली बिच्छू-बूटी लग रही है, जिससे बालक डरता नहीं क्योंकि वह उसका इलाज भी जानता है।

यह दृश्य मेरी दृष्टि के सामने बिलकुल साफ़ है, फिर भी मैं इसे ठीक स्थान पर नहीं रख पाता—जीवन-क्रम में इसका कोना मुझे याद नहीं आता। बात अवश्य काश्मीर की है, लेकिन यह मुझे समझ नहीं आता कि यह क्यों स्मृति के पट पर इतने गहरे अक्षरों से लिखी है, विशेषतः जबकि इसका न कोई कारण याद आता है, न कोई फल।

शेखर के पिता की बदली एकाएक हो गई थी और वे कुछ-एक दिन अपना फालतू सामान नीलाम करके, दोस्तों से विदा लेकर सकुटुम्ब वहाँ पहुँच गए थे और जेहलम के किनारे एक बँगला लेकर वहाँ रहने लगे थे। महासमर के दिनों की बात है, जब महँगी बहुत थी, लेकिन मकान-कोठियाँ सस्ती हो गई थीं।

शेखर लगभग छह वर्ष का था, जब उसने निश्चय किया कि अब समय आ गया है कि वह एक पुस्तक लिखे और प्रसिद्धि प्राप्त करे।

वह जानता था कि उसके पिता पुस्तक लिखते हैं। एक दिन उसने पिता से पूछा था कि वह पन्ने पर पन्ने क्यों लिखते जाते हैं, तब उन्होंने बताया था कि वे एक पुस्तक लिख रहे हैं। उन्होंने यह भी बताया था कि वे उसमें एक चित्र भी रखेंगे, और यह भी एक प्रेस में काग़ज़ मशीन में डालकर घुमाए जाएँगे जिससे एक पुस्तक की सैकड़ों-हजारों पुस्तकें बन जाएँगी और प्रत्येक में वैसे ही चित्र होंगे। यह सब उसके लिए ऐसी अद्‌भुत बात थी कि उसने भी एक चित्र-भरी पुस्तक लिखने का निश्चय किया था।

लेकिन चित्र आएँ कहाँ से ? पिता की सहायता वह माँगना नहीं चाहता था, उसे डर था कि वे ईर्ष्यावश विघ्न न डालें। तभी सोचते-सोचते यह विचार आया—फूल ! उसने स्थान-स्थान से फूल एकत्र किए हैं, उन्हें पुस्तकों में दबाकर सुखाया। उसने माली से उनके नाम पूछे। इस प्रकार सामग्री तैयार कर लेने के बाद, उसने पुस्तक आरम्भ करने की ठानी।

पहली कठिनाई हुई काग़ज़ की। एक दिन जब पिता दफ्तर गए हुए थे, तब उसने उनकी चाभी चुराकर मेज़ का दराज खोला और उसमें पिता के चिट्ठी लिखने के सबसे अच्छे काग़ज़ निकाले, कार्ड-से मोटे, चिकने-चमकदार और कोने में लाल सरकारी चिह्न 'शेर-गढ़ी' से विभूषित। शेखर ने देखा कि चित्रों के लिए सभी पुस्तकों में मोटा और चिकना काग़ज़ लगता है।

बीस-एक काग़ज़ लेकर, शेखर ने अपनी बहिन से उन्हें सिलवा लिया। बहिन प्रत्येक आयोजन में उसकी सचिव और संगिनी थी—यद्यपि कॉपी सीने की मजदूरी में उसने पाँच काग़ज़ स्वयं ले लिये। अब शेखर को अपनी पुस्तक की जिल्द की चिन्ता हुई और इसका जो हल उसने निकाला, वह इतना साहसिक था कि उसने अपने धड़कते हुए हृदय को सँभालकर, पुस्तक की अलमारी में से सुनहरी चमड़े की जिल्द वाली बाइबिल निकाली, एक ही झटके में जिल्द को पुस्तक से अलग किया, पुस्तक को रसोई के पीछे कूड़े के ढेर में छिपाया और जिल्द के अन्दर अपनी कॉपी रख ली। यह सब क्षण भर में हो गया।

शाम को जब सब लोग लौटे, तब उसे एकान्त में पाते ही उसकी बहिन ने पहला प्रश्न किया, 'आज क्या किया !' और शेखर की दोषी आत्मा ने उसे सब कह डाला—छिपाने का साहस उसने नहीं पाया। तब अपना रहस्य सुरक्षित रखने के लिए

शेखर को दूसरे दिन की अपने हिस्से की मिठाई का भी त्याग करना पड़ा और इस सौदे में उसने बहिन से कॉपी भी जिल्द के अन्दर सिलाकर फिट कर ली।

दूसरे दिन भाई और बहिन पुस्तक लिखने बैठे। शेखर ने गोंद से प्रत्येक पन्ने पर अलग-अलग फूल चिपका दिए। बहिन अपने वनस्पति विज्ञान की पुस्तक लाई और शेखर उसे देखकर, उसी ढंग से फूलों का वर्णन करने लगा, पहले फूलों के रंग-रूप का वर्णन, फिर उनके उपयोग, फिर—लेकिन यह 'habitat' क्या चीज़ है?

बहिन ने कहा, 'हमें नहीं मालूम। स्कूल में यह नहीं पढ़ाते—छोड़ जाते हैं!'

शेखर ने जाकर पिता से पूछा, ' 'habitat' किसे कहते हैं?'

'habitat' का मतलब है जहाँ कोई चीज़ रहे या पाई जाए। क्यों?

'कुछ नहीं—बहिन ने पूछने को भेजा है,' कहकर सकपकाया हुआ शेखर भाग गया। पीछे से पिता का स्वर आया, 'वह खुद क्यों नहीं पूछने आती?'

शेखर लगभग एक महीने के परिश्रम के बाद पुस्तक तैयार कर सका। जब उसकी बहिन ने उसे देखकर पास कर दिया, तब शेखर ने निश्चय किया कि वह भी अपनी पुस्तक को प्रेस में घुमाकर सैकड़ों बनवाएगा। इसीलिए, एक दिन जब उसके पिता विशेष प्रसन्न जान पड़ते थे तब उसने जाकर अपनी पुस्तक उनके हाथ में रख दी।

लेकिन तत्क्षण ही शरमाकर वह भाग गया। केवल इतना भर देख पाया कि पिता की त्यौरियाँ बदल गईं, फिर उन्होंने पुस्तक खोली।

कुछ ही मिनट में शरम और डर पर कुतूहल ने विजय पाई। पिता और माता की ठठाकर गूँजती हुई हँसी सुनकर वह लौट आया और देखने लगा, उसे देखते ही पिता की हँसी दुगुनी हो उठी। उन्होंने कमर से पकड़कर उसे उठा लिया और बोले, 'इतना मैं बरसों से नहीं हँसा होऊँगा। ग़ज़ब की किताब है तुम्हारी!'

शेखर कुछ घबरा-सा गया, क्योंकि उसे ठीक समझ नहीं आया कि यह प्रशंसा है या और कुछ। अपने जाने वह एकदम प्रशंसा का पात्र था—क्योंकि पुस्तक बड़े सुन्दर अक्षरों में लिखी गई है, और चित्र कितने सुन्दर हैं, और इनके नाम लाल रंग से लिखे गए हैं...'फूशिया' और 'आयरिस' का भला इससे बढ़कर क्या वर्णन होगा—

Fushia, Vylet flower with fore red small leaves very pretty Kashmiri girls put it in their hair nurse Zinnia puts it in her ears to dance in the kitchen. Habitat. Shalimar Gardens and Chashma Shahi.

(फूशिया—छोटी लाल पत्तियों वाला बैंगनी रंग का फूल बहुत सुन्दर, काश्मीरी लड़कियाँ बालों में लगाती हैं। जिनिया आया कानों में पहनकर रसोईघर में नाचती हैं।

पैदाइश शालीमार बाग और चश्माशाही)।

Iris, very beautiful some are blue some red and some white, there is a yellow stick inside the flower.

Habitat, Mr. Chatterjis house near Gupkar the best were in our house but the flood took them away.

(आयरिस—बड़े सुन्दर, कुछ नीले होते हैं, कुछ लाल और कुछ सफेद, फूल के अन्दर एक पीली डंडी होती है।

पैदाइश गुपकार के पास मिस्टर चटर्जी के घर में—सबसे अच्छे हमारे घर में होते थे, पर बाढ़ में बह गए।)

लेकिन जाने क्यों, वह किसी को भी हँसने लायक से अधिक पसन्द नहीं आई। शेखर का जी बैठ गया, और पिता के अनुग्रह-भरे वाक्य 'कुछ परवाह नहीं, बेटा अबकी बार अच्छी लिख लोगे, लेकिन मेरी पुस्तकें ख़राब मत करना!' से वह अधिक खिन्न ही हुआ।

यों उसके पहले साहित्यिक प्रयास का अन्त हुआ या यों कहें कि अन्त का आरम्भ, क्योंकि असली अन्त तो दो वर्ष बाद तब हुआ जब उसे कूड़ेखाने में दीमक और अन्य प्रकार के कीड़े खा गए।

साहित्य का निर्माण, मानो जीवित मृत्यु का आह्वान है। साहित्यकार को निर्माण करके और लाभ भी तो क्या, रचयिता होने का सुख भी नहीं मिलता, क्योंकि काम पूरा होते ही वह देखता है, 'अरे, यह तो वह नहीं है जो मैं बनाना चाहता था, वह मानो क्रियाशीलता का नारद है, उसे कहीं रुकना नहीं है, उसे सर्वत्र भड़काना है, उभारना है, जलाना है और कभी शान्त नहीं होना है, कहीं रुकना नहीं है। शायद इसीलिए उसके पथ के आरम्भ में ही विधि उसे रोककर कहती है, 'देख, इस पथ पर मत जा, यह तेरे पैरों के लिए नहीं है।' और यदि वह ढीठ होकर बढ़ा ही जाता है, तो वह कहती है, 'अच्छा, तो तू समझ—अपना ज़िम्मा सँभाल?' और निर्मम अपने खाते में से, अपने पोष्य और रक्षणीय बच्चों की सूची में से उसका नाम काट देती है।

शेखर ने कोई छह मास बाद दूसरा प्रयास किया। अबकी बार यह पद्य में था।

वसन्त के दिन थे—शेखर जम्मू में था। काश्मीर की सड़क भी बन्द थी। धूप काफ़ी पड़ने लगी थी, फिर भी शेखर नंगे सिर और नंगे पैर बाहर फिर रहा था। कुछ ही देर बाद जब उसके पैर तप जाते थे, तब वह उस कमरे में भाग जाता था, जहाँ कुछ ही देर में उसकी पढ़ाई शुरू होने वाली थी। जो कुछ मिनट उसके बाक़ी थे, उन्हें वह किसी प्रकार के शारीरिक उद्योग में बिताना चाहता था। तभी उसके भाई ने आकर सूचना दी कि मास्टर साहब आ गए हैं।

मास्टर साहब, जान गैस नामक एक अमरीकन थे और शेखर उन्हें सदा मिस्टर गैस कहता था। आज यह देखकर कि मास्टर साहब के आने से उसके मनोरंजन में विघ्न पड़ा है, उसे मास्टर साहब पर क्रोध आया।

कमरे की ओर जाते-जाते उसको एक शरारत सूझी। दूसरे शब्दों में, उसे कविता की दिव्य प्रेरणा प्राप्त हुई।

जब से शेखर की पुस्तक का निरादर हुआ था, तब से उसके मन में वह अपमान और उपहास खल रहा था और उसका निश्चय था कि कभी अवसर पाकर वह किसी विराट् काव्य-चेष्टा से अपनी खोई हुई इज्जत दुबारा पाएगा। आज एकाएक उसे विचार हुआ कि वह अवसर आ गया है, उसने जाना कि वह कवि है।

मास्टर के सामने पहुँचकर शेखर ने सीखे हुए तोते की तरह, नम्रता से कहा, 'गुड मार्निंग, मिस्टर गैस।'

'गुड मार्निंग' कहकर मास्टर साहब बैठ गए। शेखर, जिसकी धूप से चौंधियायी हुई आँखों के भीतर अँधेरा मालूम हो रहा था, धीरे-धीरे टटोलकर स्टूल पर बैठा और बैठते ही बोला, 'मिस्टर गैस, मैंने आपके लिए एक कविता लिखी है।'

मिस्टर गैस ने मुस्कुराकर कहा, 'अच्छा? सुनें तो!'

शेखर ने तत्काल कुछ गाती-सी आवाज़ में कहा :

"My teacher's name is Mister Gass,
If G is gone then he is an ass."

(मेरे गुरु का नाम मिस्टर 'गैस' है, यदि 'G' हटा दिया जाए तो वे 'ऐस'—गधा—हो जाएँगे)।

लगभग आध घंटे बाद घर से मील भर दूर एक मौलसिरी के बाग में बैठा हुआ शेखर अपने आरक्त गाल मल रहा था और संसार की न्याय-हीनता को रो रहा था। पिता से पिटता हुआ वह यहाँ तक भागता आया था और जब वे पीटकर लौट गए थे, तब यहीं बैठकर सोचने लगा था।

विवश क्रोध के बाद जब उसे याद आता था कि वह कहाँ है, तब वह एक-आधा फूल तोड़कर सूँघने लगता था और फिर विचार में डूब जाता था।

भाई और बहिन, भाई-बहिन होकर भी बहुत देर तक अपरिचित रह सकते हैं, बल्कि जीवनभर अजनबी रह सकते हैं। शेखर ने भी अपनी बहिन को बहिन की तरह लगभग छह वर्ष की आयु में जाना था और वह भी तब, जब उसकी एक और शिशु सखी ने उसे सिखाया था कि बहिनापा होता क्या है। वह सखी थी शशि।

शेखर ने शशि को पहले-पहल तब देखा था जब उसकी आयु कोई चार वर्ष की थी और शशि की तीन से कुछ अधिक। शशि की माँ विद्यावती शेखर की माँ की बहिन लगती थीं और इसी नाते अपनी लड़की के साथ उनसे मिलने आई थीं और उनके पास ठहरी थीं।

जिस समय वे पहले-पहल आईं उस समय शेखर सोया हुआ था। सवेरे उठकर उसने देखा, उसकी खाट से कुछ ही दूरी पर एक दूसरी खाट पर एक लड़की बैठी है और जिज्ञासा-भरी आँखों से उसकी ओर देख रही है। तभी उसकी माँ ने आकर कहा, 'शेखर, यह तुम्हारी बहिन है।'

शेखर ने नहीं माना, यद्यपि वह कुछ बोला नहीं। भला यह भी कोई बात है कि कोई कह दे 'यह तुम्हारी बहिन है' और वह बहिन बन जाए? यह सरस्वती है, वह शेखर की बहिन है। जब से वह जानता है, तब से उस घर में रहती है, उसके साथ खेलती है, पिता से डाँट खाती है और गुस्से में आकर उसे पीटती है।

और यह? शेखर ने मन में अपने को शशि से मार खाते हुए कल्पना करने की चेष्टा की और फ़ौरन मन-ही-मन बोला, 'हुँह?'

और उसने जान लिया कि कोई लाख कहे, शशि शशि है, उसकी बहिन नहीं।

थोड़ी देर बाद शेखर की माँ ने कहा, 'आओ तुम दोनों नहाओ।' और उन्हें स्नानागार में ले जाकर बिठा दिया।

शेखर का नहाने का ढंग यह है कि स्नानागार में पानी बहने के लिए जो नाली है, उसे कपड़े से बन्द कर देता और जब दहलीज तक पानी भर जाता है, तब उसमें उछल-कूद करता है। आज भी उसने इसी प्रकार पानी भरना आरम्भ किया। शशि एक कोने में खड़ी उसे देखने लगी—शेखर ने उस पर ध्यान भी नहीं दिया।

पानी भर गया। शेखर नहाने लगा। शशि फिर भी वहीं खड़ी रही।

तभी शेखर की माँ फिर आई, और शशि को एक छोटा-सा पीतल का लोटा देते हुए बोली, 'ले, तू इससे नहा।' और चली गईं।

शशि जब अपने छोटे-छोटे हाथों में लोटा थामकर नल से भरने लगी, तब शेखर उसके पास आकर रुष्ट स्वर में बोला, 'यह लोटा मेरा है!'

शशि अपनी बड़ी-बड़ी आँखें खोलकर उसकी ओर देखने लगी, न बोली, न हिली पानी भरती रहती।

शेखर ने और आगे बढ़कर कहा, 'मेरा है, दे दो।'

शशि ने कुछ पीछे हटते हुए कहा, 'नहीं, मैं नहाऊँगी।'

'दो!' कहकर शेखर उस पर झपटा। लोटा छीन लिया और बात-की-बात में शशि के माथे पर दे मारा। शशि चिल्लाई 'माँ!' और रोने लगी।

शशि की माँ ने आकर देखा और सब समझ गई। शेखर से बोली, 'तुमने मारा है?'

शेखर ने शशि के माथे से ख़ून बहता देखकर झट लोटा भूमि पर रख दिया, सहमा खड़ा रहा।

शेखर की माँ भी हाथ में एक सोटा लिये दौड़ी आईं और शशि से बोलीं, 'इसने मारा है न?'

पता नहीं, शेखर का मुँह देखकर या सोटा देखकर या किसी और कारण से, शशि ने लोटे की ओर इशारा करते हुए कहा, 'लोटा लग गया।'

'कैसे ? शेखर ने मारा ?'

'आप ही लग गया।' कहकर वह फिर रोने लगी।

शेखर की माँ उसे (शेखर को) डंडा दिखाकर घूरती हुई चली गईं। विद्यावती ने एक बार शशि की ओर देखा। फिर धीरे-धीरे शशि का माथा धोने लगीं।

शेखर और नहाया नहीं। चुपचाप कपड़े पहने, फिर क्षण भर खड़ा रहा, फिर शशि की ओर देखते हुए झपटकर लोटा उठाकर बाहर चला गया।

उसके बाद वह शशि से बोला नहीं। पर जब वे खाना खाने बैठे, तब उसने चुपचाप अपने लोटे में पानी भरा और उसे शशि की थाली के पास रख दिया, फिर स्वयं खाने लगा।

जब शशि ने बिना उसकी ओर देखे ही लोटा उठाकर उसमें से पानी पी लिया तब शेखर को लगा, उसने संसार के सब लोटों से बढ़कर एक चीज़ पा ली है!

उसी शाम को शशि चली गई और शेखर ने फिर दस वर्ष तक उसे नहीं देखा।

शेखर की बहिन का नाम था सरस्वती। वह शेखर से पाँच वर्ष बड़ी थी, उसके बाद शेखर से बड़े दो भाई थे, ईश्वरदत्त और प्रभुदत्त। शेखर का जन्म नाम तो बुद्धदेव ही रखा गया था, पर विद्यावती ने उसे देखते ही जाने क्या सोचकर उसकी माँ से कहा था, 'बहिन इसका नाम चन्द्रशेखर रखो।' औरों के विरोध करने पर भी वह उसे बराबर शेखर ही कहती थी और उसके इस आग्रह से धीरे-धीरे सभी ऐसा करने लग गए थे।

तो, सरस्वती और शेखर साथ खेलते थे, लेकिन उनके खेल में उनके साथ की अपेक्षा सरस्वती के हाथ और शेखर के गालों का साथ अधिक रहता था और जब से शेखर के पिता ने सरस्वती को आज्ञा दी थी कि वह शेखर को पढ़ाया करे, तब से तो शेखर ने समझ लिया था कि 'बहिन' उस जन्तु का नाम है जो खेल में झगड़ा करे, अपनी ग़लती होने पर भी पीट डाले, तंग करे, सीधे अक्षर पढ़ाकर संयुक्ताक्षर (यद्यपि शेखर तब उन्हें 'संयुक्ताक्षर' नहीं कहता था) पढ़ाए, न पढ़ने पर पिता से कहे और कभी किसी बात में विरोध होने पर माँ से यह फतवा प्राप्त कर ले कि वह बड़ी है, इसलिए शेखर को उसका कहना मानना चाहिए। जब वे काश्मीर गए, तब शेखर को इस बात में बड़ा मज़ा आता था कि कभी वर्षा के दिनों में वह रात में चुपचाप खिड़की खोल दे, ताकि खिड़की के पास सोई हुई सरस्वती भीग जाए। (शेखर ने आग्रह किया था कि खिड़की के पास वह सोएगा क्योंकि वहाँ से चाँद दीखता था, पर माँ की आज्ञा हुई कि वह नहीं सो सकता, उसे ठंड लग जाएगी

क्योंकि वह छोटा है।) लेकिन वहीं काश्मीर में, उन्हीं वर्षा के दिनों में, एक दिन सरस्वती उसके मन में एकाएक 'सरस्वती' से 'बहिन' और बहिन से 'सरस' हो गई थी—यद्यपि इस अन्तिम अन्तरंग नाम का उसने कभी उच्चारण नहीं किया, इसे मन में ही छिपा रखा।

आठ दिन से लगातार वर्षा हो रही थी। जेहलम नदी का मधुर कल-कल शब्द बढ़ता हुआ अब एक अनवरत गम्भीर घोष हो गया था। शेखर के पिता ने घर का सब कीमती सामान उठवाकर बँगले की ऊपरी मंज़िल में मँगा लिया था। सब लोग वहीं रहते थे और पिता प्रायः खिड़की के पास बैठे चिन्तित आँखों से बाहर देखते रहते थे। मुँह में सिगार पड़ा रहता था, कभी-कभी जब उसका ध्यान आ जाता तब एक-आध सूटा लगाकर वे फिर किसी चिन्ता में लीन हो जाते थे।

बँगला नदी के किनारे एक बाग के बीचोबीच में था, जो कि चारों ओर दस फीट ऊँची मिट्टी की भीत से घिरा हुआ था। भीतर प्रवेश करने के लिए चारों भीतों के बीचोबीच दीवार के दोनों ओर सीढ़ियाँ बनी हुई थीं, दीवार नीचे से बारह-तेरह फीट चौड़ी थी, ऊपर बिलकुल पतली। बाहर नदी का पानी बढ़ता हुआ भूमि से समतल हो गया था और अब सब ओर फैलने लगा था—धीरे-धीरे दीवार के भीतर की भूमि से ऊँचा बढ़ता जा रहा था। भीतर बँगले में फूलों को लाँघते हुए, मानो स्वच्छन्दता से उन्मत्त, उत्क्रुद्ध पानी का घोष साफ़ सुन पड़ रहा था...

बँगले के भीतर एक खिंची हुई प्रतीक्षा थी। शेखर स्थिर दृष्टि से पिता की ओर देखता हुआ सोच रहा था कि वे क्यों इतनी स्थिर, पलकहीन, चिन्तित दृष्टि से नदी वाली दीवार की ओर को देख रहे हैं, और समझ नहीं रहा है। न उसे यही समझ आ रहा था कि माँ क्यों आँसू-भरी आँखों से कभी उसकी ओर, कभी उसके भाइयों की ओर, और कभी सरस्वती की ओर देख रही हैं। लेकिन कुछ न समझते हुए भी वह विद्युत्मय वातावरण मानो उसे भी लील गया था, वह भी किसी अकथ आकारहीन चिन्ता से सबकी ओर देख रहा था।

एकाएक उसने देखा, उसकी बहिन के मुख पर किसी भीतरी क्रिया की छाया स्पष्ट भासित होती थी। वह धीरे-धीरे सरककर उसके पास पहुँचा और दबे स्वर में बोला, 'क्या है?' सरस्वती ने उसे उँगली के साथ आने का इशारा किया और दबे पाँव सीढ़ियों की ओर बढ़ी। दोनों चुपचाप नीचे उतर गए, किसी ने उन्हें देखा नहीं।

नीचे पहुँचते ही शेखर ने पूछा, 'क्या है?'

सरस्वती ने तीखे स्वर में कहा, 'चूहों की बिलें!'

'चूहों की बिलें क्या? मैं नहीं समझा।'

'मूरख हो न! वह पानी बाहर बढ़ रहा है, अभी बिलों में से भीतर आने लगेगा—तब? उन्हें बन्द करना है।'

शेखर समझ गया। अब दोनों सबसे निकट की दीवार पर पहुँचे और कीच से बिलों के मुँह बन्द करने लगे। कभी-कभी वे साथ ही अपने प्रिय आयरिस के पौधे भी खींच लेते और उन्हें भी बिलों में ठूँसकर कीचड़ से दबा देते। एक बार शेखर ने सिर उठाकर सरस्वती की ओर देखा, वह उस समय एक आयरिस का पौधा लिये अनिश्चित-सी खड़ी थी। क्षण ही भर में पौधे में से उसका एकमात्र बड़ा-सा सुन्दर फूल तोड़कर अपनी चोटी में खोंस लिया और फिर पौधे को बिल में दबा दिया। शेखर को यह बात अजीब सी लगी कि यह विचित्र लड़की चीज़ भी वही बात सोच सकती थी जो वह स्वयं सोच रहा था—पर क्षण-भर में वह यह बात भूलकर फिर काम में जुट गया। उसके, और सरस्वती के भी, मन में यह स्पष्ट था कि वे तभी तक अपना काम कर सकेंगे, जब तक भीतर उनकी अनुपस्थिति का पता नहीं लगेगा। वे यह भी अनुभव कर रहे थे कि कुछ ही देर में कुछ होने वाला है (पता नहीं क्या) और पिता कभी उन्हें बाहर नहीं रहने देंगे और इसलिए, वे अत्यन्त शीघ्रता से काम कर रहे थे। किसी आसन्न विपत्ति के डर से नहीं, भीतर बुला लिये जाने के डर से।

उनकी कमर दुखने लगी थी, पर काम अभी उतना ही पड़ा था। वे एक बिल बन्द नहीं कर पाए होते थे कि दूसरी फूट पड़ती थी और निरन्तर बढ़ती जाती थी, पानी का फव्वारा-सा भीतर छूट पड़ता था। इन फव्वारों की ऊँचाई से शेखर ने अनुमान किया कि बाहर पानी भीतर की भूमि से चार फीट ऊँचा चढ़ गया है। अभी यह प्रश्न उसके मन में नहीं आया था कि जब वह दीवार वे समतल हो जाएगा, तब क्या होगा...

तभी पानी की गर्जन के ऊपर, उन्होंने पिता की पुकार सुनी जिसमें एक नया, उनका अपरिचित, स्वर था। वे रुककर एक-दूसरे की ओर देखने लगे—सहसा यह निश्चय नहीं कर पाए कि भीतर जाएँ या अपना काम जारी रखें (अपने ख़तरे को समझे बिना भी वे अनुभव कर रहे थे कि जो काम कर रहे हैं, वह अभिमान का विषय है)। उनके निश्चय करने से पहले ही एक 'छड़प्' हुआ मानो पानी में कुछ गिरा हो। उन्हें दीखा—कुछ एक उखड़े हुए आयरिस और दीवार में फटी हुई एक दरार में से भीतर घहराता हुआ मैला प्यासा पानी...

निश्चय हो गया। वे दोनों साथ-साथ भीतर भागे। अभी वे द्वार तक पहुँचे भी नहीं थे कि पानी का गर्जन असह्य हो गया और उन्होंने पाया कि वे घुटने-घुटने पानी में दौड़ रहे हैं।

आख़िर—द्वार! वहाँ पिता खड़े थे, जिनके मुख की ओर एक बार देखकर वे भीतर चले गए। उनके मुख पर वह था जो दो बार नहीं दीखता—न किसी को दीखे।

क्षण भर बाद, सब लोग ऊपर की मंज़िल में इकट्ठे हो गए थे। कुछ मिनट में निचली मंज़िल में पानी भर गया। पानी अपने साधारण तल से पचीस फीट चढ़ आया था...

उस समय तो इतना ही। लेकिन उसके बाद बार-बार शेखर को उस क्षण का ध्यान आने लगा जब पिता की पुकार सुनकर उसकी और सरस्वती की आँखें मिली थीं, जब दीवार टूट गई थी, जब किसी मूक समझौते में दोनों साथ-साथ घर की ओर दौड़े थे क्योंकि वास्तव में वह एक ही क्षण था, काल की गति का एक अविभाज्य टुकड़ा, अनुभूति का एक ही झोंका, हृदय का एक ही स्पन्दन और उसे लगने लगा कि सरस्वती ने उसे कुछ कहा था, कुछ बताया था, कुछ सिखाया था—क्या?

इतना तो उसे याद है। फिर कब वह सरस्वती नहीं रही, बहिन हो गई, कब उसे शेखर ने 'सरस' नाम देकर उसे प्यार से अपने मन में दुहराया, यह उसे याद नहीं।

शान्त-निश्चल झील पर एक शिकारा धीरे-धीरे चला जा रहा है। झील इतनी शान्त है कि जान पड़ता है कि शिकारा भी वहीं खड़ा ही है, उसकी गति का कोई प्रमाण नहीं दीख पड़ता है। शेखर और उसके भाई 'स्वप्नों' के द्वीप की सैर करने जा रहे हैं।

वहाँ पहुँचकर शेखर के भाइयों ने स्नान करने का प्रस्ताव किया, जो उसी क्षण पास हो गया, क्योंकि शेखर को तो वोट का अधिकार ही नहीं था। तीनों भाइयों ने कपड़े उतारे और पानी में घुस गए।

ईश्वर और प्रभुदत्त तैरने लगे। शेखर तैरना नहीं जानता था, मुग्ध नेत्रों से दोनों भाइयों की ओर देखने लगा। कितनी भली थी पानी को चीरती हुई उनकी भुजाओं की गति, कैसा असह्य आकर्षक था उनका पंख-युक्त काँपते हुए बाण की तरह अग्रसरण। शेखर की मुग्धता उस दर्जे तक पहुँच गई जब उसकी क्रियाओं पर से उसका नियंत्रण हट गया, जब वह हृदय में इतना तन्मय हो गया कि उसका अनुकरण एक अनैच्छिक क्रिया हो गई...वह भी आगे कूद पड़ा, उसके हाथ भी उसी तरह चलने लगे जैसे वह भाइयों के हाथ चलते देख रहा था...

पर क्षण ही भर में वह डूबा, बड़ी चेष्टा से उझककर बाहर आया, किन्तु साँस लेने से पहले ही फिर बैठ गया। उसके हाथ अभी तक उस मुग्ध अनुकरण में चलते ही जा रहे थे...

उसने देखा, प्रगाढ़ नीलिमा का एक सुन्दर स्वप्न, फिर उसे लगा, वह बड़ा प्यासा है। फिर दम घुटने लगा, फिर शून्य...

जब उसे होश आया, तब वह औंधा लेटा हुआ था और भाई उसकी पीठ दबा रहे थे। आसपास वे माँझी खड़े हुए थे जिन्होंने उसे खींचकर बाहर निकाला था।

जब वे घर पहुँचे तब उसके एक साँस लेते-लेते भाइयों ने सारी कहानी अपने ढंग से कह डाली। पिता ने उसे डाँटकर कहा, 'क्या बेवकूफ़ी सूझी थी? तैरना नहीं जानते तो अकड़ क्यों दिखाई थी! भाइयों का कहना माना होता?'

भाइयों ने कहानी कही थी, इसलिए 'भाइयों का कहना' भी भाइयों ने कहा था, पर शेखर ने यह बात नहीं कही। चुपचाप पिता की ओर देखता रहा। पिता ने फिर कहा, 'देखते क्या हो—शर्म तो नहीं आती? अगर डूब जाते तो!'

शेखर को नहीं लगा कि डूबने से बच जाने पर शर्म आनी चाहिए, न यही कि डूबना कोई बड़ी भयंकर बात होती।

मृत्यु का डर वास्तव में बड़ों की चीज़ है।

लेकिन उसके कुछ दिन बाद जब तीनों भाई पड़ोस के कुछ लड़कों के साथ खेल रहे थे, तब शेखर ने देखा कि उसके बचने की बात सुनकर सभी बड़े प्रभावित हुए हैं। इससे उसको कुछ अभिमान-सा हुआ, वह उन सबसे छोटा होने के कारण कुछ दबता था, अब अवसर पाकर उन पर रोब डालने का लोभ नहीं छोड़ सका। बोला, 'अरे, अभी हुआ क्या है, अभी तो मैं फिर किसी दिन यह करूँगा। डूबकर देखूँगा, मरना क्या होता है। मैं ज़रूर किसी दिन ऐसे ही मरूँगा।'

लड़के एकाएक सहमकर उसकी ओर देखने लगे, फिर चुपचाप चले गए।

पिता की बात ने जो नहीं किया था, वह इस बात ने किया। शेखर गम्भीर होकर सोचने लगा—क्या सचमुच मृत्यु डरने की चीज़ है?

इसी विचार की कोई अज्ञात छाया थी जिससे दबकर शेखर ने एक दिन माँ से पूछा, 'माँ तुम कब मरोगी!'

माँ एक बोतल हाथ में लिये सीढ़ियाँ उतर रही थी जब यह प्रश्न हुआ। उसके हाथ से बोतल छूटकर गिर पड़ी, उसने अचकचाए से स्वर में कहा, 'क्या?'

बोतल गिरने की आवाज़ सुनकर पिता भी आए। बात सुनकर क्षण भर वह भी सहमे रहे, फिर तड़ातड़ तीन-चार थप्पड़ उन्होंने शेखर के जमा दिए। फिर माँ को साथ लेकर ऊपर कमरे में चले गए।

थोड़ी देर बाद शेखर ने खिड़की में से झाँककर देखा, वे दोनों चुपचाप, अत्यन्त गम्भीर बैठे हुए थे और कहीं देख नहीं रहे थे, एक-दूसरे की ओर भी नहीं, यद्यपि आँखें स्थिर थीं...

और उसने फिर अधिक गम्भीर, अधिक सन्दिग्ध स्वर में पूछा, 'क्या मृत्यु इतनी भयानक है?'

एक दिन शेखर पिता के साथ बाजार गया, तो उसने देखा, पंसारी जिन काग़ज़ों में सौदा लपेटकर देता है वे सचित्र हैं और चित्र कई रंगों में छपे हुए हैं, कोई नीला,

कोई हरा, कोई ब्राउन। चित्र थे भी सिपाहियों के, जहाजों के, हवाई जहाजों के, तोपों के, धुएँ के—यों कह लीजिए कि उथल-पुथल के—और उन दिनों उथल-पुथल के कामों में उसे विशेष रुचि थी। उसने पिता का पल्ला पकड़कर कहा, 'हमें ये ले दीजिए।'

'क्या?'

'ये काग़ज़।'

पिता ने हँसकर कहा, 'अच्छा!' फिर दुकानदार से बोले, 'भाई, ये पुराने अख़बार कुछ इसे दे देना।'

शेखर ने जोड़ा, 'अच्छी-अच्छी। फटी-सटी हम नहीं लेंगे।' और जब उसने देखा कि दुकानदार उसकी बात पर विशेष ध्यान नहीं दे रहा है, तब उसने स्वयं बढ़कर आठ-दस चुन लीं।

घर आकर अपने भाई-बहिनों को जुड़ाकर वह भूमि पर एक-एक अख़बार फैलाकर देखने लगा और उनके चित्रों के नीचे लिखे हुए वर्णन पढ़ने लगा।

'—में हमारी जीत : शत्रु के असंख्य आदमी मारे गए। हम आगे बढ़ रहे हैं।'

'हमारे हवाई जहाज—पर गोले बरसा रहे हैं।'

'...'

शेखर ने पूछा, 'हम कौन हैं?'

ईश्वरदत्त बोला, 'अँगरेज़, जो जर्मनों से लड़ रहे हैं।'

तब शेखर ने एक चित्र देखा जिसमें सिख सिपाही बन्दूकों पर संगीनें चढ़ाए बढ़ रहे थे। उसके पास भी लिखा था, 'हमने—में संगीनों का चार्ज किया, शत्रु के—आदमी मरे, हमारे पक्ष में भी कुछ मरे और कुछ घायल हुए हैं।'

शेखर ने कहा, 'ये तो अँगरेज नहीं हैं?'

भाई ने बताया, सिख सिपाही भी अँगरेज़ों की ओर से लड़ रहे हैं। अँगरेज़ भारत में राज्य करते हैं, इसीलिए भारतीय सिपाही उनकी तरफ़ से लड़ने भेजे जाते हैं और पिता कह रहे थे कि कई लाख भारतीय मारे गए हैं।

शेखर ने सरस्वती से पूछा, 'मरते कैसे हैं?'

'मर जाते हैं, और क्या?'

'मर कर क्या होता है?'

'पागल! जान नहीं रहती, चल-फिर-बोल नहीं सकते, तब ले जाकर जला देते हैं।'

'डूबने से ऐसे ही मर जाते हैं?'

'हाँ।'

'क्यों मरते हैं?'

'साँस बन्द हो जाती है, तब जान निकल जाती है।'

शेखर थोड़ी देर इस बात को सोचता रहा। फिर एकाएक उसने पूछा, 'जान क्या होती है?'

'होती है, बस!'

उसने फिर आग्रह किया, 'क्या होती है?'

'मुझे नहीं मालूम, पिताजी से पूछो!'

थोड़ी देर बाद शेखर ने फिर पूछा, 'जान आती कहाँ से है?'

'ईश्वर से।'

'जाती कहाँ है?'

'ईश्वर के पास।'

'ईश्वर ले लेता है?'

'हाँ।'

शेखर ने सन्देह के स्वर में कहा, 'हूँ।'

थोड़ी देर बाद उसने फिर पूछा, 'इतनी सब जानें ईश्वर के पास गई होंगी?'

'हाँ।'

'जर्मनों की भी?'

'हाँ।'

'सब कुछ ईश्वर करता है?'

'हाँ।'

'तब लड़ाई भी ईश्वर ने कराई होगी?'

'हाँ।'

'तब—' कहकर शेखर रुक गया। उसे याद आया, उसने अख़बार में ही पढ़ा था कि जर्मन लोग बड़े क्रूर होते हैं, कैदियों को पीटते हैं, भूखा मारते हैं, औरतों को कोड़े लगाते हैं, सड़कों पर घसीटते हैं इत्यादि। क्या यह सब भी ईश्वर के करने से ही होता है?

भाइयों के साथ शेखर ताँगे में बैठा हुआ सैर करने जा रहा था। तभी उसने देखा सामने से एक टुटियल-से छकड़े में एक अधमरा घोड़ा लगा आ रहा है। छकड़ा लदा हुआ है, घोड़ा उसे खींच नहीं सकता, पर गाड़ीवान उसे चाबुक लगाता जाता है और गाली देता जाता है।

शेखर ने मन-ही-मन सोचा, 'हमारा ताँगा कैसा शानदार है!'

गाड़ीवान ने चाबुक रखकर डंडा निकाला। तड़ातड़ घोड़े को पीट दिया। घोड़े ने एक बार किसी तरह सिर उठाकर झटका, फिर पूर्ववत् झुक गया, मार पड़ती रही, उसका बदन काँपता रहा, लेकिन वह आगे नहीं बढ़ा।

एक बार उसने और ज़ोर किया और शेखर के देखते-देखते उसके घुटने लड़खड़ाए, वह गिरा—गिरा और फिर नहीं उठा।

ताँगे वाले ने बताया कि ऐसा कई बार होता है, घोड़ों को दाना नहीं मिलता, भूखे रह-रहकर वे कमज़ोर हो जाते हैं, तब उन्हें भंग और गुड़ खिलाकर काम निकाल लिया जाता है। उसने ताँगे में जुते हुए घोड़े को बताकर अभिमान से कहा, 'इसे भी मैंने ऐसे ही एक बार चालीस मील दौड़ाया था, ताँगे समेत!'

ईश्वरदत्त ने पूछा, 'घोड़े इससे मरते नहीं?'

'इससे कैसे मर सकते हैं, इससे तो ज़ोर आता है। वह घोड़ा तो भूखा था, इसलिए मर गया।'

ताँगा चलता रहा।

लौटती बार उसी स्थान के पास आते हुए शेखर ने पूछा, 'जो आदमी भूखे मरते हैं, वे भी ऐसे ही मरते हैं?'

किसी ने उत्तर नहीं दिया।

शेखर को एक बड़ी ख़तरनाक आदत पड़ गई, वह अकेला बैठ-बैठकर सोचने लगा। और उसने देखा, जो बातें उसने अपने जाने देखी भी नहीं थीं वे भी उसे याद आने लगीं। उसे याद आया—

एक दिन पिता असमय दफ्तर से लौट आए थे। आते ही उन्होंने देखा शेखर की माँ बरामदे में बैठी धूप सेंक रही थीं। उन्होंने फीके स्वर में कहा, 'शुरू हो गई है।' और भीतर चले गए। माँ भी उठकर चली गईं और शेखर नहीं सोच सका कि किससे माँगे उस खा डालने वाले प्रश्न का उत्तर—क्या शुरू हो गई है।

उसे याद आया—

एक दिन माँ के नाम एक चिट्ठी आई। माँ ने उसे पढ़ा, पढ़कर चुप बैठी रह गई आँखों में आँसू भर आए। पिता ने चिन्तित स्वर में पूछा, 'क्या है?' तो चिट्ठी उन्हें पकड़ा दी। पिता भी पढ़कर पहले चुप ही रहे, फिर जैसे कुछ सोचते हुए बीच-बीच में ज़ोर-ज़ोर से पढ़ने लगे, 'रामचन्द्र भरती हो गया है और लाम पर जा रहा है।' शेखर कुछ समझा नहीं।

इसके वर्ष-भर बाद जब उसे मालूम हुआ कि भरती क्या चीज़ होती है, तब विचारों की किसी अज्ञात कड़ी ने उसे रामचन्द्र मामा की याद दिला दी और उसने माँ से पूछा, 'माँ, मामा कब आएँगे?'

माँ ने एक बार पीड़ित आँखों से उसकी ओर देखा, कुछ उत्तर नहीं दिया।

मामा उन दिनों फ्रांस में किसी अस्पताल में पड़े थे, अन्धे, एक बाँह से वंचित, और बेहोश।

एक दिन शेखर ने बाहर खेल से आकर देखा, माँ धीरे-धीरे रो रही हैं। वह उलटे पाँव लौट गया। घंटे भर बाद जब फिर वह आया, तब भी माँ रो रही थीं और रोते-रोते काम करती जा रही थीं, कभी आँसुओं से आँखें भर आती थीं तो एक हाथ से झटक देती थीं।

शेखर ने कुछ डरते-डरते दूर ही खड़े कहा, 'माँ—'

माँ ने उसकी ओर देखा। आँसू पोंछ डाले। फिर मुँह फेरकर कहा, 'बेटा, तेरे मामा अब नहीं आवेंगे।'

शेखर नहीं पूछ सका कि क्यों।

जब एक दिन पिता ने आकर सूचना दी कि लड़ाई समाप्त हो गई है, हम जीत गए हैं, सन्धि हो गई है, अब सब ठीक है, तब सबसे पहला प्रश्न जो शेखर के होंठों पर आया था और जिसे वह पूछ नहीं सका, वह था, 'तो क्या मामा वापस आवेंगे?'

शेखर ने सुना कि पंजाब में दंगा-फसाद हुआ है, गोली चली है, बहुत लोग मारे गए हैं, फौजें आ रही हैं। कई स्टेशन जला दिए गए हैं, लाइनें टूट गई हैं...इन सब बातों को सुलझाकर, जोड़कर वह पिता के पास गया और बोला, 'पंजाब में भी लड़ाई होगी।'

पिता ने कहा, 'ऐसी बात नहीं कहते। अभी पहले से तो छुट्टी मिल ले।'

'पहली तो कभी की खत्म हो गई।'

'पर उसका असर तो बाक़ी है। अभी चीज़ें इतनी महँगी हैं, और...'

शेखर ने उद्धत स्वर में कहा, 'इससे क्या? अगर ईश्वर की मर्जी हुई तो और होगी ही।'

पिता ने घूरकर उसकी ओर देखा और कहा, 'भाग जाओ!'

पिता ने देखा कि शेखर बहुत पूछने लगा है और घर की पढ़ाई से उसकी यह आदत हटती नहीं, भला सरस्वती की पढ़ाई का क्या रोब? उन्होंने शेखर को बुलाकर कहा, 'शेखर, तुम्हें स्कूल जाना होगा। कल चपरासी ले जाकर दाख़िला करा आएगा।'

स्कूल में कैसी पढ़ाई हुई, वह बाद की बात है। पहले तो यह हुआ कि शेखर को बताया गया, कुछ दिनों में भारत के वायसराय यहाँ आने वाले हैं, उनके स्वागत के लिए लड़कों को कवायद सीखनी होगी।

शेखर ने वर्दी बनवाई, ड्रिल की और सोच लिया कि वह आजीवन स्कूल में रहेगा। सरस्वती से पढ़ते तो युग हो गए, कभी वायसराय नहीं आया, न वर्दी पहनने को मिली।

वायसराय अगनबोट में बैठकर चले आ रहे थे। अगनबोट के आगे शेखर के स्कूल के दो शिकारे चल रहे थे जिन्हें स्कूल के ही लड़के खे रहे थे। उनकी लाल पट्टीदार सफेद वर्दियाँ बड़ी सुन्दर लग रही थीं।

शेखर स्वयं किनारे पर था, जिस घाट पर वायसराय को उतरना था, उसके रक्षकों में से एक वह भी था। बोट अभी दूर था, बहुत कोशिश करने पर भी वायसराय महोदय नहीं दीख सकते थे इसलिए शेखर नदी के दोनों ओर जुटी हुई काश्मीरियों की भीड़ को देख रहा था।

नदी के दोनों किनारे पैरहन और कुल्ला पहने काश्मीरियों से खचाखच भरे थे। कहीं-कहीं साफ़-सफेद पैरहन के ऊपर सफेद पगड़ी भी दीख जाती थी और कई स्थानों पर झुंड-के-झुंड स्त्रियों की लाल पगड़ीनुमा टोपी के भी थे।

एकाएक नदी के दोनों ओर, मानो बादल गरज उठे और गर्जन ताल पर चलने लगा। भौचक शेखर ने देखा, दोनों ओर जुटी हुई तमाम प्रजा, पुरुष और स्त्री (सिवा उन सफेद पगड़ी वाले पंडितों के) ताल से छाती पीटने लगी और मानो हाँफ-हाँफकर कुछ कहने लगी, जो वह कुछ यत्न से ही समझ सका।

'भत्त खुदाया! भत्त खुदाया!'

अगनबोट निकट आ गया। शेखर ने चेष्टा की, वायसराय को पहचाने, लेकिन उस भयंकर घोष ने मानो सारा वातावरण ऐसा छा लिया था, उसका दबाव इतना हो गया था कि वायसराय उसे दीख ही नहीं पाए। दीखा कुछ तो वही असंख्य मुख और भुजाओं से आकारयुक्त हाहाकार...

घर आकर शेखर ने पिता से पूछा, 'वे लोग चिल्ला क्यों रहे थे?'

पिता ने बताया कि युद्ध के कारण महँगाई बहुत हो गई है और वे लोग भूखे मर रहे हैं। वायसराय सम्राट् का प्रतिनिधि है, सब कुछ कर सकता है, इसलिए वे लोग उसी के पास फरियाद करने आए थे—भात के लिए।

'वायसराय ने क्या कहा!'

'वायसराय हरेक की बात थोड़े ही सुनते हैं।'

'अब लड़ाई तो खत्म हो गई, फिर चीज़ें क्यों महँगी हैं?'

'...'

'जर्मनों ने महँगी कर दी हैं?'

'नहीं।'

'वायसराय सस्ती क्यों नहीं कर देते?'

'वायसराय कैसे कर सकता है?'

शेखर को यह अच्छा नहीं लगा कि उसके प्रश्न का उत्तर प्रश्न से दिया जाए। पर बिचारे का वश नहीं था। उसने फिर पूछा, 'ईश्वर कर सकता है?'

'हाँ, ईश्वर सब कुछ कर सकता है।'

'महँगाई भी उसी ने की है!'

'हाँ, अब भाग जाओ। अपनी पढ़ाई नहीं करनी?'

शेखर ने मुख पर जो प्रश्न था वह भी उसके साथ ही भागा, 'क्यों?'

युद्ध गया तो उसकी सखी आई। सब ओर लोग चारपाइयों पर पड़ने लगे और वह दिन भी आया कि माता, पिता और भाइयों के पास ही एक चारपाई पर शेखर भी पड़ गया। केवल सरस्वती बची रही।

सरस्वती को आज्ञा हुई कि जहाँ तक हो सके, वह सबसे अलग रहे। वह सब को दवा पिलाकर कभी शेखर की चारपाई पर बैठती तो फ़ौरन आवाज़ आती, 'जाओ, यहाँ मत बैठो, नहीं तो तुम बीमार हो जाओगी।' शेखर इस आज्ञा पर मन-ही-मन कुढ़ा करता और सोचा करता—'क्या हुआ हो जाएगी बीमार तो? यहीं पास पड़ी रहेगी। या कभी उसे उस युद्ध पर क्रोध आया करता जिसने उसे चारपाई पर लिटा दिया। कभी जब माँ कहतीं, 'बेटा, घबराओ नहीं, ईश्वर सब अच्छा करेंगे,' तब वह चाहता, फट पड़े, बरस पड़े, पूछे कि क्या युद्ध अच्छा हुआ है? भूख अच्छी हुई है? मामा नहीं आए, वह अच्छा हुआ है? वह जो घोड़ा मर गया, अच्छा हुआ है? इतने लोग बीमार पड़े, अच्छा हुआ? मरे, अच्छा हुआ है? सब कुछ ईश्वर करता है जिसमें उसे आपत्ति नहीं, वह सब कुछ अच्छा करता है, यह झूठ उस पर अत्याचार है, इसे वह किसी तरह नहीं सह सकता...

सब लोग अच्छे हो गए। पिता दफ्तर भी जाने लगे। केवल शेखर पड़ा रह गया। उसे इसका विशेष दुख नहीं हुआ, क्योंकि उसे अलग कमरा दे दिया गया और सरस्वती जब-तब बेधड़क आने लगी।

एक दिन शेखर के सिरहाने बैठे हुए सरस्वती ने कहा, 'आज मेरा सिर बहुत दुख रहा है।'

शेखर बोला, 'अब तुम बीमार पड़ोगी।'

'नहीं, अभी नहीं। पहले तुम अच्छे हो जाओ, फिर मैं बीमार पड़ भी गई तो कोई बात नहीं।'

'मैं नहीं अच्छा होता,' जाने क्या सोचकर शेखर ने कहा। शायद सहानुभूति पाने के लिए। 'मैं तो अब मर जाऊँगा।'

'धत् पागल! ऐसी बात नहीं कहा करते!'

शेखर ने देखा, सरस्वती बात तो वही कह रही है जो और सब कहा करते हैं, लेकिन उसमें वह भाव, वह आशंका, वह सहमा हुआ डर नहीं है। उसे अच्छा-सा लगा, लगा कि वह सरस्वती से कुछ पूछ सकता है जो और किसी से नहीं पूछ सकता। बोला, 'तुम मरने से डरती नहीं?'

‘नहीं।’

‘मरना बहुत डरावना होता है?’

‘नहीं।’

‘सब लोग क्यों डरते हैं?’

‘इसलिए नहीं डरते कि मरना बहुत ख़राब होता है, इसलिए डरते हैं कि जीना अच्छा लगता है।’

यह इतनी सीधी, इतनी सच बात उससे किसी ने क्यों नहीं कही थी?

थोड़ी देर बाद शेखर ने सरस्वती की ओर हाथ बढ़ाते हुए कहा, ‘मैं नहीं मरूँगा।’

सरस्वती ने उसका हाथ पकड़कर उसकी छाती पर ला रखा फिर धीरे से कान के पास एक चपत लगाकर चली गई।

शाम को इसी कमरे में दूसरी चारपाई पर सरस्वती भी लेट गई।

पिता ने कहा, ‘अब सब अच्छे हो गए हैं, अब कुछ सैर करने चलना चाहिए और कुछ यात्रा भी हो जाएगी—खीर भवानी भी हो आएँगे।’

दूसरे दिन उन सबको लिये हुए एक हाउसबोट अमीरा कदल के नीचे से निकल गया।

जीवन का प्रोग्राम कुछ बदल गया। नित्य शाम को खा-पी चुकने के बाद, हाउसबोट की बैठक में या कभी छत पर, सारे परिवार की मीटिंग होती जिसमें कभी-कभी लड़कों से कहानियाँ सुनी जातीं, पर बहुधा पिता या माँ ही कहानियाँ कहा करते। कहानियाँ वही होतीं जो भारत में बच्चों को सुनाई जाती हैं—देवताओं की कहानियाँ, पुराण-गाथाएँ, कहानियाँ जिनमें नैतिक उद्‌देश्य का पुछल्ला अवश्य लगा रहता था। ईश्वर की बड़ाई के छोटे-छोटे दृष्टान्त, सचाई का महत्त्व सिद्ध करने के लिए लम्बे लेक्चर, मितव्ययिता के बारे में कोई चुटकुला, उस लड़के के कमीनेपन पर लम्बी फटकार जिसने सवेरे मुरब्बा चुराया था और स्वीकार नहीं किया (चाहे कोई हो)...कभी-कभी ये कहानियाँ मनोरंजक होतीं, लेकिन जब ‘नैतिक उद्‌देश्य’ सिद्ध होने लगता तब शेखर ऊब उठता। अपने मन में उसने इन दैनिक मीटिंगों को एक नाम दे रखा था—‘माँ की डाँट।’

कहानियाँ सुनते-सुनते शेखर सोचा करता—यदि ईश्वर है तो क्यों नहीं मुझ पर प्रकट होता? कभी उसके मन में यह सन्देह उठता कि मैं बहुत निर्बल और अयोग्य हूँ तभी मुझे ईश्वर का अनुभव नहीं होता, कभी उसका छोटा-सा व्यक्तित्व अपना सारा साहस एकत्र करके पूछता—कहीं ऐसा तो नहीं है कि ईश्वर है ही नहीं?

यह निरन्तर दबा हुआ अविश्वास या अविश्वास की अनुपस्थिति, यह निरन्तर चौकसी कि कहीं इस सन्देह का कोई शब्द भी किसी पर प्रकट न हो जाए, उसे खाए डालती थी, इसका बोझ उसके अविकसित मस्तिष्क के लिए असह्य था। उसे जान पड़ रहा था कि शीघ्र ही कोई ऐसा अवसर आने वाला है जब कि वह दबा हुआ सन्देह फूट पड़ेगा और न मालूम क्या रूप धारण करेगा...पर बाहर से वह शान्त था और हाँ, सुखी भी था...

मानसबल का वक्ष, रात।

बजरे की छत पर, चन्द्रमा के प्रकाश में, शेखर थका हुआ बैठा है। आज दिन भर वह क्या कुछ करता रहा है! वह सौन्दर्य को ठीक-ठीक नहीं समझता, लेकिन उसके सामने पाकर जाने क्यों चंचल हो उठता है, स्फूर्ति से भर जाता है, और भूत की तरह किसी काम में लग जाता है, सौन्दर्य को देखकर वह तन्मय नहीं होता, लेकिन उसके प्रत्येक कार्य में मानो जीवन का ज़ोर बढ़ जाता है...

आज उसने असंख्य कमल तोड़कर उनके हार बहिन को पहिनाए हैं, उसे देवी बनाकर पूजा है, सन्ध्या को आरक्त सूर्य को विदा दी है, झील में चन्द्रोदय देखा है, और सबसे बढ़कर—आज उसने सरस्वती को आत्म-विस्मृति में गाते सुना है...गीत के शब्द क्या हैं, उसे नहीं याद, वे कुछ नहीं हैं, उसका भाव भी कुछ नहीं है, वह तन्मयता, गीत की निर्गुण गीतमयता ही सब कुछ है...

मानसबल का वक्ष, रात। बजरे की छत पर, चन्द्रमा के प्रकाश में शेखर थका हुआ बैठा है।

नीचे बहिन का स्वर बुला रहा है, 'शेखर, अब उतर आओ!' पर वह उतरता नहीं, उतर सकता नहीं और वह जानता है कि कोई चिन्ता भी नहीं उतरने की, बहिन स्वयं लिवाने आएगी।

वह आती है। आकर चारों ओर देखती है और स्वयं चुपचाप बैठ जाती है।

हम लोग काल का मापन निष्प्राण घड़ियों से करते हैं—कितने मूर्ख हैं हम। क्षण में ही जो युग-युग बीत जाते हैं और युगों तक जो क्षण वैसा ही बना रहता है, उसको अनुभव से मापने की सामर्थ्य क्या घड़ियों में है?

दोनों चुप हैं। निश्चल हैं, जीवन खड़ा है और खड़े होने में ही कितनी तीव्र गति से भागा जा रहा है, न आगे न पीछे, किन्तु एक नाम-हीन अपरिमेय दिशा में...

रात इतनी अतिशय सुन्दर है कि शेखर उसके अतिरिक्त कुछ भी नहीं सोच सकता। उसकी इस अवर्णनीय सुन्दरता ने, विशेषणहीन रात्रिता ने, यह प्रमाणित कर दिया है कि ईश्वर नहीं है, क्योंकि भूख और लड़ाई बनाने वाला कौन-सा ऐसा ईश्वर हो सकता है जो इतनी सुन्दरता बना सके? और यदि वह ईश्वर ने नहीं बनाई तो बाक़ी संसार ही क्यों उसकी कृति है?...

सरस्वती भी शायद, ऐसा ही कुछ सोच रही थी। शायद वह भी रात से पूछ रही थी वह उत्तरहीन प्रश्न—'ईश्वर, तू है ?'

दिन फट रहा है।

फट रहा है, क्योंकि सोकर उठे हुए शेखर को जान पड़ रहा है कि दिन का प्रकाश कुरेद-कुरेदकर प्रत्येक कन्दरा और गह्वर पर से उस सौन्दर्य को उखाड़ फेंक रहा है जो रात में सर्वत्र छाया हुआ था, जीता था, उस पर इतना हावी हो रहा था कि वह और कुछ देख ही नहीं सकता था...झील कहीं पीछे रह गई है, बजरा खीर-भवानी के मन्दिर के पास एक गँदले नाले में खड़ा है, आगे-पीछे डोंगियों की कतार लग रही है और धुआँ दे रही है...

शेखर को और उसके भाइयों को सफेद कपड़े पहिनाए गए हैं, और सब लोग मन्दिर की ओर जा रहे हैं। पिता के हाथ में कुछ बेलपत्र और कुछ ताजे क़मल के फूल हैं, माँ के हाथ में चन्दन और कुछ सामग्री। शेखर सबसे आगे-आगे चला जा रहा है।

मन्दिर से कुछ दूर खड़ा शेखर कुतूहल से मन्दिर की ओर देख रहा है। बाक़ी सब लोग इकट्ठे होकर मन्दिर की प्रदक्षिणा कर रहे हैं। पिता शेखर को अलग खड़े देखकर साथ आने का इशारा करते हैं, पर वह अपने स्थान से नहीं हिलता। पिता दुबारा नहीं बुलाते, लेकिन शेखर जानता है कि बात यहाँ समाप्त नहीं हुई है।

बजरे में लौटते ही पिता कठोर स्वर में पूछते हैं, 'शेखर, तुमने मेरा कहा क्यों नहीं माना ?'

एक क्षण शेखर चुप रहता है, एक लम्बी साँस खींचता है। फिर वह स्वयं नहीं जानता कि क्या हो रहा है, वह क्या कह रहा है, लेकिन बड़े दिनों की संचित हुई शक्ति राह पाकर फूट पड़ती है :

'मैं ईश्वर को नहीं मानता! मैं प्रार्थना भी नहीं मानता! भवानी झूठी है। ईश्वर झूठा है! ईश्वर नहीं है!'

नाऽस्ति।

यह कहने के लिए शेखर सबके सामने बेंत से पिटा, लेकिन आह, वह इस वाक्य को कह सकने की सामर्थ्य का अभिमान, वह किसी ध्रुव निश्चय की शान्ति, वह आत्म-सम्मान की लहर! वह विश्वास के लिए पिटने का प्रज्वलित आनन्द! और वह अपूर्व विजय, जब एकान्त में दबे स्वर में उसके भाइयों ने बताया कि वे भी ईश्वर में निष्ठा नहीं रखते!

ईश्वर है कि नहीं? लेकिन जिस ईश्वर के होने-न-होने को हम समझ सकते हैं, जिसको निर्गुण, निराकार, अपरिमेय सब कुछ कहकर भी जिसके बारे में हमारा मस्तिष्क इतनी क्षमता रखता है कि उसके होने को अपनी मुट्ठी में कर सकें, किसी अर्थ से कह सकें कि वह है, उस ईश्वर के होने-न-होने से क्या? ईश्वर यदि है तो वही है जिसके बारे में यह भी नहीं कह सकें कि वह है, जो हमारे विश्वास के वृत्त से भी बाहर हो...

लेकिन यह कहना तो वही हुआ कि ईश्वर वही है, जिसके बारे में हम निश्चयपूर्वक कह सकें, 'वह नहीं है!'

एक दाँव ईश्वर ने और खेला।

ईश्वर के बारे में ऐसे मुहावरे का प्रयोग करना सख्त ढिठाई होती, यदि शेखर ईश्वर को अपना बराबर का प्रतिद्वन्द्वी न जानकर उससे कुछ भी अधिक समझता। लेकिन जब तक शेखर पर ईश्वर की सर्वशक्तिमत्ता या मानवता पर शक्तिमत्ता की धाक नहीं जमे, तब तक वह कैसे माने कि ईश्वर उससे दाँव-पेच करने के अतिरिक्त कुछ कर रहा है?

तो, ईश्वर ने एक दाँव और खेला—शेखर पर अपने को प्रमाणित कर देने के लिए।

एक दिन शाम के वक़्त शेखर को लगा, घर का वातावरण कुछ बदल गया है—मानो किसी बोझ के नीचे दबा हुआ-सा और यह भी लगा कि यद्यपि सब काम पहले की तरह ही हो रहे हैं, कोई नई बात नहीं हो रही है, फिर भी ऐसा जान पड़ने लगा है कि काफ़ी चहल-पहल हो रही है...

शेखर ने आया जिन्निया से पूछा, 'आज क्या हो रहा है?'

'कहाँ?'

शेखर ने अनायास ही कह दिया, 'भीतर।'

जिन्निया हँस दी! फिर बोली, 'कल पता लगेगा। ईश्वर अच्छी करे।'

इससे आगे उसने कुछ नहीं बताया। शेखर के यह धमकी देने पर कि वह जाकर माँ से कह देगा कि जिन्निया रसोई में घुस आती है और रसोइया के आगे नाचा करती है, उसने लापरवाही से कहा, 'धत्!' और चली गई।

किसी तरह सोचता-सोचता शेखर सो गया लेकिन सवेरे उठते ही उसे फिर यही बात याद आई और वह भागा हुआ माँ के कमरे की ओर गया, उस कमरे की ओर जहाँ माँ कुछ दिन से अस्वस्थ पड़ी थीं। दरवाज़े पर ही पिता को देखकर वह सहम गया। जब पिता निकल गए, तब वह फिर आगे बढ़ा, तभी जिन्निया कमरे से एक बंडल-सा उठाए बाहर निकली और बोली, 'शेखर, देख तेरा नया भाई।'

और तभी बंडल के भीतर से वह 'नया भाई, नामधारी चीज़ अपने क्षुद्र शरीर के पूरे ज़ोर से चिल्लाने लगी...'

थोड़ी देर तो विस्मयकारी घटना के आतंक में शेखर स्तब्ध रह गया। फिर उसने डरते-डरते बंडल को छूते हुए कहा, 'हमें दिखाओ!'

जिन्निया ने दिखाया। देखकर शेखर ने कुछ निराश-सा होकर कहा, 'बस!' क्योंकि उसकी तो मुट्ठियाँ भी नहीं खुलतीं और देखना तो उसे आता ही नहीं...विस्मय हट गया, तब प्रश्नों की बाढ़ आई।

यह कैसे आया?

कहाँ से आया?

कब आया?

कौन लाया?

रवि भी ऐसे ही आया था? सब कोई ऐसे ही आते हैं?

जिन्निया इन प्रश्नों का उत्तर दे रही थी और शेखर उन्हें स्वीकार करता जा रहा था। लेकिन जब शेखर ने पूछा, 'बच्चे क्यों आते हैं?' और उत्तर मिला 'ईश्वर की जो मर्जी होती है, वही होता है' तब उसने जान लिया कि शुरू से अन्त तक झूठ बताया गया है और वह एक गुस्सा-भरी निगाह से जिन्निया को देखकर बाहर चल दिया।

माता, पिता, बहिन, आने वाले नौकर कोई उसे कुछ नहीं बताएगा। पशु-पक्षियों की बात वह समझेगा नहीं। यदि वह पक्षी होता तब शायद यह रहस्य समझ सकता क्योंकि पक्षी तो झूठ नहीं बोलते, उनका तो ईश्वर नहीं है—

लेकिन है किसका ईश्वर? शेखर ने दर्पोद्धत स्वर में कहा, 'नहीं है ईश्वर—नहीं है, नहीं है!'

अपने ही पूछे हुए प्रश्न ने, अपनी ही कही हुई एक बात ने, शेखर के जीवन की गति बदल दी।

उसने देखा, समझ लिया कि कोई किसी का नहीं है, यानी इतना नहीं है कि उसका स्वामी-निर्देशक, भाग्य-विधायक बन सके। कोई ऐसा नहीं है जिस पर निर्भर किया जा सके, जिसे प्रत्येक बात में पूर्ण, अचूक माना जा सके। यदि किसी का कोई है, तो उसकी अपनी बुद्धि, मनुष्य को उसी के सहारे चलना है, उसी के सहारे जीना है, ऐसे स्थान अवश्य हैं, जहाँ बुद्धि जवाब दे जाती है, लेकिन इसमें वह ईमानदारी है, जो बात नहीं जानती, वहाँ पर चुप रहती है, ग़लत उत्तर नहीं देती।

इसका प्रभाव, कम-से-कम लोगों की दृष्टि में, उस पर अच्छा नहीं पड़ा। वह मनचला, उद्धत, सबसे अलग रहने वाला अड़ियल टट्टू हो गया और उसे सीधा करने के लिए जो उपचार किए गए उनका भी उलटा असर हुआ।

स्कूल वह जाता ही था, पर अब स्कूल में भी वह बदलने लगा। उसके शान्त स्वभाव के कारण उसे क्लास का मॉनिटर बनाया गया था, लेकिन अब वह सदा कुछ शरारत करने की ताक में रहने लगा। बुद्धि उसकी तीव्र थी, वह बिना ध्यान दिए भी क्लास में किसी से पीछे नहीं रहता था, इसलिए उसे हर समय शरारत सोचते रहने में कोई विशेष विघ्न नहीं हुआ।

घंटी बज गई थी। लड़के सब क्लास में जमा थे। शेखर ने हाजिरी की कॉपी, खड़िया, झाड़न इत्यादि लाकर मेज़ पर रख दिए थे, पर मास्टर साहब अभी नहीं आए थे।

मास्टर की अनुपस्थिति में मॉनिटर की हैसियत से शेखर का काम था कि क्लास को वश में रखे। इसका तरीका शेखर ने यह निकाला कि सब लड़के मिलकर एक काश्मीरी बाजारू गीत गाएँ। वह स्वयं अगुआ था, तब लड़कों को क्या डर? गाना शुरू हुआ। अभी दो कड़ियाँ भी नहीं गाई थीं कि मास्टर साहब आ पहुँचे। एकाएकी छा गए सन्नाटे में उनका फटे बाँस-सा स्वर बोला, 'मॉनिटर कहाँ है?'

मॉनिटर सामने खड़ा था।

'यह क्या है?'

'कुछ नहीं। हम समझे कि आप आज देर से आएँगे इसलिए—'

'यह खप किसने आरम्भ की?'

सब चुप रहे। ऐसे अवसरों पर लड़कों में एक स्वाभाविक शब्दहीन समझौता रहता है।

मास्टर ने और भी कर्कश स्वर में पूछा, 'किसने शुरू की थी?'

क्षण भर फिर चुप्पी रही। फिर एक बेडौल मुसलमान लड़का, जिससे सारी क्लास को घृणा थी, आगे बढ़ आया और बोला, 'मॉनिटर ने सबको गाने को कहा था। मैंने नहीं गाया।'

शेखर और उसके दो अन्तरंग सखा, तीनों एक कतार में 'मुर्गा' बने खड़े हैं—यानी टाँगों के नीचे से हाथ डालकर कान पकड़े खड़े हैं। मास्टर शेखर के ठीक सामने खड़ा है और कह रहा है, 'और ऊँचा उठो—और!'

शेखर से मॉनिटरी छीनकर उस मुसलमान लड़के को दे दी गई, यह कोई परवाह की बात नहीं, लेकिन सारी क्लास के सामने इस प्रकार का अपमान उसे सह्य नहीं हुआ। सारी क्लास उसकी खिल्ली उड़ाए? कभी नहीं! और धधकते हुए क्रोध ने ही उसे बदला लेने का उपाय बता दिया। मास्टर की आज्ञानुसार वह 'और उठा', और ऐसा करते हुए जानबूझकर उलट गया, कलाबाजी खाकर नीचे गिरा और उसके भारी फुलबूट जाकर लगे, मास्टर के पेट में। मास्टर एक 'हुक्!' करके बोर्ड से टकराया, सारी क्लास खिलखिला उठी।

यह घटना इतनी आकस्मिक जान पड़ रही थी कि क्षण भर मास्टर साहब भौचक-से रह गए। जब उन्होंने शेखर को उठकर खड़े हुए उनकी ओर घूरते देखा, तभी उन्हें खोई हुई वाणी मिली। उन्होंने दाँत पीसते हुए कहा, 'देखूँगा तुम्हें!'

लेकिन उनकी धमकी व्यर्थ गई। शेखर ने ऐसे स्वर में कहा जैसे किसी कीड़े को कह रहा हो, 'तुम उल्लू!' और तीर की तरह क्लास से बाहर हो गया। पीछे क्लास की हँसी उसे सुन पड़ी, उसने जाना कि जीत उसी की हुई है।

उस दिन से शेखर स्कूल नहीं गया। इससे उसके चरित्र में त्रुटियाँ अनेक रह गईं, लेकिन एक शक्ति भी उसने पाई जो स्कूलों में कम मिलती है, उसने अकेले होने की सामर्थ्य पाई। स्कूलों में 'टाइप' बनते हैं, वह बना—व्यक्ति।

लेकिन इतना अलग, इतना अकेला कोई भी नहीं है कि उसके बाहर संसार हो ही नहीं। शेखर के जीवन में मनुष्यों का स्थान लिया पशुओं ने, पक्षियों ने, कीड़ों-मकोड़ों, साँपों, फूल-पत्तों, घास, मिट्टी-पत्थर ने। जिस आसन से मनुष्य-समाज का देवता ईश्वर-भ्रष्ट हो गया था, वह स्थान लिया जीव-जगत की देवी प्रकृति ने।

सरस्वती अब भी शेखर को पढ़ाती थी और एक मौलवी साहब भी उसे पढ़ाने के लिए रखे गए थे। लेकिन शेखर का दिन मौलवी साहब के जाने पर आरम्भ होता था और उनके आने के समय समाप्त हो जाता था...मौलवी साहब एक बुरे स्वप्न की तरह भर थे। बाक़ी दिन शेखर घूमता रहता था—जिधर पैर ले जाते, उधर चला जाता और जो दीख जाता, देख लेता। कभी साँपों को छेड़ता, कभी साँप के पास निश्चल बैठ जाता और प्रतीक्षा करता कि साँप उसके ऊपर से निकल जाए, ताकि उसे पता लगे, साँप आगे कैसे सरकता है (उसने सुना था कि साँप के पेट में जो झिल्ली होती है, उसी के सहारे वह अपने को आगे धकेलता है और यही वह अनुभव करना चाहता था)। कभी तितलियाँ पकड़ता, उनके रंग देखता और फिर उन्हें छोड़ देता। कभी फाख्ता का स्वर सुनता, तो उसकी नकल करता और घंटों यही देखता रहता कि वह किस प्रकार चिढ़कर अपनी बोली बार-बार बदलती जाती है और प्रत्येक की प्रतिध्वनि पाकर चुप हो जाती है। कभी वह पेड़ों पर चढ़ता, घोंसलों की गढ़न देखता और घोंसलों में भिन्न-भिन्न प्रकार के अंडे देखकर, दिनों प्रतीक्षा करता कि वे फूटें, ताकि बच्चे देखकर पहचाने कि किस पक्षी का अंडा कैसा होता है...कभी वह देखता कि किस प्रकार वसन्त के दिनों नर चील बहुत ऊँचा उड़ जाती है और मादा उसे पुकारती रहती है और घंटों की प्रतीक्षा के बाद वह उतरता है...एक बार वह उल्लू की बोली घंटों सुनता रहा और सोचता रहा कि यह मुँह से बोलता है या नाक से! पहले-पहल जब उसने पपीहा की 'पिउ-कि-कि' सुनी, तो जाने कैसे

उसके मन में यह बात बैठ गई कि पपीहा नीले रंग का होता होगा और उसकी छाती लाल होती होगी। कुछ दिन बाद जब उसने कुछ इसी प्रकार का एक पक्षी देखा, तब वह विह्वल प्रतीक्षा में बैठा रहा कि वह बोले, और जहाँ-जहाँ वह पक्षी गया तहाँ-तहाँ भागा किया...आख़िर उसकी प्रतीक्षा सफल हुई—सूर्यास्त के समय पक्षी ने अंजीर के एक पेड़ पर बैठकर चोंच खोली और कर्कश स्वर में पुकारा 'चे-ऊँ'। शेखर का हृदय धक-से हो गया...कई दिन बाद उसने जाना कि वह पपीहा नहीं, नीलकंठ था...

एक दिन वह जंगल में घूमता हुआ भटक गया। यह उसके अत्यन्त असहाय-सहायता के प्रति उपेक्षा लिये—अकेलेपन का प्रमाण है कि वह घबराया नहीं, इधर-उधर भागा नहीं (जो कभी जंगल में भटके हैं, वे ही समझ सकते हैं कि उस समय न घबराना क्या चीज़ है!) अपनी छाती तक लम्बी घास को दबाकर, आसन-सा बनाकर बैठ गया और बादलों को देखने लगा। कभी जब कोई जंगली मक्खी भिनिभनाती हुई उसके पास आती तब वह उसी की ओर देखने लगता, उसकी हरी और नीली धातु की तरह चमचमाती हुई पीठ, मटमैला लाल सिर, काली मूँछें सब मन में नोट करता रहा।

वह जंगल सरकारी 'रख' था, वहाँ शिकार की मनाही थी। शेखर के बैठे-बैठे एक हिरन आया, कुछ सशंक-सा होकर थोड़ी देर बिलकुल स्तब्ध खड़ा था, फिर चौकड़ी भरता हुआ भागा और क्षण भर में ओझल हो गया। वह गठन का सौन्दर्य, वह गति की लय! शेखर ने चित्र बहुत देखे थे, वर्णन भी पढ़े थे—पर असली वस्तु!

जोश में आकर शेखर उठ खड़ा हुआ। तभी उसके पास ही घास में से एक भद्दा-सा जानवर निकला और फुफकारता हुआ भाग गया, शेखर समझ नहीं पाया कि वह घोड़ा है या भैंस...था वह दोनों जैसा और दोनों से भिन्न...

शेखर सोचता हुआ एक ओर को चल पड़ा। अभी उसे घर पहुँचने की चिन्ता नहीं थी, अभी तीसरा ही पहर था।

चलते-चलते घास में से निकलकर एक खुली जगह आकर उसने देखा, एक लड़की तितली पकड़ने का जाल लिये इधर-उधर भाग रही है, उसके बाल मुँह पर बिखर रहे हैं और उसे संसार का कुछ पता नहीं है। शेखर रुककर उसे देखने लगा, कितनी ही देर तक देखता रहा। एकाएक लड़की ने चौंककर मुड़कर उसे देखा ठीक वैसे ही जैसे हिरन ने देखा था और जाल लटकाकर देखती रही।

शेखर उसके पास गया और नम्रता से बोला, 'तुम कौन हो?'

'हम-हम।'

इससे आगे शेखर को बात नहीं सूझी। बदलकर बोला, 'मैं यहाँ सैर करने आया हूँ।'

लड़की ने उत्तर न देकर, पास जाती हुई एक तितली की ओर जाल फेंका। वह निकल गई। शेखर हँसने लगा, बोला, 'ऐसे नहीं, लाओ मैं बताऊँ।'

लड़की ने कहा, 'नहीं, हम आप ही पकड़ेंगे,' लेकिन उसके कहते-कहते शेखर ने जाल ले लिया और झपटकर तितली पकड़ ली।

लड़की ने रुष्ट मुद्रा से उसकी ओर देखते हुए तितली ले ली, बोली नहीं।

शेखर ने कहा, 'और पकड़ दूँ?'

'नहीं, अब बस। मैं थक गई।'

वह एक ओर चलने लगी। शेखर ने पूछा, 'कहाँ जाओगी?'

'घर।'

'कहाँ पर?'

उसने ठोड़ी उठाकर कहा, 'उधर।' किधर यह ठीक पता नहीं लगा। शेखर उसके पीछे-पीछे चलने लगा।

'तुम कहाँ जाओगे?'

'तुम्हारे घर।'

'क्यों?' कहकर वह चलती गई। शेखर भी पीछे-पीछे चलता गया।

'कितनी दूर है?'

'थोड़ी दूर। तुमने देखा नहीं?'

'नहीं।'

'तब यहाँ किधर से आए?'

शेखर ने कुछ हिचकिचाते हुए कहा, 'मैं रास्ता भूल गया था।'

तभी खिलखिलाकर हँस पड़ी। 'तभी!'

घर आ गया। शेखर ने पूछा, 'तितलियाँ कहाँ रखोगी?'

'पता नहीं, टोकरी में रख छोड़ूँगी—'

'नहीं, मैं बताऊँ,' कहकर शेखर उसे कोठी के दरवाज़े पर ले गया। प्रत्येक दरवाज़े में दो किवाड़ थे, एक लकड़ी का, उसके बाहर एक जाली का और इनमें काफ़ी अन्तर था। शेखर ने कहा, 'इसके बीच में बन्द कर दो।'

बालिका ने श्रद्धा से कहा, 'यह तो हमने कभी सोचा ही नहीं था।'

शेखर ने मानो उस श्रद्धा की ओर ध्यान न देते हुए कहा, 'और थोड़े से पत्ते भी डाल दो, तब मरेंगी नहीं।'

शेखर ने पूछा, 'रास्ता किधर से है?'

'उधर सीधे। थोड़ी दूर जाकर एक तालाब आएगा, वहाँ से दाहिने मुड़ जाना, तब स्कूल आ जाएगा। वहाँ से तो पता है न?'

'हाँ।' कहकर शेखर चलने लगा।

बालिका को शायद आशा थी कि वह कुछ अधिक कहेगा। वह उसे जाते हुए कुछ देर देखती रही, फिर पुकारकर बोली, 'फिर आओगे न?'

शेखर ने बिना मुँह फेरे पूछा, 'तुम्हारा नाम क्या है?'

'प्रतिभा—मिस प्रतिभा लाल।'

'अच्छा।'

शेखर ने जानबूझकर इसका कोई इंगित नहीं दिया कि यह 'अच्छा' फिर आने के बारे में है या नाम के बारे में।

मैत्री तो वह थी, लेकिन थी विचित्र। जंगल की घास में वे दोनों चले जाते, शेखर कहीं लेट जाता और प्रतिभा कहीं तितलियों के पीछे भागा करती, कभी फूल बीना करती, कभी बाँसों से फूल लाकर जमा करती और फिर एक-एक करके उनका मधु चूसा करती, कभी यों ही खड़ी रहकर, तरह-तरह की हँसी हँसा करती...बीच-बीच में वह देख लेती थी कि शेखर वहीं तो है, चला तो नहीं गया और फिर शान्त होकर अपने खेल में लग जाती थी। शेखर से कभी बात करती थी, तो तभी जब कोई तितली बहुत चेष्टा पर भी उसकी पकड़ में नहीं आती थी या जब कोई फूल उसकी पहुँच से परे होता था...तब वह शेखर की सहायता माँगती थी और शेखर झट उठकर उसका काम पूरा करके फिर अपने स्थान पर आकर लेट जाता था या कभी प्रतिभा कुछ बड़े-बड़े बाँस के फूल उसके लिए बचा रखती थी और पास आकर पूछती थी, 'मधु नहीं खाओगे?' शेखर अपनी ओर बढ़ाए हुए फूल लेकर मधु चूसने के बजाय सारा फूल खा जाता था और वह खूब हँसती थी, 'अरे, मधु खाना भी नहीं आता!' कई बार आवृत्त होकर भी यह बात पुरानी नहीं होती थी, प्रत्येक बार प्रतिभा उतने ही उल्लास से हँसती थी...

शेखर प्रतिभा के साथ हँसता-खेलता था, उसकी प्रत्येक बात मान लेता था और निष्ठा के साथ पूरी करता था, फिर भी उनका सख्य नहीं स्थापित हुआ था। शेखर प्रतिभा का संगी बनकर भी अपने कवच में से बाहर नहीं आया था, अब भी वैसा ही अलग, अकेला व्यक्ति था। किसी तरह का भी अलगाव या दूरी पहचानने में बच्चे बहुत तीव्र होते हैं और प्रतिभा के अतिरिक्त कोई भी लड़की होती, तो फ़ौरन इस बात को ताड़ लेती और बुरा मानती। पर प्रतिभा अपने में ही इतनी मस्त थी, शेखर के समीपत्व की धूप में उड़ने वाली तितली-सी, कि उसने कुछ नहीं देखा। वह अपने अन्तरतम में बिलकुल स्वार्थी थी और उनकी मैत्री निभ रही थी तो केवल इसलिए कि शेखर उससे कुछ भी नहीं माँगता था, उसे जैसी वह थी वैसी ही पाकर सन्तुष्ट था। यह नहीं था कि शेखर इतना दानी था, उसने प्रतिभा से कभी इतना अपनापा अनुभव ही नहीं किया कि उससे कुछ माँगे।

एक दिन प्रतिभा ने पूछा, 'तुम्हारे पिता का नाम हरिदत्त है?'

शेखर ने विस्मय से कहा, 'हाँ, क्यों?'

'मेरे पिता उन्हें जानते हैं। आज तुम्हें मेरे घर चलना होगा।'

शेखर प्रायः रोज ही वहाँ जाता है, आज इस विशेष चलने की बात सुनकर बोला, 'रोज तो चलता हूँ।'

'दुत्, वैसे नहीं। वहाँ पापा से मिलना होगा, खाना खाना होगा।'

शेखर ने थोड़ी देर बाद कहा, 'क्यों?'

'क्यों क्या? पापा तुम्हारे पिता को जानते हैं, अब हमें ऐसे मिलने की ज़रूरत नहीं। अब पूछकर आया करेंगे।'

शेखर थोड़ी देर सोचता रहा। उसे ध्यान आया, वह पिताओं के संसार में नहीं है। उसे यह भी लगा कि उसके संसार में पिता न आएँ, तो कोई हर्ज नहीं है। प्रतिभा खेलती है, उसके खेल की आड़ में वह अकेला रहता है, यह ठीक है। यह स्थिति बदलने पर शायद...

शेखर ने फिर कहा, 'क्यों!'

इस 'क्यों' का प्रसंग क्या है, प्रतिभा को सहसा नहीं समझ आया। उसने अभिमानिनी रानी की तरह कहा, 'क्यों कहा? मैं कहती हूँ, इसलिए।' फिर कुछ आग्रह से, 'मेरा कहा नहीं करोगे!'

शेखर ने कहा, 'हूँ।'

मिस्टर लाल ने अपनी साथ वाली कुर्सी की ओर इशारा करके कहा, 'बैठो, शेखर!'

शेखर बैठ गया। सामने प्रतिभा बैठी थी और उसके साथ प्रतिभा की बड़ी बहिन। बीच में मेज़ पर छुरी-काँटे, तश्तरियाँ इत्यादि सजी हुई थीं।

मिस्टर लाल 'इंग्लैंड रिटर्न्ड' डॉक्टर हैं। स्वयं लौटे हैं, तो साथ इंग्लैंड का कुछ हिस्सा लेते आए हैं और भारत की उर्वरा भूमि में उसे बोकर, उसी की छाया में रहते हैं। इस समय 'डिनर' का आयोजन है और उसी की प्रतीक्षा।

शेखर छुरी-काँटे से खाना नहीं जानता। बैठे हुए वह इसी बात को सोच रहा है। लेकिन यह वह कहना भी नहीं चाहता। इसी शशोपंज में डिनर आरम्भ होता है। 'सूप' आता है और सब लोग खा लेते हैं। दूसरा कोर्स आता है।

शेखर औरों के अनुकरण में पहले छुरी-काँटा उठाता है। लेकिन वह देखता है कि बाएँ हाथ से काँटे का संचालन उससे नहीं हो सकता। तब वह छुरी और काँटे को बदल लेता है। बाएँ हाथ से वह कुछ काट भी नहीं सकता, फिर भी, किसी प्रकार काँटे पर कौर लादकर वह मुँह की ओर ले जाता है, तो खाली काँटा ही मुँह तक पहुँचता है, कौर गिर जाता है।

प्रतिभा खिलखिलाकर हँसती है, 'अरे खाना भी नहीं आता?'

बड़ी बहिन कहती है, 'हिश!'

शेखर छुरी-काँटा रख देता है। मिस्टर लाल देखते हैं, और अनदेखी कर जाते हैं कि वह अधिक खिन्न न हो।

सब्जी आती है। मिस्टर लाल के लिए गोश्त आता है। सलाद आता है। आइसक्रीम आती है।

शेखर खाता नहीं, देखता ही रहता है। जब सब कुछ हो चुकता है तब वह देखता है कि उसके सामने पड़ी–पड़ी आइसक्रीम पिघल गई है और लोग चम्मच से खा रहे हैं, लेकिन वह चम्मच का उपयोग जानते हुए भी प्याला उठाकर उसे पी जाता है।

प्रतिभा कहती है, 'देखो पापा, देखो, कैसे खा रहा है।'

मधु खाते समय शेखर फूल भी खा जाता है, तब भी प्रतिभा हँसती है। तब शेखर स्वयं मुस्कराता भी नहीं लेकिन होता है प्रसन्न। पर अब...

शेखर उठ खड़ा हुआ। नैपकिन मेज़ पर पटका ओर बिना किसी और देखे जल्दी से बाहर चला गया।

दूसरे दिन शेखर नदी के किनारे भटक रहा था। जंगल कहीं नहीं था और प्रतिभा मर गई थी।

नदी के अधबीच एक टापू था, उसमें देवी का एक मन्दिर था। शेखर अपना समय वहाँ बिताने लगा।

वह मन्दिर के बाहर बैठा रहता और आने–जाने वाले उपासकों को देखा करता। उनका श्रद्धा–भाव देखकर उसके मन में वही पुराना प्रश्न फिर उठता और बैठ जाता, उसे आस्था नहीं होती, फिर भी मन्दिर का वातावरण उसे आकर्षक जान पड़ता और वह नित्य आता...

नदी में साँप थे। शेखर हमेशा पुल पर से पार होकर टापू पर आया करता था, लेकिन उपासक पानी में से चलकर आते थे।

एक दिन शेखर के देखते–देखते एक को साँप ने काट खाया। वह उचककर बाहर आया, पुकारकर बोला, 'जय देवी माता की?' और मन्दिर के भीतर चला गया। पूजा करके बाहर निकल आने पर ही उसने काटे का उपचार आरम्भ किया।

घंटे भर बाद, शेखर के सामने ही उसने एक बार फिर कहा, 'जय देवी माता की!' और चुप हो गया। और कुछ मिनट बाद लोग उसे उठा ले गए।

शेखर का अविश्वास शेखर का नकारात्मक विश्वास, हिल गया। पर लौटते हुए वह फिर–फिर पूछने लगा, 'ईश्वर, क्या सचमुच तू है?'

श्रीनगर में चश्माशाही से ऊपर एक महल का खँडहर है। कहते हैं कि यह महल राजकुमारी जेबुन्निसा ने बनवाया था और यहाँ एकान्तवास करती हुई वह कविता लिखा करती थी। महल चाहे किसी ने बनवाया हो, जिसने वह स्थान चुना था, वह अवश्य कवि था...

वहाँ भी साँप थे। जब शेखर पहले-पहल वहाँ गया, तब उसने बहुत-सी कहानियाँ सुनीं—वहाँ भूत रहते हैं, उस महल के कमरों में छतें नहीं हैं, इसलिए रात को वहाँ प्रेत उतर आते हैं, परियाँ नाचती हैं...

और महल का नाम था परी-महल...

शेखर ने लौटती बार निश्चय किया कि वह कभी वहाँ अकेला आएगा और थोड़े ही दिन बाद उसे अवसर भी मिल गया।

शेखर वहाँ तीसरे पहर पहुँचा। महल के कमरों की छत तो थी नहीं, वह दीवार पर चढ़ गया और सामने की ओर आकर नीचे डल झील का दृश्य देखने लगा।

वह डल देख रहा था। डल से बहुत अधिक कुछ देख रहा था। धीरे-धीरे उसके ऊपर एक सम्मोहन-सा छा गया, एक मूर्च्छा-सी, उसे लगा, उसके पास—उसके पास नहीं, उसके भीतर, उसके सब ओर, कुछ आया है, कुछ जिसका वह वर्णन नहीं कर सकता, लेकिन जो बहुत सुन्दर है, बहुत भव्य, बहुत विशाल, बहुत पवित्र...इतना पवित्र कि शेखर को लगा, वह उसके स्पर्श के योग्य नहीं है, वह मैला है, मल में आवृत है, छिपा हुआ है...उसी सम्मोहन में उसने एक-एक करके अपने सब कपड़े उतार डाले, नीचे फेंक दिए और आँखें मूँदकर खड़ा हो गया, बिलकुल नंगा, आकाश के सामने और उस पवित्र के, उस पवित्र से परिपूर्ण, उसके स्पर्श से रोमांचित...

बहुत देर बाद चौंककर उसने आँखें खोलीं, जल्दी-जल्दी कपड़े पहने और बिना एक बार मुड़कर देखे भी सीधा घर की ओर भागा...

वह क्या था ? ईश्वर ? प्रकृति ? सौन्दर्य ? शैतान ? दबी वासना ?

उसे नहीं मालूम। पर उसने वह संग, वह कैवल्य, फिर कभी नहीं प्राप्त किया...

वह फिर कभी वहाँ नहीं गया। बुद्ध भी, बोधिवृक्ष के नीचे दुबारा नहीं बैठे होंगे।

खूब बर्फ़ पड़ी है, और पड़ रही है। शेखर के पिता सपरिवार एक बर्फ़ से ढकी हुई सड़क पर मोटर में बैठे चले जा रहे हैं। कभी-कभी थोड़ी-सी बर्फ़ भीतर पहुँच जाती है, तब कोई तंग होता है और बाक़ी हँसते हैं...

सभी को मतली हो रही है। शेखर के भाइयों ने खिड़की से बाहर मुँह निकालकर कै भी कर दी है और कार में उसकी दुर्गन्ध भर रही है। शेखर आगे बैठा है, इसलिए उसे इतना कष्ट नहीं हो रहा है। वह गिरती हुई बर्फ़ की ओर देखता जा रहा है...

शेखर के पिता की फिर बदली हो गई है। इसीलिए वे इतनी देर तक श्रीनगर में रहे हैं, नहीं तो वे कभी के जम्मू चले गए होते और अब वे बिहार की ओर जा रहे हैं...

एक बार सड़क के मोड़ पर पिता ने कहा, 'वह देखो, जहाँ से हम आए हैं।'

शेखर ने ऊपर देखा। जिस पथ पर से वे उतरकर आए थे, वह दीख रहा था और उसके पीछे—एक विस्तीर्ण सफेद पर्दा जिसके पीछे क्या-क्या छिपा हुआ था...

शेखर को याद आया, चलने से कुछ दिन पहले उसने सबसे छिपाकर बर्फ़ का एक आदमी बनाया था और उसे उठाकर अपने कमरे में ले आया था। उसे वहाँ रखकर सो गया था। दूसरे दिन उठकर उसने पाया कि वह पुतला कहीं नहीं है और फ़र्श भीग रहा है। उसने छटपटाकर पूछा था, 'माँ, मेरा पुतला किसने उठाया? बहिन, मेरा पुतला किसने उठाया? भइया, मेरा पुतला किसने उठाया?' और किसी ने नहीं बताया, सबने कहा कि हमने नहीं देखा...वह आख़िर गया कहाँ, यह उसे समझ नहीं आया...

और उस बर्फ़ के परदे की ओर देखते-देखते उसके मन में फिर उसी प्रश्न का उदय हुआ—'ईश्वर?'

द्वितीय खंड

# बीज और अंकुर

शेखर का जीवन बहुत सूना हो गया था और इसीलिए जीवन में जो कुछ आता था, वह मानो उसके रस की अन्तिम बूँद तक निचोड़ लेना चाहता था। हँसी की बात होती, तो आवश्यकता से अधिक हँसता था, घूमने निकलता, तो पागल कुत्ते की तरह दौड़ता था, लड़ता तो लड़ाई का कारण भूल जाने पर भी विरोध बनाए रखता...उसके जीवन में इससे एक झूठी तेज़ी आ गई थी, गति का एक भ्रम, जबकि वास्तव में वह निश्चल खड़ा था।

खँडहरों से घिरे हुए टीले की एक चोटी पर शेखर खड़ा था और उसके पैरों के पास उसका कुत्ता। चारों ओर फैले हुए अरहर के खेत थे। कभी हवा का झोंका आता, तो अरहर के पौधों की चोटियाँ कुछ झुक जातीं और फिर सीधी हो जातीं, मानो हरी वर्दी पहने हुए बहुत से सिपाही पहरा देते-देते एक साथ ही ऊँघ गए हों, और फिर जागकर सावधान खड़े हो गए हों।

कुत्ते का नाम था तैमूर। शेखर उसे विशेष प्यार नहीं करता था, किन्तु कुत्ता सदा उसके पीछे रहता था, न जाने क्यों उसने शेखर को अपना स्वामी मान लिया था।

शेखर के खड़े-खड़े ही कुत्ते ने शायद दूर कुछ देखा और सीधा नीचे अरहर के खेतों की ओर भागा। पीछे-पीछे शेखर भी भागा। उसे कुछ करने की भीतरी प्रेरणा तो कोई थी नहीं, बाहर से जो धक्का उसे लगता उसी के आगे वह बह जाता था...

हाथों से अरहर के पौधों में रास्ता बनाते हुए शेखर ने देखा कि तैमूर क्यों भागा आया था। बहुत-से बटेर अनेक दिशाओं में भागे जा रहे थे और तैमूर कभी एक के पीछे, कभी दूसरे के पीछे दौड़ा फिरता था, पर पकड़ किसी को नहीं पाता था।

जिधर-जिधर तैमूर भागता, उधर-उधर शेखर बहता। अरहर धीरे-धीरे बहुत घने हो गए। शेखर कन्धे बढ़ाए, सिर झुकाए, हाथों से उन्हें चीरता हुआ, बौराए साँड़ की तरह बढ़ने लगा, फिर भी तैमूर का साथ नहीं पा सका। उसकी कमीज के चिथड़े हो गए, बाँहें और टाँगें भी छिल गईं, मुँह खरोंच गया, पर बटेर कोई हाथ न आया। पर अपने कुत्ते से भी अधिक ढीठ शेखर बढ़ता ही गया, उसके नंगे पैर भूमि पर रक्त की लाल छाप छोड़ते हुए चले, पर अभी बटेर कोई हाथ नहीं आया था...

तैमूर ने उकताकर खेल छोड़ दिया—हार मान ली। शेखर भी झक मारकर रह गया।

खँडहरों के ऊपर सूर्य स्वर्ण बरसाता हुआ डूब रहा था। घर के पथ पर शेखर ख़ून से लथपथ, थका हुआ, सिर झुकाए चला जा रहा था और सदा आगे रहने वाला तैमूर उसके पीछे-पीछे मुँह लटकाए आ रहा था...

बटेर कोई हाथ नहीं आया था, लेकिन खेल हो गया था, दिन बीत गया था।

फिर अरहर के खेत, फिर आगें-आगे शेखर और पीछे-पीछे शेखर का कुत्ता तैमूर। अब तैमूर ही शेखर का भाई है, गुरु है, साथी है और सेवक है। शेखर की माँ सरस्वती को लेकर अपने पिता के गाँव गई हुई है और शेखर पर किसी का नियंत्रण नहीं है।

शेखर निरुद्देश्य भटक रहा है, लेकिन उस उद्देश्यहीनता में एक प्रतीक्षा है। शेखर गनेसी की बाट देख रहा है।

गनेसी जात का डोम है। शेखर के पिता की देख-रेख में कुली का काम करता है। छुट्टी के समय वह आतिशबाजी तैयार करता है। इसी नाते वह शेखर का मित्र है, क्योंकि वह बहुधा शेखर को साथ ले जाता है और उसके सामने चीज़ों को तैयार करता है—बारूद बनाता है, अनारों में भरता है, पटाखे लपेटता है, और साथ-साथ शेखर को बताता भी जाता है कि शोरा, गन्धक, कोयला, अलग-अलग कूटने चाहिए और मिलाते समय लकड़ी की चीज़ें काम में लानी चाहिए कि आग न लग जाए, और 'छछूँदर' लपेटने के लिए काग़ज़ को शोरे और सिरके के घोल में भिगोकर सुखा लेना चाहिए...कभी वह शेखर के आग्रह करने पर उसे बारूद कूटने भी देता है और कभी-कभी कुछ पटाखे उसे दे देता है। उनकी दोस्ती इतनी बढ़ गई है कि कभी-कभी शेखर पिता से कहकर गनेसी को छुट्टी दिला देता है और साथ घूमने ले जाता है।

आज उसकी प्रतीक्षा यों हुई कि शेखर ने एक गोह लाने के लिए भेजा था। गनेसी ने ही उसे बताया था कि गोह कैसी भी दीवार चढ़ सकती है और उससे चिपक जाती है। अगर कोई उसकी दुम पकड़कर लटक जाए तो भी नहीं छोड़ती बल्कि पुराने ज़माने में लोग उसकी दुम में रस्सी बाँधकर उसके सहारे किले की दीवारें फाँदा करते थे। यह सुनकर स्वाभाविक ही था कि शेखर गोह देखना चाहता। जब गनेसी ने बताया कि गोह जिन्दा नहीं आ सकती, क्योंकि उसका काँटा जहरीला होता है तब शेखर की आज्ञा हुई कि गनेसी उसे मारकर ले आए।

शेखर अरहर का खेत पार करके निकला, तो देखा, सामने से गनेसी चला आ रहा है—दुबला-पतला, काला भूत एक हाथ में लाठी लिये और दूसरे में दुम पकड़कर मरा हुआ गिरगिट-सा लटकाए। पास आते ही बोला, 'बबुआ, यह लो गोह।'

शेखर थोड़ी देर उसकी ओर देखता रहा। उसे कुछ निराशा-सी हुई। यही है गोह! फिर वह बोला, 'इसकी चमड़ी उतारो, हम रखेंगे।'

गनेसी ने हँसकर बताया कि गोह की चमड़ी बहुत पतली होती है, खाल नहीं उतर सकती। पर शेखर उसकी बातों में आने वाला नहीं था। खाल चीते की भी उतर सकती है, वह नित्य एक पर बैठता है, तब गोह की क्या बिसात! बोला, 'हम जो कहते हैं, उतारो!'

गनेसी ने देखा, मानना पड़ेगा। उसने एक चाकू निकाला और गोह का पेट चीर डाला। शेखर कुत्ते को पकड़कर खड़ा रहा।

आधे घंटे में खाल खिंच गई। शेखर ने कहा, 'इसे धूप में सूखने डाल दो, सूख जाएगी तब धो लेंगे।'

गनेसी ने कुछ कहे बिना मुस्कराकर उसे सूखने के लिए फैला दिया।

तीन दिन बाद वहाँ जो शेखर ने देखा, वह कहने की ज़रूरत नहीं है। जब गनेसी ने हँसते हुए पूछा, 'बबुआ, तुम देख आए, वह गोह की खाल सूख गई है कि नहीं।' तब उसने विस्मय दिखाते हुए कहा, 'कैसी खाल! कौन गोह?' बुद्धिमान गनेसी मुस्कराकर चुप हो गया।

शेखर ने नोट किया कि चमड़ी सभी की होती है, लेकिन चीता चीता है और गोह गोह।

जिस घर में शेखर रहता था। उसके साथ आमों का एक बगीचा था। आम देशी थे, और घटिया किस्म के, केवल एक वृक्ष क़लमी आमों का था।

उन दिनों आम पकने को हो रहे थे। शेखर रोज जाकर उन्हें ललचाई आँखों से देख आता था और उस दिन की कल्पना किया करता था, जब वह पेड़ों पर न होकर उसके हाथों में होंगे...

एक दिन अकेले वृक्ष पर कुछ पके-से आम देखकर शेखर ने माली से कहा, 'हमें आम दो।'

लेकिन माली को सर्वथा उचित माँग से सहानुभूति नहीं हुई। बोला, 'बबुआ कल तोड़ूँगा वो आम और डाली लगाकर साहब के पास ले जाऊँगा।'

'साहब के पास!' शेखर को यह सरासर अन्याय लगा कि आमों को चाहने वाले शेखर से छीने जाकर वे आमों की उपेक्षा करने वाले उसके पिता के पास जाएँ। बोला, 'देते हो कि नहीं?'

'नहीं बबुआ—'

शेखर स्वयं पेड़ पर चढ़ने लगा। माली दूर खड़ा हँसता रहा, क्योंकि वह जानता था कि यह लड़का पेड़ पर क्या चढ़ेगा।

लेकिन शेखर के हाथों-पैरों में क्रोध का बल था। वह ऊपर पहुँचा, आराम से एक डाल पर बैठा और चुन-चुनकर पके आम खाने लगा।

माली की मुस्कान चिन्ता में बदल गई। उसे देखकर शेखर का सारे आम खा डालने का निश्चय और भी पक्का हो गया।

पर पेट ने साथ नहीं दिया। तब शेखर ने कच्चे, अधकचरे, पके सब प्रकार के आम तोड़-तोड़कर मुँह से जूठे कर-करके इधर-उधर फेंकने आरम्भ किए। प्रत्येक आम फेंकते हुए वह चिल्लाकर माली से कहता जाता, 'यह लो! और यह लो! और यह लो!'

माली यह नहीं सह सका और शेखर को पकड़ने के लिए पेड़ पर चढ़ने लगा। उसे आते देखकर शेखर ने कहा, 'आओ, आओ, बेशक आओ,' और ऊपर चढ़कर एक डाल के बिलकुल सिरे पर ऐसा जा बैठा कि तनिक और भार पड़ने से वह टूट जाए। माली ने पुकारा, 'लौट आओ, नहीं तो गिरोगे!'

'नहीं, तुम आओ, पकड़ो, देखूँ मैं भी—' और कुछ और आगे सरक गया।

माली डर गया। बोला, 'बबुआ उतर आओ, ईश्वर के वास्ते उतर जाओ।'

'तुम उतर जाओ, नहीं तो मैं और आगे जाता हूँ।'

माली उतर गया। वहाँ से चला गया। शेखर धीरे-धीरे नीचे उतरा। वह अभी भूमि पर पहुँचा नहीं था कि उसने देखा, माली के साथ पिता चले आ रहे हैं।

वह दार्शनिक हो गया था। उसने एक बार अपने गिराए हुए आमों की ओर देखा, फिर तैयार होकर खड़ा हो गया और मन-ही-मन गणित का एक सवाल करने लगा कि कितने आम फी थप्पड़ या कितने थप्पड़ फी आम पड़ेंगे। पड़ेंगे या नहीं पड़ेंगे, यह सम्भावना विचार में लाने की नहीं थी।

लेकिन थप्पड़ नहीं पड़े। पिता ने सारी कहानी सुनकर हँस दिया। शेखर से बोले, 'तुमने खाए सो खाए, फेंके क्यों?' और माली से कहा, 'तुमने उसे क्यों कहा कि मेरे लिए डाली बनानी है, इसलिए नहीं मिलेंगे।'

यह एक अवसर था जब कि शेखर ने मान की आशा की और हँसी पाई। प्रायः इससे उलटा ही हुआ करता था। फिर भी पिता के लिए शेखर के हृदय में अपार स्नेह था।

शेखर के पिता ने नया मकान ले लिया है—पटना शहर में गंगा के किनारे पर। अब शेखर का मुख्य काम है अपने बगीचे में से केले के पेड़ काटना और उनके स्तम्भों पर लेटकर गंगा में बहना (उसे बहना ही कहना चाहिए, क्योंकि तैरना अभी तक सीखा नहीं)। कई बार स्तम्भ पर से फिसलकर उसने गोते खाए हैं, लेकिन सदा ही किसी ने उसे देखकर घसीट निकाला है। पिता के बहुत मना करने पर भी वह यह आदत नहीं छोड़ता। क्योंकि इतनी बड़ी नदी पर अकेले बिना हाथ-

पाँव हिलाए बहने के विचार में सामर्थ्य का कुछ ऐसा आकर्षक अनुभव है कि शेखर उसका मोह नहीं छोड़ सकता।

उसने तीन स्तम्भों को बाँधकर एक नाव बनाई। गंगा में उसे ले जाकर, उस पर सीधा लेटकर, हाथ से उसे धार में खेकर ले गया और फिर हाथ समेटकर निश्चल कभी इधर, कभी उधर देखने लगा। दोनों किनारे धीर गति से प्रवाह से उलटी दिशा में चलते हुए जान पड़ रहे थे। बहुत देर उनकी ओर देखकर, शेखर आकाश की ओर देखने लगा। वर्षा हो चुकी थी, बादल के छोटे-छोटे टुकड़े इधर-उधर भागे फिरते थे। कभी एक-दूसरे से भिड़कर एक हो जाते थे। कभी देखते-देखते आकाश की प्रगाढ़ नीलिमा में घुल जाते थे। ओह, कितना सुन्दर था उस प्रकार उस विस्तीर्ण नीलाकाश में घुलकर लुप्त हो जाना...शेखर ने भूले हुए-सा सोचा, ऐसे मरूँगा, जहाँ बाधा नहीं होगी...

बाधा—उसे लगा, जो जीवन वह जी रहा है, वह बाधा के अतिरिक्त कुछ है ही नहीं। आज उसे मौका मिला है उसके बन्धन से निकल भागने का, आज वह तीन कटे हुए वृक्षों का सहारा लेकर उस सुदूर देश में जा रहा है जहाँ गंगा जाती है, जहाँ वह समुद्र में मिल जाती है, जहाँ सूर्यास्त के सोने का टापू है और जहाँ इन्हीं नीलिमा में घुल जाने वाले बादलों से बने हुए सूत के वस्त्र पहनने वाली राजकन्या रहती है...शेखर उसके पास जाएगा और उससे कहेगा, मैं शेखर हूँ। मैं बन्धनों के देश से आया हूँ और वह उसे अपने पास बिठा लेगी और कहेगी, यहाँ तुम अबाध हो, उस सिरिस के फूलों के महल में तुम रहोगे और जो चाहो करोगे...

पर, शायद राजकन्या उसे नहीं देखेगी—वह बन्धनों के देश के एक मामूली लड़के से क्यों मिलने लगी?

वहाँ और भी तो लोग होंगे और भी कन्याएँ होंगी, उस बाधा-हीनता के देश में कोई भी क्यों राजकन्या से कम होगी?

शेखर ने आँखें बन्द कर लीं...

फिर उसे ध्यान आया, अरे, वह देश तो बड़ी दूर है वहाँ पहुँचने में तो दिनों लग जाएँगे, गंगा इतनी धीमी बहती है...

लेकिन चिन्ता जहाँ वश कर सके, उस दशा से वह परे निकल गया था। आकाश की, मुक्त वातावरण की, अबाध विशालता उसके प्राणों में भर गई थी। वह स्वयं अबाध था, विशाल था, मुक्त था और यथार्थता पीछे थी...

उसके मन में कविता की एक पंक्ति आ गई अंग्रेज़ी में :

*O mother Ganges, vast and slow!*

(मन्दगति और विशाल माँ गंगे!)

और वह धीरे-धीरे बड़ी मेहनत से, पंक्ति जोड़कर कविता पूरी करने लगा...

जिस क्षण में शेखर को मालूम हुआ कि कविता पूरी हो गई है, उसी क्षण में उसने यह भी अनुभव किया कि उसकी पीठ ठंड से अकड़ गई है और उसके हाथ सफेद, सुन्न पड़ रहे हैं। उसने जाना कि वह घर से बहुत दूर बह आया है।

घबराहट यथार्थता के संसार में है, उस सूर्यास्त के सोने के टापू के पथ पर नहीं। शेखर धीरे-धीरे अनैच्छिक-सी क्रिया से अपने को किनारे की ओर खेने लगा। जब किनारे लगा, तब किसी तरह सूखी भूमि पर आया और धूप में औंधा लेट गया।

जब वह नींद से उठा तब सूर्य ढल गया था। वह उठा और माँदा-सा घर की ओर चल पड़ा। जब घर के पास पहुँचा तब चाँद निकल रहा था और घर में बिलकुल सन्नाटा था, यद्यपि बत्तियाँ जल रही थीं। घर के भीतर घुसते ही उसने देखा, बरामदे में माता-पिता खड़े हैं, स्थिर दृष्टि से बाहर देखते हुए और मानो एकाएक बूढ़े हुए—इतनी झुर्रियाँ उनके मुँह पर पड़ी हुई थीं...शेखर को देखते ही वे खिंचे हुए चेहरे कुछ ढीले पड़े, माँ की आँखों में आँसू आ गए और पिता एकदम से लौटकर ऊपर चले गए।

उनके पीछे-पीछे शेखर ने जाकर देखा, घर में कोई नहीं है। यह उसे दूसरे दिन मालूम हुआ कि उसे खोजने के लिए लोग लालटेन लेकर नदी के किनारे बहुत दूर तक गए हुए थे...घर पर किसी तरह पता लगा था कि वह अकेला केले की नाव पर बैठकर बह गया है और घर में खलबली मच गई थी। यह समाचार सुनकर शेखर अपने को इतना भूल गया कि उसे बहुत चेष्टा करने पर वह कविता याद नहीं आ सकी जो उसने गंगा के वक्ष पर लिखी थी, केवल स्मारक-सी पहली लाइन ही उसके मन में रह गई :

*O mother Ganges, vast and slow!*

जो बहुत दूर है; जिस तक पहुँचने में बहुत दिन लगते हैं, बहुत-से ऐसे दिन, जिनमें पहले ही दिन में पहले ही कुछ घंटों में पीठ अकड़ जाती है और हाथ सुन्न पड़ जाते हैं, उस सूर्यास्त के सोने के टापू तक कैसे पहुँचा जाए? कैसे देखा जाए उस राजकन्या को जो उसे सिरिस के फूलों के महल में रखेगी और अपने पास बिठाएगी?

शेखर जानता है कि वह कभी नहीं होगा, लेकिन वह भी जानता है कि इसका होना ज़रूरी है, उसके जीवन के शून्य को भरने के लिए अवश्यमेव कुछ होना चाहिए और विवश वह सोचा करता है कि क्यों नहीं कोई ऐसी घटना होती, जिससे वह टापू निकट आ जाए...जब वह सैर करने जाता है, तब इतनी गाड़ियाँ उसके पास से होकर जाती हैं, क्यों नहीं किसी में से वह राजकन्या झाँककर कहती, 'शेखर,

चलो मेरे टापू में, जहाँ बाधा नहीं है?' राजकन्या न सही, जब वह मैदान में घूम रहा होता है, तब वहाँ इतनी लड़कियाँ खेल रही होती हैं, क्यों नहीं उनमें ही कोई छिपी हुई टापू-वासिनी आकर उसे बुलाती, 'आओ। तुम हमारे अबाध खेल में शामिल होओ?' इतना भी न सही, क्यों नहीं जब वह राह चलता ठोकर खाता है, तब कोई इसी संसार की लड़की उसके पास आकर स्नेह से उसे कहती, 'आओ शेखर, मैं और कुछ नहीं कर सकती, पर तुम्हारे इस एकरस जीवन में कुछ नयापन ला सकती हूँ।' या सिर्फ़ इतना ही उससे पूछती, 'चोट बहुत तो नहीं लग गई क्या?'

वह छिपकर सुन्दर काग़ज़ पर रंगबिरंगी फूल-पत्तियाँ बनाता और उनसे घिरे हुए स्थान में पत्र लिखता। किसे! वह स्वयं नहीं जानता। लेकिन अपने हृदय की सारी भूख वह उस पत्र में भर देता और अज्ञात के स्वागत की सारी विह्वलता...वह लिखता, 'ओ कल्पित, ओ अज्ञात, जिसे मैं मन में भी नहीं देख पाता, तुम इस पत्र को पढ़ोगी और समझोगी? मैं शेखर हूँ, मैं अकेला हूँ, मैं जाने कब से तुम्हें ढूँढ़ रहा हूँ, तुम्हारी ही प्रतीक्षा में हूँ, तुम्हारे ही लिए हूँ। तुम दिव्य-लोक में हो लेकिन क्या दिव्य-लोक भी तुम्हें इसी तरह माँगता है जिस तरह मैं? ओ अज्ञेय, ओ अकल्पनीय!'

तब वह पत्र को एक लिफ़ाफ़े में बन्द करता, उसके कोने में अपना पूरा पता लिखता और एक लकड़ी के साथ उसे बाँधकर गंगा में बहा देता कि डूब न जाए और कई दिन तक प्रतीक्षा में रहता कि कोई उसे पढ़ेगा, पढ़ेगी और फिर उसे उसका उत्तर मिलेगा—न सही स्वप्न-लोक की कन्या से, कम-से-कम उसकी अपरिचित किसी का तो होगा ही! और जब कई दिन तक कुछ न होता, तब वह दूसरा पत्र लिखता और दूसरी तख़्ती के साथ भेजता कि कहीं पहला डूब न गया हो...

और कभी कुछ न होता, और उसके विश्वास में कमी न होती...

कभी कोई तितली कमरे के भीतर आ फँसती है, तब पहले वह खिड़की के या किवाड़ के शीशें से, जिनसे प्रकाश आ रहा होता है और जिन्हें इसलिए वह बाहर की राह समझती है, जा-जा टकराती है फिर और टकराती है, फिर हारकर वह कमरे के एक-दो चक्कर काटती है, और फिर वहीं लौट आती है और शीशों पर सिर पटकती विवश पंख फड़फड़ाती है, गिर-गिरकर भी नहीं गिरती...

वही दशा शेखर की थी। मुक्ति की खोज में पहले वह उन वस्तुओं से उलझा जो स्थूल थीं, जिन्हें वह देख सकता था और उनसे हारकर वह कल्पना के क्षेत्र में गया, वहाँ से निराश होकर वह फिर यथार्थता में, स्थूल और प्रत्यक्ष में लौट आया।

शेखर के पिता मियादी बुखार से बीमार पड़े थे, और ईश्वरदत्त कभी-कभी टेलीफोन पर डॉक्टर को बुलाया करता था। उसी से शेखर ने टेलीफोन के बारे में कुछ जानकारी हासिल की थी। उसे जान पड़ रहा था कि जो उसे अन्यत्र

नहीं मिला, वह टेलिफोन द्वारा शायद मिल जाए—क्योंकि टेलीफोन में नयापन था, रहस्य था।

पिता बीमार थे, इसलिए जब दफ्तर बन्द होता था, तब जमादार सब दरवाज़े बन्द करके चाभी शेखर को दे देता था कि पिता के पास पहुँचा दे। वह चाभी दफ्तर की नहीं, शेखर के रहस्यलोक की चाभी थी।

करीब पाँच बजे थे। दफ्तर बन्द हो गया था, चाभी शेखर के हाथ में थी। जमादार चला गया था।

शेखर ने दफ्तर का द्वार खोला और सीधा पिता के कमरे में गया। टेलीफोन का रिसीवर उठाकर सुनने लगा।

उन दिनों वहाँ ऑटोमेटिक एक्सचेंज नहीं था। एक्सचेंज से स्वर आया—'नम्बर?'

शेखर ने एक दवाइयों की दुकान का नम्बर दे दिया।

'फरमाइए?'

'आपके पास थर्मामीटर है? क्या कीमत है?'

'...'

'सबकी अलग-अलग कीमत बताइए।'

'...'

'अच्छा और डॉक्टरी दस्ताने कैसे हैं?'

'...'

'आपका सूचीपत्र भी है?'

'जी हाँ! आपके पास भिजवा दें?'

'हाँ!'

'किस पते पर भेजना होगा?'

इस प्रश्न की आशा—आशंका—शेखर को नहीं थी। उसे यह बताया गया था कि जिसे फोन किया जाए, उसे करने वाले का नम्बर तब तक नहीं ज्ञात होता जब तक कि स्वयं न बताया जाए और इसी विश्वास के आधार पर उसने फोन करने का साहस किया था। यह प्रश्न सुनकर वह एकाएक घबरा गया, समझ नहीं पाया कि क्या कहे, बोला, 'दफ्तर के पते पर' और रिसीवर लटकाकर भाग गया।

दूसरी बार।

शेखर ने फिर चाभी प्राप्त करके दफ्तर खोला और टेलीफोन पर जाकर बैठ गया। अबकी उसने फायर स्टेशन को पुकारा। वह यह देखना चाहता था कि उसके भाइयों ने जो उसे बताया था कि टेलीफोन करने के बाद पाँच मिनट के अन्दर फायर इंजन पहुँच जाता है, वह ठीक है या नहीं।

उसने चिल्लाकर फोन में कहा, 'Fire! Come at once! (आग? जल्द आओ!)'

एक भारी-सी आवाज़ ने पूछा, 'कहाँ?'

एकाएक शेखर को अपनी करतूत के फल का ध्यान आया, वह डर गया। उसने रिसीवर मेज़ पर रखा और जल्दी दफ्तर का दरवाज़ा बन्द करके चाभी दे आया।

दूसरे दिन एक्सचेंज से रिपोर्ट आई कि फोन का दुरुपयोग किया जा रहा है। पिता ने सबसे पड़ताल की लेकिन मौन के सिवा कोई उत्तर नहीं पाया। बात वहीं समाप्त हो गई, उस दिन से जमादार स्वयं चाभी पिता तक पहुँचाने लगा।

शेखर पतंग उड़ाने लगा।

पतंग उड़ानी उसे आती नहीं थी। लेकिन यह उसके पथ में विघ्न नहीं था, इससे तो उसका आकर्षण बढ़ता ही था और फिर पतंग उड़ाने में एक दूसरा मज़ा भी था कि वह शेखर को मना थी। शेखर के पिता कहते थे कि यह ख़तरनाक खेल है, पतंग उड़ाते-उड़ाते कई लड़के कोठे पर से गिर पड़ते हैं।

शेखर का पतंग उड़ाने का ढंग यह था कि वह घर के बगीचे में किसी को बुलाकर कहता कि पतंग उड़ा दो, जब वह खूब ऊँची उड़ जाती तब चरखड़ी अपने हाथ में ले लेता और डोर को झटककर, नाचती हुई पतंग को देखकर अपने को विश्वास दिला लेता कि वही उड़ा रहा है (अतः उसी ने उड़ाई है)।

उसे आज्ञा थी कि पिता के पास बैठे और समय-समय पर दवा पिलाया करे। इसलिए नहीं कि वह इस काम में विशेष दक्ष था, इसलिए कि उसके पिता उसे अपने पास रखना चाहते थे। लेकिन पतंग उड़ाने में वह सब भूला हुआ था।

पिता के चपरासी ने आकर विघ्न डाला।

'शेखर बाबू, ऊपर चलो साहब बुलाते हैं।'

'ठहरो, हम ज़रा पतंग उड़ा लें,' कहकर शेखर उसे भूल गया।

'चलो शेखर बाबू!' मिनट-भर बाद चपरासी फिर बोला।

'ठहर जाओ, कह तो दिया!'

चपरासी बार-बार कहने लगा।

'जाओ, जाके कह दो कि हम पतंग उतारकर आएँगे।'

चपरासी चला गया और थोड़ी देर में लौट आया।

'शेखर बाबू, साहब का हुक्म है कि नहीं आए तो पकड़कर ले आओ। चलो।'

चपरासी ने एक दूसरे नौकर को बुलाकर, पतंग की डोर तोड़कर उसके हाथ में दे दी कि वह उतारे और शेखर को उठाकर ले चला। शेखर की टाँगें ही मुक्त थीं, वह उन्हें पटकने लगा, लेकिन वह हवा से टकराकर रह गई। तब उसने सारा ज़ोर लगाकर अपनी पकड़ी हुई बाँह को झटका, वह छूट गई और जाकर चपरासी की

नाक पर लगी और चपरासी ने उसे झट से ज़मीन पर रख दिया, जैसे बर्रै ने काट खाया हो और चीख़ता हुआ ऊपर भागा क्योंकि नाक से ख़ून छूट रहा था।

आधी सीढ़ियाँ चढ़ा हुआ शेखर जँगले से सटकर खड़ा हो गया। इस आकस्मिक घटना का क्या फल होगा, यह सोचकर वह स्तब्ध हो गया। पिता इतने सख़्त बीमार हैं, चारपाई पर हिल नहीं सकते, लेकिन उनका क्रोध...

तभी शेखर ने देखा, उसके पिता सीढ़ियों पर उतर रहे हैं। हाथ में एक छड़ी। हाथ काँप रहा है, दीवार पर कुहनी टेककर सँभल-सँभलकर पैर बढ़ाते हैं और दुबले कितने हो गए हैं! और उनकी आँखें न इधर देखती हैं, न उधर; न छत की ओर, न सीढ़ी की ओर, केवल शेखर पर स्थिर हैं और उनके पीछे सीढ़ियों के ऊपर सरस्वती खड़ी है जिसका मुख ऐसा हो रहा है कि पहचाना नहीं जाता और उसकी मौन, विस्फारित आँखें शेखर की आँखों पर जमी हुई कुछ कहना चाहती हैं, कुछ कह रही हैं जो वह मुँह से नहीं निकाल सकती। शेखर ने जान लिया कि उसे वहीं खड़े रहना है, हिलना नहीं है, सिर नहीं उठाना है, प्रतिवाद नहीं करना है, अपनी रक्षा नहीं करनी है।

वह खड़ा रहा। छह बार छड़ी उठी और गिरी, छह बार शेखर के शरीर में एक रोमांच-सा हो आया पर वह हिला नहीं। छड़ी रुक गई। पिता ने एक तीखी दृष्टि से शेखर के मुख की ओर देखा। केवल चपरासी वहीं खड़ा रह गया, जिसे यह घटना समझ नहीं आई, लेकिन जो न-जाने क्यों लज्जित हो गया।

शेखर ऊपर नहीं जा सका। थोड़ी देर बाद जब सरस्वती ने आकर कहा, 'शेखर चपरासी को कहो डॉक्टर को ले आए' तब वह नहीं पूछ सका कि क्या हुआ है...

दो घंटे बाद पिता ने शेखर को ऊपर बुलाया। सुलह करने के लिए। वे कभी क्षमा नहीं करते—क्षमा छोटे को किया जाता है। जिस प्रकार क्रोध में वे छोटे को छोटा नहीं समझते, उसी प्रकार क्रोध के उतरने पर भी...कितनी स्वच्छ, एहसान के भाव से मुक्त, कितनी विशाल सर्वव्यापी होती है उनकी उदारता! इसीलिए शेखर पिटकर भी उन्हें पूजता है, जैसे वह माँ को कभी नहीं पूज सकता, माँ जो पीटती नहीं, पर जो 'क्षमा' देती है अनुग्रह की चक्की में पीसकर...

शेखर को अनुमति मिली कि नाटक देख आए।

गाँव की एक नाटक-मंडली है जो साल में दो बार खेल करती है—होली के दिनों और दशहरे के दिनों। शेखर के पिता बड़े आदमी हैं, उस गाँव के पड़ोस में रहने वाले सबसे बड़े आदमी, इसीलिए स्वाभाविक है कि उनकी आशीर्वादपूर्ण अनुमति माँगकर खेल किया जाए। वे स्वयं तो नहीं जाते, किन्तु 'सत्य हरिश्चन्द्र' का खेल है, इसलिए लड़कों को जाना मिल गया।

एक फूस की टट्टियों से घेरकर बनाए गए थिएटर-हॉल में सबसे अगली कतार में भाइयों के साथ शेखर बैठा है। जब पर्दा उठता है और बीस फीट लम्बे और दस फीट चौड़े इन्द्रलोक का दृश्य सामने आता है, तब शेखर को लगता है कि वह अवश्यमेव उसके टापू के निकट कहीं होगा...

दृश्य आते हैं और चले जाते हैं और शेखर की विवेक-बुद्धि को, विवेचन-शक्ति को, साथ ले जाते हैं। वह मुग्ध, विश्वासी, परिणत बैठा रहता है और देखता जाता है। दुनिया से कुछ ऊपर जहाँ जीवन से जीवन का अभिनय अधिक यथार्थ है। उसके सामने रहता है एक बड़ा भारी संघर्ष, एक मौलिक विरोध और अपने मरते हुए पुत्र के लिए माँ का विलाप...जब मरता हुआ रोहित अपने साथियों से जाकर कहता है :

*'माता को हाल सुनाइयो—*
*साँप ने मुझको डस लिया, हाय ग़ज़ब सितम ग़ज़ब!'*

तब उसे विरति नहीं होती, हँसी नहीं आती, उसका गला भर जाता है और वह रोने लगता है—बहुत चुपचाप कि कोई उसकी यह पराजय देख न ले...

खेल समाप्त हो जाता है और वे घर की ओर चले पड़ते हैं। लेकिन शेखर भाइयों का साथ नहीं सह सकता, वह अलग चलता है, न देखता हुआ, भरा हुआ, असन्तुष्ट...

उस आँधियारे युग में जुगनुओं की तरह ये कुछ एक दृश्य चमक जाते हैं, लेकिन सब दृश्य ही हैं, सब आकर चले भी जाते हैं, स्थायी कुछ नहीं है, सिवाय उस असन्तोष के जो प्रकट होकर भी बढ़ता है, दबकर भी बढ़ता ही जाता है...

तितली फिर चक्कर काटने लगी...लेकिन कहाँ है वह अबाध की खिड़की, कहाँ है वह मुक्ति का मार्ग?

असहयोग की एक लहर आई और देश उसमें बह गया। शेखर भी उसमें बहने की चेष्टा करने लगा और जब नहीं बह पाया, तब हाथों से खेकर अपने को बहाने लगा...

उसने विदेशी कपड़े उतारकर रख दिए, जो दो-चार मोटे देशी कपड़े उसके पास थे, वही पहनने लगा। बाहर घूमने-मिलने जाना उसने छोड़ दिया, क्योंकि इतने देशी कपड़े उसके पास नहीं थे कि बाहर जा सके। प्रायः दुपहर को वह ऊपर की एक खिड़की के पास जाकर खड़ा हो जाता और बाहर देखा करता। कभी दूर से जब बहुत-से कंठों की समवेत पुकार उस तक पहुँचती :

*'गांधी का बोलबाला! दुश्मन का मुँह हो काला!'*

तब उसके प्राण पुलकित हो उठते और वह भी अपनी खिड़की से पुकार उठता :

*'गांधी का बोलबाला! दुश्मन का मुँह हो काला!'*

इससे आगे वह जा नहीं सकता था—घर से अनुमति नहीं थी। लेकिन अनुमति का न होना ही तो एक अंकुश था, जो निरन्तर उसे कोई मार्ग ढूँढ़ने के लिए प्रेरित किया करता था...

माँ के अतिरिक्त सब लोग बाहर गए हुए थे। माँ ऊपर कोठे पर बैठी हुई थी। शेखर ने घर के सब कमरों में से विदेशी कपड़े बटोरे और नीचे एक खुली जगह ढेर लगा दिया फिर लैम्पें लाकर उन पर मिट्टी का तेल उँड़ेला (तेल का पीपा नौकरों के पास रहता था, वहाँ जाने की हिम्मत नहीं हुई) और आग लगा दी।

आग एकदम भभक उठी। शेखर का आह्लाद भी भभक उठा। वह आग के चारों ओर नाचने लगा और गला खोलकर गाने लगा :

*'गांधी का बोलबाला! दुश्मन का मुँह हो काला!'*

थोड़ी ही देर में माँ आई और थोड़ी देर में शेखर के गाल भी मानो विदेशी हो गए—जलने लगे...

लेकिन ढेर राख हो गया था।

शेखर के मन में विदेशी मात्र के प्रति घृणा हो गई। उसने देखा कि हमारी नस नस में विदेशी का प्रभुत्व ही नहीं, आतंक भरा हुआ है। उसे पुरानी बातें भी याद आईं और नई भी, वह देखने लगा, उसे यह भी ध्यान हुआ कि पिता उसे घर में भाइयों से अंग्रेज़ी में बात करने को कहा करते हैं, यह भी कि वह शैशव से अंग्रेज़ी बोलना जानता है, पर हिन्दी अभी सीख रहा है। उसकी पहली आया ईसाई थी और अंग्रेज़ी ही बोलती थी, उसका पहला गुरु, जिसके साथ उसे दिन-भर बिताना होता था, एक अमरीकन मिशनरी था, जो पढ़ाता चाहे कुछ नहीं था, दिन-भर अंग्रेज़ी की शिक्षा तो देता था। शेखर ने देखा कि यदि मातृभाषा वह है जो हम सबसे पहले सीखते हैं तब तो अंग्रेज़ी ही उसकी मातृभाषा है और विदेशी ही उसकी माँ...उसके आत्माभिमान को बहुत सख्त धक्का लगा, जिसे मैं घृणित समझता हूँ, उसी विदेशी को माँ कहने को बाध्य होऊँ! उसने उसी दिन से बड़ी लगन से हिन्दी पढ़ना आरम्भ किया और चेष्टा से अपनी बातचीत में से अंग्रेज़ी शब्द निकालने लगा, अपनी आदतों में से विदेशी अभ्यासों को दूर करने लगा...

और अपने हिन्दी-ज्ञान को प्रमाणित करने के लिए और गांधी के प्रति अपनी श्रद्धा-जिसे व्यक्त करने का और कोई साधन उसे प्राप्त नहीं था—प्रकट करने के लिए उसने एक राष्ट्रीय नाटक लिखना आरम्भ किया। जीवन में देखे हुए एकमात्र खेल की स्मृति अभी ताजी थी, इसलिए उसे लिखने में विशेष कठिनाई नहीं हुई। प्रस्तावना तो ज्यों-की-त्यों हथिया ली, केवल कहीं-कहीं कुछ मामूली परिवर्तन

करना पड़ा। उसके बाद नाटक आरम्भ हुआ—एक स्वाधीन लोकतन्त्र भारत का विराट् स्वप्न, जिसके राष्ट्रपति गांधी हैं, और सिद्धि के लिए साधन है अनवरत कताई और बुनाई, विदेशी माल और मनुष्य का परित्याग और प्रत्येक अवसर पर दूसरा गाल आगे कर देना और 'सत्य हरिश्चन्द्र' का इन्द्रलोक आरम्भ से हटकर अन्त में आ गया था—अपने ऊपर शेखर की प्रतिभा द्वारा सूर्यास्त के सुनहरे टापू की छाप लेकर। शेखर के नाटक का अन्तिम दृश्य था स्वाधीन और बाधाहीन भारत—एक स्थूल आकार-प्राप्त स्वप्न...

नाटक पूरा हो गया। शेखर ने सुन्दर देशी स्याही से उसकी प्रतिलिपि तैयार की और उसे अपनी पुस्तकों के नीचे छिपाकर रख दिया। पहले साहित्यिक प्रयत्नों की गति उसे अभी याद थी, इसलिए उसने अपना यह नाटक, यह अमूल्य रत्न किसी को नहीं दिखाया—सरस्वती को भी नहीं! और हर समय, जब जहाँ वह जाता, उसके मन में एक ध्वनि गूँजा करती, मैं शेखर हूँ, एक अपूर्व नाटक का लेखक चन्द्रशेखर। और मैंने अकेले ही, बिना किसी की सहायता के अपने हाथों से उसका निर्माण किया है, स्वाधीन बाधाहीन भारत के उस चित्र का, मैंने!

शेखर के पिता एक दिन के दौरे पर जा रहे थे और शेखर साथ था। बाँकीपुर स्टेशन पर सामान रखकर, पिता और पुत्र वेटिंगरूम के बाहर टहल रहे थे—शेखर कुछ आगे, पिता पीछे-पीछे।

पास से एक लड़का आया और शेखर की ओर उन्मुख होकर अँगरेजी में बोला, 'तुम्हारा नाम क्या है?'

शेखर ने सिर से पैर तक उसे देखा। लड़का एक अच्छा-सा सूट पहने था, सिर पर अंग्रेज़ी टोपी और उसके स्वर में अहंकार था, शायद वह अपने अँगरेजी-ज्ञान का परिचय देना चाहता था।

शेखर को प्रश्न बुरा और अपमानजनक लगा। उसने उत्तर नहीं दिया। कुछ इसलिए भी नहीं दिया कि पीछे पिता थे, और पिता की उपस्थिति में बात करते वह झिझकता था।

उस लड़के ने समझा, उसका सामना करने वाला कोई नहीं है—यह लड़का शायद अंग्रेजी जानता ही नहीं। उसने तनिक और रोब में कहा, 'My name is–Do you go to school?'—(मेरा नाम है—तुम स्कूल में पढ़ते हो?)

शेखर के पिता वहाँ न होते तो वह प्रश्न का उत्तर चाहे न देता, पर (हिन्दी में) कुछ उत्तर अवश्य देता। उसके मन में यह सन्देह उठ भी रहा था कि यह लड़का शायद कोई पाठ ही दुहरा रहा है, अंग्रेज़ी उतनी जानता नहीं। पर उसने घृणा से उस लड़के की ओर देखा, उत्तर कोई नहीं दिया।

पिता ने क्रुद्ध स्वर में कहा, 'शायद उस लड़के को जताने के लिए कि मेरा लड़का अंग्रेज़ी जानता है, जवाब क्यों नहीं देते!'

शेखर और भी चिढ़ गया और भी चुप हो गया। वह लड़का मुस्कराकर आगे बढ़ गया। पिता ने कहा, 'इधर आओ।' शेखर उनके पीछे-पीछे वेटिंगरूम में गया तो पिता ने उसका कान पकड़कर पूछा, 'जवाब क्यों नहीं दिया? मुँह टूट गया है?'

तभी ट्रेन आ गई और शेखर कुछ उत्तर देने से या उत्तर न देने की गुस्ताखी करने से बच गया।

दूसरे दिन, घर पर पिता ने माँ से कहा, 'हमारे लड़के सब बुद्धू हैं। किसी के सामने तो बोल नहीं निकलता।'

शेखर ने सुन लिया।

नहीं, कहीं नहीं है वह अबाध, कहीं नहीं है छुटकारा, कहीं नहीं है मुक्ति! न बुद्धिमत्ता में, न बेवकूफ़ी में; न एकान्त में, न साथ में; न कविता में, न नाटक में; न काम में, न निठल्लेपन में; न घृणा में, न प्यार में—उस विशाल, आततायी, उदार पिता के प्यार में भी नहीं...

शेखर के पिता लम्बे कद के, गौर वर्ण, गठे हुए और उद्यमी शरीर के थे। उनकी तीखी आँखें, बंकिम नाक, मोटा किन्तु दबा हुआ अधरोष्ठ उनके उस अभिमानी और गुस्सैल आर्यत्व का परिचय देते थे जिसे लेकर किसी प्रागैतिहासिक काल में एक लोलुप, लुटेरी, बर्बर जाति भारत में घुसी थी और यहाँ प्रभुत्व जमाकर बैठ गई थी। स्वभावत: वे उदार थे, लेकिन एक-दो बार चोट खाकर वे शक्की स्वभाव के हो गए थे और जब कोई आहत होकर शक्की होता है, तब संसार में शक से मुक्त कुछ नहीं रह जाता। इसीलिए स्वयं ईमानदार होकर वे सारे संसार को बेईमान और उठाईगीर समझते थे—मानो निरन्तर अपने मन से कहते रहते हों, 'देखो, तुम ईमानदार थे, तभी तुमने धोखा खाया। यह बेईमानों का संसार है। यहाँ किसी का विश्वास नहीं करना!'—और इसीलिए मन में मैल रखने वाले न होकर भी वे सदा हर एक की बुराई पर विश्वास कर लेने को तत्पर रहते थे। बड़ा होकर शेखर उनसे कहा करता था, 'देखिए, मानव-स्वभाव विश्वासी तो है ही और जब विश्वासी है, तब पक्षपात लेकर चलता ही है। Prejudiced होता ही है। तब क्यों न हम संसार को अच्छा ही समझकर चलें? तर्कसिद्ध तो कोई भी बात नहीं है, पर एक से हम प्रसन्न तो रह सकते हैं, आराम से जी तो सकते हैं, हर वक़्त बिस्तर पर तो नहीं पड़े रहते!' पर पिता उत्तर देते थे, 'तुम बच्चे हो, तुम्हें पता क्या है! तुम्हीं न दस पैसे की सीटी के आठ आने दे आए थे!' शेखर कहता, 'मान भी लीजिए मैं दे आया, लेकिन मैं अभी तक प्रसन्न हूँ, अभी तक उस सीटी की याद मुझे खुश करती है, और आपने

आठ आने नहीं गँवाए, फिर भी आप अभी तक वह बात मन में रखे हैं। यह इसलिए न कि आप किसी पर विश्वास नहीं कर सकते?' और पिता यह कहकर टाल जाते थे कि 'तुम निरे आदर्शवादी हो—कभी सीखोगे!'

वे आर्य थे, इसलिए बल को, सामर्थ्य को आदर की दृष्टि से देखते थे। शायद इसीलिए उन्हें 'साहब' कहलाना अच्छा लगता था, यद्यपि साथ ही उनके अभिमान ने उन्हें हैट कभी नहीं पहनने दिया, वे सदा पगड़ी ही बाँधते रहे। शेखर को कई बार याद आता था, एक बार उसके पिता ने एक कुली को इसीलिए पीट दिया था कि उसने उन्हें 'साहब' न कहकर 'बाबू' सम्बोधन किया था। ये वही पिता थे, जिन्होंने एक दूसरे अवसर पर अपने किसी अफ़सर से मिलने जाने से इसलिए इनकार कर दिया था कि उसके निमन्त्रण में कुछ इस भाव की बू थी कि 'तुम मिलने आ सकते हो—यद्यपि मैं चाहूँ तो तुमसे न भी मिलूँ।'

इस सामर्थ्य की उपासना का एक रूप यह भी था कि उन्हें यह अनुभव करना अच्छा लगता था कि उनके पास शक्ति है। इसी भावना से वे कई बार अपने बच्चों के खेल में दखल दिया करते थे। वे यह नहीं चाहते थे कि बच्चे न खेलें या न पढ़ें या ऐसा न करें, वैसा न करें, वे यह चाहते थे कि खेलें तो इसलिए कि उन्होंने कहा, पढ़ें तो इसलिए कि उन्होंने कहा। स्वाभाविकता—किसी बात का केवल इसीलिए होना कि वह उस समय हो रही है या उसे करने वाला उसे कर रहा है—के लिए उनके निकट कोई स्थान नहीं था। तभी, जब वे आते, तब बालक आतंक से एकाएक चुप हो जाते, खेल बन्द हो जाता, पुस्तक आगे से हट जाती, पैर सिमट जाते, कुर्सी या बिस्तर छूट जाता...कोई नहीं जानता था, कब किस बात की मनाही हो जाएगी। उनके जाने अच्छी या बुरी, क्योंकि उचित या अनुचित, कोई बात नहीं थी—बातें थीं दो प्रकार की, एक जिनके लिए उनकी अनुमति है, दूसरी जिनके लिए अनुमति नहीं है। बस, इसके आगे न तर्क था, न बुद्धि।

'ये लड़के मेरे हैं, मेरे ही हैं, नितान्त मेरा अधिकार है इन पर' यह भाव उनमें सदा रहता था। कुछ इसी भावना से उन्होंने सन्तान का नाम एक (उनके लिए) विदेशी ढंग पर रखा था, जिसमें नाम के साथ पिता का नाम भी रहता है। शेखर को अपना पूरा नाम लिखना हो तो लिखना पड़ता था 'चन्द्रशेखर हरिदत्त पंडित'—या अंग्रेज़ी में 'सी.एच. पंडित'। शेखर ने इस बात को इस रोशनी में उस दिन देखा, जब उसने अपनी एक किताब पर, जिस पर उसने सहज भाव से अपना नाम 'चन्द्रशेखर पंडित' लिखा हुआ था, पाया कि पिता ने लाल रोशनाई से दोनों शब्दों के बीच भूल का चिह्न लगाकर ऊपर लिखा है 'हरिदत्त'...और एक बार फिर, उसने अपने ही साथ से तैयार किए हुए कविताओं के संग्रह पर, जिस पर उसने भावावेश के किसी क्षण में लिख दिया था Shekhar, son of nature (शेखर, प्रकृति की सन्तान) 'nature' शब्द के स्थान में लिखा हुआ पाया 'पंडित हरिदत्त' उस दिन तो उसे ऐसा

लगा था कि पिता ने उसके एक पवित्र क्षण को नष्ट कर दिया है और इस अत्याचार को सहने में असमर्थ उसने वह कॉपी फाड़ डाली थी...

पता नहीं, यह लड़कों के निमित्त से सिद्ध होते हुए अपने अभिमान के कारण था या लड़कों के विकास में निःस्वार्थ लगन के कारण कि जब कभी किसी लड़के की कोई बात उन्हें पसन्द आ जाती थी, तब वे बहुत ही प्रसन्न होते थे, लड़के का ज़रूरत से अधिक सम्मान करते थे, सबके आगे उसकी प्रशंसा करते थे, ठीक उसी प्रकार जैसे क्रुद्ध होने पर वे इसके विपरीत भावनाओं को अति की मात्रा पर पहुँचा देते थे...

लेकिन जैसा कि जल्द भड़क उठने वाले लोगों का स्वभाव होता है, वे अन्ततः उदार थे। वैमनस्य कभी अधिक देर उनके मन में नहीं रहता था और वे लड़कों को खूब अच्छी तरह पीटकर दो मिनट बाद यह कह सकते थे, 'कुछ हो, हमारे लड़के औरों से हजार अच्छे हैं।'

यह एक बात थी जिस पर शेखर के माता-पिता में बहुत बार झगड़ा होता था। शेखर की माँ को दृढ़ विश्वास था कि उनकी सन्तान संसार की सब सन्तान से गई-बीती है। जब भी कोई बात लड़के करते, जिसकी आलोचना हो सकती हो, तभी वे यह कहने को तैयार रहतीं—'लोगों के लड़के होते हैं, ऐसा करते हैं।' वह 'ऐसा' चाहे यह हो कि हँसते-खेलते रहते हैं या आराम से बैठते हैं, सताते नहीं या कि सबेरे उठकर आप ही मुँह-हाथ धोकर अपने काम में लगते हैं या कि हर एक काम में 'आपाधापी' नहीं डालते, जो काम जिसका होता है उसी को करने देते हैं...पिता प्रतिवाद किया करते थे कि 'तुम तो ऐसे ही कहती रहती हो', तब वह और भी भड़क उठती थी, 'हाँ, आपको भी मुझे ही कहना आता है—उन्हें इतना बिगाड़ रखा है। आपको कुछ पता भी हो लड़कों का, आती तो आख़िर मेरे सिर ही है न? अमुक के लड़के देखे हैं।' इसके बाद पड़ोस के सब कुटुम्बों के लड़के गिना दिए जाते और बिचारे तीनों भाई और सरस्वती देखते कि संसार में उनके अपनाने लायक कोई गुण ही नहीं बचा है, सब तो औरों के बच्चों ने हथिया लिये हैं...

शेखर की माँ मँझले कद की थीं, स्थूलकाय, कुछ आलसी स्वभाव की। नीचा माथा, नाक से बहुत सटी हुई, कुछ बाहर उभरी हुई-सी आँखें, सीधी किन्तु छोटी नाक, ओठ सुन्दर गढ़े हुए, लेकिन मुँह कुछ बड़ा और कानों पर कुछ ढीला-सा, ठोड़ी छोटी और पीछे हटती सी। सारे चेहरे में एक चंचल और वाचाल सुघरता थी। जिसमें गाम्भीर्य और विशालता न होने से उसे सुन्दरता नहीं कहा जा सकता था और मुद्रा में, चाल-ढाल में, सारे व्यक्तित्व में चारित्र्य और प्रवाह की कमी दीखती थी...

माँ अधिक पढ़ी-लिखी नहीं थी। न पढ़ाई के लिए उसके मन में बहुत आदर था। वैसे तो स्त्रियाँ सभी कामकाजी और यथार्थवादी होती हैं, पर शेखर की माँ के मन में मस्तिष्क की अपेक्षा हाथों का आदर विशेष रूप से अधिक था। कोई व्यक्ति तीन सेकंड में बता सकता है कि आठ सौ इकहत्तर रुपए तेरह आने में कितनी

दमड़ियाँ हुईं, यह उनके लिए उतनी आदर की बात नहीं थी जितनी यह कि कोई सवा चार आने में तीन प्राणियों को रोटी खिलाकर दो पैसे बचा सकता है...

माँ और पिता के विरोध का एक स्त्रोत यह भी था। माँ चाहती थी कि लड़के फुर्तीले, चालाक और टिट-फिट हों और पिता को इसमें एक ओछापन दीखता था...माँ को रुचता था कि लड़के इधर-उधर मिलें, हरेक की बात जानें, पता रखें कि फलाने को कितनी तनख्वाह मिलती है, फलाने के घर में क्या पका, फलाने की भौजाई का फुफेरा भाई क्या करता है, पिता कहते थे कि 'तुम किसी के घर मत जाओ, किसी से बात मत करो और इस सबसे तुमको क्या? कभी-कभी माँ किसी को चोरी से पड़ोसी के घर भेजती थी कि 'अमुक काम तो कर आ' या 'अमुक बात तो पूछ आ', और कभी पिता को पता लग जाता तो लम्बी-चौड़ी जिरह करते थे कि क्यों गया था? क्या करने गया था? किससे पूछकर गया था? नौकर नहीं जा सकता था?

माँ उदार नहीं थीं। वे क्रोधी भी नहीं थीं। उन्हें आपे से बाहर किसी ने नहीं देखा, लेकिन किसी अपराध को वे कभी भूलती नहीं थीं। उनके स्वभाव में इतनी विशालता ही न थी कि वे बड़ा क्रोध कर सकें, इसलिए अनुकम्पा भी उनकी बड़ी नहीं थीं। पिता किसी दोषी पर भी क्रुद्ध होकर बाद में 'सुलह' करते थे, माँ स्वयं ग़लत होने पर भी यह प्रकट नहीं होने देती थीं और जिसे डाँटा होता था उस पर अपनी अप्रसन्नता बनाए रखती थीं।

माँ के लिए आकारों का महत्त्व बहुत था। कभी लड़कों को सन्ध्या और पूजा-पाठ की शिक्षा दी गई थी, तब पिता ने धीरे-धीरे यह देखकर उस अवस्था में उनके लिए उसमें ध्यान लगाना असम्भव है अन्त में उन्हें बाध्य करना छोड़ दिया था, बहुत क्रुद्ध होकर कहा था, 'यदि मन से नहीं कर सकते तो क्या फायदा है? मत किया करो?' और लड़कों के इस बात को मानकर पूजा छोड़ देने पर, दुबारा उनसे नहीं कहा था। तब माँ ही थीं जिन्होंने उन्हें बाध्य किया था कि वे नियम से आसन लगाकर पूजा के स्थान में बैठ जाया करें, और पूजा की क्रियाएँ पूरी किया करें।

पिता आवेश में आततायी थे, माँ आवेश की कमी के कारण निर्दय। पिता का क्रोध जब बरस जाता था, तब शेखर जानता था हम फिर सखा हैं, माँ जब कुछ नहीं कहती थीं तब उसे लगता था कि वह मीठी आँच पर पकाया जा रहा है।

और इन दो भिन्न प्रकृतियों के मेल और संघर्ष से उत्पन्न हुई थीं छह सन्तान-सरस्वती, ईश्वरदत्त, प्रभुदत्त, शेखर, रविदत्त और चन्द्र। ये ही उस संघर्ष के फल थे और ये ही उसके विकास के क्रीड़ा-स्थल भी।

जीवन वैचित्र्य का दूसरा नाम है। जिनके जीवन एकरूपता के बोझ से कुचले जाकर नष्ट हो गए हैं, उनके जीवन में भी इतनी घटनाएँ हुई होंगी कि एक

सुन्दर उपन्यास बन सके। यदि प्रत्येक व्यक्ति अपनी जीवनी लिखने लगे, तो संसार में सुन्दर पुस्तकों की कमी न रहे।

लेकिन, तब, जब हरेक को लिखना आता हो।

हमने कालिजों में पढ़ा है कि आजकल इतनी कहानियाँ इसलिए बनती हैं कि उनके लिए सामग्री आसानी से मिल जाती है। मैं अब भी कल्पना में देख सकता हूँ हमारे दुबले-पतले अंग्रेज़ी के प्रोफ़ेसर, मोटे सींग के फ्रेम की ऐनक के पीछे अपनी मेंढक की-सी आँखें फैलाए, बोलने में मुँह की अपेक्षा नाक का अधिक प्रयोग करते हुए कह रहे हैं, 'तुममें से प्रत्येक के जीवन में कम-से-कम एक महत्त्वपूर्ण घटना हुई होगी, जो औरों से अलग, विशिष्ट खड़ी रहती है और इसलिए तुममें से प्रत्येक कम-से-कम एक अच्छी गल्प लिख सकता है। इतनी विराट्, इतनी विशिष्ट, इतनी सनसनीदार जीवनियाँ कम लोगों की होती हैं कि उनसे अच्छा उपन्यास बन सके...'

लेकिन मुझे जान पड़ता है, मेरे जीवन की जो भी घटना मेरे सामने आती है वह मेरी है, मौलिक है, अपने में सम्पूर्ण एक कहानी है और मेरा सारा जीवन बढ़िया उपन्यास। शायद मुझ ही को ऐसा जान पड़ता हो, अपने जीवन के प्रति मेरा मोह उसे इतना विशिष्ट बनाता हो। लेकिन साथ ही मैं यह भी देखता हूँ कि वह इतना विशिष्ट, इतना एकान्त मेरा भी नहीं है कि दूसरे उसमें रुचि न रख सकें, मेरे व्यक्तिगत जीवन में मानव के समष्टिगत जीवन का भी इतना अंश है कि समष्टि उसे समझ सके और उसमें अपने जीवन की एक झलक पा सके। मेरे जीवन में भी व्यक्ति और टाइप का वह अविश्लेष्य घोल है, जिसके बिना कला नहीं है और जिसके बिना, फलतः उपन्यास नहीं है।

बिलकुल सम्भव है कि ऐसी सामग्री पाकर भी मैं उपन्यास न बना पाऊँ। लेकिन मेरा उद्देश्य उपन्यास लिखना कब है? मैं केवल एक बोझ अपने ऊपर से उतारना चाहता हूँ, मैं अपना जीवन किसी को देना नहीं चाहता, स्वयं पाना चाहता हूँ, क्योंकि मुझे अब उसे वैसा देना है, जैसे देकर वह फिर मुझे मिलेगा नहीं। बिलकुल पूर्णतया नष्ट हो जाएगा, कुछ नहीं रहेगा...यह अब शेखर नहीं है, यह मैं हूँ। कलाकार बनने का इच्छुक, कवियशः प्रार्थी, शेखर समाप्त हो गया है, अब वह बचा है जो मैं हूँ, जो फाँसी चढ़ेगा, जो मैं हूँ, जिसे मैं 'मैं' कहता हूँ और कहकर अर्थ नहीं समझता कि मैं क्या हूँ।

लोग प्रायः भूल ही जाते हैं कि उनके जीवन क्या रहे। तभी समाज अपने लिए यह सम्भव पाता है कि विधान करे, 'योग्य माता-पिता वे हैं, जो बच्चों को वयःप्राप्त लोगों की तरह रहना सिखाएँ।' इस एक भावना ने यौवन का जितना अपघात किया है, उतना शायद ही किसी और कानून या प्रथा या विधान ने किया

हो। अपनी सन्तान को वय:प्राप्त लोगों–सा बर्ताव सिखाते समय वे भूल जाते हैं कि उनके अपने जीवन क्या थे कि वे भी कभी बच्चे थे, उनमें भी बच्चों की निष्पाप शरारत थी कि बच्चों का कोई दोष है तो यही कि वे इतने भोले, इतने अछूते, इतने स्वच्छ निष्पाप हैं कि वे अपने माता–पिता को अपने कपट पर लज्जित कर देते हैं। यदि माता–पिता अपना बचपन याद भर रख सकते तो उनकी सन्तान और वे स्वयं कितने सुखी होते!

माता–पिता प्राय: समझते हैं कि बचपन बड़े सुख का समय है, क्योंकि वह उत्तरदायित्व–शून्य है और यह विचार उनके हाथों बचपन के प्रति कितने अन्याय करवाता है! इसी विचार के कारण वे बहुधा मनाया करते हैं, 'काश कि वे दिन फिर आ जाते!' यदि कभी कुछ दिन के लिए उनकी इच्छा पूरी की जा सकती, तो वे एक बड़ा उपादेय सबक सीखकर आते!

कभी तो विवश पूछना पड़ता है कि वे आख़िर बच्चों को समझते क्या हैं ? जहाँ एक ओर वे कहते हैं कि बच्चे सब बदमाश और पाजी होते हैं, वहाँ दूसरी ओर वह ऐसा भी बर्ताव करते हैं, मानो बच्चे मिट्टी के लोंदे से अधिक कुछ न हों। बच्चों के सामने ऐसी हरकतें करते हैं, जो यदि वे बच्चे को तनिक भी समझते, तो कल्पना में लाते भी लज्जित होते! किसने नहीं सुना, 'अरे, इसके सामने कहने में क्या हर्ज है, यह तो बच्चा है!' 'अरे, उसे क्या पता, वह तो बच्ची है!' 'उत्तरदायित्व शून्य' बच्चे की निष्कपटता का उत्तरदायित्व कितना बड़ा है, वे भला क्या समझें! वे कोमल, अविकसित मस्तिष्क, अपनी कोमलता के कारण ही अधिक भयंकर होते हैं, हम लोग पक्की सड़क पर चलते हैं, तब हमारे पाँवों की छाप नहीं पड़ती, लेकिन जब गीली मिट्टी पर, धूल पर, रेत पर चलते हैं, तब पैर बहुत गहरा धँस जाता है। पक्की सड़क पर पानी बह जाता है, कच्ची सड़क पर जहाँ–जहाँ धँसे हुए पैरों से गड्ढे होते हैं, वहाँ कीच बनती है...

कभी–कभी मैं सोचता हूँ, ये पन्ने मेरे पिता तक पहुँच सकते! अपने पुत्र का हृदय इस प्रकार खुश हुआ देखकर, उन पर क्या बीतती ? उन असंख्य घटनाओं को, जिनमें अपने पुत्र के हृदय को न समझकर, जिनके द्वारा उन्होंने उसके चिथड़े करके, उसे अपने से दूर ढकेला था, वे कैसे देखते ? और उन घटनाओं को जिनमें पुत्र, पुत्र होने के कारण, पिता के पितृत्व को समझने में असमर्थ होता था और दुख देता और पाता था ?...

और माँ...वह माँ जो उसे एक बोझ और वह भी कटीला बोझ मात्र समझती थी...

अच्छा ही है कि वे नहीं देखेंगे इन्हें। मैं तो अब संसार से अलग हो गया हूँ, मैं कौन हूँ जो उसमें किसी भी व्यक्ति का सुख छीनूँ ? करोड़ों वर्षों से मानव की एक ही चेष्टा रही है कि या तो सुख पा ले या उसकी कामना को खो दे और इन दोनों में ही वह असफल रहा है...

शेखर अपने पिता का उपासक था।

प्राय: लोग सन्तान पर माँ के प्रभाव की बात कहा करते हैं। बहुतों का विश्वास है कि सभी असाधारण व्यक्तियों पर उनकी माँ का प्रभाव रहा होता है। लेकिन जहाँ तक मैं समझ पाया हूँ, पुत्रों पर माँ का प्रभाव, पुत्रियों पर पिता के प्रभाव की तरह नकारात्मक होता है। वह स्थिरता देता है, उत्थान में भी उतना ही बाधक होता है, जितना कि पतन में। यों कहना चाहिए, माँ की ओर आकर्षित पुत्र और पिता की ओर आकर्षित कन्या साधारणता की ओर, सामान्यता की ओर जाते हैं और पिता की ओर आकृष्ट पुत्र, माता की ओर आकृष्ट कन्या, असाधारण होते हैं, पहली श्रेणी में मिलेंगे सीधे-सादे शान्त आदमी, सामान्य स्त्रियाँ, जिनमें कोई खास बुराई नहीं है, जो साधारणतया प्रसन्न और सन्तुष्ट हैं; जो जीते हैं, रहते हैं और मर जाते हैं; दूसरी में मिलेंगे प्रतिभावान लेखक और कवि, देश और संसार को बदल देने वाले सुधारक, क्रान्तिकारी, डाकू, जुआरी, पतित-से-पतित मानवता के प्रेत...अच्छे या बुरे, उनके लिए साधारणता नहीं हैं, वे सुलग नहीं सकते, फट ही सकते हैं...

अच्छे और बुरे का निर्णायक कौन है? शेखर साधारण नहीं था।

और वह अपने पिता का उपासक था।

धीरे-धीरे पिता को भी जान पड़ने लगा कि गांधीवाद शेखर के हृदय में घर करता जा रहा है। एक दिन शेखर को बुलाकर पूछा, 'तुम हर वक़्त गांधी का नाम क्यों चिल्लाया करते हो?'

'मैं गांधी को मानता हूँ! मैं उसके बताए पथ पर चलूँगा।'

पिता ने हँसकर कहा, 'उस पथ पर चलोगे! गांधी की शिक्षा तुमने समझी भी है? कोई तुम्हारे गाल पर एक थप्पड़ लगाए तो क्या करोगे?'

शेखर ने बिना हिचकिचाहट के कहा, 'दूसरा गाल आगे कर दूँगा।'

उद्धत शेखर के मुँह से यह सुनकर पिता गम्भीर हो गए। बोले, 'जाओ, खेलो, इन सब बातों की अभी तुम्हें क्या पड़ी है। बड़े होओगे तो सब कुछ करना, अभी अपने खेल में रहो!'

यह नुस्खा शेखर ने कई बार सुना है और वह जानता है कि इसके पीछे सदा कोई उलझन या असमर्थता छिपी होती है। लेकिन वह यह भी जानता है कि इससे आगे कुछ कहना बेकार है।

एक दिन पिता के एक मित्र आए। बैरिस्टर थे, खूब भड़कीले कपड़े पहनते थे, बहुत फूले हुए पहाड़ी चूहे-से दीखते थे और भारतीय कला के पारखी होने का दावा करते थे। साथ में उनका लड़का और ऊँची फ्रॉक पहने लड़की भी थी।

परस्पर सामना होते ही जिस क्षण में दोनों बच्चों ने कहा, 'गुड ईवनिंग', उसी क्षण में शेखर भुन गया। पर कुछ बोला नहीं, उन्हें अपने साथ बगीचे में ले गया और अपने पालतू खरगोश दिखाने लगा! बैरिस्टर साहब पिता के साथ चले गए।

लेकिन वे कुछ ही मिनट के लिए आए थे। शेखर और दोनों भाई-बहिन खरगोशों से खेलने लगे ही थे कि वे उतर आए। गांधीवादी शेखर द्वार तक सबको छोड़ने चला।

द्वार पर पहुँचकर उसने शुद्ध स्वदेशी ढंग से दोनों हाथ जोड़कर, सिर कुछ झुकाकर कहा, 'नमस्ते!'

लड़के ने कुछ मुस्कराकर कहा, 'गुडनाइट, डियर।'

शेखर को गांधीवाद भूल गया। उस मुस्कराहट में जो अहम्मन्यता थी, वह उसे सह्य नहीं हुई और वह अन्तिम 'डियर'—यह, नामहीन जन्तु मुझे डियर कहने का साहस करे! शेखर ने तड़पकर अंग्रेज़ी में कहा, 'You dirty snob! you sneak!। (दम्भी! कमीना)' और ऐसा ही बहुत-कुछ और एक तमाचा उसके मुख पर जड़ दिया।

वह डरे हुए पिल्ले की तरह चीख़ने लगा।

थोड़ी देर बाद शेखर भी पिटा और खूब पिटा। लेकिन वह मन-ही-मन कहता रहा, मैं कुत्ते का पिल्ला नहीं हूँ, मैं चूँ-चूँ नहीं करता और मार खा गया।

पिता ने जिस दिन से शेखर की दूसरा गाल बढ़ा देने की बात सुनी थी, उस दिन से जब कोई आया करता था, तब उसका प्रदर्शन किया करते थे। मित्रों के सामने बुलाकर उससे पूछते, 'अगर कोई तुम्हारे एक गाल पर थप्पड़ लगाए तो क्या करोगे?' और उसका उत्तर सुनकर सब लोग हँसते, तब उसे जाने की अनुमति मिल जाती। कुछ तो वे उसका प्रदर्शन ही करना चाहते थे, कुछ शायद उन्हें यह भी आशा थी कि इस बात को बार-बार दुहराने से शायद उसका अक्खड़पन कुछ कम हो जाए, उसमें कुछ नम्रता आ जाए। शेखर को पहले तो यह प्रदर्शन बहुत बुरा लगता था, पर धीरे-धीरे इसके बादे में उसने दार्शनिक का तटस्थ भाव स्थापित कर लिया था। वह आता, उत्तर देता और बिना किसी की ओर देखे तुरन्त लौट जाता, क्योंकि वह जानता था, इससे आगे मेरी ज़रूरत नहीं है, मुझमें जो कुछ हुनर, जो करामात इन लोगों को देखनी थी, वह दिखाई जा चुकी...

एक दिन बैरिस्टर साहब फिर आए। अबकी बार वे अकेले थे। उन्होंने शेखर को 'देखा' नहीं, शेखर ने उनको नहीं 'देखा'। ऊपर चले गए।

लेकिन थोड़ी देर बाद शेखर की बुलाहट हुई। वह पिता के पास पहुँचकर खड़ा हो गया, बैरिस्टर साहब की ओर उसने देखा भी नहीं।

पिता ने पूछा, 'क्यों बेटा शेखर, अगर कोई तुम्हारे एक गाल पर थप्पड़ लगाए तो क्या करोगे?'

शेखर ने देखा, बैरिस्टर साहब की आँखें उस पर स्थिर हैं और मानो कह रही हैं, 'हाँ, मैं जानता हूँ तुम क्या उत्तर दोगे, फिर भी कहो—'

नहीं। इस पहाड़ी चूहे के सामने नहीं। वह जन्तु है, प्रदर्शन के लिए है, लेकिन इसके सामने...नहीं पिता, नहीं। मुझे बाध्य मत करो!

पिता ने प्रश्न दुहराया। फिर, विशेष शेखर के लिए, धीमे स्वर में (जिसका धीमापन क्रोध को छिपाता नहीं था।) कहा, 'बोलो, गधे!'

शेखर ने पहाड़ी चूहे की ओर देखते हुए कहा, 'मैं उसके दोनों गालों पर लगाऊँगा।'

उसके स्वर में हिंसा थी, दृष्टि में रोष, मानो वे काल्पनिक दो थप्पड़ वह बैरिस्टर साहब के फूले गालों पर लगा हो, लेकिन बात कहते ही उसने जो लम्बी साँस ली, उससे कितनी गहरी हताशा, कितना प्रगाढ़ नैराश्य था, वह किसने समझा?

शेखर सीढ़ियाँ उतर गया। जैसा काम उसने किया था, उसके अनुरूप चाहिए था कि उसकी चाल में उद्धतता होती, लेकिन वह ऐसे उतरा, जैसे वर्षों का थका हो, टूटा हुआ हो...

अपने कमरे में जाकर, शेखर ने अलमारी में से किताबें निकालकर नीचे गिरा दीं और दबा हुआ अपना नाटक निकाला। क्षण भर सोचता रहा कि क्या करे। दरवाज़े के बाहर खड़ी गऊ को देखकर उसके पास गया और नाटक की कॉपी उसकी ओर बढ़ा दी। गऊ ने मुँह से उसे पकड़कर झपटकर शेखर के हाथ से छुड़ा लिया और अपनी बड़ी-बड़ी भोली, बेवकूफ़, आँखों से शेखर की ओर देखती हुई खा गई...

शेखर आकर कमरे में बैठ गया और सामने की दीवार की ओर देखता हुआ रोने लगा—बिना आँसुओं के, बिना स्वर के, किन्तु मानो सारे शरीर से उसका सारा पिंजर यों हिलने लगा...

शाम हो गई। शेखर अभी वहीं बैठा था। उसका हिलता हुआ पिंजर शान्त हो गया था। आँसू एक भी नहीं आया था और उसे पता नहीं था कि वह जीता है या मर गया है।

निराशा इतनी बढ़ गई थी कि वह निराश नहीं रहा था। वह अनुभूति से परे चला गया था।

सरस्वती बत्ती लेकर कमरे में आ रही थी। शेखर को वहाँ वैसे बैठा देखकर उसने बत्ती बाहर ही रख दी और पास आकर स्नेह से बोली, 'शेखर?'

शेखर ने नहीं सुना।

सरस्वती ने उसके कन्धे पर धीरे से हाथ रखकर कहा, 'शेखर?'

उसने फिर भी नहीं सुना।

सरस्वती ने एक उँगली से धीरे से उसकी ठोड़ी उठाते हुए कहा, 'बोलेंगे नहीं शेखर?'

क्रोध होता तो शेखर उसका हाथ झटक देता। लेकिन उसने मुँह ऊपर उठने न दिया और शून्य दृष्टि से सरस्वती की ओर देखा किया।

उसने सरस्वती को नहीं देखा।

सरस्वती ने एक बार फिर अनिश्चित-से स्वर में कहा, 'शेखर,' और परे हट गई। कमरे के एक दूसरे कोने में जाकर निश्चल बैठ गई।

बहुत देर तक कमरे के दो ओर दोनों बैठे रहे।

ऊपर से आवाज़ आई, 'सरस्वती!'

वह नहीं हिली। आवाज़ फिर आई, फिर भी नहीं हिली। फिर आई और साथ आया, 'कहाँ मर गई है?'

शेखर ने कहा, 'बहिन?'

वह नहीं बोली।

फिर कहा, 'बहिन?'

फिर उठकर पास आकर कहा, 'बहिन?'

'नहीं बोलोगी बहिन!'

'गुस्से हो गई क्या?'

'अबकी नहीं बोलोगी तो-मैं भी-नहीं बोलूँगा। बोलो बहिन?'

सरस्वती उठी और ऊपर चली गई।

थोड़ी देर बाद शेखर भी उठा, मुँह धोकर चला गया और रोटी खाने लगा।

उस एक छोटी-सी घटना में शेखर के भीतर क्या कुछ टूट गया था और इस एक और भी घटना ने किस चीज़ से उसे बचा लिया, कौन कहे?

लेकिन गांधीजी गए और गांधीवाद भी गया और शेखर के देवता उसके पिता भी, फिर वही कभी नहीं हुए।

मैं अपनी कोठरी के बाहर सूनी दीवार की ओर देख रहा हूँ। रोजेटी की कुछ पंक्तियाँ मेरे भीतर गूँज रही हैं :

*Who shall dare to search through what sad maze*
*Henceforth their incommunicable ways*
*Follow the desultory feet of Death...**

मृत्यु। एक स्तिमित कर देने वाली घटना। एक हल न होने वाली पहेली।

---

* किसमें साहस कि खोजे
अब किस भूलभुलैया में से रहस्यमय पथ खोजते हुए बढ़ते हैं
मृत्यु के भटकते चरण...

जिन्हें दुख है, दर्द है, वे सदा मृत्यु माँगते रहते हैं, उसके लिए प्रार्थी होते हैं, लेकिन उनके लिए मृत्यु बड़ी भयंकर चीज़ होती है, वे उसके विचार से ही काँपते हैं। लेकिन मुझे लगता है, मृत्यु एक ऑपरेशन है, जैसे—दाँत उखड़वा देना। कुर्सी पर बैठना पड़ता है, डॉक्टर एक झटका देता है, एक तीखा दर्द होता है और फिर शान्ति मिलती है, छुटकारा हो जाता है। मृत्यु भी वैसी ही है...

लेकिन अच्छी डाढ़ निकलवाने पर रक्त बहता है और सूजन होती है। तब असमय में जीवन छिनने पर भी...

शायद मृत्यु का ज्ञान और जीवन की कामना एक ही चीज़ है। यह बहुत बार सुनने में आता है कि जीना वही जानता है, जो मरना जानता है। यह नहीं सुना जाता कि जीवन सबसे अधिक प्यारा उसको होता है, जो मरना जानता है, पर है यह भी ध्रुव सत्य। लोग समझते हैं कि जो जीवन को प्यार करते हैं, वे मृत्यु से डरते हैं। बिलकुल ग़लत। जो मृत्यु से डरते हैं, वे जीवन से प्यार कर ही नहीं सकते, क्योंकि जीवन में उन्हें क्षण भर भी शान्ति नहीं मिल सकती। जीवन प्यारा है या नहीं, इसकी कसौटी यही है कि उसे बिना खेद के लुटा दिया जाए, क्योंकि विराट् प्रेम मौन ही हो सकता है, जो अपना प्यार कह सकते हैं, उनका प्यार ओछा है...

*The desultory feet of Death...*

मृत्यु के भटके हुए उदास पैर द्वार-द्वार पर जाते हैं और यौवन मुरझा जाता है और जीवन घुल जाता है और वेदना है अनन्त...एक नीरवता का क्षण आता है, जिनमें उन श्याम पंखों की उड़ान का रव सुन पड़ता है जिन्हें देखना सो जाना है...हर कोई ऊँघता है और सो जाता है, हर व्यक्ति और हर वस्तु, केवल यह तृप्त न होने वाली भूख, यह किसी चरम ध्येय की पागल माँग, यह मुक्ति का विवश आकर्षण, यह नहीं बस होता...मृत्यु के पंख उस पर से बीत जाते हैं, लेकिन उनकी छाया उसे नहीं ग्रसती, वैसा ही उद्दीप्त छोड़ जाती है...

मृत्यु के पंखों में बसा है अनन्त निशीथ का अन्धकार, लेकिन मुक्ति है एक असह्य देदीप्यमान ज्वाला...

लेकिन मैं मरना नहीं चाहता। मैं दीवारों से कहता हूँ, मैं सींखचों से कहता हूँ, मैं हवा से कहता हूँ, मैं सुनने वाली न सुनती हुई हृदयहीन उपेक्षा से कहता हूँ, मैं मरना नहीं चाहता, मैं जीवन को प्यार करता हूँ, मैं मरना नहीं चाहता!

मैं घृणा के संसार से इतना कुचला गया हूँ कि प्यार मेरा अपरिचित हो गया है। लेकिन कल्पना की आँखों से जब देखता हूँ, शिशिरकालीन फीकी चाँदनी में गेहूँ के पके हुए खेत में से कोई स्वर अपने प्रियतम को बुलाता है, तब मेरे हृदय में कोई सुप्त प्रतिध्वनि जागकर कहती है, 'तुमने भी कभी प्यार पाया है!'

मैं पीड़ा से इतना घिरा हुआ हूँ कि आनन्द मेरा अपरिचित हो गया है। लेकिन कल्पना की आँखों से जब अँधियारे आकाश के पट पर दो उलझे हुए शरीरों का चित्र देखता हूँ, तब मेरे अन्तरतम में भी कोई शब्दहीन स्वर मानो चौंककर अपने आपको पा लेता है, 'तुमने भी कभी आनन्द जाना है!'

प्रभात...

पूर्व में एक दिव्य दीप्ति, घुलती हुई धुन्ध, शीतल समीर, हँसते हुए ओस-कण मान करती हुई-सी मालती-कलियाँ, पागल गुंजार करते हुए भौंरे, जंगल पर होकर बस्ती की ओर उड़ते हुए असंख्य पक्षी—मैं कल्पना में इन सबको देख सकता हूँ, अपनी कोठरी की नंगी दीवार पर बिखरे हुए लाल प्रकाश के एक चौकोर टुकड़े में...

मेरे लिए इतना ही बहुत है कि रात बीत गई है और मैं उस लाल टुकड़े को देख सकता हूँ। मैं उसी नींव पर स्वप्न खड़े करता हूँ...

मालती-फूल...उनका मधुर सौरभ...लेकिन कहाँ है नीम के बराबर सौरभ—वह सौरभ जिसे मैं भूल नहीं सकता, जो मुझमें परिव्याप्त है!

नीम का स्वाद कटु है, गन्ध मधुर। ऐसा ही प्रेम है, जिसका रंग सुन्दर है और स्पर्श कठोर...

लेकिन मुझे जीवन और प्रेम से क्या—जिसका परिणाम मृत्यु की कठोर यथार्थता से होने वाला है?

ईश्वर को और अपने जीवन को 'नास्ति' कहकर शेखर मानो अपने चारों ओर के जीवन के लिए नंगा हो गया। मानो अपने किसी घोंघे में से बाहर निकल आया, प्रत्येक चोट, प्रत्येक झोंका, प्रत्येक आघात के लिए प्राप्त स्पृश्य...वह मानो संसार का एक दर्शक मात्र हो गया, दर्शक भी नहीं, केवल एक छाप लेने वाली, अंकित करने वाली मशीन। स्वयं उसमें कोई शक्ति नहीं रही थी, उसका कोई आवरण, कोई कवच, कोई बचाव नहीं था और मानो उसमें अनुभूति नहीं थी, प्राण ही नहीं थे। वह मानो एक विराट् आँख मात्र हो गया था, जो सब कुछ देखती जाती थी, सब कुछ स्वीकार करती जाती थी और कुछ भी प्रभावित नहीं होती थी।

वह वास्तव में पूरी सच्चाई से वैसा हो गया कि कवि के शब्दों में :

I am like a reed through which thy spirit breathes : it cometh and it goeth...

मैं एक बाँस की पोरी हूँ, जिसमें तेरी आत्मा साँस फूँकती है—वह आती है और चली जाती है...

लेकिन उसके मस्तिष्क के किसी अँधेरे कोने में एक सार्टिंग दफ्तर था, जहाँ प्रत्येक दृश्य, प्रत्येक वस्तु छँटकर अलग होती, नाम और लेबिल पाती और ठीक ठिकाने रख जाती थी...

आत्मा की साँस आती थी और चली जाती थी और अनछूती भूमि में नया बीज जड़ पकड़ रहा था...

शेखर वैसा हो गया जिसे कि माँ, यदि उन्हें कभी किसी को किसी बात का श्रेय देने की आदत होती, आदर्श सन्तान कहतीं। वह कभी ज़्यादा बात नहीं करता, कभी प्रश्न नहीं पूछता, भाजी कम हो जाने पर कभी नहीं माँगता, बिना शिकायत किए सर्दी में भी ठंडे पानी में नहा लेता है, यथासमय पढ़ता है, बल्कि पढ़ाई के समय में तनिक भी देर हो जाने पर सरस्वती को बुलाकर कहता है, 'बहिन जी, पढ़ाने का वक़्त हो गया,' दोनों वक़्त यथानियम सन्ध्या करने बैठता है, संक्षेप में, ऐसे रहता है कि माँ को ऐसा लगे, उसके पाँच ही सन्तान हैं, शेखर की देख-रेख उसे करनी ही न पड़े।

शेखर मानो जीवन के स्लेट पर से, भूल से या ग़लत लिखे गए अक्षर की तरह अपने को मिटा देना चाहता था।

लेकिन कितनी बातें थीं, जो वह जानना चाहता था और पूछने से रह जाता था! कभी कोई प्रश्न उसके ओठों पर आ जाता था, तब वह दाँत पीसता था फिर भी वश न चलने पर ओठ काटता था, यहाँ तक कि ख़ून बह आता था...और प्रश्न नहीं पूछा जाता था। कभी पिता उसे ओठ चबाते देखते तो मना करते और जब बहुत कहने पर भी उस पर असर होता न देखते तब क्रुद्ध होकर कहते, 'अच्छा, फिर मैं ठीक कर दूँ?' और चुटकी में भरकर उसका ओठ मसल डालते थे। वह मन में समझता था, जैसे पीड़ा हुई ही नहीं, लेकिन उसके बाद वह पिता की ओर ऐसी आँखों से देखता था, मानो उन्हें पहचानता न हो...

पहले तो यह कि माँ क्यों कभी-कभी सबसे अलग जा बैठती हैं, रसोई में नहीं आतीं, अलग बर्तनों में खाना खाती हैं और कोई उनके पास जाता है और तो कोई जाता ही नहीं, प्राय: शेखर के छोटे भाई ही जाते हैं तो कहती हैं, 'मेरे पास मत आओ, जाओ खेलो,' सो सब क्यों! पता नहीं, किसने शेखर को बताया था कि वे बीमार होती हैं, लेकिन शेखर बीमारी के लक्षण तो देखता नहीं और फिर दो-चार दिन बाद एक दिन सबेरे उठकर देखता है, माँ नहा-धोकर रसोई में बैठी हैं और काम कर रही हैं, यदि कल रात बीमार थीं तो सबेरे क्या हो गया?

दूसरे यह कि शेखर को याद आ रहा है, ऐसी बात अब बहुत दिनों से नहीं हुई। लेकिन अब जैसे माँ कुछ बीमार जान पड़ने लगी हैं। उनका मुँह पीला पड़ गया है और वे काम बहुत कम करती हैं, प्राय: ढीली-सी और कुछ उदास रहती हैं।

तीसरे यह कि एक दिन उसने सहज ही सरस्वती से कहा, 'माँ बीमार हैं क्या?' तो सरस्वती ने ऐसी तीखी दृष्टि से उसकी ओर देखा और बिना कुछ कहे चली गई।

वह पूछेगा नहीं, उसे क्या? लेकिन वह जानना चाहता है, क्यों...

और भी बहुत-कुछ जानना चाहता है। जिस कमरे में माँ प्राय: रहती हैं, उसमें एक अलमारी है, जिसमें ताला लगा रहता है। शेखर ने माँ को कभी-कभी उसे खोलते देखा है, उसमें निचले खाने में वे अपने गहने इत्यादि रखा करती हैं और कभी-कभी बिस्कुट के डिब्बे, गुलकन्द, च्यवनप्राश का डिब्बा और अन्य ऐसी चीज़ें जो लड़कों से बचाने की हैं। लेकिन उसके ऊपर दो खानों में किताबें भरी पड़ी हैं, वे क्या हैं, जब घर-भर में किताबें बिखरी पड़ी हैं, अच्छी-से-अच्छी, बहुमूल्य, जब एन्साइक्लोपीडिया तक खुली रहती है, तब वे किताबें क्यों ऐसी सँभालकर रखी जाती हैं? वे अच्छी हैं, तो क्यों नहीं उन्हें पढ़ने को दी जातीं! बुरी हैं, तो क्यों रखी गई हैं?

और शेखर कहाँ से आया? कैसे आया? उसे वे दिन याद आए, जब चन्द्र का जन्म हुआ था। उसने माँ से पूछा था, 'माँ, यह कहाँ से आया?' और माँ ने बताया था कि 'दाई ने लाकर दिया था।' लेकिन जब उसने दाई से पूछा था कि वह उसे इतना छोटा क्यों लाई, कुछ और बड़ा लाती, तब उसने उत्तर दिया था, 'मैं नहीं लाई, वह जो डॉक्टर आया था, वह अपने बैग में रखकर लाया था। उस बैग में इससे बड़ा आ ही नहीं सकता।' तब शेखर को दोनों पर ही विश्वास नहीं हुआ था, लेकिन वह चुप रह गया था। उसके काफ़ी दिन बाद, जब उसने पहले-पहल अंडे से चिड़िया का बच्चा निकलते देखा था, तब उसे निश्चय हो गया था कि माँ उससे झूठ बोली है और माँ को आजमाने के लिए वह उसके पास गया था और पूछ उठा था, 'माँ डॉक्टर चिड़ियों के पास भी जाते हैं?'

माँ उसका प्रश्न समझी नहीं थी। बोलीं, 'नहीं तो, क्यों?'

'तब चिड़ियों के बच्चे कहाँ से आते हैं?'

'अंडों में से निकलते हैं।'

यहाँ तक तो माँ सच बोल रही हैं! शेखर ने फिर कुछ अधिक आशा से पूछा, 'और अंडे कहाँ से आते हैं?'

'ईश्वर भेज देता है।'

फिर वही दीवार—ज्ञान के पथ में सबसे बड़ा विघ्न—ईश्वर! तब उसने बहिन से पूछा था, 'ईश्वर अंडे कैसे देता है?'

'बारिश के साथ बरसा देता होगा।'

लेकिन थोड़े दिन बाद शेखर जान गया कि यह भी ग़लत है। बारिश सब जगह एक-सी होती है, तब अंडे क्यों अलग-अलग घोंसलों में और-और तरह के होते

हैं ? और एक दिन उसने एक घोंसला देखा जो खाली था, दूसरे दिन उसमें अंडे थे और बीच की रात में बारिश नहीं हुई थी...

शेखर समझ गया था कि सब लोग उससे झूठ बोलते हैं ? और वह जानना चाहता था...

एक कमरा अलग कर दिया गया, साफ़ किया गया, गोबर से लीपा गया, खिड़कियाँ बन्द कर दी गईं और माँ उसमें चली गईं। एक दाई आकर उनके पास रहने लगी और सब लोगों को वहाँ आने-जाने की मनाही हो गई। चन्द्र के जन्म की बात याद करके इन लक्षणों से शेखर ने जान लिया कि दाई या डॉक्टर या कोई और शक्ति उनके परिवार पर एक बार फिर कृपा-दृष्टि करने वाली है और वह डॉक्टर के आने की प्रतीक्षा करने लगा।

रात में एकाएक शेखर चौंककर जागा। वह नहीं समझ सका कि वह क्यों जागा, लेकिन उसे ऐसा लगा, अवश्य कुछ हुआ है। वातावरण में किसी दबाव-से की भनक उसे मिली...

वह उठकर बैठ गया, चारों ओर देखने लगा। उसने पाया, उसके साथ वाली चारपाई खाली है, सरस्वती वहाँ नहीं है। वह चारपाई से उतरा और दूसरे कमरे में गया जहाँ पिता सोते थे।

पिता वहाँ नहीं थे। निचली मंज़िल में प्रकाश था।

न जाने क्यों, शेखर को साहस नहीं हुआ कि वह नीचे जाकर देखे। पहले कभी ऐसी बात हुई होती, तो वह अवश्यमेव नीचे जाकर देखता, लेकिन अब नहीं। अब वह बुझ जाना चाहता है, दीखना नहीं चाहता, कोई उससे पूछे कि वह क्या करने आया, इसका उत्तर देना तो क्या, यह प्रश्न सुनने का भी साहस उसमें नहीं रहा है—अपने आप में उसका विश्वास टूट गया हुआ है।

लेकिन जिज्ञासा...वह चढ़े हुए चिल्ले की तरह तना हुआ खड़ा रह गया...

एक बड़ी तीखी, भेदक, किन्तु फिर भी निर्बल और जैसे झुँझलाई हुई-सी चीख़...

शेखर ने जान लिया कि जिस किसी शक्ति का भी वह काम था, उसने शेखर को धोखा दे लिया है और उसके प्रश्न का उत्तर अब भी नहीं है...

सीढ़ियों पर सरस्वती के पैर की आहट हुई। सरस्वती से डर नहीं था, फिर भी शेखर का दिल धड़क उठा, वह भागकर चारपाई पर जाकर लेट गया।

सरस्वती आई। चारपाई पर बैठ गई, पाँव समेटकर, घुटने भुजाओं से घेरकर घुटनों पर ठोड़ी टेककर।

शेखर नहीं रह सका। उसने पूछा, 'क्या हुआ ?' मानो अभी जागा हो।

सरस्वती चौंक गई। फिर बोली, 'शेखर, तुम्हारी एक और बहिन हो गई है।'

बहिन? बहिनें भी 'होती' हैं? शेखर ने पूछा, 'तुम्हारे जैसी?'

'दुर पागल! अभी तो इतनी छोटी है—पिद्दी-सी? जब बड़ी होगी—'

शेखर ने बड़े गम्भीर स्वर में कहा, 'सरस्वती!'

सरस्वती विस्मित-सी होकर बोली, 'क्या है?' शेखर ने कभी उसे नाम लेकर नहीं बुलाया था।

'जो मैं पूछूँगा बताओगी? झूठ मत बताना, चाहे बताना मत।'

सरस्वती ने कुछ सन्दिग्ध स्वर में कहा, 'क्या?'

शेखर बड़े प्रयास से कह पाया, 'बच्चे कैसे आते हैं?'

सरस्वती ने सहसा कोई उत्तर नहीं दिया।

प्रतीक्षा करते-करते शेखर के भीतर एकदम शब्दों की बाढ़-सी आ गई। बोला, 'दाई लाती है, डॉक्टर लाता है, ईश्वर देता है, यह सब मैं सुन चुका हूँ, यह मत बताना! वह सब झूठ है, मुझे पता है। बताओ, अगर ऐसे आते हैं, तो इतने छिपा-छिपाकर क्यों आते हैं? और हमको क्यों नहीं आते? और—कहती थीं कि हमें और बच्चे नहीं चाहिए, उनको क्यों आए? उन्होंने वापस क्यों नहीं कर दिए? ईश्वर क्यों भेजता है? मैं बहिन माँगा करता था तो भाई क्यों आया था? चिड़ियों के बच्चे अंडों में से निकलते हैं, मैंने आप देखे हैं। माँ अंडे तोड़कर निकालती हैं। अंडे कहाँ से आते हैं? अब बहिन आई है, इतनी रात को क्यों आई, दिन में क्यों नहीं आई? और हमें वहाँ जाना क्यों नहीं मिलता? और सब लोग झूठ क्यों बोलते हैं। बताओ, तुम्हें पता है।' फिर एकाएक लज्जित-सा होकर वह चुप हो गया। इतनी लम्बी स्पीच उसने शायद कभी नहीं दी थी...

सरस्वती ने कुछ टालते हुए-से कहा, 'क्यों, ईश्वर नहीं भेजता?'

'झूठ मत बोलो, बहिन!'

सरस्वती ने किसी तरह कहा, 'माँ के शरीर में से निकलते हैं।'

शेखर उठ बैठा।

'कहाँ से? कैसे?'

'मुझे नहीं पता!' कहकर मुँह, सिर लपेटकर लेट गई। फिर शेखर ने बहुत बुलाया, उठकर जाकर हिलाया भी, लेकिन वह नहीं बोली, नहीं बोली।

शेखर लेट गया और छत की ओर देखने लगा और मानो अपने ही व्यक्तित्व के ज़ोर से, अपने को वहाँ छत पर टाँगकर, उससे कहने लगा, शेखर, तू सोच। किसी से पूछ मत, तू सोच। तू बता, तू कहाँ से आया? कैसे आया?

सवेरा हो गया और शेखर तब भी अपनी आँखों से उसे वहाँ स्थापित किए हुए, छत पर टँगे अपने प्रतिरूप से वही प्रश्न पूछ रहा था।

'बच्चे माँ के शरीर में से निकलते हैं।'

सरस्वती ने झूठ नहीं कहा था। नहीं तो वह इतनी लज्जित न होती। इतने दुख और कष्ट और जलन के बाद, एक बात शेखर के हाथ आई है जो सच है, जो है, और बस है—बदल नहीं सकती।

'बच्चे माँ के शरीर में से निकलते हैं।'

लेकिन इससे आगे?

इसके आगे एक दीवार, जिसकी एक-एक ईंट है ईश्वर और समाज और कुटुम्ब और माँ-बाप और परम्परा और जिसे जोड़कर एक रखने वाला सिरमट है डर...

और उस दीवार से आगे जो भी स्त्री जाती है, शेखर उसकी ओर देखता है, और सोचता है, इसके शरीर में भी कहीं छिपे होंगे। लेकिन कहाँ?...

शेखर चोरी करने लगा।

अब तक शेखर के लिए यह सम्भव नहीं था कि वह छिपाकर कोई बुरा काम करे। क्योंकि जब वह अकेला होता था, तभी उसके कर्मों पर उसकी अपनी आत्मा का नियंत्रण सबसे अधिक होता था। पर अब—वह ऊपर की दृष्टि से शरीफ, संस्कृत और भला-मानस होने लगा, जिसे कहते हैं, 'हमारा बेटा तो बेटियों जैसा है!' और भीतर-ही-भीतर कहीं गिरने लगा।

उसे उत्तरदायित्व के काम मिलने लगे। पहले जहाँ एक छोटा-सा काम पाकर वह इतना प्रसन्न होता था और इतनी लगन से उसे करता था कि वह बहुधा बिगड़ भी जाता था, वहाँ अब वह प्रत्येक अवसर पर यही सोचता था कि मैं कैसे छिपे-छिपे नुकसान कर सकता हूँ?

उसे कभी सन्दूकची की चाभी दी जाती, तो कुछ-एक पैसे निकाल लेता। इसलिए नहीं कि वे उसे चाहिए, केवल इसलिए कि चाभी उसके पास है और वह उसका दुरुपयोग कर सकता है। रात को उसे कहा जाता था कि ईश्वर और प्रभुदत्त के मास्टर को (वे उन दिनों परीक्षा की तैयारी कर रहे थे) दूध दे आए, तो वह रास्ते में एक-दो घूँट पी लेता था। इसलिए नहीं कि घर में उसे दूध नहीं मिलता, इसलिए कि वह बिना किसी के देखे कुछ बुरा काम कर सकता है। यहाँ तक कि वह कभी रसद के कमरे में जाता तो किसी बक्स के पीछे थोड़ा घी गिरा आता। ऐसी हर एक हरकत में मानो उसका मन कह रहा होता था, 'तुम मुझे अच्छा मत समझो, मैं अब भी बुरा हूँ, तुम बेवकूफ़ हो, जो मुझे अच्छा कहते हो, इससे मानो उसके अभिमान की पुष्टि होती थी।

और ये सब काम छिपे ही रहते थे और घर में उसका सम्मान बढ़ता जाता था और ज्यों-ज्यों वह बढ़ता जाता था, त्यों-त्यों शेखर का पतन भी अधिकाधिक होता जा रहा था...

उसे उस अलमारी की चाभी दी गई जिसमें किताबें बन्द थीं। बादाम या कुछ ऐसी चीज़ निकालने के लिए उसे कहा गया था। उसने अलमारी खोली, दो-तीन किताबें निकालकर अलमारी के नीचे ढकेल दीं, बादाम निकाले और चाभी दे आया।

बाद में मौका पाकर उसने वे किताबें उठाईं और छिपकर पढ़ने लगा।

रद्दी गुलाबी या पीले काग़ज़ पर, बड़े-बड़े लखनऊ टाइप में छपे हुए उन किस्सों को पढ़कर, शेखर सोचने लगा कि क्या है इनमें जो ये इतने सुरक्षित रखे जाते हैं?

'मालिन की बेटी', 'दो जोरू का पति', 'बगदाद की बुढ़िया', 'साढ़े तीन यार', 'साढ़े सात ख़ून', 'सुन्दरी डाकू', 'बैताल पचीसी', 'तोता-मैना', 'सिंहासन-बत्तीसी', 'तिलस्मी-अँगूठी', 'मिस्त्र का जादू'।

दो-दो, तीन-तीन करके, शेखर ने सब किताबें देख डालीं। इतनी रद्दी, इतनी भद्दी, इतनी बेहूदी थीं वे कि शेखर का जी मिचला उठा, वह ऊब उठता, वे उससे पढ़ी नहीं जातीं, फिर भी केवल इसीलिए कि वे मना थीं, उन्हें पढ़कर शेखर बुरा काम कर रहा था, वह उन्हें पढ़ता जाता था और उसने सब पढ़ डालीं और कितना सुख होता था उसे जब वह मन-ही-मन माँ को सम्बोधन करके कहता था, 'तुम बड़ा अच्छा, ब्रड़ा भोला समझती हो न मुझे? मैं बदमाश हूँ, बिगड़ा हुआ हूँ और मैंने ये सब किताबें पढ़ डाली हैं जो तुमने बचा-बचाकर रखी हुई हैं...'

शेखर चुगलखोर हो गया।

जब कभी किसी भाई से कोई छोटी-सी भी ग़लती हो जाती, तो शेखर भागा हुआ माँ के पास जाता और कहता, 'माँ, माँ—ने यह कर दिया है, देखो तो।' कभी-कभी अकारण भी किसी की शिकायत कर देता और तब उसे फटकार खाते या पिटते देखकर मन-ही-मन कहता, ठीक है। अच्छा, पिटना ही चाहिए। मैं बुरा हूँ, मुझे सब मानते हैं, मेरा आदर होता है। तुम अच्छे क्यों हो?

और जब भाई कभी उसकी ओर आशंका या अविश्वास की दृष्टि से देखते तो उसे लगता, हाँ मैं भी कुछ हूँ...

एक सीढ़ी और।

शेखर भद्दी-भद्दी तुकबन्दी करने लगा। अश्लील नहीं थी—अश्लीलता से अभी शेखर का परिचय नहीं हुआ था—केवल भद्दी थी, बीभत्स थी। इसे वह किसी के सामने पढ़ नहीं सकता था, कभी एकान्त पाकर ज़ोर-ज़ोर से बोला करता था और ऐसे अवसरों पर वह हवा को गालियाँ भी दिया करता था, कुछ ऐसी, जिनका वह अर्थ भी नहीं जानता था, लेकिन जो उसने सुनी थीं और जिनके बारे में उसे मालूम था कि उन्हें कहना बुरी बात है...

अच्छे या बुरे होने का, शेखर के लिए कोई महत्त्व नहीं रह गया था। उसके लिए बड़ी बात यह थी कि वह कुछ हो सही और वह अनुभव करे कि वह कुछ है। इस विश्वास का सहारा उसके लिए बहुत ज़रूरी हो गया था।

चन्द्र के फेंके हुए पत्थरों से मकान के बाहर फूलों के गमले टूट गए। तब वह भोला-भाला भागा हुआ माँ के पास गया और हाँफता हुआ बोला, 'माँ, माँ, मैंने गमले नहीं तोड़े!'

माँ ने पूछा, 'कौन से गमले?'

'मैंने नहीं तोड़े वे!'

तभी शेखर भी पहुँचा। 'माँ, वे जो बाहर गमले थे न, नीले फूलों के, जो पिताजी ने दफ्तर से मँगाए थे, वे चन्द्र ने पत्थर मारकर तोड़ दिए हैं।'

चन्द्र ने कहा, 'माँ, मैं पहले कह चुका हूँ कि मैंने नहीं तोड़े।' मानो पहले कही जाने के कारण उसकी बात अधिक मान्य हो।

शेखर मुड़कर बाहर जाने लगा, कुछ ऐसे भाव से कि मैंने अपना कर्तव्य कर दिया है, मुझे इस बात से कोई मतलब नहीं है।

माँ ने चन्द्र से पूछा, 'झूठ बोलता है? चल देखूँ, कौन-से गमले तोड़े हैं तूने।' और उसका हाथ पकड़कर घसीटती हुई बाहर चलीं।

चन्द्र काफ़ी पिट चुका था। माँ ने न जाने क्या-क्या धमकियाँ दी थीं उसे कि वह कह दे कि गमले उसी ने तोड़े हैं, पर वह नहीं कहता था। यह माँ को सह्य नहीं था कि उनकी आज्ञा के उल्लंघन ऐसे हों, उनका मत था कि अगर इसने नहीं भी तोड़े तब भी इसे स्वीकार करना चाहिए, क्योंकि मेरा निर्णय है, इसी ने तोड़े हैं...

शेखर कुछ दूर पर बैठा हुआ, सामने किताब रखे, यह दृश्य देख रहा था और उसे विस्मय हो रहा था उस माँ पर, जिसके चेहरे पर क्रोध नहीं है, वाणी में रोष नहीं है, किन्तु जो बच्चे को पीटती जा रही है और जिसके लिए यह इज्जत का सवाल हो रहा है कि बच्चा कह दे जो वह कहलाना चाहती है...

बच्चे क्रुद्ध माता-पिता से पिटते हैं तब पिट लेते हैं, उनकी आत्मा पर आघात नहीं पहुँचता। लेकिन बिना क्रोध के, निर्मम, दूरस्थ-भाव से पिटकर उनके मानसिक क्षेत्र में सदा के लिए एक दरार-सी फट जाती है। यह बात तब शेखर भी नहीं जानता था, उसकी माँ भी नहीं जानती थी, पर इससे उसकी सच्चाई कम नहीं हो गई थी।

माँ ने पुकारा, 'सरस्वती! चिमटे में एक अंगार तो लाना।'

सरस्वती ले आई।

माँ ने चिमटा हाथ से पकड़कर कहा, 'बोलो सच, नहीं तो मैं यह रख दूँगी जबान पर।'

'सच बोल रहा हूँ ?'

और शेखर सोच रहा है, क्या माँ सचमुच अंगार रख देगी ? विश्वास तो नहीं होता, लेकिन यह क्रोधहीन निर्गुण मुख...

'कह, मैंने तोड़े थे गमले ?'

'मैंने नहीं तोड़े ?'

माँ ने एक हाथ से चन्द्र का जबड़ा दबाकर मुँह खोला और अंगारा बहुत पास लाती हुई बोली, 'कह !'

सरस्वती खड़ी थी, यद्यपि उधर नहीं देख रही थी और अंगारा चन्द्र के इतना पास था कि उसका ताप उसे लग रहा था और उसका सिर ऐसे हिल रहा था, जैसे मिरगी के रोगी का कभी-कभी हिला करता है। माँ उसका जबड़ा दबाए हुए थी और मुँह खुला था, अंगारे की प्रतीक्षा में था।

विश्वास बच्चों की चीज़ है। दिखावट और सच्चाई में भेद करना, यह बड़ों का अधिकार है, शेखर को एकाएक विश्वास हो आया...

'कह !'

शेखर तड़पकर उठा, एक हाथ से माँ को धक्का दिया, दूसरे से चिमटे को थप्पड़ मारकर दूर गिरा दिया और रूखे स्वर में चन्द्र से बोला, 'चल यहाँ से ?'

और उसके मन में हुआ, चन्द्र शाबाश ? डूब मर, शेखर ?

शायद माँ को कुछ हुआ। वह कुछ बोली नहीं, शेखर को भी कुछ नहीं कहा, भीतर चली गईं। बात खत्म हो गई।

आधे घंटे बाद।

शेखर अपने को पढ़ाई में लगाने की चेष्टा कर रहा था। क़लम हाथ में लिये हुए, कॉपी के ऊपर एक लाइन लिखी हुई देखते हुए उसे ही दुबारा लिखने का यत्न कर रहा था। पर मन में उसके गूँज रही थीं बातें और आँखों के आगे थे कई एक खुले हुए मुँह, कभी चन्द्र के, कभी शेखर के, कभी माँ के और उनके बहुत पास-पास कई एक जलते हुए अंगारे...जब शेखर सोचता था, 'वह चन्द्र का मुँह' तब एकाएक मुँह बदलकर माँ का हो जाता था और वह सोचता था, 'माँ— ' तो शेखर का हो जाता था और सरस्वती खड़ी थी, मुँह फेरे, उधर न देखने की चेष्टा करते हुए...और कानों में 'कह' ? 'शाबाश चन्द्र ?' 'डूब मर !' 'सच कह रहा हूँ।' बिना किसी क्रम के बिना सम्बन्ध के लौट-लौटकर आते थे...

वैसे शेखर लिखाई कर रहा था...

चन्द्र ने आकर कहा, 'क़लम दो।'

शेखर ने जाग-से कर कहा, 'मैं लिख रहा हूँ।'

'दो ? मुझे लिखना है।'

'दूसरी ले लो।'

'नहीं, यही लेनी है। दो—'

'ठहर के ले लेना, मुझे लिख लेने दो।'

चन्द्र ने सरस्वती के पास शिकायत की, 'बहिनजी, भइया क़लम नहीं देता।'

सरस्वती पढ़ रही थी। उसने बिना किताब से दृष्टि हटाए ही कहा, 'शेखर दे दे क़लम!'

चन्द्र ने फिर आकर कहा, 'दो—'

शेखर ने कुछ झुँझलाकर कहा, 'कह तो दिया लिख लेने दो—'

चन्द्र ने वहीं से पुकारकर कहा, 'देखिए बहिनजी, देता नहीं है—'

सरस्वती ने वैसे ही कहा, 'दे दो, शेखर! मेरा सिर मत खाओ।'

शेखर ने कहा, 'मैंने कहा है, अभी लिखकर दे देता हूँ, मानता नहीं है और आप भी मुझी को डाँट रही हैं!'

पर सरस्वती पढ़ने में लग गई थी और चन्द्र माँ के पास शिकायत करने चला गया था, उसकी बात किसी ने नहीं सुनी।

माँ ने कहीं भीतर से चिल्लाकर कहा, 'शेखर दे दे उसे क़लम!'

शेखर कहने लगा, 'माँ, मैंने उसे कहा है—'

माँ लपककर आई। 'क्या?'

'मैंने उसे कहा है कि—'

'मैं कुछ नहीं जानती पहले उसे क़लम दे दे—'

'मैं—'

माँ ने उसके मुँह पर एक चपत लगाकर कहा, 'देता है कि नहीं—'

'माँ—'

माँ ने प्रत्येक शब्द पर ज़ोर देते हुए कहा, 'मैं कहती हूँ, पहले उसे क़लम दे दे, फिर तेरी बात सुनूँगी।'

तब शेखर ने भी प्रत्येक शब्द पर ज़ोर देते हुए कहा, 'मैं नहीं देता।'

माँ ने तड़ातड़ दो-चार थप्पड़ उसके लगा दिए और बोलीं, 'अभी उसकी हिमायत करने आया था, अब—'

शेखर को मन-ही-मन लगा कि यह बात उसका पक्ष दृढ़ करती है, लेकिन वहाँ सुनता कौन था?

'है कहाँ वह क़लम?'

चन्द्र ने फुर्ती से कहा, 'भइया ने हाथ में दबाई हुई है।'

माँ उसकी मुट्ठी खोलने की कोशिश करने लगीं। असफल होकर उन्होंने शेखर का हाथ मेज़ पर रखा और उसे पहले घूँसे से, फिर पट्टी के सिरे से मारने लगीं। वह नहीं खुला।

लेकिन उसकी पीड़ा और अपनी विवशता पर क्रोध, शेखर से नहीं सहा गया।

उसने कहा, 'नहीं दूँगा, कह दिया नहीं दूँगा, चाहे जान से मार डालो!'

माँ ने एकाएक उसका हाथ छोड़ दिया और भौचक उसकी ओर देखने लगीं। उसके स्वर में, उस एक शब्द 'जान' में कुछ था कि वे लज्जित हो गईं। चन्द्र की बाँह पकड़कर ले जाती हुई बोली, 'आ, मैं तुझे नई क़लम देती हूँ।'

शेखर उठकर बाहर चला गया। सारा दिन सड़क पर बेमालिक के कुत्ते की तरह भटका किया। शाम को थका हुआ-सा घर आया ही था कि पिता ने कहा, 'क्यों बे, जान देने का बहुत शौक है?'

शेखर ने निष्प्राण स्वर में कहा, 'हाँ, है।' और आगे चला गया। पिता देखते रह गए।

शेखर ने खाना नहीं खाया। न किसी ने उससे पूछा ही। रात हुई, सब सो गए, तब वह भी थका हुआ-सा चारपाई पर लेट गया और अन्धकार को फाड़ने की चेष्टा करता रहा...

उसके सिरहाने की ओर कहीं से अनिश्चित-सा स्वर आया, 'शेखर?' और सरस्वती उसकी चारपाई के सिरे पर बैठ गई।

शेखर ने उसकी गोद में सिर रख दिया।

तब आँसू आए...

सरस्वती ने उसका सिर उठाकर बहुत धीरे से तकिए पर रखा। वह सो गया था।

रात को शेखर ने एक स्वप्न देखा।

एक विस्तीर्ण मरुस्थल। दुपहर की कड़कड़ाती हुई धूप।

शेखर एक ऊँट पर सवार उस मरुस्थल को चीरता हुआ भागा जा रहा है, भागा जा रहा है...सबेरे से या कि पिछली रात से, वह वैसे भागा जा रहा है।

और उसके पीछे कोई आ रहा है। शेखर को नहीं मालूम कि कौन, लेकिन वह जानता है कि कोई उसका पीछा कर रहा है और कभी वह मुड़कर देखता है, तो पीछे बहुत-से ऊँटों के पैरों से उड़ी धूल उसे दीखती है...

तीसरा पहर। धूप कम नहीं हुई है और भी तीखी हो गई जान पड़ती है और शेखर भागता जा रहा है और पीछे वह 'कुछ' भी बढ़ा आ रहा है।

एकाएक, सामने सेब के वृक्षों का बाग, जिसके चारों ओर मिट्टी की ऊँची बाड़ लगी हुई है, जिसमें कहीं-कहीं बिलें हैं और कहीं-कहीं आयरिस जैसा कोई पौधा है। शेखर ऊँट पर से उतरकर, बाड़ पार करके बाग में घुस जाता है।

बाग में वृक्ष फूलों से लदे हुए हैं। इतने अधिक लदे हैं कि सारी ज़मीन पर भी फूल बिछे हैं और वह बिलकुल शुभ्र हो रही है...

शेखर थकी साँस लेकर एक पेड़ के नीचे फूलों की शय्या पर लेटता है और सो जाता है...

सन्ध्या। सारा आकाश आरक्त हो गया है। प्रतिबिम्बित लाली से भूमि भी लाल जान पड़ रही है और सेब के वृक्ष मानो जंगली गुलाब के हो गए हैं, प्रत्येक फूल ऐसा सुन्दर लालिम हो गया है...

शेखर उठ बैठा है। ख़तरे का आतंक उस पर फिर छा गया है। वह जानता है कि उस 'कुछ' ने बाग घेर लिया है और उसमें प्रवेश करने की ताक में है और उसके ऊँटों के पैरों से उड़ी धूल चारों ओर छाई हुई है, उससे आकाश भरा जा रहा है...

शेखर उठकर एक ओर को भागता है, बाग में से निकल जाता है।

पथरीला रास्ता, चढ़ाई। शेखर चढ़ता जा रहा है। यह 'कुछ' पीछे रह गया है, लेकिन शेखर को बहुत आगे जाना है—बहुत आगे...किसी खोज में, यद्यपि यह नहीं जानता कि किस वस्तु की खोज...

सन्ध्या घनी हो जाती है। शेखर अब भी चला जा रहा है। वह प्यासा है, पर पानी कहीं दीखता नहीं। हाँ, दूर कहीं जैसे झरने का रव हो रहा है...

एक चट्टान के ऊपर चढ़कर शेखर आगे देखता है, और एकाएक रुक जाता है।

सामने, नीचे घहराता हुआ एक पहाड़ी झरना बह रहा है, शुभ्र, स्वच्छ, निर्मल...

शेखर घुटने टेककर बैठता है और हाथ टेककर उझककर सिर नीचे लटकाता है, जैसे वन्य पशु पानी पीने के लिए करते हैं। पर पानी बहुत नीचे है और वह उस तक पहुँचता नहीं...

उसके हाथ पर सरस्वती का हाथ है। वह भी उसके पास उसी तरह घुटने टेके बैठी है, यद्यपि अभी तक वहाँ नहीं थी और दोनों प्यासी आँखों से पानी की ओर देख रहे हैं...

शेखर देखता है, पानी के मध्य में प्रवाह से किसी प्रकार भी प्रभावित न होता हुआ, पतले-से नाल पर एक अकेला फूल खड़ा है। बहुत बड़ा—लिपटी हुई-सी एक ही बड़ी सफेद पत्ती, जिसके बीचोबीच में एक तपे सोने-से वर्ण की एक डंडी (pistil) है।

और देखते-देखते, एक दिव्य शान्ति उसके ऊपर छा जाती है और वह जानता है कि यही है जिसे खोजने वह आया था, जिसके लिए वह भाग रहा था...और वह शान्ति इतनी मधुर है कि शेखर को रोमांच हो आता है, वह दबाकर सरस्वती का हाथ पकड़ लेता है...

वह जाग पड़ा। स्वप्न इतना सजीव, इतना यथार्थ था कि शेखर ने हाथ बढ़ाया कि सरस्वती का हाथ पकड़े। वह उसने नहीं पाया।

तब वह चारपाई पर उठ बैठा। इधर-उधर देखा। उठकर सरस्वती की चारपाई के पास गया। वह सोई हुई थी। शेखर ने उसका मुख देखने की चेष्टा की पर देख नहीं सका। लौट आया, एक सन्तुष्ट-सी साँस लेकर लेट गया और फ़ौरन निःस्वप्न नींद से अचेत हो गया।

तृतीय खंड

# प्रकृति और पुरुष

शेखर था और सरस्वती थी और कहीं कोई नहीं था। जिसे हम संसार कहते हैं, उसका अस्तित्व मिट गया था।

होने को बहुत कुछ था। वह अवर्णनीय वातावरण था, जो तब उत्पन्न होता था, जब शेखर सरस्वती को अकेला पाकर उससे निर्बाध बातचीत करने लगता था। वह आनन्द था जो बात का उत्तर न पाकर भी केवल यही जानने में था कि सरस्वती ने उसकी बात सुन ली है। वह विस्मय था कि सरस्वती के पास क्या इतना कुछ सोचने को है जो वह शेखर को नहीं कह सकती, जबकि वह शेखर को ऐसी बातें कहती है जो और किसी के आगे नहीं कहती और वह खीझ थी, जो तब भभक उठती थी, जब वह सरस्वती से कुछ कहना चाहता था और पाता था कि वह रसोई में कुछ काम में लगी है या छोटी बहिन के—जिसका नाम कमला रखा गया था—लत्ते धो रही है या यों ही सिलाई-कढ़ाई के लिए माँ के पास बैठी है...

और माँ थी...

शेखर को लगता था कि जिस प्रकार जो वांछित है, प्रिय है और समझने और सहानुभूति करने वाला है, उसका पुंजीभूत रूप सरस्वती है, उसी प्रकार जो अवांछित, अप्रिय, न समझने वाला और कठोर है, उसका साकार रूप एक घनीभूत विघ्न, उसकी माँ है। प्रत्येक काम में जब भंग होता था तो खोजकर शेखर पाता था कि उसकी जड़ में कहीं पर माँ है...वही सरस्वती को रसोई में लगाती है, वही कमला के लत्ते धुलाती है, वही कढ़ाई करने को कहती है। शेखर को नहीं समझ आता कि क्यों 'लड़कियों को वे सब काम सीखने चाहिए, नहीं तो उनकी कद्र नहीं होती...' और जब सरस्वती शेखर के पास होती है, तब वही उसे बुला लेती है, शेखर के जानबूझकर, क्योंकि वह कई बार शेखर को चिड़चिड़े स्वर में कहती है, 'क्या हर समय सरस्वती की बग़ल में छिपा रहता है, भाइयों के साथ बैठ तो?'

पिता भी शिकायत के स्वर में कहते थे, 'यह कोई आदमी है? इसे तो लड़की बनना है। सूथन पहनकर बैठा करे।'

भाई भी चिढ़ाते हैं, 'बहिनजी की दुम? बहिनजी की दुम!'

लेकिन सरस्वती ने कभी उससे कुछ नहीं कहा। जब भाई चिढ़ाते हैं, तब वह मुस्करा भी देती है। कभी-कभी शेखर से कहती है, 'देख, तुझे सब चिढ़ाते हैं।'

तब शेखर के प्राण मुँह को आ जाते हैं कि कहीं बहिन भी उसका मज़ाक करते हुए हँस न दे—कहीं उसका संकेत-भर भी न कर दे—नहीं तो...

और हाँ, थी सरस्वती के प्रति शेखर की व्यापक कृतज्ञता...

शेखर नास्तिक है और मूर्तिपूजक है और सरस्वती ही वह उपास्य मूर्ति है।

उपासना जब हद तक पहुँचती है, तब उपास्य ठीक उतना ही मानवीय होता है जितना कि उपासक—बल्कि उपासक के लिए तो, वह उसी का एक प्रक्षेपण (Projection) मात्र रह जाता है जो उसके भीतर न होकर, बिलकुल घटनावश उसके सामने हो गया है और इस सामने होने में, जाने कैसे अस्पृश्य हो गया है जैसे शीशे में अपना प्रतिबिम्ब, पर साथ ही विस्तीर्ण और अबाध भी हो गया है...

वैसी ही थी सरस्वती। शेखर को कभी लगता ही नहीं था कि वह भिन्न है या उसकी अनुभूतियाँ भिन्न हैं, उसे भूख लगती, तो वह कहता, 'बहिन रोटी खाओगी?' और जब वह सोने जाता, तो कहता, 'बहिन तुम्हें नींद लगी है...'

पर सरस्वती की ओर से यह ऐक्य, सम्मिश्रण, इतना आत्यन्तिक नहीं रहा था, वह आजकल जाने क्यों चिन्तित-सी रहती थी, जाने क्या-क्या मन में फेरती रहती थी। शेखर पूछता था, पूछता था, झुँझलाता था, लेकिन देवता पर झुँझलाहट कितनी देर...फिर वह सोचने लगता, बहिन मुझसे बड़ी न होकर एक-आध वर्ष छोटी होती—इतनी कि कहने को मैं बड़ा होता, पर होते हम समवयस्क—तो कितना अच्छा होता...क्योंकि किसी बहुत गहरे, बहुत छिपे और अप्रकट रूप से वह एक बड़े सत्य की ड्योढ़ी पर खड़ा था! कि आदमी बनते हैं, तो वे अपने को प्यार करने वाली, अपने से छोटी किसी स्त्री के लिए बनते हैं, जो उनमें आस्था रखती है और जिस आस्था के योग्य होने की चेष्टा में वे जान लड़ा देते हैं...माताएँ हैं, होती हैं, अपना स्थान रखती हैं, लेकिन बनाती वे बहिनें या बहिनों के बराबर और कन्याएँ जो बहिनों के बराबर होने में बहिनों से बढ़कर होती हैं...माँ जन्म देती है, परवरिश देती है, पिता बुद्धि देते हैं, लेकिन व्यक्तित्व, अपने ही को सहने की सामर्थ्य—वह वहाँ से नहीं मिलती...

कभी शेखर बहिन से कहना चाहता, 'बहिन, मुझे मूर्ति उतनी नहीं चाहिए, मुझे मूर्तिपूजक चाहिए। मुझे कोई ऐसा उतना नहीं चाहिए, जिसकी ओर मैं देखूँ, मुझे वह चाहिए, जो मेरी ओर देखे। यह नहीं कि मुझे आदर्श पुरुष नहीं चाहिए, पर उन्हें मैं स्वयं बना सकता हूँ। मुझे चाहिए आदर्श का उपासक, क्योंकि वह मैं नहीं बना सकता। अपने लिए ईश्वर-रचना मेरे बस में है, लेकिन मेरी ईश्वरता का पुजारी, वह नहीं...' पर ये विचार उसके मन में स्पष्ट न होते, वह स्वयं उन्हें न समझता और जीवन चलता जाता...

जो आस्तिक है, उसके लिए ईश्वर कहाँ नहीं है ? और ईश्वर बिना जीवन की कल्पना उसके लिए कब सम्भव है ? लेकिन ईश्वर का घर जो आकाश है उसके आगे भी बादल जाते हैं...

शेखर के पिता दौरे पर गए थे। एक दिन शेखर ने उनकी डाक पर पते ठीक करते हुए एक कार्ड पढ़ा और पढ़कर सन्न रह गया।

सरस्वती की शादी की बात थी।

'शादी के बाद रमा अपने पति के घर चली गई।' जाने कौन-से कब के पढ़े किसी किस्से का यह एक वाक्य शेखर के सामने नाचने लगा। उसे लगा, इसमें एक कठोर निर्णय है—शादी के बाद अपने पति के घर चली गई। बस चली गई। जीवन समाप्त हो गया। हरेक को ऐसे ही जाना है और उस किस्से में यह ऐसे लिखा था, जैसे बिलकुल मामूली बात है, बस चली गई और क्या ?

शेखर ने डाक पटकी और घर के बाहर चला गया। उन दिनों शेखर के पिता की बदली दक्षिण में हो गई थी, पश्चिमी घाट के पहाड़ों में ही वे रहते थे। वहाँ की पहाड़ियों में शेखर भटका किया।

'शादी के बाद रमा अपने पति के घर चली गई।' इस वाक्य को शेखर बार-बार मन में फेरने लगा और सोचने लगा, 'मुझे क्या है इस वाक्य से ?'

उसने एक पेड़ की ओर देखा। पेड़ ने मानो कहा, 'रमा अपने पति के घर चली गई।'

शेखर ने एक-दूसरे पेड़ की ओर देखा, उसने मानो मुस्कराकर यही वाक्य दोहरा दिया।

इसी प्रकार तीसरा पेड़, चौथा पेड़, अधिकाधिक ढिठाई से...

तब एक ने धीरे से, कुछ हिचकिचाते हुए कहा, 'रमा ? तुम भूल तो नहीं करते ?'

और तब सबने स्वर मिलाकर कहा, 'सरस्वती अपने पति के घर चली गई।'

सरस्वती ! सरस्वती !

शेखर आखेट के मृग की तरह इधर-उधर कहीं पनाह की खोज में भागने लगा। शाम हो गई, लेकिन पीछे लगे हुए उस शिकारी ने पीछा नहीं छोड़ा, नहीं छोड़ा।

अँधेरा होने लगा, तब शिकार को लगा, दूर एक स्थान दीखता है, जहाँ शायद वह छिप सकता है। ठीक पता नहीं, शायद...और वह घर की ओर भागा।

पर, घर आकर शेखर वह प्रश्न पूछ नहीं सका और किसी से तो पूछना नहीं था, सरस्वती से ही पूछना था, फिर भी साहस नहीं हुआ। वह भरा हुआ चुपचाप रह गया। उसका नित्य का प्रोग्राम था कि रात को दिन भर के कामों की आलोचना करे, वहाँ भी शेखर चुप रहा। सरस्वती ने भी बात छोड़ दी।

सोने के समय से कुछ ही पहले एकान्त पाकर सरस्वती ने उत्सुक स्वर में पूछा, 'क्या है शेखर?'

'...'

'मैं जानती हूँ, तुम्हारे मन में कुछ बात है। कहो न?'

जैसे सर्दियों में नदी में नहाते हैं, वैसे ही शेखर एकदम से कह गया, 'तुम यहीं क्यों नहीं किसी से शादी कर लेतीं?'

सरस्वती का मुँह पहले लाल हो गया, फिर गम्भीर हो गया, फिर शेखर के गाल पर एक हलकी चपत लगाकर वह खिलखिलाकर हँस पड़ी।

और शिकारी को पता नहीं लगा कि आश्रय मिल गया है या इनकार हो गया है...

पति की खोज में दो हजार मील...

सब लोग लाहौर पहुँचे। तैयारी की दौड़-धूप में शेखर बीमार हो गया और चारपाई पर पड़े-पड़े ही वह सुनने लगा कि क्या-क्या मिठाइयाँ बनी हैं, कैसी बरात आई है, कैसा दूल्हा है (रमा अपने पति के घर चली गई—नहीं, रमा नहीं सरस्वती, सरस्वती!) बरातियों को कैसे उल्लू बनाया गया, पकौड़ियाँ कैसे कम हो गईं और उस समय कैसी बुद्धिमानी से काम लिया गया और दूल्हा कैसी शानदार तुर्रे वाली, लुंगी बाँधकर आया था (शब्द कुछ भिन्न थे, 'जैसे ऊँट के सींग...') और...केवल यही उसने नहीं सुना कि सरस्वती कहाँ है, कैसी है और क्या करती-सोचती है...

जिस रात भाँवरें पड़ती थीं, उस रात शेखर ने कहा, 'मैं भी चलूँगा।'

उसे 103 डिग्री का बुखार था। सबने मना किया, पर वह नहीं माना। 'मेरी बहिन की शादी है और मैं नहीं देखूँगा?' यह उसने कहा। इसके नीचे कितना गहरा अर्थ था, यह औरों ने नहीं समझा पर हार उन्हें माननी पड़ी। मंडप के एक कोने में कुर्सी रखकर कम्बल उढ़ाकर उसे बिठा दिया गया और वह मानो झिल्ली में छाई-सी हुई आँखों से सामने होते हुए अर्थहीन तमाशे को देखने लगा।

शेखर के चचा लाल फुलकारी में लिपटी हुई एक पोटली को उठाकर लाए और वेदी के पास आसन पर रखकर हट गए! दूल्हे के साथ सटाकर वह रखी गई थी (शादी के बाद रमा अपने पति के घर चली गई—रमा नहीं, सरस्वती!) इससे शेखर ने जाना कि उस पोटली के भीतर सरस्वती है और थोड़ी देर में दूल्हे के पीछे-पीछे उस पोटली ने भी, बिना किसी ओर से भी अपना पोटलीपन कम होने दिए, आग के चक्कर काट लिये...

शेखर के पीछे एक बड़े-से घूँघट ने आह्लाद-भरे स्वर में कहा, 'हो गई...'

शेखर ने लौटकर देखा—घूँघट मानो आह्लाद से और भी फूला जा रहा था...

और शेखर के भीतर एक स्वर ने दुर्भेद्य निश्चय से कहा, 'शादी के बाद रमा अपने पति के साथ चली गई—रमा नहीं, सरस्वती! समझे, सरस्वती...'

उसने कहा, 'बस, मैं देख चुका—अब जाऊँगा—'

उसे वहाँ से हटा दिया गया।

सरस्वती थोड़ी देर के लिए उसके पास आई—उस समय और कोई नहीं था। शेखर ने कितना चाहा कि मान करे, बोले न, पर उस सरस्वती से, जो उस समय बिना हल्दी के भी पीली ही दीखती, उससे मान!

शेखर को तो पता नहीं लगा कि वह कहे क्या। मानो पैतरा करते हुए उसने कहा, 'बहिन, तो तुम्हारी शादी हो गई?'

सरस्वती ने ऐसी पीड़ित दृष्टि से उसकी ओर देखा, फिर बोली, 'कैसी तबीयत है?'

शेखर ने मुँह फेरकर घुटते गले से निकाला, 'सरस...'

सरस्वती ने उसके माथे पर हाथ रखा और उसे धीरे-धीरे नीचे ले जाते हुए शेखर की आँखें बन्द कर दीं यद्यपि शेखर का मुँह फिरा हुआ ही था और आँखें बन्द करते हुए, उसके आँसू भी छू लिये।

शेखर ने मानो पलकों से हाथ को पकड़ने की चेष्टा करते हुए कहा, 'मुझे कुछ नहीं है।' फिर थोड़ी देर बाद, 'तुम—चली जाओगी—तब भी कुछ नहीं होगा।'

सरस्वती ने कहा, 'तुम्हारा हाथ कहाँ है?'

शेखर ने अपने दोनों हाथों से बड़े ज़ोर से उसका हाथ पकड़कर अपनी आँखों पर दबा लिया।

तब धीरे से हाथ छुड़ाकर वह चली गई।

उसी रात शेखर को न्यूमोनिया हो गया।

कहते हैं, शादी। 'शाद' के अर्थ हैं आनन्दित।

महीने-भर बाद जिस दिन शेखर चारपाई से उठने लायक हुआ, उस दिन सब लोग दक्षिण लौट गए।

सब लोग और शादी के बाद रमा अपने पति के घर चली गई, रमा नहीं सरस्वती...और सब लौट आए...

महीने भर बाद शेखर के दोनों भाई कॉलेज में दाख़िल होने चले गए। पीछे रह गए माँ, बाप, शेखर, रवि, चन्द्र, कमला और जो शादी के बाद अपने पति के घर चली गई थी, उस सरस्वती की याद।

जब शेखर के भाई वहाँ थे, तब वे हर तीसरे दिन सरस्वती को पत्र लिखते थे। सरस्वती के भी पत्र उन्हें आते रहते थे। शेखर उन आए हुए पत्रों को सुन लेता

या चुराकर पढ़ लेता, पर उसे सरस्वती ने कोई पत्र नहीं लिखा न वह ही कोई पत्र लिख पाया।

पर जब वे भी कॉलेज चले गए, तब शेखर को उस बहिन का समाचार पाने का कोई रास्ता न रहा। वह कभी आशा किया करता कि सरस्वती अब स्वयं उसे पत्र लिखेगी, लेकिन भीतर कहीं उसका अन्तरतम जानता था जैसे वह नहीं लिखता है वैसे वह भी नहीं लिखेगी, जब वह लिखेगा तब उत्तर दे सकेगी।

तब एक दिन वह पत्र लिखने बैठा।

बड़ी मेहनत से ठीक आकार-प्रकार का काग़ज़ चुनकर उसने आरम्भ किया, 'पूजनीया बहिन—'

वह सदा से पत्र ऐसे आरम्भ करने का अभ्यासी है लेकिन काग़ज़ पर ये दो शब्द देखकर वह अपने से पूछने लगा, यह मैं क्या कर रहा हूँ ? किसे लिख रहा हूँ ? 'पूजनीया बहिन' कौन है ?

उसने काग़ज़ के चिथड़े कर डाले। दूसरा लिया। क़लम स्याही से भरकर सोचने लगा। कुछ सूझा नहीं। वह क़लम को यों ही घसीटने लगा। देखा, वह सूख गई है। फिर भरी, वह फिर सूख गई।

एकाएक क़लम भरकर उसने लिख डाला, 'सरस—'

लेकिन—लेकिन—यह तो मैं अपने अन्तरतम में भी कहकर काँप उठता हूँ, इसे इस अश्लील ढंग से काग़ज़ पर रखूँगा और भेजूँगा उस पति के घर, जिसके पास वह चली गई है ?

शेखर ने यह पत्र भी फाड़ डाला और तब उसे पता लगा कि 'शादी के बाद रमा अपने पति के घर चली गई' का क्या अभिप्राय है...

उसने माँ के पास जाकर कहा, 'मुझे कोई चिट्ठी नहीं भेजनी है, आप अपनी चिट्ठी भेज दीजिए।'

माँ ने यों ही कहा, 'क्यों, बहिन को चिट्ठी लिखने में हर्ज होता है ?'

शेखर कमरे के कोने में बैठकर रोने लगा।

शेखर को जाने क्या हो गया। वह जो कभी रोता नहीं था, अब अकारण रोने लग पड़ता—कभी रोटी खाते-खाते छोड़कर उठ जाता और कमरे में आकर रोने लगता, कभी रोटी खाता जाता और आँसू पोंछता जाता, कभी माँ पूछती, 'शेखर, आज तो तुमने कुछ नहीं खाया' तो एकाएक फूट पड़ता, कभी पिता कहते, 'जाओ, लेटर बक्स में से डाक निकाल लाओ' तो उनकी खिड़की खोलकर रो उठता और उसे स्वयं नहीं पता लगता कि क्यों रोता है वह, कभी पिता पूछते, 'क्यों शेखर, भाई बहुत याद आते हैं!' तो उसे लगता हाँ, यही कारण है कि मैं रो रहा हूँ—भाई याद आते हैं। माँ पूछती, 'सरस्वती के पास जाना है!' तो उसे लगता, वह सरस्वती को देखने के लिए ही तो रो रहा है! और कभी रविदत्त कहता, 'हमें यों ही पीट देते हैं

सब कोई,' तो उसे लगता वह इसलिए रोता है कि उससे बहुत अन्याय होता है...एक दिन उसने रवि ठाकुर की एक कहानी का अनुवाद पढ़ा 'छुट्टी' जिसमें लिखा था :

'मानवीय संसार में चौदह वर्ष के लड़के से बढ़कर बला दूसरी नहीं है। उसमें न सौन्दर्य है, न उपयोगिता। उसे छोटे बालक की भाँति दुलराया नहीं जा सकता, न उसके संग की विशेष चाह होती है। अगर वह बच्चों के बालकोचित तोतले ढंग से बात करे तो उसे दुधमुँहा कहा जाता है और अगर बड़ों की-सी पक्की बात कहे तो उद्धत समझा जाता है। मतलब यह है कि उसका बोलना ही प्रगल्भता है। सहसा कपड़े-लत्तों के माप का खयाल न करके इस भद्दे ढंग से बढ़ते जाना लोगों की दृष्टि में बेहूदा दीखता है, बचपन का लालित्य और कंठ की मधुरता चली जाने के लिए लोग मन-ही-मन उसे अपराधी समझते हैं। शैशव के बहुत-से दोष क्षम्य समझे जाते हैं पर इस वयस के लड़के की अनिवार्य त्रुटि भी असह्य मालूम होती है। वह स्वयं भी सर्वदा इसे अनुभव करता रहता है कि वह कहीं भी ठीक-ठीक जँचता नहीं, इसलिए अपने अस्तित्व पर वह सर्वदा लज्जित और क्षमाप्रार्थी-सा बना रहता है। किन्तु इसी उमर में ही मन में स्नेह और सम्मान के लिए उसके हृदय में अत्यधिक व्याकुलता होती है...'

उसे पढ़कर उसने देखा, उसके रोने का यही कारण है...एक दिन किसी से उसने सुना, कॉलेज के जीवन में बड़ा सुख है और बड़ी स्वच्छन्दता है। उसे ध्यान हुआ कि उसके भाई मजे में होंगे, बिलकुल स्वच्छन्द होंगे और वह इसी बात से रोने लगा...

लेकिन जहाँ वह यह निश्चय नहीं कर पाया कि वह रोता क्यों है,वहाँ उसकी यह भावना धीरे-धीरे बढ़ने लगी कि संसार में अन्याय-ही-अन्याय है और यह अन्याय विशेष उस पर किया जाने के लिए है! मानो संसार का पहिया उसी को धुरा मानकर उसके आसपास घूम रहा है, जो कुछ है, केवल इसलिए है कि शेखर है...और साथ-ही-साथ उसकी असहिष्णुता बढ़ने लगी...वह जलने लगा उस अन्याय के विरुद्ध...

एक दिन अकारण ही उसने देखा, अब वह और नहीं सह सकता। उसके मन में भाव हुआ, क्या इतने बड़े संसार में मेरे लिए जगह नहीं है। जो मैं यहाँ रहकर अन्याय सहूँ? और वह एक ओवरकोट, एक बिस्कुट का पैकेट, एक डबलरोटी लेकर घर से निकल खड़ा हुआ...

कहाँ के लिए? उसने स्वयं नहीं जाना। उसे इतना ही मालूम था कि वह कहीं को नहीं, कहीं से जाना चाहता है...कहीं से जिसे वह सदा के लिए पीछे छोड़ आया है...

दिन-भर चलकर वह थककर सो गया। दूसरे दिन वह एक जलप्रपात के नीचे पहुँचा और दिन-भर उसी को देखा किया।

लेकिन सौन्दर्य खाया नहीं जा सकता और डबलरोटी खत्म हो गई थी...

शेखर जलप्रपात को देखा किया। पहले उसके प्रति आदर था, आकर्षण था, फिर उसमें एकस्वरता, परिवर्तनहीनता, इसलिए अक्षमता दीखने लगी। फिर शेखर को हुई एक ग्लानि, एक क्षोभ...

और वह लौट पड़ा। एक रात कहीं राह में काटकर दूसरे दिन सबेरे घर पहुँच गया।

उसने घर के जीवन को स्वीकार नहीं किया, लेकिन उसके प्रति एक नए आदर और विस्मय का भाव उसके मन में हुआ...

उसके पिता ने उसके भागने को और उसे चुपचाप स्वीकार कर लिया। उससे पूछा नहीं कि वह कहाँ गया था, क्यों गया था...

अपनी ही अशान्तचित्तता, अस्थिरता शेखर के लिए असह्य होने लगी। उसे लगने लगा, वह कुछ चाहता है, लेकिन क्या चाहता है, यह नहीं जान पाया और इसी को जानने के लिए वह अनेक प्रकार की चेष्टाएँ करने लगा, अनेक रास्तों पर एक साथ ही भटकने लगा...

दूर से देखा जाए, तो मानवता का सारा विकास ही कम-से-कम अभी तक यही है। मानवता कुछ चाहती है, लेकिन जानती नहीं कि क्या और उसे जानने की खोज में, अनेक रास्तों पर एक साथ ही भटक रही है...मानो सारी मानवता, अपने जीवन की गति में, किसी दीर्घ वय:सन्धि पर खड़ी है और अपने से उलझ रही है, उसका यौवन उसके कृतित्व के दिन अभी आगे हैं।

और उस विशाल का एक छोटा-सा प्रतिरूप—समुद्र का अविरल मर्मर अपने भीतर छिपाए छोटी-सी सीपी—शेखर भी अपने से उलझ रहा था और अपने को पाना चाह रहा था।

उसे लगता, उसके शरीर में कोई परिवर्तन हो रहा है। उसे लगता, वह बीमार है, उसे लगता, उसमें बहुत शक्ति और स्फूर्ति आ गई है, उसे लगता, उसे जीवन की एक नई किस्त मिलने वाली है...और वह अपने ही मद से उन्मद कस्तूरी मृग की तरह या प्लेग से आक्रान्त चूहे की तरह या अपनी दुम का पीछा करते हुए कुत्ते की तरह, अपने ही आसपास चक्कर काटकर रह जाता...

जब रात खूब घनी हो जाती, तब शेखर उठता, दबे पाँव बैठक में जाकर ग्रामोफोन उठाकर अपने कमरे में ले आता, दरवाज़े बन्द कर लेता और एक विशेष रिकॉर्ड को बार-बार बजाया करता...किसी अंग्रेज़ी संगीतकार का वायलिन का रिकॉर्ड था, जिसका नाम देखने का उसे कभी ध्यान नहीं हुआ और जिसकी तर्ज असंख्य बार सुनकर भी याद नहीं हुई। लेकिन उसके आरम्भ में ही जब एक भरे हुए मन्द स्वर के बाद एकाएक तीखी पुकार-सी होती, तब शेखर को लगता, उसके इस

अकस्मात् बलिष्ठ तीखेपन ने मानो शेखर के बाहर कोई झिल्ली-सी चीर दी है और वह रेशम के कीड़े की तरह, या तितली की तरह, किसी परकीय बन्धन से बाहर निकल आया है...और वह उसी रिकॉर्ड को, कभी-कभी उस उतने अंश को, बार-बार बजाता जाता और पाता कि वह पुराना नहीं होता है, शेखर उस तल पर से, भूमि पर नहीं उतरता है...वह बत्ती बहुत धीमी कर देता और कभी रोने लगता। उसके स्वप्न भागते-ओ तू संगीत, तू कहाँ की, किसकी पुकार है? कहाँ जाने की प्रेरणा मुझे देता है? मैं जो बद्ध हूँ, किस मुक्ति का वचन, किस अबाध का दिया वचन, मुझे सुनाता है?

तब वह एकाएक रिकॉर्ड बन्द करके कविता लिखने लगता...

लेकिन वह समाप्त होते ही उसे लगता, उसका शरीर फिर जाग उठा है, वह फिर झिल्ली के भीतर बँध गया है। अपने शरीर की माँग वह नहीं समझता, लेकिन उसे लगता, वह कुछ अनुचित है। कुछ निषिद्ध, कुछ पापमय और वह चाहता कि किसी तरह उसे दबा डाले, कुचल डाले, धूल में ऐसा मिला डाले कि उसका पता भी न लगे, चाहे शरीर ही उसके साथ क्यों न नष्ट हो जाए...

वह मन उस पर से हटाना चाहता। यह तो वह जानता नहीं था कि इसका साधन क्या है, लेकिन कविता में रुचि थी और इसलिए उसे आशा थी कि वह उसमें अपने को भुला सकेगा। वह हर समय, हर प्रकार की कविता पढ़ने लगा। उसने संस्कृत-कवि पढ़े, उसने उर्दू से अनुवाद पढ़े, उसने जो कवि उसकी पाठ्य-पुस्तकों में थे-टेनिसन, वड्सर्वर्थ, शेली, क्रिस्टीना रोजेटी, स्कॉट-सब समूचे पढ़ डाले। फिर उसने वे कवि पढ़ने आरम्भ किए, जो उसकी पुस्तकों में नहीं थे लेकिन जिनके नाम उसने पढ़े और सुने थे-कीट्स, बालरन, रोजेटी, स्विनबर्न, अनुवाद में टासो और दाँते तक...कुछ उसने समझा, अधिकांश नहीं समझा, लेकिन जहाँ नहीं समझा, वहाँ मानो अपने को दबाने, दंडित करने के लिए और भी निष्ठा से पढ़ा।

लेकिन यहाँ भी कुछ कविताएँ उसके मन में बैठ गईं और उसे उसी अशान्ति की ओर खींचने लगीं...टेनिसन की 'लेडी ऑफ़ शैलाट', 'मे क्वीन' और 'इनोनी की मृत्यु' की ये पंक्तियाँ :

*Ah me, my mountain shepherd, that my arms*
*Were wound about thee, and my hot lips prest*
*Close, close to thine in that quick-falling dew*
*Of fruitful kisses, thick as autumn rains*
*Flash in the pools of whirling Simois—**

* ओ प्रिय चरवाहे, काश कि मेरी बाँहें तुझे बाँधे होतीं और मेरे तप्त ओठ तेरे ओठों से मिले हुए होते सफल चुम्बनों की तीखी बौछार में, जैसे सिमाई के सरोवरों पर शिशिर की घनी वृष्टि!

इन्हें पढ़कर उसका शरीर तन उठता, उसकी बाँहें काँपने लगतीं और उसका सिर घूम उठता...और जिस दिन पहले-पहल रोजेटी की दो पंक्तियाँ उसने कहीं उद्धृत देखीं :

> *Beneath the glowing throat the breasts half-globed*
> *Like folded lilies deep-set in stream**

उस दिन उसे लगा, उसके भीतर एकाएक बल का इतना असह्य स्रोत उमड़ आया है कि उसे रोमांच हो आया...वह विवश बाहर निकला, कुछ न पाकर उसने कुल्हाड़ी उठाई और रसोई के पीछे जाकर कितनी ही लकड़ियों की चैलियाँ बना डालीं। तब आकर वह फिर लेडी नार्टन की एक कविता पढ़ने लगा—'I Do Not Love Thee' और उसे लगा, वह कुछ शान्ति पा रहा है...

कुछ कविताएँ ऐसी भी थीं जिन्हें पढ़कर उन्हें न समझने पर भी उसे शान्ति मिलती थी, यद्यपि वह बहुधा एक व्यथित और अस्थिर-सी ही शान्ति होती थी। रोजेटी की 'Blessed Damozel' और ये पंक्तियाँ :

> *Like a vapour wan and mute*
> *Like a flame, so let it pass,*
> *One low sigh across her lute,*
> *One dull breath against her glass,*
> *And to my sad soul alas? One salute,*
> *Cold as when Death's foot shall pass.***

या वे जहाँ प्रेमी अपनी अत्यन्तगता प्रेयसी के केशों का स्पर्श अनुभव करता है और एकाएक जानता है :

> *Nothing : the autumn fall of leaves.****

और स्विनबर्न की कुछ कविताएँ, जिन्हें पढ़ते हुए वह सहसा ज़ोर से पढ़ने लगता—उसके शब्दों में ही ऐसी बाध्य करने वाली लय थी...और हाँ, कालिदास का अजविलाप, जो उसे अब याद आया, सरस्वती भी कई बार गाया करती थी :

> *स्रगियं यदि जीवितापहा हृदये किं निहिता न हन्ति माम् ?*

और मानो एकाएक उसका सारा व्यक्तित्व ही मृत्यु माँग उठता था और दुहराता था—'किं न हन्ति माम् ?'

इस प्रकार शेखर अपने ही प्रवाह में बहा जा रहा था। लेकिन बीच-बीच में ऐसे भी क्षण आते थे, जब सब कुछ उसके लिए जैसे बहुत स्पष्ट, बहुत सीधा, बहुत

---

* शुभ्र कंठ के नीचे कुचों की गोलाई, जैसे सोते के जल में अर्धमुकुलित कुमुदिनी...

** दुर्बल, मूक, वाष्प-सा, आग की लौ-सा (मेरा प्यार) बीत जाए; उसकी वीणा पर काँपती लम्बी साँस और मेरी आत्मा के लिए प्रणति—मृत्यु के चरण-चाप-सी शीतल!

*** कुछ नहीं, केवल शिशिर के पत्तों का झरना...

परिचित हो उठता था—वैसे क्षण जैसे एक क्षण का चित्र रोजेटी ने भी अपनी एक कविता में खींचा है—'आकस्मिक आलोक'। और तब इस अत्यधिक प्रकटता से ही उसे दुख होता था...एक दिन रोजेटी पढ़ते-पढ़ते उसने किताब बन्द कर दी और आँखें भी बन्द करके गुनगुनाने लगा :

*Such a small lamp illumines on this high way.*
*So dimly so few steps in front of my feet,*
*Yet shows me that her way is parted from my way;*
*Out of sight, beyond light, at what goal may we meet;**

तभी उसे वैसा एक क्षण प्राप्त हुआ, उसके भीतर किसी ने कहा, 'Shekhar You are in love!' (शेखर, तुम प्रेम करते हो!)

और फिर समूचे शरीर ने तनकर कहा, 'हाँ, हाँ, प्रेम करता हूँ।'

लेकिन किससे?

कुछ ही दिन बाद उसने कहीं एक कविता पढ़ी :

*A lad there is, and I am that poor groom :*
*That's fallen in love and known not with whom***

उसे क्रोध हो आया कि मेरी यह जो अभूतपूर्व दशा थी, यह क्यों और किसी की भी हो चुकी है...

तब शेखर ने कहा, 'नहीं, मैं प्रेम नहीं करता। नहीं करूँगा।'

और, क्योंकि कविता उसे हर समय इसकी याद दिलाती थी, इसलिए उसने कविता पढ़ना भी छोड़ दिया। अब उसने गहन-से-गहन विषयों की पुस्तकें निकालकर पढ़नी शुरू कीं। सबसे पहले नीत्शे का 'Thus Spake Zarathustra,' फिर डारविन की विकासवाद-सम्बन्धी किताबों से शंकर, विवेकानन्द, रामकृष्ण परमहंस की जीवनियों, डॉक्टरी की किताबों, होमियोपैथी, मानसिक रोग-सम्बन्धी साहित्य, शरीर-विज्ञान, प्राणायाम और यौगिक क्रियाओं और खाद्य-विज्ञान तक पुस्तक कोई हो, कैसी हो, ज़रूरी केवल यह था कि वह ऐसी हो कि पढ़ने में रुचि न हो, मन को ठोक-पीटकर पढ़ी जा सके...

और वह अपने ही पर वे सारे प्रयोग करने लगा जो उसे इन विभिन्न पुस्तकों में मिले...

उसने अपनी दिनचर्या को बड़े कठिन नियंत्रण में बाँधा। प्रातः पाँच बजे उठना, और ठंडे पानी से नहाकर (जबकि वहाँ पर गर्मियों में भी कोई ठंडा पानी नहीं सहता

---

* इस राजपथ पर एक बहुत छोटा-सा दीप आलोकित करता है,
बहुत क्षीण प्रकाश में बहुत थोड़े-से कदम मेरे सामने,
किन्तु फिर भी स्पष्ट दीखता है कि मेरा मार्ग उसके मार्ग से अलग है—
क्षितिज के पार, आलोक से परे किस ध्रुव पर फिर हमारा मिलन होगा!

** एक व्यक्ति है—और मैं ही वह अभागा हूँ—जो प्रेम करता है और जानता नहीं कि किससे!

था और स्वयं शेखर को उसका बिलकुल अभ्यास नहीं था) तौलिए से बदन रगड़ना, साढ़े पाँच बजे खिड़की के बाहर कूदकर घूमने जाना (किवाड़ खोलने पर पिता जाग जाते और शेखर अपना पता किसी को देना नहीं चाहता था, उसे डर था कि पिता फ़ौरन उसके प्रोग्राम में दखल देंगे और ठंडे पानी का स्नान तो अवश्यमेव बन्द कर देंगे जिस पर शेखर का खास ज़ोर इसलिए है वह सबसे अप्रिय काम है उसकी दिनचर्या में...); सबेरे नाश्ता नहीं करना, दस बजे भोजन, यदि दस बज के पाँच मिनट तक न मिल जाए तो उपोषण, फिर चाहे माँ कुछ ही कहें और इसी प्रकार सारा दिन नियम के बाहर कोई वस्तु नहीं खानी (पानी पीने के भी समय नियत थे)। किसी से बोलना नहीं, ताश नहीं खेलना (ऐसा 'फिजूल' कोई खेल नहीं खेलना)। गरज यह कि चर्या के बाहर कोई भी बात नहीं हो सकती थी और चर्या ब्रिटिश शासन की तरह, मनोनीत अर्थ की अनुमति भी नहीं देती थी। उसमें परिवर्तन के लिए स्थान था तो एक—कि जिस काम में बहुत अनिच्छा हो, उसे दो बार किया जाए। प्राय: शेखर को दो बार नहाना पड़ जाता था, जिसका तरीका यह था कि पहली बार नहाकर बदन सुखाकर कपड़े पहन ले और गर्म होते ही उन्हें उतारकर फिर नहाए...

कभी रोटी में देर हो जाती, तो वह नहीं खाता। माँ आग्रह करती, तो भी नहीं सुनता—सुनना 'मोह' था और तब वह समझ लेती कि मुझ ही पर क्रोध है और वह भी न खाती...एक बार उन्होंने तीन दिन खाना नहीं खाया, पर शेखर टस-से-मस नहीं हुआ, उसने माँ से यह भी कहा कि तुम खा लो, वह इसी पर झुँझलाता रहा कि माँ क्यों मुझे डिगाना चाहती है। तीसरे दिन माँ ने कुढ़कर कहा, 'अच्छा मुझे क्या, मरे चाहे जिए, मुझसे नहीं ये ढंग सहारे जाते', और रोटी खा ली। उसके बाद उसने शेखर के काम में कुछ भी रुचि रखना छोड़ दिया—कम-से-कम मुँह से कभी कोई शब्द नहीं निकाला...

एक दिन शेखर ने माँ को पिता से कहते सुना, 'यह लड़का तो पागल हो जाएगा। इसे किसी को दिखाओ—इसका दिमाग़ ख़राब हो रहा है।'

शेखर ने जाकर Moore's Family Medicine निकाली और आरम्भ से उसके पन्ने उलटने लगा (अनुक्रमणिका देखनी उसे तब नहीं आती थी)। किसी नए रोग का नाम पढ़कर उसका निदान पढ़ता और निश्चय हो जाता कि यह उसे है। इसी प्रकार सौ-पचास रोगों के लक्षण अपने में पाकर वह मानसिक रोगों तक पहुँचा, तब उसने देखा, Melancholia भी उसे है। उसके बाद वह Hypochondria पर पहुँचा, और उसके लक्षण पढ़ते हुए उसने पढ़ा, 'इस रोग का रोगी प्राय: डॉक्टरी की किताबें पढ़ता है और उसे वहम रहता है कि प्रत्येक रोग उसे हुआ है...' शेखर ने कहा, 'अरे, यही तो मुझे है!'

उसने किताब बन्द कर दी। तब एकाएक उसके सब रोग दूर हो गए, वह ठठाकर हँस पड़ा...

लेकिन वह शरीर के भीतर-ही-भीतर कुछ अशान्ति, कुछ प्रस्फुटन—वह बन्द नहीं हुआ। वह वैसा ही अनुभव करता रहा जैसा भूमि के नीचे ही नीचे अंकुर फूटने से पहले कोई बीज करता होगा—एक नए जीवन की उत्पत्ति के दबाव से फटता हुआ सा...

वह एक नई दृष्टि से अपने माता-पिता की ओर देखने लगा। उसके सारे उत्तरहीन प्रश्न, जिन्हें उसने किसी तरह दबा रखा था और निरन्तर दबाने की चेष्टा करता जाता था, दुगुने दबाव से, दुगुनी शक्ति से, उसे सताने में एक पाशविक हिंस्र सुख पाते हुए, लौट-लौटकर आने लगे...और उसके कुछ एक प्रश्नों के जो अधूरे उत्तर उसे नौकरों से या पिता के चपरासियों से या चुराकर पढ़ी हुई किताबों से मिले उनसे उसकी उग्रता और भी बढ़ गई...

एक दिन शेखर के माता-पिता में लड़ाई हो गई।

झगड़े उनके कई हुए थे। गर्जन-तर्जन, कुछ वर्षा, कभी कुछ दिन अनबोला और माँ की ओर से अनाहार—यह कोई बड़ी बात नहीं थी। शेखर को इसकी विशेष चिन्ता नहीं होती थी—सिवाय इसके कि ऐसे दिनों में वह दोनों से बचकर रहने की, जहाँ तक हो सके उनके सामने न आने की—चेष्टा में रहता था।

पर उस दिन, उनकी बातों की भनक कान में पड़ते ही शेखर ने जान लिया कि यह झगड़ा कुछ और प्रकार का है। वह जो कुछ थोड़ा-बहुत वहीं से सुन सकता था, सुनने की चेष्टा करने लगा—पास आने की उसे हिम्मत नहीं हुई। वह अधिक नहीं सुन पाया, केवल कभी जब उनके स्वर बहुत ऊँचे हो जाते, तभी वह कुछ सुन लेता...

माँ ने कहा, 'तब मुझे मार डालो...'

पिता ने कहा, 'कुछ शर्म करो, कोई—'

आगे कुछ कहा ज़रूर, पर शेखर सुन नहीं पाया। वह दबे पाँव उठकर किवाड़ के पीछे आया और उसकी आड़ में से झाँककर, धक् से होकर एकदम लौट गया।

छोटी गोल मेज़ के एक ओर पिता खड़े थे, और उनके सामने दूसरी ओर माँ थीं—उनका आँचल सिर पर नहीं था और छाती खोलकर खड़ी वे कह रही थीं, 'तो मुझे मार डालो...'

पिता एकदम दफ्तर चले गए। शेखर ने कमरे में एक विचित्र-सा स्वर सुना—शायद माँ छाती पीट रही थीं...दो-चार बार पीटकर वे कहीं दूसरे कमरे में चली गईं।

शेखर खिड़की के आगे बैठा था। वहीं से बाहर देखता हुआ इस घटना को मन में फेरने लगा...उसे याद आया, कुछ दिनों से माता-पिता में जाने क्यों कुछ खिंचाव-सा था। वैसे उसने उसे महत्त्व नहीं दिया था, लेकिन आज उसे जान पड़ने लगा कि इस विस्फोट का मूल कई दिनों से फैलता चला आ रहा है...

खिड़की के सामने से होकर माँ निकली। शेखर ने देखा, उनकी चाल में एक दृढ़ता है जो सदा नहीं होती और वे सीधी, तेज़ी से चली जा रही हैं और फिर वह सोचने लग गया...

शाम को पिता दफ्तर से लौटे। उन्हें द्वार पर मिलने कोई नहीं आया। भीतर गए। नौकर ने चाय तैयार कर रखी थी, पर वहाँ कोई नहीं बैठा था। सोने के कमरे में गए। वहाँ कोई नहीं था। रसोई के आँगन में गए। वहाँ कोई नहीं था। बाहर झाँका नौकर चुपचाप खड़ा था। शेखर ने स्वयं न प्रकट होते हुए भी यह सब देख लिया।

पिता ने आकर पूछा, 'तुम्हारी माता कहाँ है?'

'पता नहीं।'

'रविदत्त, चन्द्र, यहाँ आओ?'

'जी?'

'तुम्हारी माता कहाँ है?'

'पता नहीं, अन्दर होंगी।'

'अन्दर तुम्हारा सिर?' पिता धधक उठे। उन्होंने पूरे हाथ से एक तमाचा चन्द्र के लगाया, एक रवि के, जिससे दोनों भन्ना गए। फिर शेखर के पास आकर उसे छाती में इतनी ज़ोर से धक्का दिया कि वह दूर कुर्सी से टकराकर गिरा!

'तुम सब यहाँ किसलिए मरे हो जब माँ का पता नहीं रख सकते?'

विवश क्रोध की चरम सीमा एक आदर माँगने वाली चीज़ है। शेखर ने उठकर बिना प्रतिहिंसा के पिता की ओर देखते हुए कहा, 'आप दफ्तर गए थे तब घूमने गई थीं।'

पिता ने कान के पास घूँसा लगाते हुए कहा, 'पहले क्यों नहीं कहा था।'

फिर एकाएक उनका स्वर टूट गया। बोले, 'वह गई...चली गई...'

ये शब्द मानो उन्हें और भी जड़ित करने लगे। उन्होंने कहा, 'गई—ज़रा-सी बात पर यों ही लड़कर चली गई...।' ऐसा जान पड़ने लगा मानो वे हिलना चाहते हैं और हिल नहीं सकते। तीर से आहत उठने से विवश हिरन की तरह वे शेखर की ओर देखने लगे और बोले, 'शेखर तुम्हारी माँ चली गई...'

तब एकदम से उनका जड़ित क्रोध सजीव क्रिया में परिणत हो गया। गिरकर नीचे ही बैठे हुए शेखर को बालों से पकड़कर उठाते और बाहर की ओर ढकेलते हुए उन्होंने कहा, 'मरते क्यों नहीं तुम, जाओ उसे ढूँढ़ो?' किवाड़ को लात मारकर खोलते हुए कहा, 'किधर गई थी वह!' और बाहर दौड़ पड़े। शेखर एक ओर गया, वे दूसरी ओर। नौकर भी कुछ समझकर एक ओर को चल पड़ा...

घर से दो मील पर एक जंगल था, उसी के पास एक खुली जगह में माँ इधर-उधर घूम रही थीं।

शेखर ने दूर से उन्हें देखा और साथ ही देखा कि और दूर, दूसरी ओर से पिता चले आ रहे हैं। वहीं से वह उलटे पाँव लौट पड़ा, उसे लगा कि वह मर भी जाए तो उससे आगे का दृश्य देखने के लिए नहीं रुक सकेगा।

अँधेरा होते-होते दोनों लौट आए। पिता ने बाहर ही से नौकर को आवाज़ दी, 'हम खाना नहीं खाएँगे—माँजी की तबीयत ठीक नहीं है।' और सोने के कमरे में चले गए। द्वार बन्द कर लिया।

सबेरे शेखर ने देखा, कुछ नहीं है। लड़ाई के चिह्न ही नहीं, वह पहले के बादल भी मिट गए हैं। शेखर के जीवन में पहली बार, पिता ने चाय का आधा प्याला पीकर माँ से कहा, 'आज बहुत अच्छी बनी है—ले, यह प्याला तू पी।'

शेखर ने कुछ और भी देखा। घर की एक जो युवती नौकरानी है—जो कमला को खिलाती है और सदा हँसती रहती है, वह बड़ी सहमी हुई सी और 'दूर-दूर' हो रही है, यद्यपि उसे किसी ने कुछ नहीं कहा।

शेखर घर के बाहर खड़ा था, दुपहर का समय था।

तार वाले ने एक तार लाकर दिया। शेखर ने पिता की ओर से दस्तखत किए, और तार लेकर भागा हुआ भीतर गया।

पिता सोने के कमरे में थे—द्वार बन्द था। शेखर ने जल्दी से द्वार खोला और कहा, 'पिताजी—'

माता-पिता अलग हट गए। पिता ने एक बार घूरकर उसकी ओर देखा, फिर सहज स्वर में कहा, 'क्या है ?' लेकिन माँ लज्जा से सकपकाई हुई सिर झुकाए और मुँह फेर खड़ी रही।

पिता ने फिर कहा, 'क्या है ?'

शेखर ने लपककर तार पिता को दे दिया।

उन्होंने पढ़कर कहा, 'सुनो सरस्वती के लड़की हुई है।'

माँ ने विस्मय से कहा, 'अयँ, अभी ?'

पिता ने कहा, 'शेखर तुम जाओ।'

शेखर धड़कते हुए हृदय से बाहर चला आया, पीछे द्वार बन्द करता हुआ, ताकि उसकी आड़ में खड़ा होकर सुन सके।

माँ ने कहा, 'अभी तो आठ महीने हुए हैं—'

पिता ने विस्मय दिखाते हुए कहा, 'हाँ, देखो—'

शेखर को लगा, वे द्वार की ओर आ रहे हैं। वह भाग गया।

सरस्वती के लड़की हुई है। सरस्वती के।

और शादी के बाद रमा अपने पति के घर चली गई।

शेखर सोचने लगा—तब सरस्वती के शरीर में भी लड़की छिपी हुई थी? और उस दिन सरस्वती ने कहा था, मुझे नहीं पता! आज होती तो शेखर पूछता, आज तो उसे पता है ही, अगर उस दिन नहीं भी था। पर क्या वह बताती? और इसी उलझन में शेखर को याद आया—उस समय जब उसने द्वार खोला, तब क्या था जिससे वे सहमे? क्यों माँ लज्जित हुई?

था कुछ नहीं—उसने देखा था। पिता की बाँहें माँ को घेरे हुए थीं और पिता कुछ कह रहे थे। बस, शेखर जानता है कि कभी स्वयं उसकी बाँहें मानो किसी को घेर लेने को, दबा डालने को फड़क उठती हैं, और इसकी कल्पना में उसे सुख होता है, अभिमान होता है, अपने प्रति आदर होता है। तब वह डर, वह लज्जा क्यों, क्यों? क्यों? बाँहें बाँहें हैं, सामर्थ्य सामर्थ्य है, क्या था जो छिपा रहा, जो शेखर ने नहीं देखा और जो लज्जास्पद है...

अभी ये प्रश्न गूँज ही रहे थे कि सरस्वती का पत्र आया—लड़की मर गई है।

माँ ने पढ़कर पिता से कहा, 'उसने लिखा है, लड़की अठमासी थी।' फिर कुछ ऐसे भाव से कि 'यही होना था', उन्होंने कहा, 'हाँ—आँ!'

चार दिन और छह घंटे की होकर लड़की मर गई है और माँ कहती है, सरस्वती ने लिखा है कि लड़की अठमासी थी। यह और नया रहस्य क्या है?

शेखर ने मौका पाकर रसोइए से पूछा, 'आठमासा बच्चा कैसा होता है?'

'जो आठ मास बाद पैदा हो जाए।'

'क्या मतलब? किससे आठ मास बाद?'

'बच्चा नौ महीने माँ के पेट में रहता है न—'

इसे गाँठ में बाँधते हुए शेखर ने पूछा, 'वहाँ कैसे आता है?'

रसोइया हँसने लगा...बोला, 'शेखर बाबू, यह अत्ती से पूछो,' और उस युवती नौकरानी की ओर इशारा करके और भी ज़ोर से हँसने लगा...

शेखर उससे कुछ शरमाता था, पर उसके पास भी गया। वह शेखर की भाषा नहीं जानती थी, शेखर किसी तरह उसकी भाषा में इतना ही कह पाया, 'बच्चा—किस तरह?'

अत्ती हँसने लगी, उसे शेखर का प्रश्न नहीं समझ आया। उसने शेखर की नकल लगाते हुए कहा, 'बच्चा—किस तरह?' और फिर दोनों हाथ घुमाकर जताया कि मैं नहीं समझी...

शेखर किसी तरह अपना प्रश्न समझाने की चेष्टा ही में था कि माँ ने आकर पूछा, 'तू यहाँ क्या कर रहा है?'

शेखर सकपका गया, अत्ती अपने काम में लग गई। माँ ने और भी सन्दिग्ध स्वर में कहा, 'क्या कर रहा तू अत्ती के पास? क्यों री अत्ती, क्या कहता है यह?'

अत्ती ने सिर झुकाते हुए कहा, 'मुझे तो पता नहीं।'

शेखर चला गया।

इस अन्धकार के पट पर बिजली की तरह थिरकती हुई आई एक रेखा—शारदा।

शेखर के पिता का बँगला बबूल के वृक्षों और झाड़ियों से घिरे हुए एक पहाड़ के अंचल में है। उनके घर के सामने, तलहटी के पार के पहाड़ के शिखर पर एक छोटा-सा पेड़ है, जिसकी शाखाएँ और पत्तियाँ मिलकर आकाश की पृष्ठभूमि पर अंग्रेज़ी 'एस' (S) अक्षर का आकार बना देती हैं। शिखर से कुछ उतरकर चारों ओर यह पहाड़ देवदारु, चीड़ और युकलिप्टस वृक्षों के वन से घिरा हुआ है। यही सुदूर चित्र शेखर की चंचल आँखों का एकमात्र खाद्य है, आँखें जो किसी नूतनता की, किसी परिवर्तन की भूखी हैं और जो अपने सब ओर परिव्याप्त एकस्वरता से उकताई हुई हैं। शेखर के पिता उस देश में परदेशी हैं, उनकी उत्तर भारत की प्रान्तीयता यहाँ दक्षिणी प्रान्तीयता और साम्प्रदायिकता में खो गई है, वे आदरणीय होकर भी बहिष्कृत हैं और इससे उत्पन्न अकेलेपन के अलावा शेखर अकेलेपन की उस भयंकर अवस्था में भी है जिसमें संसार का सारा अन्याय, सारा धैर्य और भय, साहस और कायरता, उद्दंडता और विश्वास और सन्देह, स्नेह और क्रोध, प्रेम और विद्वेष एक साथ ही भरा हुआ है...

अनेक भूखों भूखा शेखर, स्वयं अपनी भूख को न पहचाने वाला शेखर, अपने किसी प्रश्न का उत्तर न पाकर, सब ओर उपेक्षा और निराशा की दीवारें खड़ी पाकर, अपने कमरे की खिड़की के आगे बैठ जाता था और आकाश में बिखरे-से उस S चिह्न को देखता हुआ सोचा करता था, यह क्या मेरा ही नाम विधाता ने इस त्रिराट् शून्यता में लिख डाला है, क्या डेमाक्लीज़ की तलवार की तरह यह शाप सदा ही मेरे ऊपर मँडराता रहेगा?

तभी एक दिन माँ को एकाएक याद आया कि संसार में उनके अलावा भी कोई बसता है और उन्होंने मिलने की ठानी।

शेखर के पड़ोस में—उस बिखरे हुए पहाड़ी इलाके में पाँच-पाँच मील का पड़ोस होता था—एक मद्रासी परिवार रहता था। उसके वयस्क प्राणियों को शेखर देख चुका था—वे एक-आध बार मिलने आए थे। विदेश में शिक्षा पाकर उन्होंने सीखा था कि संसार यदि पृथ्वी पर फैला हुआ नहीं तो कम-से-कम अपने घर की परिधि से अधिक ही विस्तृत है और उन्हीं की इस भेंट को 'लौटाने' के लिए माँ उनसे मिलने जा रही थीं। शेखर को साथ जाने की आज्ञा मिली थी क्योंकि जिनके

यहाँ जाना था वे हिन्दी नहीं जानते थे और शेखर की माँ न उनकी भाषा जानती थी, न अंग्रेज़ी।

नूतनता का भूखा शेखर, खुशी–खुशी माँ के साथ चल पड़ा।

वे वहाँ पहुँच चुके हैं। युकलिप्टस के वृक्षों का छोटा–सा कुंज पार करके वे उनके बँगले में घुस आए हैं और प्रारम्भिक परिचय इत्यादि हो चुका है। जब वह और उसकी माँ बँगले के बाहर लगे हुए तख्ते पर बँगले का नाम 'गरुड़–नीड़' पढ़कर भीतर घुसे, तब उन्होंने देखा, बँगले के सामने घास पर गृहस्वामिनी बैठी है, और उसके पास एक युवती और इन दोनों से कुछ दूर पर मटर की बेलों के मध्य में खड़ी एक लड़की फूल तोड़ रही है। पैरों की आहट सुनकर उसने चौंककर नवागन्तुकों की ओर देखा, फिर जल्दी से अपने खुले बालों में अटके हुए फूलों को छिपाती हुई अन्दर भाग गई, तब दोनों बैठी हुई स्त्रियाँ उठीं और स्वागत को बढ़ आईं। किसी तरह परिचय हो ही गया, क्योंकि परिचय प्राप्त करने के लिए अधिक बोलने की आवश्यकता नहीं है, वह तो मुस्करा भर देने से हो जाता है।

सब लोग भीतर चले गए हैं, एक सजे हुए कमरे में बैठे हैं। माँ कुर्सी पर बैठी हैं, पुत्र उसके पास ही खड़ा है (यद्यपि उसे कुर्सी दिखाकर बैठने का इशारा किया जा चुका है); गृहस्वामिनी अँगीठी के पास लकड़ी के चौखट पर बैठी है और युवती उसकी पुत्री, फ़र्श पर।

और सब चुप हैं। गृहस्वामिनी प्रतीक्षा में, पुत्री इसलिए कि उसका कोई कर्तव्य नहीं है, माँ इसलिए कि वह अंग्रेज़ी नहीं जानती, पुत्र पर ही आशा लगाए बैठी है, और पुत्र इसलिए कि इस नए संसार की अत्यधिक नूतनता में उसे कुछ भी कहने को नहीं मिलता है। वह कभी अपने पैरों की ओर देखता है, वे उसे अत्यन्त भद्दे जान पड़ते हैं, तब वह दाहिने पैर को बाएँ पैर के और बाएँ को दाहिने के पीछे छिपाने का प्रयत्न करता है और फिर यह सोचकर कि सब लोग मेरे उजड्डपन पर हँस रहे होंगे, अपने को कोसता है, कभी अपने हाथों की ओर देखता है तो वे उसे बहुत बड़े–बड़े बेहूदा और निकम्मे जान पड़ते हैं, वह एक हाथ से दूसरे को पकड़कर सोचता है कि इन्हें कहीं छिपा दूँ या काट डालूँ और कभी उसका ध्यान अपने कपड़ों की ओर जाता है, तो संसार में कभी किसी ने ऐसे भद्दे कपड़े नहीं पहने होंगे, अपने खड़े होने के ढंग की ओर ध्यान जाता है तो ऐसे खड़ा है, जैसे किसी सर्कस का ज़िराफ़...और यह सोचकर वह धम्म से बैठ जाता है, गृहस्वामिनी उसकी ओर देखती है, तो सोचता है, यह सोच रही है कि इस जंगली को बैठना भी नहीं आता! अभागा बेचारा और अभागी वयःसन्धि!

ऐसे तो काम नहीं चलेगा। कुछ बात चलती न देखकर गृहस्वामिनी ही एक चेष्टा करती है।

'तुम कौन–सी क्लास में पढ़ते हो!'

जिस घोर मन:शक्ति को लगाकर उसने उत्तर में कहा, 'मैं घर ही पढ़ता हूँ,' उसकी कोई क्या कल्पना करेगा।

'कोई परीक्षा दोगे?'

उत्तर में एक शब्द और वह सोच रहा है कि वह शब्द भी बहुत है—'मैट्रिक'।

तब उसकी माँ पूछती है, वे क्या कह रही हैं? और बताने लगता है। उसे क्षण-भर जीवन मिल जाता है।

एक दूसरा स्वर कहता है, 'बिना स्कूल गए परीक्षा दी जा सकती है?' यह उस युवती का प्रश्न है।

'हाँ।'

एक तीसरा स्वर कहता है, 'अरे, यह कैसे?'

वह चौंककर देखता है। कमरे में उस लड़की ने प्रवेश किया है जो बाहर फूल तोड़ती हुई भाग गई थी। वह एक बार बड़ी-बड़ी खुली आँखों से जल्दी-जल्दी उसे देख जाता है—कहीं आँखें न मिल जाएँ! और फिर अपने पैरों की ओर देखने लगता है—भद्दे पैर! अपने हाथों की ओर—निकम्मे हाथ!

उसके प्रश्न का उत्तर नहीं दिया गया है। उसकी माँ कहती है, 'यह मेरी लड़की है—शारदा।' पर किसी के कुछ कहने के पहले ही वह अपना प्रश्न दुहराती है, 'बिना स्कूल जाए परीक्षा कैसे दी जा सकती है?'

थोड़ी देर मौन के बाद उसे ध्यान आता है, इस प्रश्न का उत्तर अब भी नहीं दिया गया है। यह अशिष्टता है, इस बात को सोचकर वह और भी घबरा जाता है, और उत्तर देने में सर्वथा असमर्थ हो जाता है! तब वह कहती है, 'क्या सोच रहे हो, उत्तर क्यों नहीं देते?'

कैसी बेहया है यह लड़की! मैं उत्तर नहीं दे रहा हूँ, तब भी इतने प्रश्न पूछती जा रही है! यही सोचते हुए वह देखता है कि लड़की के वेष्टन में भी लज्जा नहीं है। उसके अभी तक कुछ गीले बाल, जो बाहर खुले हुए थे, अब एक रेशमी रिबन से बँधे हैं, शरीर पर वह एक सफेद कुरती पहने हैं और एक एड़ियों से ऊँचा सफेद लहँगा या पेटीकोट और वह बिलकुल निर्लज्ज कौतूहल से उनकी ओर देख रही है, ऐसी दृष्टि से जो उसे अधिकाधिक व्यस्त करती जाती है और क्रोध भी दिलाती जाती है।

और इस अवकाश में सब चुप हैं। माँ शेखर से पूछती है, 'ये क्या कह रहे हैं?'

तो वह अपनी चुप्पी छिपाने के लिए टालते हुए धीरे से कहता है, 'कुछ नहीं।'

माँ भी तो माँ है। वह समझती है। बेटे से पूछती है, 'शर्मीले को अंग्रेज़ी में क्या कहते हैं?'

'Shy'

और कहते ही वह समझ जाता है और अपने को कोसने लगता है और उसकी माँ मुस्कराकर उसकी ओर उँगली उठाकर कहती है, 'यह Shy है।'

वे सब समझती हैं और हँस पड़ती हैं। पर अभी उसके अपमान का प्याला नहीं भरा है, अभी उसके धूल में पड़े हुए शरीर को रौंदा भी जाएगा! शारदा हँसकर उसकी ओर देखती हुई कहती है—'Good gracious such a big silly boy like you! (अरे, इतना बड़ा होकर भी!)

माँ धरित्री! तू फट क्यों नहीं जाती! वह अपना अपमान नहीं सह सकता, उसे तू कैसे सह रही है? और यह बेहया लड़की तो पता नहीं क्या कह डालेगी...

आह! उसकी जान में जान आई—शारदा की माँ उसे डाँट रही है। अवश्य चाहिए। नूतनता नूतनता है, पर ऐसी बेहयाई!

शारदा कुछ अप्रतिभ-सी होकर उठी और चली गई।

तब, किसी-न-किसी तरह, सभ्यता द्वारा निर्दिष्ट इस भेंट को पूरा करने के लिए बातचीत चलने लगी।

पर उसका समापन अभी दूर था। शारदा फिर आई, अबकी बार अपने बाएँ कन्धे पर बहँगी की तरह वीणा रखे हुए। आकर उसके पैरों से कुछ ही दूर हटकर फ़र्श पर बैठ गई।

माँ ने बेटे से कहा, 'पूछो, कोई वीणा बजाता है? बड़ी अच्छी लगती है।'

बेटा, शारदा की माँ की ओर उन्मुख होकर कहता है, 'पूछती हैं, कोई वीणा बजाता है? बड़ी अच्छी लगती है।'

'हाँ, शारदा बजाती है।'

वह चुप। इसके बाद वार्तालाप की स्वाभाविक गति क्या प्रेरणा करती है, वह नहीं सोचता। शारदा से प्रार्थना करने का, कुछ भी कहने का, काम उससे नहीं होगा...

शारदा हँसती है। वीणा की तारें काँपने लगती हैं।

उसका आत्मसम्मान कहता है, 'यह अपनी मुखरता पर लज्जित है।' उसकी बुद्धि कहती है, 'अपनी माँ को प्रसन्न करने की चेष्टा कर रही है!'

ये वय:सन्धि के दिन थे, जभी तो। नहीं तो शायद वह समझता कि ये दोनों ही कारण नहीं हैं, कारण है स्त्री-प्रकृति का एक निगूढ़ तत्त्व, उसकी अत्यन्त सुलभ एक बाहरी वैपरीत्य जिसमें उसका सौन्दर्य और उसकी सामंजसता छिपी हुई है...

क्या कुछ छिपा हुआ है जो फूट निकला है वीणा के झंकृत तारों में से?

सिनेमा की क्रमश: केन्द्रित हुई 'स्पॉट लाइट' की भाँति, उसके हृदय की भावनाएँ संसार के विस्तार से सिमटकर एक छोटे-से बिम्ब पर केन्द्रित हो जाती हैं, और फिर धीरे-धीरे उस पर से भी हट जाती हैं, अन्धकार में कहीं खो जाती हैं, बह जाती हैं। वह बिम्ब है शारदा के अधभीगे, रिबन से बँधे हुए केशों का एक गुच्छ, जो उसके कन्धे से फिसलकर उसके कान के नीचे छिपने का प्रयत्न कर रहा है। उसे देखते ही वह अनुभव करता है, संगीत की जिस लहर में वह बहा जा रहा है,

वह एक कोमल सफेद धुएँ की भाँति, पहाड़ से टकराकर भागते हुए नए बादल की भाँति है और उसमें शारदा के शरीर से उड़ती हुई एक सुरभित भाप मिल रही है और केशों का गीला-गीला, सोंधा-सोंधा सौरभ...

उसे जान पड़ता है, उस एक घनपुंज ने उन दोनों को घेर लिया है। उसे जान पड़ता है, शारदा के केशों का सौरभ उसके सारे शरीर को एक स्नेह-भरे स्पर्श से छूता जा रहा है, किन्तु जहाँ वह छूता है, शरीर झुलस जाता है...और वह उन असुगन्धित केशों के स्वाभाविक सौरभ को पी रहा है, उसको जिसमें नीम के बौर की-सी दबी-सी सुगन्ध आ रही है और उससे उसकी अन्तरात्मा जल उठी है...और ऐसा जलता हुआ भी वह एक अकथ आनन्द से भरा हुआ उसी बादल के साथ आकाश में बहा जा रहा है शारदा के पार्श्व में...संसार पार हो चुका है, अब वह बादल का टुकड़ा आकाश की सीमा को, अनन्त को, पार करने बढ़ा चला जा रहा है...

उसे जान पड़ता है, वह आग की लपटों की साँसें ले रहा है। उसे जान पड़ता है, उसका दम घुट रहा है और वह देख रहा है शारदा के बालों के उस उद्‌दंड गुच्छ की ओर। एक अनन्त को पार करके, अनन्त के पार तक...

पर लम्बी-से लम्बी यात्रा भी समाप्त होती है। वह रुक गया है, कहाँ पहुँच गया है। वीणा भी चुप हो गई है। शारदा तनिक घूमकर उसकी ओर देखती है, एक चिढ़ाने वाली हँसी से, जो उसे देखते ही लुप्त हो जाती है। उनकी आँखें मिलती हैं। वह, जो अब तक इसी डर से किसी की ओर अधिक देर तक नहीं देखता कि वह जान न जाए कि कोई मेरी ओर देख रहा है, आज इतने लोगों के सामने इस लड़की को देख रहा है, आँख झपकाता भी नहीं, झुकाने की बात ही क्या...

पर अनन्त के पार झुला देने वाले क्षण लम्बे नहीं होते। दोनों एक साथ ही आँखें झुका लेते हैं—

ठीक उसी समय माँ कहती है, 'कहो, बहुत अच्छा बजाती है।'

यह तो वह मरकर भी नहीं कह सकता, शारदा से नहीं, किसी भी व्यक्ति से नहीं...

माँ एक बार दबे क्रोध से उसकी ओर देखती है, पर कुछ कहने का समय तो है ही नहीं, इसलिए फिर कहती है, 'पूछो कौन सिखाता है?'

वह पूछ लेता है—गृहिणी से।

'मैं ही सिखाती हूँ।'

माँ के कहे अनुसार, 'तो आप भी जानती हैं?'

'थोड़ा-थोड़ा।'

आदेशानुसार—'आप से भी फिर किसी दिन सुनेंगे।' और मन-ही-मन—'आज तो नहीं आज के लिए बहुत सुन लिया है, और नहीं सुन सकता...'

अबकी बार बिना आदेश, 'संगीत सीखने की मेरी भी बहुत इच्छा है, पर अवसर नहीं हाथ आता, कोई सिखाने वाला नहीं मिलता।' यह बिना आदेश के, क्योंकि शारदा उठकर फिर भीतर चली गई है।

अब भेंट समाप्त करने की तैयारी है। माँ उठ खड़ी हुई है। वह चाहता है कि शारदा के लौट आने तक रुका जाए, उसे विश्वास है कि वह आएगी, पर जिस प्रकार यहाँ आते समय राय नहीं ली गई थी, उसी प्रकार अब भी नहीं ली जाएगी।

जब तक वह बँगले के फाटक तक पहुँचे, उसे जान पड़ता है कि किसी की शरारत-भरी आँखें उसकी ओर देख रही हैं, उसकी पीठ पर ऐसी गुदगुदी-सी हो रही है...वह लौटकर देखता है, उसका भ्रम था और एक आवाज़ उसके कान में गूँजती है—'Such a big silly boy like you!'

और वह अपने घूमने की सफ़ाई देने के लिए माँ से कहता है, 'माँ, इस बँगले के नाम का अर्थ है गरुड़ का घोंसला? कैसा विचित्र नाम है?'

'हाँ तो!'

नास्तिक जब विश्वास करने पर आता है, तो बड़े पंडित उसके आगे नहीं टिक सकते। उसकी अन्धविश्वास की सर्वग्राहिणी लहर के आगे सन्देह की कन्दराएँ, बुद्धि के पहाड़, सब समतल हो जाते हैं और डूब जाते हैं।

वैसा ही है वय:सन्धि का—व्यक्तिमात्र के प्रति घृणा और विद्वेष के काल का—प्रेम!

जिस पहाड़ के आँचल में उसका घर है, उसकी चोटी पर से शारदा के घर के सामने वाले युकलिप्टस वृक्षों का कुंज दीख जाता है और उनके ऊपर बँगला तो नहीं बँगले का कोई अंश भी नहीं, किन्तु उसकी चिमनी से उठता हुआ धुआँ अवश्य नज़र आता है...

इसीलिए वह पहाड़ की चोटी पर बैठकर उधर देखा करता है और बैठकर इस नूतनता पर विचार किया करता है...

क्योंकि वह अभी तक नहीं जानता कि उसे क्या हुआ है, वह क्या चाहता है। क्योंकि, जब वह उस घर की याद, उस भेंट की याद करता है, तब उसे दीखता है गृहिणी का मुख, याद आता है उसी का स्वागत, शारदा का तो कुछ भी याद नहीं आता! सिवाय इसके कि जब उसके सब ओर अत्यन्त निस्तब्धता छाई होती है, तब उसे जान पड़ता है कि वह कहीं से—कहीं से वीणा का स्वर सुन रहा है और वह उसी की तरंग में बहने लगता है, उड़ने लगता है, भूल जाता है, विशालता में खो जाता है और फिर शून्य हो जाता है। कभी-कभी उसका मन दो-दो, तीन-तीन मिनट के लिए उस अतीन्द्रिय, निर्वेद, परम शून्यत्वमय अनुभूति को पा लेता है जिसे क्षण भर

पाने के लिए ऋषि–मुनि तरसते थे, उस अनुभूति को जिसमें वह संसार से एकरस हो जाता है और कुछ नहीं रहता और जिसका ज्ञान उसे उसकी समाप्ति के बाद ही होता है, तब जब सफेद रेशमी रिबन का एक झटका उसे चौंकाकर कहता है, 'Such a big silly boy like you!'

और इतना हो जाने पर भी वह इस भावना को शारदा के साथ नहीं सम्बद्ध कर पाता! अपने औपन्यासिक ज्ञान की याद आ जाने पर वह यदि कभी सोचता है कि कहीं मैं प्रेम तो नहीं करता? तो इस प्रश्न के उत्तर में उसे एक प्रश्न ही मिलता है, किससे? माँ से या शारदा से? और वह उत्तर नहीं दे पाता और झुँझलाता है।

और फिर उसी शून्यत्व में खो जाता है, वीणा के संगीत के भ्रम से उत्पन्न उस निर्वेद जगत् में और फिर जागता है।

तब एक दिन, उसे इस चिमनी का धुआँ भर देखने से सन्तोष नहीं होता। वह खोया हुआ–सा उस घोंसले की ओर चल देता है जिसमें उसकी सारी भावनाएँ सोती हैं।

युकलिप्टस के कुंज में घुसकर वह एक बड़े–से वृक्ष की छाया में बैठ जाता है। ये पतझड़ के दिन हो रहे हैं, इसलिए वृक्ष के नीचे लाल, भूरे और पीले पत्तों का ढेर लगा हुआ है जिस पर वह बैठा है। यहाँ से वह घोंसला दीखता है। उसके सामने एक बड़ी–सी खिड़की है जिसके शीशों के भीतर एक फूलदार पर्दा पड़ा हुआ है।

परदे के पीछे, शायद कमरा खाली ही है। किन्तु जो कुछ परदे के पीछे है, वह दीख तो सकता नहीं, कल्पना को झूठा तो कर सकता नहीं। इसलिए वह अपनी अन्तर्दृष्टि से देखता है कि तीनों स्त्रियाँ उसी कमरे में बैठी होंगी...

और फिर उड़ जाता है वीणा के स्वर में घुली हुई अपनी कविता की उड़ान में, क्योंकि वय:सन्धि काल में कौन कवि नहीं होता!

उसके शरीर में एक बिजली–सी दौड़ जाती है। इस युकलिप्टस कुंज में दूसरे सिरे पर, कौन प्रवेश करने लगा है।

रूप नया है, वेश नया है, विन्यास नया है और प्रकाश नया है, किन्तु बिजली की तरह दमककर चेतना कहती है—शारदा!

और वह लज्जा से घुला जा रहा है कि कहीं वह उसे ऐसी परिस्थिति में देख न ले! वह पेड़ के पीछे छिपता है, फिर भागता है, दम साधकर भागता है और वहाँ से बहुत दूर आकर, अपने घर के बाहर पहुँचकर रुकता है।

तब फिर एक आवाज़ आती है—'Such a big silly boy like you!' और वह धीरे–धीरे अपने घर के अन्दर चला जाता है।

और उस अभागे को अब भी, नहीं मालूम हुआ कि उसके जीवन में जो परिवर्तन, जो नूतनता आ गई है, वह क्या है, किस अपार शक्ति का अवतरण है!

उसने एक नई बात सीखी है। उसके पिता जिस समय दफ्तर गए होते हैं, तब दुपहर के बारह–एक बजे, वह अपने घर से निकलकर अपने पहाड़ की चोटी से

कुछ दूर पर, एक पथ के किनारे काही के बिस्तर पर बैठा रहता है। उसके तपे हुए बदन को उसकी नरम शीतलता अच्छी लगती है और वह इसी प्रतीक्षा में रहता है कि कब शारदा उस पथ से होकर जाए।

शारदा उस पथ से स्कूल जाती है और एक बजे स्कूल में छुट्टी हो जाने पर उसी पथ से अकेली घर लौटती है। जहाँ पर वह बैठकर उसकी प्रतीक्षा किया करता है, वहाँ से होकर वह लगभग दो बजे जाती है—स्कूल से वह दो मील होगी और शारदा का घर उस स्थान से मील भर से अधिक। वह कभी सोचा करता है, इतनी दूर चलते-चलते शारदा थक जाती होगी यद्यपि वह स्वयं बीसियों मील का चक्कर यों ही काट आता है।

शारदा जब वहाँ आती है तब रुकती नहीं। वह भी कुछ बोलता नहीं। चुपचाप वहीं पड़ा उसकी गति को देखा करता है, तब से जब पहले-पहल मोड़ से निकलकर उसकी एक थकी हुई बाँह बस्ता सँभाले हुए दीखती है, तब तक जब कि उसका श्वेतवसन, दुबला शरीर एक बड़े-से बबूल वृक्ष के पीछे छिपकर अदृश्य नहीं हो जाता, और उसका पदरव, उसके पदरव की प्रतिध्वनि तक चुप नहीं हो जाती...

पहले, वह दूर ही से उसे देखा करता था, स्वयं प्रकट नहीं होता था। पर एक दिन, जब वह प्रतीक्षा करते-करते सड़क के किनारे पर एक ही जागती तन्द्रा में लीन हो गया था, तब शारदा ने उसे देखा था और दबे पाँव पास आकर किताबों का बस्ता उसकी पीठ पर रख दिया था और वह चौंक उठा था, झेंप गया था, फिर एकाएक साहस से भर गया था। वह किताबें लेकर उसके साथ हो लिया था और वात्सल्य भाव से पूछ रहा था, 'तुम इतना बोझ लादे-लादे थक नहीं जातीं ?' इसी प्रकार चलते हुए वे शारदा के घर से कुछ ही दूर, युकलिप्टस के झुरमुट के पास तक गए थे और एक ही प्रेरणा से रुक गए थे। शारदा ने किताबें ले ली थीं, फिर इस क्षणिक मौन को भंग करते हुए, एक शरारत-भरी हँसी हँसकर कहा था, 'The big silly boy is kind' और भाग गई थी...और वह अपने हाथ को देखता रह गया था क्योंकि उसे भागती हुई शारदा का वस्त्र छू गया था...

उस दिन के बाद वे नहीं बोले हैं, किन्तु उनका मूक मिलन नित्य हो जाता है। वह जब उस मोड़ से निकलकर, घनी छाया से अँधियारे उस काही के बिस्तर के पास से होकर जाती है तब उधर देखकर मुस्करा देती है और चली जाती है। रुकती नहीं, वह भी नहीं बुलाता। जिस दिन से उसके हाथ से शारदा का वस्त्र छू गया है, उनमें एक मूक समझौता हो गया है कि वे उसकी पुनरावृत्ति का अवसर नहीं आने देंगे। यद्यपि वे शायद स्वयं नहीं जानते कि वे एक-दूसरे से बचते-से हैं, एक झिझक-सी को छिपाते हैं...

शेखर को मालूम है कि आज उसका स्कूल बड़े दिन की छुट्टियों के लिए बन्द होगा। आज से, दो सप्ताह के लिए उसे शारदा के दर्शन नहीं होंगे। वह सोच रहा है

कि ये दो सप्ताह कितने लम्बे होंगे, जिसमें वह उसके दर्शन भी नहीं कर पाएगा। और इस विचार में वह खो गया है, कविता भूल गया है, कल्पना भी भूल गया है, शून्य बैठा है।

उसकी आँखें भी आज उस पथ पर नहीं लगी हुई हैं। प्रतीक्षा है, किन्तु शायद इस भाव ने कि वह दृश्य ज़रा-सी देर में आँखों की ओट हो जाएगा, उसके ध्यान को दूसरी ओर प्रेरित कर दिया है। वह आज अपने पुराने सखा, परली पहाड़ी के शिखर पर लगे हुए S आकार के वृक्ष की ओर देख रहा है और पुरानी बातें ही सोच रहा है...

वह आकर उसके शून्यत्व को देखकर उसके पास खड़ी हो गई है, पर उसे सुध नहीं है। सुध आती है तब जब वह पूछती है, 'Silly, क्या देख रहे हो?'

पर सुध में आकर भी वह एक दूरत्व से उत्तर देता है, 'उस पेड़ को देख रहा हूँ—सामने पहाड़ पर।'

'हूँ—क्यों?'

'यों ही। अच्छा लगता है। मैं वहाँ बहुत जाया करता हूँ।' फिर तनिक रुककर, 'बड़े दिन की छुट्टियों में वहीं जाया करूँगा।'

जिस कंटकमय पथ पर न जाने का उनका मूक समझौता है वह उससे बहुत निकट है। वह हटती है। फीके स्वर में कहती है, 'हमारा स्कूल पाँच तारीख को खुलेगा।'

'तुम क्या करोगी?'

'छुट्टियों में? पढ़ूँगी। और—'

'मैं आज कविता पढ़ता हूँ।'

शारदा उसकी ओर सन्दिग्ध दृष्टि से देखती है—कहीं फिर उसी पथ की ओर तो गति नहीं है? और कहती है, 'मुझे तो टेनिसन की कविता अच्छी लगती है।'

वह उसे कहने को है, 'मैं टासो के अनुवाद पढ़ रहा हूँ,' पर उसकी एक कविता का स्मरण करके शरमाकर चुप रहता है।

वह जाती है। वह कहता है, 'Goodbye!' (विदा!) और फिर टासो की कविता का स्मरण करके, मन ही में, One long goodbye?

उसने कोई उत्तर दिया या नहीं, वह नहीं सुन पाया।

उसने घर की किताबें टटोल-टटोलकर, टेनिसन का एक संग्रह पाया है। 'मॉड और अन्य कविताएँ'। टोसा कहाँ पड़ा है, उसे नहीं याद। वह इसी पुस्तक को लेकर अपने S आकार वाले वृक्ष के नीचे जाकर बैठता है और विमनस्क-सा होकर पढ़ता है। उसकी आँखें पढ़ती हैं, कान किसी शब्द की प्रतीक्षा में रहते हैं और मस्तिष्क सोचता है, वह आएगी?

उसने उसे आने के लिए नहीं कहा, न शारदा ने ही कोई ऐसी इच्छा प्रकट की थी। पर वह तीन दिन से यही सोचकर प्रतीक्षा में है कि शायद वह आए...क्योंकि

उसने उसे यह जो बता दिया है कि वह यहीं दिन व्यतीत करेगा—यानी यहीं प्रतीक्षा करेगा। क्या वह इतना भी नहीं समझ सकेगी।

इसी विचार में उसकी आँखों का पढ़ा हुआ भी उसके मन में समाता जा रहा है और वह चौंककर देखता है कि वह उसी का एक छन्द गुनगुना रहा है जिसे उसकी बुद्धि ने नहीं पहचाना किन्तु उसकी मनःशक्ति ने परख लिया :

*Come into the garden, Maud,*
*For the black bat, Night has flown :*
*And the woodbine spices are wafted abroad*
*And the musk of the roses blown;*
*Come into the garden, Maud.*
*I am here at the gate alone.**

और वह आती है। आती है उतावली से, किन्तु उसे बैठा देखकर ठिठकती है, रुकती है और विस्मय दिखाकर कहती है, 'अरे, तुम यहाँ कहाँ!'

और वे घूमने लगते हैं, इधर-उधर भटकते हैं और निरर्थक बातें करते हैं यद्यपि एक दूसरे की बात नहीं सुनते। इसी में प्रसन्न हैं कि दोनों साथ हैं...

वे उस चोटी से उतरकर साथ के एक शिखर पर चढ़ते हैं। तब एकाएक न जाने कैसे उसे विचार आता है, शारदा का नाम भी S से आरम्भ होता है और वह घूमकर देखता है—उसका सखा S वृक्ष वहाँ से आधा ही दीखता है। वह सहसा कहता है, 'S for Sharada!'

'क्या?'

'उस पहाड़ पर तुम्हारा नाम लिखा हुआ है।'

'देखूँ—कहाँ?'

'वह देखो, दीखता है—S लिखा है?'

'नहीं तो, S तो नहीं है।'

'यहाँ से ठीक नहीं दीखता। ठहरो, मैं पेड़ पर चढ़कर देखता हूँ।'

उसने पहले बहुत बार देखा हुआ है और यदि वह पेड़ पर चढ़कर देख भी लेगा, तो शारदा को तो दीखेगा नहीं। ये सब तर्क उसके ध्यान में नहीं आते। वयःसन्धि के अहंकार में वह एक ही बात सोचता है कि उसके कथन की प्रामाणिकता स्वयं उनके लिए अकाट्य होनी चाहिए।

वह जल्दी-जल्दी पास के एक देवदारु के वृक्ष पर चढ़ने लगता है। उस वृक्ष पर चढ़ना आसान नहीं है, उसका बदन छिल रहा है, पर वह रुकता नहीं, कुछ सोचता भी नहीं।

---

* मॉड उद्यान में आ, क्योंकि रात का साँवला पखेरू उड़ गया है और वन चमेली की गन्ध फैल गई है। गुलाब का पराग उड़ रहा है। उद्यान में आ, मॉड, मैं द्वार पर प्रतीक्षा में अकेला खड़ा हूँ।

काफ़ी ऊपर चढ़कर वह देखता है, S स्पष्ट दीख रहा है। विजय की हुंकार की तरह वह कहता है, 'वह है तो।'

लो अपने परिश्रम का पुरस्कार। वह कहती है, 'मैं कैसे देख सकती हूँ, Silly?'

पता नहीं कैसे, शारदा की डाँट से या अपने Silly-पन से, वृक्ष के दोष से या भाग्य की वामता से, वह उतरते-उतरते फिसलकर गिरता है अर्रर्—धम्म! और हँसने को उसके ऊपर गिरती हैं देवदारु की कुछ फुनगियाँ!

वह पीड़ा की अनुभूति से पहले ही सिर उठाकर देखता है, शारदा ने देखा तो नहीं? और वह दोनों हाथों से पेट पकड़े बड़े ज़ोर से हँस रही है...

उसे इस बात का भी ध्यान नहीं कि उसका मुँह छिल गया है, कि उसके चोट आई है, कि बाईं एड़ी में मोच आ गई है, वह उठकर पागल-सा तीव्र गति से एक ओर चल देता है...

शारदा हँसी भूलकर पूछती है, 'चोट तो नहीं लगी?' तो उत्तर नहीं देता। 'इधर आओ, देखूँ?' तो, 'नहीं आऊँगा!'

'नहीं आओगे?'

'नहीं आऊँगा।' और चलता जा रहा है।

'मेरे पास नहीं आओगे?'

'नहीं, कभी नहीं, अनन्त काल तक नहीं!' और चलता जा रहा है। पर पहले से भी ज़रा धीमी चाल से।

वह फिर हँसती है—एक काँपती हँसी, किन्तु हँसी तो है! और उसकी गति फिर तीव्र हो जाती है, यद्यपि पीड़ा बहुत होने लगी है...

सन्ध्या।

चार दिन से शेखर वहाँ नहीं जा सका है। उसका पैर बहुत दुख रहा है! पर आज उसने निश्चय किया है, अवश्य वहाँ जाएगा। मुट्ठियाँ घूँट-घूँटकर, दाँत पीस-पीसकर निश्चय किया है...

वह घूमने के बहाने घर से निकला है। एक छोटी कुल्हाड़ी उसने अपने बड़े कोट में छिपा ली है और घर से बाहर तक, किसी-न-किसी तरह बिना लँगड़ाए चला आया है। अब वह स्थिर दृष्टि से उस वृक्ष की ओर देखता हुआ और काफ़ी लँगड़ाता हुआ चला आ रहा है।

वह एक बड़ा भयंकर निश्चय करके निकला है। उसे क्रोध न जाने किस पर आ रहा है, किन्तु उसकी इस प्रतिहिंसा-वृत्ति ने क्या निश्चय किया है, यह वह जानता है...

वह पेड़ के पास पहुँच गया है। इतने समीप से उसका S-सा आकार स्पष्ट नहीं दीखता, पत्तियाँ और शाखें अलग-अलग नज़र आती हैं।

उसने कोट उतार दिया, जूते उतार दिए हैं। एक हाथ में कुल्हाड़ी थामे वह पेड़ पर चढ़ गया है। एक लम्बी साँस लेकर और ज़ोर से दाँत भींचकर उसने अपना कार्य आरम्भ कर दिया है...वह उस वृक्ष को अपंग कर रहा है, उसकी शाखें काट रहा है, शारदा के नाम से उसकी पर्यायता को मिटा रहा है...

अब वह बहुत-सी शाखें काट चुकता है, तब वह उतरता है, कपड़े पहनता है, कुल्हाड़ी छिपाता है और शराबी की तरह लड़खड़ाता हुआ, बिना फिरकर देखे जल्दी-जल्दी घर की ओर चल देता है...

घर से कुछ दूर, बाहर के फाटक के पास, उसका उन्माद उतर जाता है—उसके मन पर से शाप का बोझ उठ जाता है। वह रुककर उस शिखर की ओर देखता है, उसकी आँखें मानो उसी से आँख बचाकर, एकचिह्न को ढूँढ़ती हैं...

और उसके, शारदा के और उन दोनों के एकत्व के उस चिह्न का आकार S से बदलकर एक अधूरे सिफ़र-सा, एक औंधे रिक्त प्याले-सा, खड़ा आकाश को देख रहा है...

और वह एक बड़ी-सी सिसकी लेकर, अपने प्रवाहित आँसुओं को पीकर कहता है, 'शारदा, मैं तुम्हें कितना प्यार करता हूँ!'

वयःसन्धि का एक क्षण असीम जितना विस्तीर्ण है और असीम एक क्षण भर-सा छोटा। जिस दिन शेखर ने निश्चय किया था कि अब कभी शारदा से मिलने नहीं जाएगा उसके सप्ताह-भर बाद ही वह अपने स्थान पर बैठा था।

पर वह नहीं आई। एक दिन, दो दिन, तीन दिन, सप्ताह, तीन सप्ताह—अब दो महीने हो चले थे और वह नहीं आई थी...

इस बीच में बहुत-कुछ हो गया था। पहले तो यह निश्चय हुआ था, शेखर मैट्रिक की परीक्षा दे और कॉलेज जाने की तैयारी करे। इसके लिए वह कुछ ही दिन में उत्तर जाने वाला था पर पढ़ाई और भावी परिवर्तन की चिन्ता से बढ़कर भी कुछ उसके जीवन में हुआ था—कुछ जो कहीं अधिक व्यक्तिगत और गहरा था।

उस पेड़ को काट देने के बाद शेखर की मनोवृत्ति बदल गई थी। वह सँभल गया था, समझ गया था। वह पहले की-सी उलझन, जिसमें गृहिणी के सुख के साथ बड़ी कन्या की वाणी और वाणी की झंकार और शारदा के शब्द उसके मनःक्षेत्र में आते थे, अब नहीं थी। उसने अपने भीतर के उपद्रव को पढ़ लिया था, अपने भीतर छिपे सत्य को प्रत्यक्ष करके स्वीकार कर लिया था कि वह शारदा को प्यार करता है? अब उसे वैसे मिश्रित स्वप्न नहीं आते थे। वह सारे शरीर में फैलने वाली अवर्णनीय अशान्ति उसे नहीं सताती थी। अशान्ति का प्रकार तो अब भी वैसा ही अकथ, खिंचाव-भरा और शरीर-व्यापी था पर अब वह अकारण और असमय

नहीं आती थी। अब शेखर जानता था कि उसका अभिन्न सम्बन्ध शारदा से और शारदा के विचार से है और अब वह अपने जीवन की एकस्वरता से उकताकर पुराण-संसार में अपने को भुला देने की चेष्टा नहीं करता था, ग्रीक-पुराण में से नरगिस और प्रतिध्वनि या हीरो और लियेंडर या डेपनी और एपोलो या ईरोस और साइकी गाथाएँ नहीं पढ़ता था, अब उसने टासो और टेनिसन तक को छोड़ दिया था। अब तो जब भी एकान्त पाता, वह ग्रामोफोन पर वायलिन के रेकॉर्ड सुना करता था या कभी रात्रि के अत्यन्त एकान्त में शेषन्ना की बजाई हुई वीणा का एक रेकॉर्ड सुनता हुआ एक तुलना किया करता, जिसका निर्णय सदा ही शेषन्ना के विपक्ष में होता। जब घर में उसे ऐसे अवसर नहीं प्राप्त होते, तब वह उस पवित्र स्थान पर जाकर रवि ठाकुर की गीतांजलि पढ़ा करता। अब इस रहस्यवादी कविता में उसे एक ऐसा रस मिलता, जो उसने कभी किसी वस्तु में नहीं पाया था-एक पद पढ़ते ही उसका सारा पिछला जीवन मानो मैल की तरह धुलकर उससे अलग हो जाता और उसे अनुभव होता है कि वह किसी देवता की अर्चना के लिए मनसा, वाचा, कर्मणा पवित्र होकर खड़ा है...

I shall ever try to keep my body pure, knowing that thy living touch is upon all my limbs...*

और कभी एक उल्लास उसके रक्त में नाचने लगता :

O the waves, the sky-devouring waves, glistening with light dancing with life, the waves of eddying joy...**

डेढ़ महीने की प्रतीक्षा के बाद भी वह नहीं आई है और अपनी उग्र उत्कंठा लिये हुए भी शेखर वहीं पर प्रतीक्षा करता है, उसके घर की ओर नहीं जाता, उसके स्कूल के पथ में भी नहीं।

आज शेखर से प्रतीक्षा नहीं सही जाती। दो-चार दिन में ही वह परीक्षा के लिए उत्तर चला जाने वाला है। फिर भी उसे विचार नहीं आता कि वह स्वयं जाकर शारदा से मिल आए या देख ही आए।

वह आएगी, क्यों नहीं आएगी? क्या शेखर ने एक बार क्रोध में कह दिया कि नहीं आऊँगा, इसीलिए?

इतने दिन क्यों नहीं आई?

उस समय शेखर को कौन बताता कि वह उसके दूसरे दिन भी आई थी, तीसरे दिन भी और चौथे दिन भी, निराश होकर, बहुत देर रोकर और S वाले वृक्ष के पत्ते लेकर चली गई थी-बिना यह सोचे कि फिर कब आएगी?

---

* तेरा जीवित-स्पर्श मेरे अंग-अंग पर है, यह जानता हुआ मैं अपनी देह की पवित्रता की रक्षा करूँगा...

** हिल्लोल, गगनचुम्बी हिल्लोल, आलोक से दीप्त जीवन से नाचती हुई, आनन्द से विभोर...

शेखर रवि ठाकुर का वही पद्य पढ़ रहा था और उसे किसी वृक्ष को, कभी नीचे बिखरी पत्तियों को और कभी आकाश को सुना रहा था :

I shall ever try to keep my body pure, knowing that thy living touch is upon all my limbs...

लम्बे-लम्बे वृक्षों की वर्णहीन-सी शाखों की उलझी हुई छाया, लाल नसवारी और पीले रंगों के झरे हुए पत्तों पर अलसाई सूर्य-किरणों की स्निग्ध बिछलन, उनमें जान डाल देने वाले पृष्ठभूमि के देवदारु-वृक्षों का गाढ़ा मूँगिया रंग ये सब टोडा जाति के शब्दहीन संगीत की भाँति एक राग बनकर, उसकी चेतना में समाए जा रहे थे...

वह आई। मुरझाई हुई-सी, खोई हुई-सी और एकाएक अविश्वास से खिल उठी। फिर अविश्वास तो बुझ गया, वह खिली रह गई।

वह शेखर के पास बैठ गई। दोनों चुप रह गए। शेखर कुछ कहना चाहता था, लेकिन जिसे अपनी भाषा में भी नहीं कहा जा सकता, जिसकी व्यंजना के लिए मौन भी एक रूखा उपाय है, उसे कैसे एक विदेशी भाषा में कहा जाए...

शेखर उसे गीतांजलि सुनाने लगा। वह वैसे ही खोई हुई-सी सुनती रही।

On the day the lotus bloomed, alas, my mind was straying and I knew it not...*

तब धीमे अस्फुट स्वर में टूटे वाक्यों में, शारदा उसे बताने लगी कि कैसे वह तीन दिन तक उसे देखने आती रही और निराश हुई और शेखर के हृदय में जो कृतज्ञता भर गई, उसे छिपाता हुआ वह चुपचाप गम्भीर बना बैठा रहा...

पर वय:सन्धि के दिनों में, ऐसे बैठे हुए, यह गम्भीरता कब तक ? वे दोनों उठे और हाथ में किताब लिये हुए शेखर कभी इधर, कभी उधर, शारदा को पकड़ने के लिए भागने लगा, वह चंचला पकड़ में न आती। दौड़ते-दौड़ते वे अपने परिचित संकेत-स्थल से बहुत दूर निकल आए, एक दूसरी ही पहाड़ी के आँचल में, जिसके नीचे झील थी और जिसके ऊपर फैली हुई घास में स्थान-स्थान पर सुदर्शन जैसे आकार की लिली खिल रही थी—अधिकांश बिलकुल श्वेत, किन्तु कोई-कोई ऐसी, जिसकी पँखुड़ियों में एक आड़ी लाल रेखा खिंची हुई होती।

शारदा हाँफती हुई घास में लेट गई। शेखर उसके पास ही खड़ा हो गया, लेकिन इतने व्यायाम से उसके शरीर की तृप्ति नहीं हुई। उसमें संचित हो रही उत्तेजना बिखरी नहीं। शेखर किताब घास में फेंककर, जल्दी-जल्दी फूल तोड़कर समेटने लगा। जब-जब उसके हाथ भर जाते, वह उन्हें ले जाकर शारदा के आगे डाल देता और फिर समेटने लगता।

---

* जिस दिन शतदल खिला, उस दिन मैं अनमना था, मैंने नहीं जाना...

वहाँ पड़े-पड़े शारदा को आसपास जहाँ तक दीख सकता था, वहीं के कुछ फूल शेखर ने तोड़ लिये थे और उन्हें शारदा के सब ओर, और शारदा के ऊपर, डाल दिया था। वह हँसकर उठ बैठी थी और एक हाथ पर अपने शरीर का बोझ डाले, दूसरे को फूलों में दबाए, मुस्कराती हुई बैठी कुछ सोच रही थी।

शेखर उससे कुछ दूर जाकर बैठ गया, फिर घास में लेट गया। और दोनों उस नीरवता में, अपने-अपने रहस्य दुहराने लगे...

एक नशा-सा शेखर पर छा गया, उसके शरीर में फैल गया। उसकी साँस तीव्र गति से चलने लगी, उसका सारा शरीर तप-सा गया, उसे लगने लगा कि उसकी छाती के भीतर कहीं सीसा उबल रहा है। वह औंधा हो गया, अपने शरीर की सारी शक्ति से धरती से चिपटने लगा, क्रमशः अपने दोनों गाल और माथा उस गीली और शीतल घास पर दबाने लगा कि उनका ज्वर कुछ कम हो जाए...

वह पर्याप्त नहीं है, नहीं है, बिलकुल नहीं है...उसका रक्त माँगता है कुछ और उत्कट अनुभूति...

वह अपने सारे मनोबल से पृथ्वी के आलिंगन को दृढ़तर करने का विचार करता जाता है, पर उठ भी खड़ा होता है। शारदा के पीछे जाकर, झपटकर दोनों हाथों से उसकी आँखें मूँद लेता है—वह चौंककर चुप रहती है, शेखर और भी ज़ोर से उसकी आँखें दबा लेता है...

शारदा का शरीर जलता क्यों है, काँपता क्यों है?

एक दुर्दम्य प्रेरणा से शेखर झुकता है, अपनी ठोड़ी शारदा के सिर पर टेक देता है। उसके रूखे केशों को सूँघता है। फिर अपनी नाक उन केशों में दबा देता है और दो, तीन, चार, और पाँच बहुत लम्बी साँसें खींचता है...

वह, नए मधुमास में नीम के बौर-सा सौरभ...बहुत मीठी, पुरानी शराब की फेन-सा वह शेखर के नथुनों में प्रविष्ट होकर उसके मस्तिष्क में छा जाता है और जैसे किसी पागल को बहुत-सी शराब पिला दी जाए, वैसी ही दशा शेखर की हो जाती है—दो उन्मादों से उन्मत्त...

वह बहुत अधिक काँप रही है और जितना ही काँपती है, शेखर उतना ही अधिक आँखों को दबाता जाता है...मानो अपने दो हाथों और अपनी ठोड़ी के दबाव से उसका कम्पन शान्त कर देगा, उस छोटे-से सुन्दर सिर को कुचल डालेगा...

वह एक हाथ से शेखर के हाथ हटाने का प्रयत्न करती है—पर कहाँ?

यह क्या है—कम्पन या सिसकी? उसकी साँस बड़े-बड़े, टूटे-से झोंकों में खिंचती है और उनमें क्या है यह 'हुक्! हुक्!' जैसे हिचकी?

शेखर एकदम उसे छोड़ देता है, उसके पास ही फूलों के ढेर पर ही बैठ जाता है और एकटक उसके मुख की ओर देखता जाता है...

फिर कल्प बीत जाते हैं, वह हिचकी-सिसकी बन्द हो जाती है और शारदा बड़ी-बड़ी आँसू-भरी आँखें उसकी ओर फेरकर एक गम्भीर विषाद की मुस्कराहट से, एक कोमल उलाहने-भरी आवाज़ से कहती है, 'तुमने सब फूल कुचल डाले!'

एक बहुत लम्बे क्षण तक उनकी आँखें मिली रहती हैं और उसी क्षण में वह उठ खड़ी होती है। शेखर न उसकी बात का उत्तर दे पाता है, न फूलों पर से उठ ही पाता है। वह धीरे-धीरे मुड़कर चलने लगती है, शेखर उसे रोकने को अँगुली भी नहीं उठा पाता। वह विदा भी नहीं माँगती, पर शेखर की जिह्वा में उससे इतना पूछने की शक्ति भी नहीं है कि तुम कहाँ जा रही हो?

दूसरे दिन समाचार आया कि परीक्षा की तारीख बदल गई है और शेखर को तत्काल जाना होगा। एक ओर घर के कुचल देने वाले वातावरण से निकल जाने की उत्सुकता और दूसरी ओर शारदा के विचार से उत्पन्न उद्वेग, दोनों को मन में छिपाए ही तीसरे दिन शेखर लाहौर की ओर चल पड़ा।

किवाड़ खटखटाकर, शेखर अन्धकार में खड़ा प्रतीक्षा करने लगा कि कोई आकर द्वार खोले। थोड़ी देर बाद उसे दिखा कि भीतर से एक दीये का प्रकाश द्वार की ओर आ रहा है फिर किवाड़ चर्राए और साँकल खटकी, द्वार खुल गया। एक लड़की दीया हाथ में लिये एक ओर हटकर खड़ी थी, शेखर ने आँख भर उसकी ओर देखा और आगे बढ़ गया।

थोड़ा ही आगे बढ़कर उसे लगा, वह उस लड़की को पहचानता है। उसने रुककर, बिना लौटे, झेंपे हुए से स्वर में कहा, 'शशि!'

शशि ने दीये वाले हाथ के साथ दूसरा हाथ जोड़कर कहा, 'प्रणाम।' शेखर को एकाएक वह लोटे की लड़ाई का दृश्य याद आ गया, जो उनका एकमात्र परिचय था। वह जल्दी से आगे बढ़कर ऊपर चला गया। शशि द्वार पर खड़ी रही।

शेखर ने मौसी विद्यावती को और उनके पति देवनाथ को प्रणाम किया, अपना कमरा देखकर उसमें सामान इत्यादि खोला, किताबें सजाकर मेज़ पर रखीं और पढ़ने बैठ गया।

मौसी ने आकर कहा, 'कुछ आराम तो करते—पढ़ाई तो हो ही जाएगी।'

शेखर ने शरमाते हुए कहा, 'दिन बहुत थोड़े रह गए हैं—मैंने कुछ पढ़ा नहीं।'

मौसी चली गई। शेखर किताब सामने खोलकर सोचने लगा—उस दिन शारदा को क्या हुआ था? वह क्यों रोई थी?

तभी नीचे से किसी के खिलखिलाकर हँसने की आवाज़ आई। शेखर चौंका, फिर किताब उठाकर ज़ोर-ज़ोर से पढ़ने लगा।

शशि कितना हँसती है...

शारदा और तरह हँसती थी। उस दिन जब परीक्षा की बात हुई थी—परीक्षा! पढ़ाई। ज्योमेट्री की किताब।

शशि उससे इतनी छोटी तो नहीं है, तब क्यों प्रणाम करती है?

उसके माथे पर लोटे की चोट का निशान होगा?

शारदा इस समय क्या करती होगी? शारदा पढ़ती होगी—

पढ़ाई। ज्योमेट्री की किताब। परीक्षा।

शशि ने आकर कहा, 'भाईजी, माँ रोटी खाने को बुलाती हैं।'

शेखर सोचने लगा, यदि शशि उसे भाईजी न कहकर शेखर कहे, तो हर्ज है? वह उससे बहुत बड़ा नहीं। प्रकट बोला, 'चलिए मैं अभी आया।'

उसे नहीं समझ आया कि शशि किस प्रसंग में कह रही है, 'मैं आपसे बड़ी थोड़े ही हूँ?'

शशि चली गई। शेखर फिर ज्योमेट्री की किताब की ओर देखने लगा।

शेखर दिन में सोलह-सोलह घंटे पढ़ता था और तब उठता था, जबकि उसका मस्तिष्क बिलकुल थक जाता था, काम से जवाब दे देता था। फिर भी चारपाई पर लेटे ही उसका मस्तिष्क इतने विचारों से, चित्रों से भर जाता था, इतनी जिज्ञासाएँ उसके मन में जाग उठती थीं....

उसके पड़ोस में एक लड़की रहती थी। वह कुछ पागल-सी, उसकी आँखें भी भैंगी थीं और आसपास के लड़के उसे आती-जाती देखते, तो एक स्वर से पुकार उठते, 'सुमित्री—कानी तीतरी!'

शेखर यह सुनकर या उसे देखकर, एकाएक हँस उठता था। पर जाने क्यों, वह और किसी की परवाह नहीं करती थी, शेखर को हँसता देखकर उसकी आँखों में पीड़ा के आँसू आ जाते थे। एक-दो बार यह देखकर शेखर ने हँसना छोड़ दिया था। तब सावित्री उसे कहीं बैठा या पढ़ता देखकर, उसके पास चली आती थी और चुपचाप खड़ी रहती थी। कोई और आ जाता तो भाग जाती, नहीं तो लगातार घंटा-भर भी खड़ी रहती। शेखर उसे कभी बुलाता भी नहीं, वह भी कभी नहीं बोलती, केवल शेखर को पढ़ते देखती रहती।

धीरे-धीरे शेखर उसके वहाँ होने का अभ्यस्त हो गया। बल्कि उसकी प्रतीक्षा भी करने लगा। पढ़ते समय यदि वह न होती, शेखर का ध्यान पढ़ने में न लगता, वह उसकी प्रतीक्षा करता और सोचता रहता—वह क्यों नहीं आई अभी तक?...

बीच-बीच में कभी उसे शारदा का ध्यान आ जाता, वह अपने को कोसने लगता। क्यों मैं और किसी की कल्पना भी करता हूँ? मैं शारदा को प्यार करता हूँ और दुनिया में कोई नहीं है, कोई नहीं होना चाहिए...तब वह दाँत पीसकर अपने को पढ़ाई में लगाने की चेष्टा करता था—पढ़ाई में और सभी को भुला देने की, ताकि शारदा के अतिरिक्त कोई उसके भीतर कहीं स्थान न पाए...

शशि दोनों समय उसकी रोटी लाती। सब लोग चौके में खाते थे, वह कमरे में खाता था। और रोटी खिलाने का काम शशि के सुपुर्द किया गया था। शशि उससे कभी पूछती नहीं कि खाना ले आऊँ? जब समय हो जाता या जब वह उचित समझती, तब खाना लाकर शेखर की मेज़ पर से किताबें एक ओर हटाकर रख देती, और कुछ दूर पर खड़ी रहती। शेखर कोशिश करता कि उसकी उपस्थिति को भूल जाए, पढ़ता रहे, पर कुछ ही देर बाद किताब बन्द करके चुपचाप खाने लगता। जो चीज़ कम हो जाती, शशि स्वयं ला देती, उसे माँगने की ज़रूरत नहीं पड़ती, बल्कि उसके इनकार करने का भी कुछ असर नहीं होता, शशि को चीज़ जितनी देनी होती दे जाती, वह चाहे लाख रोकता रहे। पर बोलती वह कभी नहीं थी। कभी शेखर बात करने के लिए कह देता, 'बहिनजी, अमुक चीज़ ला दीजिए,' तो वह चुपचाप ही आज्ञा का पालन कर देती, हाँ–न कभी न करती।

यह भी शेखर की पढ़ाई में विघ्न डालने लगा। वह इसी को लेकर सोचता रहता है कि क्यों, कब, कैसे, क्या और भूल जाता कि उसे पढ़ाई करनी है...एक दिन तंग आकर उसने मौसी के पास नालिश की, 'मौसी, बहिन हमसे बोलती नहीं है। इन्हें कहिए, बोला करें।'

मौसी ने हँस दिया। लेकिन उस दिन शाम को जब शेखर खाना खा रहा था, तब शशि ने कहा, 'मैंने आपकी शिकायत की है,' और बाहर चली गई। उसके बाद शेखर को स्वयं दाल–रोटी इत्यादि माँगनी पड़ी। दूसरे दिन उसने कहा, 'मैं भी चौके में भोजन करूँगा।'

वह चौके में गया, तो मौसी ने कहा, 'शेखर, शशि कहती है कि तुम उसे बहिनजी मत कहा करो, वह तुमसे छोटी है।'

'लेकिन मुझसे तो वह बोलती ही नहीं?'

'इसीलिए नहीं बोलती।' कहकर मौसी हँसने लगीं।

शेखर बोला, 'तो हमें पहले ही बता देतीं।' लेकिन उसके बाद उसे जब भी मौका मिलता, वह शशि के पास से जाते हुए ख्वाहमख्वाह कह देता, 'बहिनजी!' और वह भी कभी नहीं बोलती...

इस प्रकार, जब शेखर सावित्री की प्रतीक्षा न कर रहा होता, तब इस ताक में होता कि शशि उसके पास आए और वह उसे चिढ़ा सके। उसे नहीं जान पड़ता कि पढ़ाई के समय का कितना अंश पढ़ने में बीतता है और कितना इन प्रतीक्षाओं में...

और कभी शारदा का ध्यान आ जाता, तो वह अनुताप और क्रोध से जल उठता कि क्यों उसने अपने समय का एक क्षण भी शारदा के अतिरिक्त किसी को दिया है...

इसी प्रकार उसकी पढ़ाई होती रही और परीक्षा भी हो गई।

शेखर जब लौटने लगा, तब उसने सबसे विदा माँगी, केवल शशि से नहीं माँगी। माँग ही नहीं सका, क्योंकि अभी उसने आरम्भ किया, 'बहिनजी—' तभी शशि वहाँ से चली गई।

पर स्टेशन पर वह उसे छोड़ने आई। जब वह गाड़ी पर बैठ गया, सब लोगों को प्रणाम-नमस्कार कर चुका, तब शशि ने पास आकर, हाथों की अँगुलियाँ मात्र जोड़कर अधूरा-सा प्रणाम करते हुए कहा, 'अब भी आप बहिनजी कहेंगे!'

शेखर जैसे भर आया। उसने जल्दी से कहा, 'शशि!'

गाड़ी चल पड़ी।

शेखर ने देखा शशि के मुख पर मधुर-सी मुस्कराहट है। तब उसने एकाएक पुकारकर कहा, 'बहिनजी!'

उतनी दूर से वह शशि की आकृति नहीं देख सका, यद्यपि शशि ने उसकी आवाज़ सुनी ज़रूर।

लेकिन जब गाड़ी स्टेशन से निकल गई, तब शेखर को सावित्री, शशि, मौसी, पढ़ाई, परीक्षाफल, सब कुछ भूल गया। एक ही बात उसके मन में रह गई कि वह दक्षिण लौट रहा है और दक्षिण में शारदा है।

यह बात उसके शरीर, मस्तिष्क, मन और आत्मा में इस प्रकार छा गई कि उस भौतिक संसार का उसे ज्ञान ही न रहा।

और घर पहुँचकर भी, जब उसने जाना कि एक तार इस आशय का आया है कि उसका बड़ा भाई ईश्वर कॉलेज से लापता हो गया है, तब इस समाचार की कोई विशेष छाप उस पर नहीं पड़ सकी, उसे समझ ही नहीं आया कि उसके माता-पिता इतने उद्‌भ्रान्त-से क्यों हैं और उसके छोटे भाई क्यों दबे-से चुपके-से रहते हैं...उसके मानो पैर ही पृथ्वी पर नहीं पड़ते, वह धरती से एक खास ऊँचाई पर चल रहा था, जिससे संसार की कुल शक्तियाँ मिलकर भी उसे नीचे नहीं खींच सकतीं...उसका शरीर मानो अभी तक उसके हाथों के दबाव के नीचे का कम्पन अनुभव कर रहा था, उसकी घ्राणेन्द्रियाँ मानो अभी तक नीम के नए बौर के सुगन्ध से उसे बेहोश किए जा रही थीं...

किसी तरह उसने वह पहला दिन घर ही में बिताया। दूसरे दिन सबेरे ही उठकर घूमने निकला। वह वृक्ष पर गया। वहाँ वह नहीं थी। कोई कारण भी नहीं था कि हो। तब वह अपने पहाड़ की चोटी पर गया। वहाँ से सामने युकलिप्टस के पेड़ों का वह कुंज तो दिखता था, लेकिन उसके ऊपर से 'गरुड़-नीड़' की चिमनी से उठे हुए धुएँ का स्तम्भ नहीं दीख रहा था।

शेखर उतरकर भागता हुआ कुंज की ओर चला। 'गरुड़-नीड़' के पास पहुँचकर उसने देखा, वहाँ बड़ी घनी शान्ति है। कहीं कोई नहीं है। घर में ताला

लगा हुआ है। शीशे में से झाँककर देखा, कहीं सामान इत्यादि भी नहीं पड़ा है, मकान बिलकुल खाली है।

वहाँ भी वह नहीं थी। शेखर सीढ़ियों पर बैठ गया।

जब वह उठा तब वय:सन्धि का ज्वार समाप्त हो गया था।

रसोई के साथ वाले कमरे में अकेला बैठा हुआ शेखर भोजन कर रहा है। रसोईघर में माँ बैठी रोटी कर रही है।

शेखर के हाथ और मुँह तो खाने की क्रिया में सहयोगी हैं, पर उसका मन वहाँ नहीं है। वह कहीं भी है, इसका निश्चय नहीं है। रोटी खत्म होती है, तो शेखर को ध्यान नहीं रहता। माँ रसोई से आवाज़ देती है, 'रोटी ले आओ' तो जाकर ले आता है।

हाथ में गुलाबी रंग के दो-तीन काग़ज़ लेकर शेखर के पिता शेखर के पास से होकर रसोईघर में चले गए। उनकी आकृति से शेखर को जान पड़ा कि कोई असाधारण समाचार है और रोटी चबाना भूलकर अनमना-सा बैठकर सुनने लगा कि क्या बात होती है।

ईश्वरदत्त का पता मिला है। वह मुम्बई में है, वहाँ पुलिस में भरती होने की कोशिश कर रहा है। वहाँ उसने कॉलेज का पता तो दिया है, पर पिता का नाम झूठ बताया था। कॉलेज में कुछ जाँच हुई थी, वहीं से तार आया है।

थोड़ी देर मौन रहता है। शेखर समझता है, बात समाप्त हो गई, पर फिर माँ भी बोलती है, 'अबकी बार वह लौटकर आए तो उसकी शादी कर दो।'

पिता, 'ऊँह शादी से क्या होगा?'

फिर थोड़ा-सा चुप। फिर कहती हैं, ऐसे जैसे किसी और ही विषय की बात हो, 'अजीब लड़का है। भला ऐसे का कोई विश्वास करे?'

पिता एक धीमा कुछ अनिश्चित, कुछ विचार-भरा एक ही अक्षर कहते हैं, 'हूँ?'

फिर एक मौन—अभिप्राय से भरा हुआ है। फिर माँ कहती है, 'और सच पूछो तो— ' एकाएक उनका स्वर बहुत धीमा हो जाता है, पर इतना नहीं कि शेखर न सुन सके, 'सच पूछो तो मुझे इसका भी विश्वास नहीं है।'

इसका!

शेखर का मुँह खुला रह जाता है। आँखें फट-सी जाती हैं, दुनिया भूल जाती है—वह कहीं बहुत ऊपर से गिरता है। एक धधकती हुई नेत्रहीन अनुभूति से दीवार को भेदकर वह देखता है, माँ की मुख-मुद्रा उनकी आँखों का एकाएक थम गया-सा भाव और शेखर की ओर इंगित किया हुआ अँगूठा।

इसका!

शेखर ने उसे देखा नहीं, एक नेत्रहीन, कर्णहीन, मनहीन, अनुभूति से उसे सोखा-सा गया—विष को!

इसका!

वह लड़खड़ाता-सा उठा और उस कमरे से बाहर चल दिया। हाथ धोने को रसोईघर की ओर नहीं गया। पीछे माँ ने पूछा, 'रोटी लेगा?' और उत्तर न पाकर झुँझलाकर कहा, 'यह मुआ मुझे बहुत सताता है—इसके ढंग समझ ही नहीं आते।' पिता 'मुआ' शब्द के प्रयोग का क्षीण विरोध करने लगे...

यह सब शेखर ने मानो द्वैतीयिक चेतना से सुना। उसके बाद उसके भीतर-बाहर सर्वत्र एक अन्धकार-सा छा गया...

इसका!

इस एक शब्द ने उस जड़ता को तोड़ दिया, जो शारदा के जाने से शेखर पर कब्जा कर बैठी थी, पर उसे कहाँ ले जा फेंका, कहाँ गिरा दिया, उसके भीतर उसके जीवन में क्या कुछ तोड़ दिया! जिधर वह देखता, एक 'कुछ' अपना अँगूठा उसकी ओर दिखाकर कहता, 'इसका!'

'इसका! इसका! इसका!'

रात हो गई। शेखर उस समय से अपने कमरे में बैठा है, बिलकुल पाषाण-सा। उसने कुछ खाया-पिया नहीं और इसके लिए गालियाँ सुनीं जो उसे छू नहीं गईं, यद्यपि वे बहुत जली-कटी और आँसुओं का भार लिये हुए थीं। पिता डाँट-डपटकर चले गए, माँ भी कह-सुनकर रो-पीट-झींककर चुप हो गईं। सब सो गए। शेखर ने अपने कमरे के दरवाज़े बन्द कर लिये और बत्ती बुझाकर बिस्तर पर बैठा सुलगने लगा। उसके भीतर वह अथक भाव, जो पता नहीं, क्रोध था या ग्लानि या घृणा या क्या, इतना उग्र था कि विचारों में नहीं बँधता था, उसका मस्तिष्क नहीं, समूचा शरीर ही एक साथ खिंच रहा था और कुचला जा रहा था, उस भावना की अनुभूति ही इतनी व्यापिनी और स्तिमित कर देने वाली थी कि उसने किसी प्रकार की भी इच्छा (Conation) के लिए स्थान नहीं छोड़ा, शेखर की सम्पूर्णता ही अवसाद का एक फफोला बनी हुई थी...जो फूट गया। शेखर अन्धकार में ही उठा और मेज़ के खाने का ताला खोलकर एक कॉपी निकालकर अँधेरे में ही लिखने बैठ गया...

पता नहीं कितनी देर तक—पता नहीं क्या-क्या?

वह कॉपी शेखर की डायरी थी—उस वर्ष में उस पर किए गए अन्यायों और अत्याचारों का इतिहास (क्योंकि उसे इतना सुरक्षित रखने पर भी शारदा की बात उसमें लिखने का साहस उसे नहीं हुआ) और दो-तीन महीनों में कितना अत्याचार किया जा सकता है!

जब रात समाप्त हुई, तब शेखर बहुत देर से लिखना समाप्त कर चुका था और अँधेरे को फाड़कर देखता रहा था, सोया नहीं था और लिखे हुए में से एक

वाक्य घूम-घूमकर, मरुभूमि में गर्म आँधी की तरह हू-हू करता हुआ, उसके सिर में गूँज रहा था :

Better to be a dog, a pig, a rat, a stinking worm than to be a man whom no one trusts...

(अविश्वसनीय होने से कुत्ता, चूहा, दुर्गन्धित कृमि-कीट होना अच्छा है...)

एकाएक शेखर उठ खड़ा हुआ और दीवार से अंग्रेज़ी में बोला, (जाने क्यों वह घृणा का भाव और किसी भाषा में व्यक्त कर ही नहीं सकता)

'I hate her, I hate her.'

फिर, जब अभी कोई नहीं उठा था, उसने कपड़े पहने और अपने कमरे की खिड़की के रास्ते बाहर कूदकर किसी ओर को चल पड़ा।

सूर्योदय तक शेखर सात-आठ मील चला आया था। एक बड़े-से बाग में एक कीच भरे पोखरे के पास वह बैठ गया था। उसने बहुत-कुछ सोच डाला था—स्त्री हत्या से लेकर आत्महत्या तक सभी प्रकार के साधनों पर विचार कर चुका था।

शेखर की मानसिक गढ़न की किस सामर्थ्य ने या शिक्षा के किस सिद्धान्त ने या किस अपर शक्ति की किस प्रेरणा ने उस दिन उसे बचाया, यह वह नहीं जान सका। किस चीज़, किस दुर्घटना से बचाया, इसकी भी कल्पना वह नहीं कर सका। इतना अनुमान उसका अवश्य है कि उस दिन उसके भीतर जो जिज्ञासु असुर जागा था, उसके लिए कुछ भी असम्भव नहीं था, कुछ भी जघन्य नहीं था, कुछ भी नीतिभ्रष्ट नहीं था, क्योंकि वह असुर जघन्य और अनुकरणीय नीति और अनीति के विचार से, विचार-शक्ति मात्र से, कहीं अधिक पुराना था...

शेखर ने जेब से काग़ज़-पेंसिल निकाली और एक प्रतिज्ञा लिखने लगा।

'माँ का कोई काम नहीं करूँगा, कोई काम नहीं करूँगा, जिसमें कि उसे बाध्य होकर भी मेरा रत्ती-भी विश्वास करना पड़े, उससे बोलूँगा ही नहीं, कभी कोई पूछेगा तो भी कहूँगा कि वह मेरी माँ ही नहीं है—'

और किसी उपन्यास में से निकलकर एक आवाज़ बार-बार कहती जाती थी—'विमाता है! विमाता है! विमाता है!'

एकाएक स्वयं उसके बिना जाने उसमें एक परिवर्तन होता है। उसके शरीर पर कुछ छा जाता है, रंग की तरह, लाल रंग की तरह, जैसे सूर्य की किरणें एकाएक शीशे में से छनकर आने लगी हों...

वह उस प्रतिज्ञापत्र को फाड़कर गीली नरम भूमि पर पटक देता है और अपने बड़े-बड़े बूटों से कुचलता है, कूटता है, जब तक कि वे टुकड़े मिट्टी के नीचे दब नहीं जाते, अदृश्य नहीं हो जाते...

मैं क्यों हार मानूँ? कोई विश्वास नहीं करता, न करे। मैं योग्य हूँ। योग्य बनूँगा, रहूँगा। इस चोट को चुपचाप सहूँगा, इस अपमान को पिऊँगा और दीखने नहीं दूँगा

और सारे संसार का विश्वास और आदर पाकर उसे माँ के मुँह पर पटक दूँगा और कहूँगा, 'यह देख! मैं इसे ठुकराता हूँ!'

अपनी विकसित होती हुई आत्मा में एक आग और छिपाकर एक प्रशान्त विद्रोही बनकर शेखर घर लौट आया।

अगर शेखर ने मौत नहीं माँगी तो इसीलिए कि उसकी दशा पहले ही मौत से बुरी थी—वह मौत माँगने लायक भी जीता नहीं था।

प्रेम की और त्याग की विरुदावली बहुतों ने गाई है, घृणा और वासना की प्रशंसा किसी ने नहीं की। लेकिन शेखर के जीवन को उन दिनों इन्हीं दो शक्तियों ने सम्भव बनाया—घृणा ने ही उसे इतनी शक्ति दी कि वह सब कुछ खोकर भी संसार को ललकारे और वासना ने उसे जगाया कि वह चोट का सामना करे, जो उसके हृदय को लगी है।

शेखर पिता, माता, सरस्वती, शारदा और अन्त में स्वयं अपने को खो चुका था। इतना अपंग होकर वह इस लायक नहीं रहा था कि कुछ सोच भी सके। लेकिन धीरे-धीरे इन दो विषों के प्रताप से उसमें जान आने लगी...स्वस्थ आदमी को शराब पागल कर देती है, लेकिन बेहोश आदमी को सुस्थ करने के लिए उसकी ज़रूरत पड़ती है...

कविता और संगीत शेखर के लिए निरर्थक हो गए थे। अपने अत्यन्त प्रिय रेकॉर्ड सुनकर उसे तनिक भी सुख नहीं हुआ—पर क्रोध में उन्हीं रेकॉर्डों को पटककर और तोड़कर उसे कुछ थोड़ी-सी शान्ति मिल गई थी...यह निष्प्राण-सा अपने कमरे में या बाहर—या कहीं भी, सब स्थान उसके लिए एक से थे—बैठा रहता और बस बैठा रहता...

कोई उसे कुछ कहता तो वह सुनता ही नहीं था। लेकिन कभी-कभी उसके पास कहीं कोई और बातें कर रहे हों, तो वे उसे सुन जाती थीं।

माता-पिता बैठे कुछ बात कर रहे थे, शेखर अलग बैठा था। एकाएक उसे ध्यान आया कि उसने उनकी बात सुन भी ली है, समझ भी ली है।

शेखर के पिता तभी दौरे से आए थे। माँ उनकी लाई हुई वस्तुओं की आलोचना कर रही थी। मदुरा की एक महीन धोती की बात करते हुए पिता ने कहा, 'वह मैं सरस्वती के लिए लाया हूँ, तुम कहती थीं न कि एक उसे भेजनी है—'

माँ बोली, 'वह? उसे क्यों भेजनी है, ऐसी सुन्दर धोती? उसे तो रस्म पूरी करने के लिए भेजनी है—मामूली धोती से काम चल जाएगा। वह मैं आप न पहनूँगी?'

कई दिन तक शेखर इस ताक में रहा कि किसी तरह वह साड़ी उसके हाथ लगे तो वह उसे जला डाले या फाड़ डाले, माँ पहन न पाए...पर वह जाने कौन-से बक्स में धर दी गई, फिर कभी नहीं निकली, न माँ ने कभी पहनी और शेखर ताक में ही रह गया।

शेखर वैसे ही बैठा था और गीतगोविन्द के दो पद धीरे-धीरे गुनगुना रहा था—इतना अन्यमनस्क कि वह स्वयं भी नहीं जानता था :

*ललितलवंगलतापरिशीलनकोमलमलयसमीरे–*
*मधुकर–निकर–करम्बित–कोकिलकूजितकुंजकुटीरे।*

उसने कई बार पिता को ये पद गाते सुना था। इनका अर्थ वह नहीं जानता था पर इनके शब्दों में कुछ ऐसा माधुर्य था कि उसे पहली बार सुनने पर ही याद हो गए थे और वह बहुधा उन्हें दोहराया करता था।

तभी पिता आए और शेखर को गाते सुनकर बोले, 'यह तुमने कहाँ से पढ़ा?'

'मुझे याद है।'

'और भी कोई याद है?'

'हाँ।'

'कौन-सा?'

'धीर समीरे यमुना तीरे वसति वने वनमाली।'

'गोपी—'

पिता ने टोककर क्रुद्ध स्वर में पूछा, 'तुमने गीतगोविन्द पढ़ा है?'

'नहीं।'

'फिर ये कहाँ से सीखा!'

'आप गाया करते हैं—मैंने सुनकर याद कर लिये।'

बहुत दिनों से पिता ने शेखर को पीटा नहीं था। वे शायद उसे वयस्क समझने लग गए थे।

लेकिन उस समय उन्हें ऐसा क्रोध आया कि उन्होंने तीन-चार तमाचे उसके लगा दिए।

'पता नहीं, हो क्या गया है सब लड़कों को। गन्दी-गन्दी बातें ही सीखते हैं।'

शेखर ने मन-ही-मन निश्चय किया कि कैसे भी हो, 'गीतगोविन्द' अवश्य पढ़ना होगा।

खोद-खादकर उसने पिता की संस्कृत पुस्तकों में से 'गीतगोविन्द' निकाल लिया—सटीक। पहले तो वह सारी पुस्तक पढ़ गया, वह उसे इतनी मधुर लगी कि अधिकांश उसे कंठस्थ भी हो गई। फिर उसे यह जानने की चिन्ता हुई कि पिता क्यों क्रुद्ध हुए थे और तब वह टीका पढ़कर पुस्तक समझने की चेष्टा करने लगा। टीका संस्कृत में थी, पर कुछ मूल, कुछ टीका और कुछ अटकल से वह अर्थ करता हुआ बढ़ने लगा...

वह समझा और नहीं समझा। उसमें एक उद्वेग, एक जुगुप्सा भरने लगी और उसे नहीं समझ आया कि क्यों। पढ़कर उसे ग्लानि होती, ग्लानि से वह और पढ़ता, कृष्ण से उसे घृणा होती, घृणा में वह अपने को कृष्ण के स्थान में रखता और अनवरत उसकी आत्मा अपने आपसे ही पूछती जाती क्यों, क्यों, क्यों...

उसकी आँखों के आगे असंख्य चित्र नाचने लगे—असंख्य भूली हुई बातें, संकेत, प्रकाश और अन्धकार के छोटे-छोटे पुंज...

पिता...

माँ...

रसोइया...

नौकरानी अत्ती...

काश्मीरिन आया जिन्निया...

फिर अमृतसर में कन्हैया के कटरे का एक दृश्य...

वह परीक्षा देकर लौट रहा था। रास्ते में अमृतसर देखने के लिए उतरा—साथ लाहौर से भेजा हुआ एक व्यक्ति था, जिसे अमृतसर दिखाने का काम सुपुर्द किया गया था। स्वर्ण मन्दिर, जलियाँ वाला इत्यादि स्थान देख चुकने के बाद साथी ने कहा था, 'अब एक नई चीज़ देखें' और शेखर को साथ लिये उस कटरे में घुस आया था।

शाम का वक़्त था। कटरे में निचली मंज़िलों में कुछ दुकानें खुली थीं—बजाजों की, हलवाइयों की, पकौड़ी वालों की और जहाँ-तहाँ गजरे वाले बैठे चिल्ला रहे थे। पर बाजार की शोभा थी ऊपर की मंज़िलें—वहाँ प्रकाश की अनभ्यस्त और भोली आँखों को लगा कि इतना विपुल सौन्दर्य उसने कभी नहीं देखा। एकाएक वह एक जगह ठिठक गया। ऊपर से एक अत्यन्त मुस्कराता हुआ मुख उसकी ओर देख रहा था। शेखर देखता रहा—स्थिर, अपलक, स्तब्ध, विस्मय में डूबा हुआ देखता रहा। इतना सौन्दर्य! उसकी भोली आँखों ने भी देखा कि आँखों के आसपास नीले से वृत्त बने हुए थे, लेकिन उसके मन ने कहा कि वह शायद काजल के आधिक्य से हैं और फिर, वहाँ आलोचना करना सम्भव कब था उसके लिए। वह स्वच्छ, आनन्दित विस्मय—इतना सौन्दर्य! लेकिन उसके साथी ने उसकी ओर देखा, एक कर्कश भद्दी हँसी हँसकर उसे खींचते हुए कहा, 'ये साली बच्चे-बूढ़े का भी खयाल नहीं करतीं—' और अभी शेखर चलता हुआ इस वाक्य का अभिप्राय सोच ही रहा था कि साथी ने फिर कहा, 'ज़िम्मेदारी है, नहीं तो—' और चुप हो गया।

फिर पिता के संग्रह में चोरी से देखा हुआ छिन्नमस्ता का एक चित्र जिसके अधोभाग को एक काग़ज़ की पत्ती लगाकर पिता ने ढँका हुआ था, शेखर ने उघाड़कर देखा था...

शेखर मानो काँपने लगा, उसका जी मिचला-सा उठा, उसे लगा कि असंख्य बिच्छू उसे काट रहे हैं, लेकिन उनके दंश में विष नहीं मधु है—इतना मीठा था वह दंश...

अत्ती की आयु कोई बीस वर्ष की थी। अपने देश और जात की स्त्रियों की तरह वह एकवसना रहती थी। एक रंग-बिरंगी चारखानी धोती से वह सारा

शरीर ढँके रहती थी, सिर उसका खुला रहता था और बहुधा एक कन्धा भी उघड़ा रहता था।

उसका बदन साधारण था, न लम्बा, न नाटा, न दुबला, न बहुत भरा हुआ। लेकिन वह खूब स्वस्थ थी और उसके शरीर में रक्त खूब था। उसके बाल कुछ मोटे और खूब घने काले थे, माथा बहुत छोटा, भौंहें भी छोटी, पर काली, नाक भी छोटी, पर कुछ उठी हुई-सी और ठोड़ी पीछे हटती हुई-सी थी। यों कहा जा सकता है कि उसके चेहरे में कुछ बड़ा था तो उसकी आँखें ही, बाक़ी सब कुछ छोटा था। वह सुन्दर नहीं कही जा सकती थी, लेकिन उसमें एक चंचल आकर्षण था, जो दृश्य होते ही उसकी गुंजाइश ही नहीं रहने देता था कि कोई उसकी सुन्दरता या असुन्दर की विवेचना करने की ओर जाए।

वह सदा हँसती रहती थी, हरेक बात में, हरेक के साथ, हँसी ही उसका नियम और साधन था। शेखर के साथ बात करते भी (या बात न करते भी, शेखर को देखकर) वह हँसा करती थी। कभी-कभी शेखर को लगता था, उस हँसी में कुछ गम्भीरता है, कुछ अभिप्राय है। वह समझ नहीं पाता था कि क्या, लेकिन सदा यह विचार आते ही वह अशान्त और उद्विग्न हो उठता था...

कभी, जब वह अत्ती के पास कहीं होता, तब अत्ती काम में ऐसे लगी रहती जैसे उसे मालूम ही न हो कि वह कहाँ है। वह कभी तो देखता रहता और उसे चौंकाने के लिए कोई शब्द करता, लेकिन अत्ती कभी चौंकती नहीं, शब्द सुनकर अपनी धोती ठीक करके उसमें सिम जाती और मुस्कराती हुई काम करती जाती...

एक दिन वह शेखर के कमरे में बुहारी दे रही थी जब शेखर बाहर से आया। अत्ती की पीठ द्वार की ओर थी, और वह झुककर बुहारी दे रही थी, इसलिए उसकी धोती का छोर पीठ पर से फिसलकर गर्दन पर जा रुका था और पीठ उघड़ी हुई थी। शेखर वह खड़ा देखने लगा और यह जानकर कि अत्ती को उसके आने की ख़बर नहीं वह धीरे-धीरे उसके पास आने लगा।

पास आकर वह सोचने लगा कि कैसे वह उसे चौंकाए, कोई शब्द करे या अत्ती की पीठ गुदगुदा दे।

गुदगुदाने का निश्चय करके वह आगे झुका ही कि उसने देखा अत्ती दबे ओठों से मुस्कराती जा रही है—उसे शेखर का वहाँ होना मालूम है...उसे चोट-सी पहुँची, उसका बढ़ा हुआ हाथ रुक गया। अत्ती ने झट से सीधा होकर अपनी पीठ और कन्धे खूब अच्छी तरह ढँक लिये और छोर वाला कन्धा शेखर की ओर करके, उसके ऊपर अपनी ठोड़ी सटाकर हँसने लगी।

मेरे आने का इसे पता है, इस विचार से जहाँ शेखर को चोट पहुँची, वहाँ एकाएक बड़ी तीखी उत्तेजना भी मिली, जानकर ही तो वह वैसे खड़ी थी। शेखर ने बढ़कर उसकी धोती का छोर पकड़ लिया कि उसे खींचकर पहले-सा ही उघाड़ दे।

अत्ती, जैसे अपने बचाव के लिए उसकी ओर को कुछ झुक गई। उसका सिर शेखर के मुँह के बहुत पास आ गया—

एकाएक शेखर उसका आँचल छोड़कर पीछे हट गया।

दोनों हाथों से पकड़े हुए एक छोटे-से सिर और नीम के सौरभ की याद उसके आगे नाच गइ...

शेखर जल्दी से कमरे से बाहर निकल गया, अपने पीछे किवाड़ उसने धड़ाक से बन्द कर दिए...

शेखर के घर से कुछ दूर पर दूसरा घर था, जिसके बाहर धूप में आरामकुर्सी पर प्राय: एक 18-19 वर्ष की लड़की लेटी रहती थी। नाम उसका शान्ति था। शेखर ने सुना कि वह तपेदिक से आक्रान्त थी और तभी वैसे पड़ी रहती थी। शेखर ने यह भी सुना था कि वह बहुत दिन जिएगी नहीं और जब से उसने यह सुना तब से अकसर सबकी आँख बचाकर वह अपने घर के एक ओर खड़ा होकर शान्ति की ओर देखा करता था। कभी उसके मन में दया उत्पन्न होती, कभी सहानुभूति, कभी बहुत खिन्न होने पर वह शान्ति से ईर्ष्या भी कर लेता क्रि उसे इस जीवन से जल्दी छुटकारा मिल जाएगा...

शान्ति कभी आँख उठाकर उसकी ओर देख लेती, तो वह तत्काल वहाँ से हट जाता। उसे डर था कि उसे देखता पाकर वह वहाँ बैठना न छोड़ दे...

एक दिन शान्ति ने उसकी ओर देखा और मुस्करा दी। शेखर सोच ही रहा था कि वहाँ से हट जाए या तनिक ठहर जाए कि उसने हाथ के इशारे से उसे बुलाया और शायद पुकारा भी।

शेखर ने एक बार सशंक नेत्रों से अपने घर की ओर देखा, फिर चला गया।

शान्ति ने अपनी कुर्सी के पास फैली हुई घास की ओर इशारा करते हुए कहा, 'बैठो।'

शेखर बैठ गया। बैठकर उसने देखा, वह अपने घर से दीख नहीं सकता, एक कनेर के झाड़ की ओट उसे प्राप्त है, वह कुछ और आराम से बैठ गया।

शान्ति ने कहा, 'तुम्हारा नाम शेखर है न?'

शेखर ने कुछ विस्मय से कहा, 'हाँ।'

'मैं तुम्हारे घर की कई बातें यहाँ से सुन लेती हूँ—तुम्हारी माँ बहुत ज़ोर से बोलती हैं।'

शेखर चुप रहा।

थोड़ी देर बाद शान्ति फिर बोली, 'तुम क्या देखा करते हो?'

शेखर झेंप गया, सिर झुकाकर अपने पैरों के नाख़ून गिनने लगा।

शान्ति ने कुछ कोमल स्वर में कहा, 'बताओ, क्या देखा करते हो?'

'कुछ नहीं?'

'कुछ कैसे नहीं? मैं तुम्हारी तरफ़ देखती हूँ, तो भाग क्यों जाते हो फिर? इसलिए मैं कई बार उधर नहीं देखा करती।'

शेखर चुप रहा।

'बताओ भी, इतना शरमाते क्यों हो?'

'मेरे पास एक चित्र है, उससे तुम इतनी मिलती हो—' कहकर शेखर चुप रह गया।

'कौन-सा चित्र?'

'लाता हूँ—' कहकर शेखर उठा और घर से चित्र लेता आया।

'यह देखो।'

शान्ति ने चित्र ले लिया और देखते ही बोली, 'अरे! यह तो मेरे पास भी है।'

'सच?' कहकर शेखर अपने स्थान पर बैठ गया।

चित्र रोजेटी का बनाया हुआ 'बीएटा बीएट्रिक्स' था, जिसे प्राय: 'ग्लोरी ऑफ़ डेथ' कहते हैं।

शान्ति ने कहा, 'किसी दिन यह ग्लोरी मेरी भी होगी,' और एक विषादपूर्ण हँसी हँस दी।

शेखर कुछ उदास-सा हो गया। फिर बोला, 'इसे ग्लोरी ऑफ़ डेथ' कहते हैं, वह ग़लत नाम है! असली नाम है 'बीएटा-बीएट्रिक्स' यानी बीएट्रिक्स की समाधि, रोजेटी की स्त्री एक बार बेहोश हो गई थी, उसी का चित्र उसने बनाया था।

शान्ति ने कहा, 'अच्छा?' मानो कह रही हो, 'तुम बहुत-कुछ जानते हो।'

थोड़ी देर बाद शान्ति बोली, 'कुछ बात सुनाओ—मैं यहाँ अकेली पड़ी रहती हूँ, कभी-कभी आ जाया करो न। तुम बातें किया करना, मैं सुनूँगी। मुझमें सुनने की पेशेंस बहुत है।'

'आया करूँगा लेकिन सुनाऊँगा क्या?'

'कुछ भी—कुछ अपनी बात, नहीं तो कहानी या कोई कविता ही।'

शेखर चुपचाप सोचने लगा। थोड़ी देर उसे देखते रहकर शान्ति ने कहा, 'कुछ न सूझे तो चुप ही बैठे रहो, थोड़े ही दिन तो हैं।'

चौंककर, 'क्यों!'

'हाँ, और क्या! फिर तो मैं कितनी अकेली होऊँगी।'

शेखर इतना उदास हो गया कि चुपचाप वहीं बैठा रह गया, कुछ बोला नहीं और कोई आधे घंटे बाद घर लौट आया।

शेखर बहुत बार शान्ति के पास जाने लगा। कभी वह कोई कहानी या कविता की पुस्तक ले जाता और उसे सुनाता, कभी चित्रों की किताबें ले जाता या कभी चुप ही बैठा रहता...उसे लगता, वह शान्ति का रक्षक है कि शान्ति का शरीर नहीं है, एक

शिशु-आत्मा है और वह उसका फरिश्ता...कभी शान्ति उसकी बात सुनते-सुनते कुर्सी की पीठ पर सिर टेककर आँखें बन्द कर लेती, तब वह रुककर कुछ देर उसके सफेद मुख की ओर देखता रहता, फिर चिन्तित स्वर से पढ़ने लगता, मानो उसके पढ़ते रहने से शान्ति के प्राण भी सुनते रहने के लिए अटके रहेंगे-उसके पढ़ना छोड़ते ही वह उड़ जाएँगे...

एक दिन शान्ति ने कहा, 'लाओ, आज मैं कुछ सुनाऊँ? तुम सुनो।'

शेखर उस समय अंग्रेज़ी कविताओं का एक संग्रह लिये था, वह उसने शान्ति की ओर बढ़ा दिया। शान्ति कुछ देर पन्ने उलटती रही-फिर बोली, 'हाँ, यह सुनाती हूँ, मुझे जबानी याद है।' उसने किताब बन्द करके गोद में रख ली, लेटकर सिर पीछे टेककर, आँखें मूँदकर धीरे-धीरे पाठ करने लगी :

*Break, break, break,*
*On the cold grey crag, sea!*
*And I would that my tongue could utter*
*The thoughts that a rise in me.*

*Oh, well for the fisherman's boy,*
*That he shouts with his sister at play!*
*Oh, well for the sailor lad*
*That he sings in his boat on the day!*

क्षण भर रुककर वह आगे चली :

*And the stately ships go on*
*To their haven under the hill—**

और फिर रुक गई। शेखर कुछ देर प्रतीक्षा में रहा कि आगे बढ़ेगी (आगे की पंक्तियाँ शेखर को याद थीं) लेकिन वह चुप ही रही और शेखर भी कुछ बोल नहीं सका...

शेखर शान्ति के कंठ की ओर देखने लगा। कितना, श्वेत चाँदनी की तरह शुभ्र था वह! और त्वचा मानो पारदर्शी थी-शेखर को उसमें नाड़ियों की स्पन्दयुक्त नीली-नीली रेखाएँ साफ़ दिख रही थीं...

---

* टकरा, टकरा, टकरा तट की ठंडी धूसर चट्टानों से, ओ सागर! काश कि मेरी वाणी भी वे विचार प्रकट कर सकती, जो मेरे भीतर उठते हैं!

मछुए का बेटा सुखी है कि वह अपनी बहिन के साथ हँसता-खेलता है; नाविक सुखी है कि वह खाड़ी में अपनी नौका में बैठा गाता है।

और महाकाय जहाज पहाड़ी के नीचे बन्दरगाह की ओर बढ़े चले जाते हैं-

(शेष दो पंक्तियों का आशय यह है-

किन्तु कहाँ है एक तिरोभूत हाथ का स्पर्श और एक मूक हो गए कंठ का स्वर!)

सारे संसार की कितनी उपेक्षा है उस स्पन्दन में—कितनी लापरवाही, अपने ही में कितनी तन्मयता!

इस समय वह कितनी सम्पूर्णतया उस चित्र जैसी लग रही है...

प्रत्येक स्पन्दन उसे लिये जा रहा है मूर्च्छा की ओर—समाधि की ओर...

या कि—ग्लोरी ऑफ़ डेथ...मृत्यु का गौरव...

एकाएक शान्ति ने आँखें खोलीं—शेखर को वह खोलना ऐसा चेष्टाहीन लगा मानो अपने आप खुल गई हों और एक क्षीण, कोमल स्वर ने कहा, 'क्या देख रहे हो?'

वह अनपेक्षित था, लेकिन इतना कोमल था कि शेखर चौंका नहीं। उसने रुकते हुए स्वर में कहा, 'शान्ति, मैं तुम्हें छू सकता हूँ?'

शान्ति ने आँखों से ही अनुमति देते हुए कहा, 'आओ।'

शेखर ने पास जाकर बड़े आदर से, डरते-डरते अपना एक हाथ शान्ति की ठोड़ी के नीचे, कंठ पर रख दिया—रख नहीं दिया, उँगलियों से कंठ छुआ भर।

शान्ति ने सिर आगे झुकाकर उसकी उँगलियाँ ठोड़ी से दबा लीं—बहुत ही हल्के, कोमल, कृतज्ञ से दबाव से...

शेखर खड़ा रहा।

शेखर के हाथ पर टप-से एक बड़ा-सा आँसू गिरा और हाथ के नीचे कंठ एक बार कुछ काँप गया।

शेखर के हाथ पर दबाव नहीं था, पर वह हाथ नहीं छुड़ा सका।

थोड़ी देर बाद शान्ति ने सिर उठाकर फिर पीछे टेक लिया! शेखर ने हाथ उठाया और धीरे-धीरे अपने घर की ओर चला गया—उसे लगा कि उसके बाद कुछ होना हो ही नहीं सकता।

रात को, स्वप्न में शेखर ने देखा कि शारदा तपेदिक से आक्रान्त होकर मर रही है, वह उसके पास गया है और शारदा उसे कह रही है, 'तुम मुझे भूल गए न, नहीं तो मैं मरती?' और उसके बड़े-बड़े गर्म आँसू टप्-टप् शेखर के हाथ पर झर रहे हैं...

शेखर जागकर उठ बैठा। उसने देखा उसका सारा शरीर काँप रहा है और अन्धकार, मानो उसे काटने लगा। उसने जल्दी से उठकर लैम्प जलाया और उसे मेज़ पर रखकर बड़ी-बड़ी आँखों से उसकी ओर देखता हुआ बैठ गया...

सप्ताह भर वह शान्ति को देखने नहीं गया। दिन भर अपने कमरे के किवाड़ बन्द किए बैठा रहता...उसने सुना कि शान्ति को तेज़ बुखार हो गया है, उसकी माँ जाकर शान्ति को देख भी आई और सहानुभूति भी प्रकट कर आई, लेकिन वह कमरे से नहीं निकला।

अत्ती अब उसके सामने नहीं आती थी। न वह ही कभी अत्ती का सामना करता या उसे कुछ कहता था। अब शेखर यह भी देखता था कि कभी सामना हो जाने पर अत्ती एक तिरस्कार या उपहास-भरी हँसी लिये रहती है, उसकी दृष्टि में एक अवज्ञा, एक ताना-सा रहता है।

इसीलिए वह उस दिन अपने कमरे में किवाड़ बन्द किए हुए बैठा इस बात के लिए तैयार नहीं था कि अत्ती वहाँ आए। अत्ती ने किवाड़ खोलकर भड़भड़ाते हुए भीतर आकर कर्कश और ताने-भरे स्वर में कहा, 'तुम्हारी वह शान्ति मर गई है।'

साथ ही बाहर दूर से आईं चीख़ने की आवाज़ें...

अत्ती ठोड़ी उठाए हुए बाहर निकल गई।

यह शेखर को तीन-चार मास बाद मालूम हुआ था कि अत्ती अपने घर चली गई है, शादी करने के लिए कि उसे नौकरी से बेइज्जत करके निकाल दिया गया है।

शेखर के मन में यह बिलकुल स्पष्ट था कि यदि वह शारदा से प्रेम करता है, तो शारदा के अतिरिक्त किसी भी स्त्री का विचार भी उसे नहीं होना चाहिए और यह भी उसे स्पष्ट दीख रहा था कि ये विचार बराबर उसके मन में आते रहे हैं।

तब क्या वह शारदा से प्रेम नहीं करता?

इस विचार मात्र से उसका हृदय द्रोह कर उठता था, वह चाह उठता था अपने समूचे व्यक्तित्व से इस विश्वास को पा लेना, अपने में धारण कर लेना कि वह शारदा से केवल शारदा से प्रेम करता है...

या फिर, दूसरों का विचार मन में आने देना पाप नहीं है।

तब क्यों वह उत्तेजना और ग्लानि? क्यों वे अस्पष्ट माँगें और उनसे उत्पन्न जुगुप्सा? क्यों उसी के मन में यह भाव रहता था कि वह पाप कर रहा है?

पर शान्ति का जो आकर्षण था, वह पापमय था? क्या उसके पास अन्त समय में न जाना ही पाप नहीं हुआ? उसने शान्ति को छुआ—छूने की अभिलाषा प्रकट की, क्या वह शारदा के प्रति विश्वासघात था? या शारदा की आड़ लेकर उसके पास न जाना ही शारदा के प्रति अन्याय था...क्यों वह स्वप्न...

शेखर का मन रुक गया—इससे आगे उसने कुछ पूछा नहीं। लेकिन स्वयं शेखर को स्पष्ट जान पड़ रहा था कि उसके मन की गति बन्द नहीं हुई है, वह एक बड़े भारी प्रश्न के छोर पर है जिसे वह पकड़ने की चेष्टा में है—व्यक्तिगत से वह एक बहुत बड़ा कदम बढ़ाकर व्यापक में जाना चाहता है...

पर—सतीत्व—chastity—है क्या चीज़?

शेखर फिर सदा की भाँति पुस्तकों की शरण गया। उसने एक किताब देखी हुई थी, 'What All Married People Should Know' यही किताब उसने निकाली, और घर से बाहर जाकर एकान्त स्थल में बैठ पढ़ने लगा। वह जानता था कि यह पुस्तक उसके लिए नहीं है, लेकिन अनुभव से उसने यह भी सीख लिया था कि जो बातें वह जानना चाहता है वे उन्हीं पुस्तकों में हैं जो उसके लिए नहीं हैं।

ज्ञान में न सुख है, न जुगुप्सा; लेकिन पढ़ते हुए शेखर को एक जुगुप्सामय सुख और एक सुखमय जुगुप्सा का अनुभव हो रहा था। वह कारण दोनों का नहीं जानता था, लेकिन एक विचित्र कँपकँपी, एक रोमांच-सा उसके कन्धों से लेकर भुजाओं और पीठ को कँपाता हुआ पैरों तक चला जाता था और उसके अवयवों में जहाँ-तहाँ एक विवश, अनियन्त्रित स्पन्दन या फड़कन उठ रही थी...

वह जो कुछ पढ़ रहा था, सब ठीक-ठीक नहीं समझ रहा था, लेकिन काफ़ी कुछ समझता जा रहा था और अधिकाधिक व्यग्रता से पढ़ता जा रहा था...

एक-एक अध्याय—निर्वाचन, वर में क्या गुण देखने चाहिए, कन्या में क्या गुण देखने चाहिए, दोष जिनसे बचना चाहिए, वरण—कोर्टशिप, विवाह, संयम और तब गर्भाधान...

तब बिजली की कौंध से एक क्षण में, शेखर के हाथ से किताब छूट गई, धरती उसके पैरों के नीचे से खिसक गई, आँखों के आगे अन्धकार छा गया...

दुनिया शेखर के आगे खुल गई। वह सब कुछ समझ गया—जो अस्पष्ट संकेत उसने देखे थे, जो पुकारें सुनी थीं, जो उत्तेजनाएँ पाई थीं, जो दंश सहे थे, सब सुलझ गए, माँ का छाती पीटना, पिता का क्रोध, नाचती हुई जिन्निया की नंगी टाँगें, अमृतसर की वेश्या, रसोइया का व्यंग्य, अत्ती की नंगी पीठ, 'गीतगोविन्द' के पद, अठमासा बच्चा, छिन्नमस्ता के नीचे पुरुष और प्रकृति का चित्र, कविता का सुख...और हाँ, सरस्वती की लज्जा, शान्ति के आँसू, सावित्री का मौन, शशि का आग्रह, शारदा का कम्पन—सब एक ही सूत्र में गुँथ गए, स्पष्ट हो गए, समझ आ गए...इन सबकी गति एक ही ओर है, एक ही घृणित पाप-कर्म की ओर जिसे उसके माता-पिता ने किया है, शारदा के माता-पिता ने किया है, सृष्टि के आरम्भ से प्रत्येक माता-पिता करते आए हैं। यही है, प्यार, यही जिसके लिए वह शारदा को चाहता था, वह—अकथ्य, घृणित, अचिन्तनीय, भ्रष्टाचार...अच्छा है कि तुम मर जाओ, अच्छा है कि शारदा मर जाए, अच्छा है कि सारा संसार मर जाए—यदि यही होना है तो...

यह है ज्ञान; यह है सत्य, वास्तव; यह है यथार्थता, यह है ज्ञान...

इसके आगे अन्धकार का एक पर्दा है। उस परदे के नीचे एक गति है, हलचल है, संघर्ष है, लेकिन वह व्यक्ति का इतना अभिन्नतम अंग है कि उसे कहना, उसे सोचना भी घोर अश्लीलता है...

उस परदे के नीचे ही नीचे भाटा भी उतर गया। जिस दिन शेखर ने कॉलेज जाने की तैयारी में पुस्तकें देखते हुए, रोमाँ रोलाँ का यह वाक्य पढ़ा कि 'सत्य उनके लिए है जिनमें उसे सह लेने की शक्ति है' उस दिन उसने सिर उठाकर देखा कि वह समुद्र पार कर आया है, कि वह सम्पूर्ण है, मुक्त है और पुरुष है।

चतुर्थ खंड

# पुरुष और परिस्थिति

एकान्त शेखर के लिए कोई नई बात नहीं थी। जब से उसे होश हुआ तब से वह प्रत्येक बात में अकेला ही रहने का अभ्यस्त था और यह भी कहा जा सकता है कि तब से वह अपने पर निर्भर करता आया था लेकिन मद्रास जैसे बड़े शहर में आकर उसे एकाएक लगा, वह बहुत अकेला है।

उसकी आयु तब कुल पन्द्रह वर्ष की थी और इन पन्द्रह वर्षों में वह कभी घर की छाया से बाहर भी नहीं निकला था। व्यक्ति का जो भीतरी हिस्सा है, जो आत्मा का क्षेत्र है, उसमें वह सदा अकेला रहा था, उसमें उसने किसी को नहीं आने दिया था या कम-से-कम उसमें कोई आया नहीं था और किसी पर निर्भर करने की आवश्यकता उसकी आत्मा ने इसलिए नहीं जानी थी। लेकिन दूसरी ओर उसे कभी चिन्ता नहीं थी कि वह खाएगा क्या, पहनेगा क्या, खर्च क्या करेगा और बचाएगा क्या। उसे ऐसी 'छोटी' बातों पर चिन्ता करने का अवसर ही नहीं हुआ था, अपना 'काम चलाने' की नौबत ही नहीं आई थी और कभी उसके पास थोड़े भी पैसे नहीं हुए थे कि वह उनके खर्च पर किसी तरह का भी नियंत्रण करना जानता। उसे पैसे केवल दो बार मिले थे—एक बार एक अठन्नी जिसे उसने खुशी-खुशी दस पैसे की एक सीटी के लिए दे डाला था और दूसरी बार जब उसके बड़े भाई ईश्वर ने सिगार पीने के लिए पैसे चुराए थे और चोरी पकड़े जाने पर कुछ देर के लिए उसके पास जमा कर दिए थे...

मैट्रिक की परीक्षा के लिए वह लाहौर गया था अवश्य, लेकिन वहाँ मास्टर साथ था और फिर वहाँ वह मौसी विद्यावती के कारण यह जान ही नहीं पाया था कि वह घर से बाहर है। विद्यावती उसकी सगी मौसी नहीं थी, लेकिन किसी ने कब उसमें 'सगेपन' की कमी का अनुभव किया था? उसमें वह क्षमता थी कि सभी उसे अपना सगा जानते थे और फिर माँ से अधिक शशि ने भी वहाँ रहना शेखर के लिए सुखकर बना रखा—वह शशि जो उससे छोटी थी और नहीं थी, जो उसके साथ कभी खेलती नहीं थी, पर उसकी सखी बनती जा रही थी।...

रिक्शा में बैठकर कॉलेज की ओर बढ़ता हुआ शेखर यही सब सोच रहा था और उसका अन्तस्तल घबराहट से भर रहा था। कैसा होगा कॉलेज? कैसा होगा बोर्डिंग? कैसे लड़के, नौकर-रसोइया, खाने का ढंग, रहने का कमरा...और उस दिन मौसम भी उसकी सहायता नहीं कर रहा था, वह भी मलिन था। जून का महीना

था, आकाश में खूब बादल छाए थे। न बारिश थी, न हवा, गर्मी बड़ी सख्त थी और...शेखर पहाड़ पर से आ रहा था...

कॉलेज में नाम लिखाकर, फीस चुकाकर, होस्टल में अपने कमरे में सामान रखकर शेखर बिस्तर बिना खोले ही उसे चारपाई पर डालकर धप-से उस पर बैठ गया और छुटकारे की लम्बी साँस लेते हुए बोला, 'हफ्!'

तभी दूसरी ओर से आवाज़ आई, 'रामा, एक और नया जानवर आ गया है।'

शेखर ने नहीं समझा कि इशारा उसी की ओर है फिर भी उसने दो-तीन जनों के आने की आहट सुनी और जैसे प्रतीक्षा में रहा।

तीन लड़के उसके कमरे में आए। शेखर कुछ सशंक-सा उनकी ओर देख ही रहा था कि प्रश्नों की बौछार हुई—

'आप कहाँ से आए?'

'कौन-से स्कूल से पास किया है!'

'क्लास कौन-सा है?'

'आपका नाम!'

शेखर से ये प्रश्न एक-एक करके पूछे गए होते तब भी वह उत्तर न देता, क्योंकि एक तो उसे उनका लहजा अच्छा नहीं लगा, दूसरे इस प्रकार के प्रश्नों से वह कुछ सकुचाता भी था। वह कुछ नहीं बोला, उनकी ओर देखता रहा।

'आप बोलना नहीं जानते क्या?'

'अजी फर्स्ट ईयर में होंगे, तभी तो—'

'तो नवाब तो नहीं हैं, हैं तो आदमी ही आख़िर—'

'वाह भई, खूब पहचाना। आदमी! तब तो तुम्हें भी आदमी ही कहना पड़ेगा क्यों न?'

शेखर ने कहा, 'मैं थका हूँ, मुझे आराम करने दीजिए। आपके प्रश्नों का उत्तर कल मिल ही जाएगा।'

'अच्छा, यों है बात!'

'चलो भाई, इन्हें आराम करने दो; थके हैं। हमारे प्रश्नों का उत्तर कल मिल ही जाएगा?'

'तो हम क्या आपकी टाँग पकड़े हैं—कीजिए आराम—'

'भला यह भी कोई शराफत है? अरे भाई, नाम ही तो पूछा है, कोई खा तो नहीं जाएँगे—'

शेखर ने क्रुद्ध होकर कहा, 'निकल जाइए आप सब मेरे कमरे से।'

एक ने कहा, 'ओफ्फो!' लेकिन उसकी मुख-मुद्रा की ओर देखकर तीनों बाहर चले गए। जो आलोचनाएँ उनके मुँह पर आईं, वे बाहर जाकर ही प्रकट हो सकीं। शेखर उनको न सुनने की चेष्टा करते हुए, दीवार की ओर मुँह करके लेट गया। पर उनकी अनसुनी न हो सकी...

शेखर का मन बहुत उदास हो गया। वह अनजाने में इस स्वागत की तुलना उस स्वागत से करने लगा, जो उसे लाहौर में प्राप्त हुआ था। शशि की बड़ी-बड़ी भोली आँखें, उसका वह एक हाथ में दीया थामे, दोनों हाथ आधे जोड़कर प्रणाम करना, उसकी वह साग्रह अवज्ञा और कई बातें...उसे लगने लगा जैसे माता-पिता ने उसे घर से निकाल दिया है—उसको निर्वासित किया है क्योंकि वह उनके निकट अपराधी था...क्योंकि वह सदा से अवज्ञाशील था, क्योंकि वह अपनी माँ से इसलिए घृणा करता था कि वह उसका विश्वास नहीं करती थी, क्योंकि पिता पर उसका स्नेह इसलिए टूट गया था कि...पता नहीं...क्या...

उसकी आस्था रही किस पर थी—किसी पर भी तो नहीं! और जिन-जिनको वह मान सकता था, जिन-जिनका वह आदर कर सकता था वे सब उसके सामने कितने घोर अपराधी हो गए थे उस समय, जबकि उसने वह पुस्तक पढ़कर जाना था कि सन्तान की उत्पत्ति कैसे होती है—किस जघन्य पाप-कर्म से...उसके माता-पिता, भाई बहिन—वह भी—शशि और हाँ, शारदा भी—सब उसी पाप-कर्म के द्वारा उत्पन्न हुए थे...

वह ग़लत है, घृणित है, पापमय है पर...तब ईश्वर ने स्त्रियाँ—तब स्त्रियाँ बनी क्यों हैं? क्यों?

शेखर को लगा कि स्त्रियाँ जब हैं, तब उन्हें स्वीकार करना ही होगा लेकिन क्यों हैं वे?

लेकिन...और उसे याद आता, यद्यपि स्त्रियों के होने के कारण उसे इतना कष्ट हुआ है, फिर भी यदि स्त्रियाँ न होतीं, तो शायद वह जी नहीं सकता...

क्या यह आवश्यक है कि स्त्रियों को एक ही दृष्टि से देखा जाए, एक ही प्रश्न उनसे पूछा जाए? उसने कहीं पढ़ा था कि डाकू जब किसी नए आदमी से मिलते हैं, तब यही सोचते हैं कि यह हमारा मित्र है या शत्रु, हमारे पाप-कर्म में सम्मिलित होगा या उसमें विघ्न डालेगा। क्या यह ज़रूरी है कि स्त्रियों की ओर उसी डाकू-वृत्ति से देखा जाए, समझा जाए कि या तो वे एक पाप-कर्म विशेष में पुरुषों की संगिनी हैं और या पुरुषों की शत्रु हैं, भयंकर हैं?

पुरुष क्या स्त्रियों के संसार में, स्त्रियों के बिना नहीं जी सकता...

वह बहुत अकेला है। इतने बड़े मद्रास शहर में, इतने भीड़-भड़क्के में वह पहली बार बिलकुल अकेला धँस आया है और यहाँ सब ओर विरोध, उपेक्षा ही है, यहाँ पुरुष हैं जो विरोधी हैं और वह चाहता है, पता नहीं क्या चाहता है, यह तो नहीं चाहता कि कोई स्त्री वहाँ उपस्थित हो, लेकिन चाहता है—चाहता है—पता नहीं क्या...

वह चिन्तित-सी तन्द्रा में ऊँघने लगा...

किसी खड़खड़ाहट का शब्द सुनकर वह चौंककर उठ बैठा।

द्वार पर एक युवक खड़ा था और भीतर आने की अनुमति पाने की प्रतीक्षा में था। उसके चेहरे पर एक विनयपूर्ण मुस्कराहट थी।

शेखर ने कहा, 'आइए।' और इधर-उधर देखने लगा कि उसे बैठने के लिए कौन-सा स्थान इंगित करे।

उसने पास आकर शेखर के ट्रंक पर बैठते हुए कहा, 'चिन्ता नहीं, मैं मजे में हूँ। आपका नाम सी.एच. पंडित है?'

शेखर ने कुछ विस्मय से कहा, 'हाँ।' और कुछ कुतूहल से युवक का अवलोकन करने लगा।

युवक का चेहरा सुन्दर था, आँखें सुडौल और स्वच्छ, नीली, प्रायः हँसती हुईं, नाक सीधी और छोटी, ओठ पतले, लम्बे और चंचल। सिर पर लम्बे-लम्बे घुँघराले बाल थे, जिन्हें उसने ढंग से काढ़ रखा था।

दाढ़ी-मूँछ उसके पास नहीं थी, अभी फूट भी नहीं रही थी। कद और गठन से भी चौदह-पन्द्रह वर्ष से अधिक नहीं जान पड़ता था।

शेखर कुछ पूछने ही को था कि युवक ने कहा, 'मेरा नाम है कुमार। आपके नाम में सी.एच. से क्या अभिप्राय है?'

'चन्द्रशेखर।'

'अच्छा! मेरे बड़े भाई का भी नाम यही है। आप कौन-सी क्लास में पढ़ते हैं?'

'मैं अभी फर्स्ट ईयर में भरती होने आया हूँ।'

'ओहो! तब तो हम साथ ही हैं, मैं भी फर्स्ट ईयर में हूँ।'

शेखर को कुछ और विस्मय हुआ, यह देखकर कि इस लड़के में ज़रा भी संकोच या घबराहट नहीं प्रकट होती, यद्यपि वह भी अभी कॉलेज में आ रहा है। बोला, 'यह तो अच्छी बात हुई।'

उस लड़के ने पूछा, 'आपने सारा बोर्डिंग देख लिया, कुछ परिचय प्राप्त किया?'

'नहीं तो, मैं कुछ भी नहीं जानता और थका भी हूँ।'

'अच्छा, तब रहने दीजिए। आप चाहें, तो मैं आपको मिला लाऊँ। मैं प्रायः सभी को जानता हूँ।'

शेखर ने चाहा, पूछे, 'कैसे?' पर चुप ही रहा। फिर उसे विचार आया, बिना इसकी सहायता के मुझे शायद बहुत कठिनाई होगी फिर यह भी कि मुझे कृतज्ञता प्रकट करनी चाहिए। बोला, 'अगर आप कुछ ठहरकर चलें, तो मैं चलूँगा। आपको कष्ट तो होगा। मुझे स्वयं आपसे ही बात करने का अधिक मोह है, इसीलिए कहता हूँ कि औरों से ठहरकर मिल लेंगे। आपकी कृपा के लिए मैं कृतज्ञ हूँ, मिस्टर कुमार।'

'नहीं-नहीं, सो क्या! और आप 'मिस्टर कुमार' क्यों कहते हैं? सहपाठियों में भी 'मिस्टर' का बन्धन लगा तब तो मुश्किल है, केवल कुमार कहिए नं। सभी कहते हैं।'

शेखर ने कहा, 'अच्छा तो कुमार।' फिर कुछ रुककर बोला, 'आप पहले व्यक्ति हैं यहाँ, जिसने मुझसे शिष्टता का बर्ताव किया है...'

कुमार हँस दिया।

शेखर का मन इस युवक के प्रति कृतज्ञता से भरता गया। एकाएक उसे लगा कि मद्रास में यदि यह न होता, तो शायद उसे कॉलेज छोड़कर भागना पड़ता...कुमार ने उससे बातें करने के सिवाय कुछ नहीं किया था, फिर भी जिस अवस्था में शेखर था उसमें उसे लगा कि उन बातों पर ही उसका सुख और जीवन निर्भर रहा था और वही कुमार ने उसे दिया। थोड़ी ही देर में उसने पाया कि वह कुमार से अपने घर की बातें, अपने घर की पढ़ाई, अपना अकेलापन, अपनी विवशता, सब कुछ कह रहा था। उसके विश्वासी हृदय ने कुमार को अपना भाई मान लिया था, वह अकल्पनीय भाई जो उसे घर में नहीं मिला था और उसका स्थान बहिनें किसी प्रकार भी नहीं भर सकती थीं...

कुमार ने शेखर का परिचय सबसे करा दिया। उसे साथ ले जाकर भोजन भी कराया और फिर कमरे में लाकर, जाते हुए यह वायदा ले गया कि जब भी किसी बात में शेखर को कुछ पूछने-जानने की ज़रूरत होगी, वह उसे बुलाएगा। शेखर ने वायदा करते पूछा, 'आप जान पड़ता है यहाँ पहले भी रहते रहे हैं ?'

'हाँ, मैं पिछले साल भी यहीं था।' फिर कुछ झेंप-सा कर, 'मेरा यह फर्स्ट ईयर में दूसरा साल है।'

'अच्छा ? आपकी आयु तो बहुत थोड़ी लगती है—'

'मैं सोलह वर्ष का हूँ। आप ?'

'मैं पन्द्रह का। लेकिन मैं आपसे बड़ा लगता हूँ,' और कुछ हँसकर, 'और मन भी नहीं मानता कि छोटा हूँ।'

'अच्छी बात है, आज से आप मेरे बड़े भाई रहे, क्यों मंजूर ?'

कृतज्ञ शेखर कुछ बोल नहीं सका। उसने कुमार का हाथ पकड़कर धीरे से दबा दिया।

कुमार चला गया। शेखर किवाड़ बन्द करके अपनी चारपाई पर बैठ गया और सोचने लगा—इस अकारण वरदान के लिए वह किसके प्रति कृतज्ञ हो कि इतने बड़े मद्रास में, पहले ही दिन, बिना खोजे ही, उसने अपना सखा पा लिया है, किस अज्ञात शक्ति के प्रति...

'शेखर, सिनेमा चलोगे ?'

शेखर ने कुछ विरक्त स्वर में कहा, 'क्या रोज-रोज सिनेमा देखा करें। अभी परसों तो गए थे।'

कुमार ने कहा, 'बात तो तुम्हारी ठीक है। और, मेरी अवस्था ऐसी नहीं है कि बहुत बार जा सकूँ। पर आज का फिल्म बहुत अच्छा था, इसलिए मैंने सोचा कि शेखर को साथ लेकर—' कहकर उसने एक लम्बी साँस ली।

उस साँस के पीछे जो निराशा का भाव था, वह शेखर के दिल में चुभ गया। उसे याद आया, कुमार ने एक दिन बताया था कि उसके माता-पिता निर्धन हैं और वह मुश्किल से पढ़ाई का खर्च-भर उनसे पाता है। पिछले वर्ष उसने तनिक भी मनोरंजन नहीं किया, यहाँ तक कि चिन्ताओं के कारण ही उसकी पढ़ाई नहीं हुई, और वह फेल हो गया। उसी दिन से, शेखर ने मन-ही-मन संकल्प कर लिया था कि जहाँ तक हो सकेगा, वह कुमार को प्रसन्न रखेगा और उसे कम-से-कम आर्थिक कष्ट कोई नहीं होने देगा। आज एकाएक उस बात का ध्यान आ जाने से उसका हृदय पिघल गया, उसे लगा कि अपने सुख के लिए किसी पर निर्भर करना ही इतनी दयनीय अवस्था है कि बाहरी चोट के द्वारा उसकी याद दिलाना एक बिलकुल अक्षम्य अपराध है। उसने जल्दी से कहा, 'तब अवश्य चलो कुमार। और यह बात मेरे आगे मत कहा करो कि—' कुछ रुककर, 'मुझे बहुत दुख होता है।'

कुमार ने कहा, 'जो सच्ची बात है उसे कहने में क्या हर्ज? लेकिन तुम मना करते हो, तो नहीं कहता।'

दोनों बाहर चल दिए।

महीना भर हो चला।

एक दिन शेखर ने कुमार के कमरे में जाकर कहा, 'कुमार, आज समुद्र पर चलें। सिनेमा-थिएटर रोज देख-देखकर मैं तो उकता गया।'

कुमार ने कहा, 'अच्छा चलो।'

ट्राम में बैठकर दोनों चल पड़े।

पहुँचकर वे पैदल चलने लगे। बस्ती से निकलकर वे एक निर्जन-सी सड़क पर आ गए थे। सन्ध्या होने लगी थी, पथ पर दोनों ओर लगे हुए वृक्षों की लम्बी-लम्बी छायाएँ पड़ रही थीं। ऐसा लग रहा था कि धूल के कारण असमतल उस पृथ्वी की कंचन-मेखला पर चित्रकारी की हुई थी...भूमि की ओर देखता हुआ, एक हाथ में कुमार का हाथ थामे हुए, जाने क्या कुछ सोचता हुआ, शेखर चुपचाप चला जा रहा था। कुमार बोलने की इच्छा से बार-बार उसकी ओर देखता था, लेकिन उसकी मुद्रा देखकर चुप हो जाता था।

जब समुद्र का गम्भीर नाद उन्हें सुन पड़ने लगा तब सन्ध्या हो चुकी थी और आकाश में लालिमा अधिक घनी होकर ज्योतिहीन होने लगी थी। वे कुछ जल्दी चलने लगे और थोड़ी देर में तट पर पहुँचकर, एक चट्टान की आड़ में समतल रेत पर बैठकर, लहरों की ओर देखने लगे। देखते-देखते आकाश में सन्ध्या का अन्तिम प्रकाश भी बुझ गया।

शान्ति थी। हवा नहीं चल रही थी। लोग भी धीरे-धीरे चले गए थे—तट का वह अंश बस्ती से काफ़ी दूर था। अन्धकार में समुद्र की ओर देखता हुआ शेखर

सोच रहा था कि वहाँ पर कुमार के साथ बिलकुल अकेला है और जैसे समुद्र का गम्भीर चिरन्तन गर्जन उन्हें घेरे हुए है...

क्योंकि पवन के निश्चल होने पर भी समुद्र में एक गहरा असन्तोष-सा था—फेनिल लहरें दूर से भागी हुई नहीं आ रही थीं, लेकिन दूर फेन-हीन हलचल थी और तट के पास-पास निरन्तर फेन का जैसे कड़ाह उबल रहा था, फुफकार रहा था, बढ़ रहा था...और जाने कहाँ से वह विशाल, गम्भीर घोष-सा हो रहा था, लहरों के स्वर से अधिक भारी, धीर...

उस दिन पूर्णिमा थी और समुद्र के पार, पूर्व में चन्द्रोदय होने वाला था, उसकी अगवानी करने को एक अकेला बादल, चारों ओर एक चाँदी की झालर में विभूषित, क्षितिज पर खड़ा था और उसके पीछे, शीघ्र प्रकट होने वाली किसी अभूतपूर्व सौन्दर्य राशि की आभा आगे फूटी पड़ती थी...

शेखर स्वयं चुप था, कुमार उसके कारण चुप था।

शेखर धीरे-धीरे कुमार के लम्बे बालों में उँगलियाँ फेरकर उन्हें उलझा रहा था और उसे लग रहा था कि कुमार के बाल एक सिहरन-सी द्वारा उसके स्पर्श का प्रतिदान दे रहे हैं, वैसे ही जैसे कुत्ते कभी-कभी अपने स्वामी के स्नेहपूर्ण स्पर्श की कृतज्ञता बताया करते हैं...

शेखर बोला तो कुमार जैसे चौंक उठा। 'देखो कुमार, ऐसे लगता है, जैसे इस दुनिया में तीसरा कोई नहीं है।'

कुमार ने उत्तर नहीं दिया।

शेखर ने मुट्ठी में उसके बाल धरते हुए एक हलका-सा झटका देकर कहा, 'क्यों, बोलते क्यों नहीं?' यद्यपि उसे यह नहीं लगा कि कुमार के कुछ कहने की ज़रूरत है...

शेखर ने फिर कहा, 'यह है भी ठीक। हर एक की दुनिया उतनी ही होती है, जितनी कि वह जानता है। क्योंकि अपनी अनुभूति के बाहर जो है, उसे हम कैसे जानें कि वह है भी? मुझे पता है कि मैं बहुत-सी दुनियाएँ छोड़ आया हूँ और यह भी है ही कि आगे भी बहुत-सी दुनियाएँ होंगी, लेकिन एक को मैं अभी जानता नहीं, दूसरी इस क्षण में मुझे मिथ्या लगती है—मेरे अनुभव में नहीं आती। इस समय मेरी दुनिया की सीमाएँ हैं, पीछे यह चट्टान, सामने वह बादल और उसके पीछे उदय होने वाला चाँद, इधर मैं, और उधर तुम...'

वह चुप हो गया। कुमार अब भी कुछ नहीं बोला। शेखर ने अपना हाथ उसके बालों में से निकालकर भूमि पर टेक दिया और ध्यानस्थ-सा हो गया।

थोड़ी देर बाद वह फिर बोला, 'कुमार, आज कुछ भी सच्चा नहीं लगता, सभी स्वप्न है। लेकिन, जिस स्वप्न का मैं इस समय एक अंग हूँ, वह कितना मधुर लग रहा है? बताओ, तुम मुझे अपने से बड़े क्यों नहीं लगते? मुझे क्यों लगता है कि तुम

छोटे हो और मैं जैसे तुम्हारा संरक्षक, तुम्हारा गार्डियन एंजेल (देवी रक्षक) हूँ, और तुम मुझ पर निर्भर करते हो?'

कुमार ने जल्दी से कहा, 'ठीक तो है, मैं तुम्हीं पर तो निर्भर करता हूँ।'

शेखर की विचार-तरंग के अनुकूल ही था यह उत्तर, लेकिन यह उसे बुरा-सा लगा। जैसे उसमें कुछ जल्दी थी, कुछ अकुलाहट, कुछ बनियापन, जैसे वह उसे विराट् स्वप्न के संसार में से क्षुद्र यथार्थता में खींचे ला रहा था। वह बोला, 'कुमार, तुमने मालूम होता है मेरी कोई बात सुनी नहीं।'

कुमार ने चौंककर कहा, 'सो तुमने कैसे जाना? नहीं सुनी होती, जवाब ऐसे ही दे देता?'

शेखर ने और गम्भीर होकर कहा, 'सच-सच बताओ, तुम अभी क्या सोच रहे थे?'

'बताऊँ—नाराज़ तो नहीं होओगे?'

'मैं—तुमसे नाराज़?'

कुमार ने कुछ हिचकते हुए कहा, 'बात यह है कि मेरी माँ थीं बहुत बीमार, और उनके इलाज में पिता ने अपनी सारी तनख्वाह खर्च कर डाली, शायद कुछ कर्ज भी लिया। इस महीने में कुछ भी नहीं भेजा उन्होंने, शायद अगले महीने में भी नहीं भेजेंगे। मैं फीस भी नहीं दे पाया, इसलिए शायद कॉलेज से—'

'मुझे अब तक क्यों नहीं बताया?'

कुछ और हिचक से—'मैं हर एक बात में तुम्हारी ही तो सहायता माँगता हूँ और मेरा है कौन यहाँ? लेकिन मुझे यह भी विचार रहता है कि कहाँ तक—'

शेखर ने कुछ रुष्ट होकर कहा, 'मुझे तुमने 'कोई और' समझा?' फिर, 'कितना रुपया चाहिए तुम्हें!'

कुमार ने कुछ अटकते हुए कहा, 'ठीक पता नहीं शायद पचास में या शायद कुछ—यही पचास-साठ एक—'

'सौ रुपए काफ़ी होंगे?'

कुछ संकोच से, 'सौ का मैं क्या—'

'अच्छा बस अब छोड़ो इस बात को! कल सब ठीक हो जाएगा। ख़बरदार! अब ऐसी बात सोची तो।'

'शेखर, मैं तुम्हारा—'

इस वाक्य के अगले शब्द जानकर शेखर ने उसे रोकते हुए कहा, 'बस चुप अब! जो कह दिया कि इस बारे में कोई बात नहीं होगी अब!'

दोनों फिर चुप हो गए...

धीरे-धीरे चाँद निकल आया। शेखर ने देखा, चाँद के बाहर आते ही वह बादल का टुकड़ा, जो अभी तक एक चाँदी की झालर से सजा हुआ था, काला पड़ गया है

और चाँद के प्रकाश में आसपास तट की रेत की बिछलन में काले धब्बों से पत्थर बिखरे हुए दीखने लगे थे। उसने कुमार की ओर देखा, वह चाँद की ओर देख रहा था।

शेखर ने एकाएक कहा, कहकर वह स्वयं विस्मित-सा हो गया कि उसने क्या कहा है, इतना कम समय लगा था विचार के शब्दबद्ध और प्रकट होने में—'कुमार, यदि मेरे अतिरिक्त तुम और किसी के हुए, तो मैं तुम्हारा गला घोंट दूँगा।'

कुमार ने कुछ भीत-से स्वर में कहा, 'तुम क्या कह रहे हो, शेखर!'

शेखर ने कुमार को अपनी ओर खींचकर उसका मुँह चूम लिया। लेकिन साथ ही उसके मन में एक शंका हुई—स्वर में यह भय क्यों ? और उसे यह भी लगा, कि जो कुछ उसकी ओर से है, दूसरी ओर से वह नहीं है, जैसे झील में उसका प्रतिबिम्ब मात्र, जिसमें कम्पन है, लेकिन कम्पन जीवन का नहीं, माया का। पर उसने इन दोनों सन्देहों को तत्काल दबा दिया...

कुमार ने कहा, 'चलो, अब चलें। देर बहुत हो गई।'

शेखर ने यत्न से समुद्र की ओर से आँख हटाते हुए कहा, 'चलो।' वह जाना नहीं चाहता था, लेकिन अभी जो उसने कहा था, जिस दबाव के कारण कहा था, उसका ध्यान करके उसे लगा कि वह कुमार की बात का खंडन नहीं कर सकता।

वे दोनों होस्टल लौट आए। किसी ने एक शब्द भी नहीं कहा।

शेखर ने सौ रुपए कुमार को दिए। कुछ दिन बाद बीस रुपए और दिए। इनमें पचास रुपए उसे जमा रखने के लिए दिए गए थे—कभी ज़रूरत पड़ जाने पर उपयोग के लिए। बाक़ी उसका अपना महीने का खर्च था। रुपया इस प्रकार देकर उसने घर से और रुपए मँगाने के लिए पत्र लिख दिया।

दो दिन में पत्र का उत्तर आ गया, रुपए नहीं आए। पिता ने लिखा था कि शेखर रुपया बरबाद कर रहा है, रुपया ज़रूरी खर्च के लिए है, मित्रों को लुटाने के लिए नहीं और ऐसी ही कई एक बातें...और यह भी कि वह दुबारा सोचकर लिखे कि कितना रुपया उसे चाहिए, वे भेज देंगे।

शेखर ने आहत अभिमान से भरकर लिख दिया कि वह जो कुछ लिखता है, सोचकर लिखता है। उसे उतने रुपए चाहिए, दुबारा सोचने की ज़रूरत नहीं है। यदि भेजने हों, तो भेज दें, नहीं तो न भेजें।

इस पत्र का कोई उत्तर नहीं आया था और पैसे भी नहीं आए थे। शेखर ने कमरे से बाहर निकलना छोड़ दिया था।

कुमार ने आकर कहा, 'चलो आज सर्कस चलें।'

शेखर ने कहा, 'आज तो जाने की बिलकुल तबीयत नहीं है।'

'क्यों, क्या हुआ? आजकल तुम बाहर ही नहीं निकलते, बात क्या है?'

'कुछ नहीं, यों ही, तबीयत नहीं होती।'

'आज तो चले चलो। तबीयत तो यहीं बैठे-बैठे ख़राब होती है। अब तो सिनेमा गए भी दस-पन्द्रह दिन हो गए हैं।'

शेखर ने मुँह फेरकर कहा, 'मेरे पास पैसे नहीं हैं और शीघ्र आ जाएँगे, इसकी कोई सम्भावना भी नहीं दिखती।'

कुमार ने थोड़ी देर रुककर पूछा, 'क्या बात हुई?'

'पिता ने लिखा था, मैं बहुत फिजूल खर्च कर रहा हूँ, वे उतने रुपए नहीं भेज सकते। मैंने लिख दिया कि अगर आप उतने नहीं भेज सकते तो बिलकुल मत भेजिए बस।'

थोड़ी देर फिर दोनों चुपचाप रहे। फिर कुमार ने उठकर कहा, 'मैं जाता हूँ, मुझे ज़रा—'

'बैठो न! मेरा जी नहीं लगता, आज शाम यहीं बैठकर बातें करेंगे या चलो समुद्र पर—'

'नहीं, मुझे याद आ गया, मुझे एक ज़रूरी काम से जाना है। अच्छा ही हुआ सर्कस नहीं गए, नहीं तो—' कहकर, जल्दी से वह बाहर चला गया।

शेखर कमरे में लेटा हुआ छत की ओर देखने लगा।

क्यों है ग़रीबी? क्यों है धन? क्यों ऐसा है कि आदमी, मनोरंजन की इच्छा रहने पर, सिनेमा-सर्कस नहीं जा सकता और क्यों एक दूसरा आदमी, उसका जाना सम्भव बनाने की सामर्थ्य रखते हुए, उसे जाने से रोक देता है?

लेकिन, मनोरंजन क्या सिनेमा-थिएटर में ही है? बिना वहाँ जाए क्या व्यक्ति सुखी नहीं हो सकता? पहले भी तो ऐसे दिन थे, जब वह सिनेमा नहीं जाता था, तब क्या उसका मनोरंजन नहीं हुआ? जब वह परीक्षा देने लाहौर गया था, तब भी पढ़ते-पढ़ते उकताकर वह मनोरंजन चाहता था, तब तो उसके लिए इतना ही पर्याप्त होता था कि शशि बिना कुछ बोले ही उसके पास से हो जाया करे और वह उसे 'बहिनजी' कहकर चिढ़ा लिया करे या इतना भी नहीं, वह दूर से ही उसकी हँसी सुन लिया करे...अब क्यों नहीं वह ऐसा कर सकता?

कुमार वहाँ होता, तब शायद वह ये सब बातें नहीं सोचता। कुमार की निकटता, कुमार की बातचीत, कुमार की हँसी, उसके लिए पर्याप्त होती...

पर कुमार के लिए?

पर शशि के लिए?

क्या है वह प्यार की आकस्मिक घटना, जो आदमी को इस प्रकार दूसरे का आश्रित बना देती है, पर साथ ही शक्ति भी देती है, आश्रयदाता भी बनती है...

और, क्या है वह प्यार से भी बढ़कर आकस्मिक घटना, प्यार से भी बढ़कर शक्ति, जो प्यार को सम्भव बनाती है, जो परिस्थिति उत्पन्न करती है जिसमें प्यार हो सके, जिसमें दो आत्माएँ मिल सकें?

लेकिन, क्या वह और कुमार एक हैं? क्या उस एकत्व में, बहुत नीचे कहीं, एक खोखलापन नहीं है? क्या वे एक ही वस्तु चाहते हैं? एक ही तरह चाहते हैं? क्या—

लेकिन, क्या ज़रूरी है कि प्यार के लिए कोई दो परस्पर एक-दूसरे के हाथ बिकें, एक-दूसरे के गुलाम बनें? क्या दासता के बिना प्यार नहीं है?

यदि है, तब फिर वह सीमा भी क्यों हो कि प्यार दो इकाइयों के बीच हो? क्यों यह ज़रूरी है कि किसी को ही प्यार किया जाए—क्या प्यार की भावना किसी स्थूल, एकाकी विषय से अलग नहीं की जा सकती? क्या ज़रूरी है कि 'मैं प्यार करता हूँ' इस वाक्य का अनिवार्य अनुवर्ती हो यह प्रश्न कि 'किसे प्यार?' और वह 'कौन' भी एक ही हो? क्या सारी मानवता को ही प्यार नहीं किया जा सकता, क्या प्यार को ही प्यार नहीं किया जा सकता...

वह सदा अपने ही भीतर घुलता रहा है, अपने से बाहर आने की, जीवन को अपनाने की, संसार को अपना बनाने की चेष्टा छोड़कर अपने को संसार का बनाने की चेष्टा उसने कभी नहीं की। वह प्यार का मँगता ही रहा है, प्यार देना उसने जाना ही नहीं...

लेकिन, यह जो इस क्षण उसकी परिस्थिति है, यह उसका दोष है या कुमार का या और किसी का? यह जो सूनापन उसे इस समय लग रहा है, वह क्या उसकी प्यार करने की अयोग्यता से है या प्यार पाने की असमर्थता से?

कविता की एक पंक्ति शेखर के मस्तिष्क में नाच गई। वह उठा और लिखने लगा...

'ओ तू मानव, ओ आकारहीन घनीभूत भावना मात्र जिसका मैं एक अंग हूँ, मैं अपने को, अपने प्रियों को भूलकर तेरा ही होना चाहता हूँ, तुझे प्यार करता हूँ, तुझे प्यार करने की अपनी इच्छा और अपनी सामर्थ्य को प्यार करता हूँ... ओ तू, मुझे शक्ति दे कि तुझे ही प्यार करूँ और तेरे प्यार को सह सकूँ...'

रात को शेखर भोजन के लिए उतरा तो उसने होस्टल के चपरासी से पूछा, 'कुमारप्पा नहीं आए?'

'अभी? वे तो सर्कस देखने गए हुए हैं।'

'किसके साथ?'

'कृष्णमूर्ति के साथ।'

शेखर बिना भोजन किए ही ऊपर लौट गया और कमरे की खिड़की पर बैठकर बाहर दौड़ती हुई अनेक ट्राम गाड़ियों को देखते हुए, उनकी घरघराहट, मोटरों के हॉर्न,

रिक्शा वालों की पुकारें सुनते हुए, लेकिन अपने को कुछ भी देखने, सुनने, समझने में असमर्थ पाते हुए, अर्थहीन प्रलाप की तरह अपनी लिखी हुई एक पंक्ति दुहराने लगा—'ओ तू, मुझे शक्ति दे कि तुझे ही प्यार करूँ और तेरे प्यार को सह सकूँ...'

शेखर दो दिन कॉलेज नहीं गया। कमरे में ही इस प्रतीक्षा में बैठा रहा कि कुमार उसके पास आवे, क्षमा माँगे या कुछ सफ़ाई दे, पर कुमार नहीं आया।

तीसरे दिन, बहुत उकताकर शेखर शाम को बाहर निकला। उसने निश्चय किया कि समुद्र पर जाकर बैठेगा और अपने उलझे हुए मस्तिष्क को साफ़ करेगा। कुमार की ओर उसका ध्यान ही नहीं गया, न उसके कमरे में प्रवेश करके उसे देखने की इच्छा उसे हुई।

उतरते हुए उसने एक कमरे में से दो-तीन कंठों की हँसी सुनी और उसमें कुमार का भी स्वर सुनकर ठिठक गया।

एक स्वर, 'आजकल शेखर बाहर नहीं निकलता, क्या बात है?'

'अरे तुमने नहीं सुना? उसके पिता ने उसका खर्च बन्द कर दिया है?' कुमार कहता है।

'तब तो ठीक ही बात होगी—' और एक हँसी का ठहाका।

'तभी आजकल कृष्णमूर्ति के गहरे हैं—क्यों कुमार?' फिर एक ठहाका...

तब कुमार का स्वर, 'अरे यार, छोड़ो भी इन बेवकूफ़ी की बातों को। शेखर तो बुद्धू है।'

शेखर धीरे-धीरे, रेलिंग के सहारे, नीचे उतर गया। नीचे जाकर उसने एक परचा लिखा और चपरासी को देकर कहा, 'यह कुमारप्पा को दे आओ—मैं यहीं खड़ा हूँ।'

परचे पर लिखा था, 'हाँ मैं बुद्धू और बेवकूफ़ हूँ। लेकिन किस दिन मैं बेवकूफ़ बना, जानते हो? मैंने समुद्र-तट पर कहा था, 'कुमार, यदि तुम और किसी के हुए तो मैं तुम्हारा गला घोंट दूँगा।' उसी समय अपने ही वाक्य को न समझने की बेवकूफ़ी की थी मैंने...कीड़े किसके हैं?

क्षण ही भर में कुमार ने आकर कहा, 'इसके क्या अर्थ हैं, शेखर?'

'अर्थ? क्या काफ़ी साफ़ नहीं लिखा है मैंने?'

'मैं तुम्हारा कर्जदार हूँ, इसी बूते पर तुमने मेरा इतना अपमान किया है न? अगर मैं—'

शेखर ने धधककर कहा, 'कर्जदार?' लेकिन फ़ौरन ही शान्त होकर बोला, 'ठीक है। तुम्हारी पैसों के मोल बिकी आत्मा अगर उससे बड़ी बात नहीं सोच सकती, तो उसका दोष नहीं है।'

वह घूमकर लम्बे-लम्बे डग भरता हुआ समुद्र-तट की ओर चल पड़ा।

अँधेरा था, बादल छाए थे। तट सूना निर्जन था। पवन बिलकुल शान्त था और समुद्र भी असाधारण शान्त था, शान्त और प्रायः मूक, यद्यपि ऐसा जान पड़ रहा था कि उसके भीतर कहीं प्रकाश जल रहा है या अवगुंठित बिजलियाँ नाच रही हैं—विस्फोट की तैयारी थी वह...

और शेखर को लगा, यदि समुद्र की दशा ठीक वैसी न होती, तो वह क्षण भर भी उसके किनारे न ठहर सकता...

जब शेखर उस तन्द्रा से जागा, तब वह सुनने लगा कि होस्टल में उसको लेकर अनेक प्रकार की बातें चल रही हैं—विचारों का आदान-प्रदान हो रहा है।

वह ब्राह्मण है, उसका नाम भी चन्द्रशेखर पंडित है, लेकिन उसकी चुटिया कहाँ है? जनेऊ कहाँ है? वह अपना पूजा-पाठ कब और कहाँ करता है? उसने ईश्वर का सबसे बड़ा उपहार—द्विजत्व—पाया होगा, लेकिन उसने अपने आचार से उसे खो दिया है, वह भ्रष्ट है...

जिस बोर्डिंग में शेखर था, वह ब्राह्मणों के लिए था। इसलिए, पिता की आज्ञानुसार, शेखर वहाँ आकर रहा था। अब तक उसके ब्राह्मणत्व के विषय में किसी को आपत्ति भी नहीं हुई थी। अन्य छात्र ब्राह्मणत्व के और संस्कारों का पालन तो करते थे, लेकिन भीतर उनका आदर उतना गहरा नहीं था। उनका भोजनागार सब ओर से घिरा हुआ था, ताकि किसी आते-जाते व्यक्ति के कारण उनके भोजन में 'दृष्टिदोष' न हो जाए, वह छोटी जाति द्वारा देखा जाकर भ्रष्ट न हो जाए। कभी ऐसा हो जाता, तो वह भोजन उतना ही अखाद्य हो जाता जैसे किसी कुत्ते ने उसे जूठा कर दिया। यद्यपि कुत्ते कई बार भोजनागार में घुस आते थे और उन्हें 'हिश' करके भगा देना ही पर्याप्त होता था...

शेखर को जानते देर नहीं लगी कि इन शंकाओं का अंकुर कहाँ है। लेकिन कुमार से बात करने की या उसका मुख देखने की भी उसकी प्रवृत्ति कभी नहीं हुई। वह देखने लगा कि सभी छात्र उसकी ओर ऐसे देख रहे हैं जैसे वह कोई विदेशी जन्तु है और उसे लगता, मन-ही-मन वे सोच रहे हैं कि अगले जन्म में शेखर क्या होगा—कुत्ता या कौआ या कीड़ा और जैसे उसके भाग्य पर दया से भर रहे हैं। तब वह उस 'दया' का ध्यान करके जल उठता और सोचता—मैं नरक में जाऊँ तो इनका क्या?

पर उनकी 'दया' इतनी नहीं थी कि उसके नरकवास की कल्पना से द्रवित होकर अपना परलोक भूल जाए। उन्होंने निश्चय किया कि वे शेखर के साथ भोजन नहीं करेंगे और शेखर को एक दिन मालूम हुआ कि सब छात्रों की ओर से प्रिंसिपल

के पास एक अर्जी दी गई है कि उसका अलग प्रबन्ध किया जाए, नहीं तो वे होस्टल छोड़ने को बाध्य होंगे। उन्होंने रसोइए को भी कह दिया कि जब तक उसका निर्णय नहीं होता, तब तक शेखर का आसन औरों से कुछ हटाकर लगाया जाए।

शेखर को यह बिलकुल स्वीकार नहीं हुआ लेकिन रसोइए को वह झगड़े में घसीटना नहीं चाहता था, इसलिए वह निर्णय होने तक एक होटल में जाकर भोजन करने लगा।

निर्णय हो गया। प्रिंसिपल ने निश्चय किया कि होस्टल ब्राह्मणों के लिए है और ब्राह्मणत्व का निर्णय केवल कुल से ही हो सकता है, क्योंकि आचार ब्राह्मणों में भी कई प्रकार के हैं, शेखर जन्मतः ब्राह्मण है इसलिए वहीं रहेगा और वहीं भोजन करेगा, उसे हटने को बाध्य नहीं किया जा सकता।

शेखर की जीत हुई। लड़कों को भी अधिक लड़ाई-झगड़ा करने में लाभ नहीं जान पड़ा। बात यहाँ समाप्त हो गई, यद्यपि लड़कों ने कभी शेखर को उसकी विजय के लिए क्षमा नहीं किया और उस पर यह जताने का कोई अवसर नहीं खोया कि प्रिंसिपल चाहे कुछ कहें, वे उसे ब्राह्मण नहीं समझते।

जीतकर शेखर को कोई उल्लास नहीं हुआ, यह सोचकर भी नहीं कि उसने कुमार पर विजय पाई है। उस पर विजय पाने का अब कोई महत्त्व नहीं रह गया था। उसने कॉलेज से सप्ताह भर की छुट्टी ली और सैर करने के लिए मालाबार की ओर चल दिया। पैसे उसके पास थे, क्योंकि कुमार से झगड़ा होने के बाद उसने पिता से क्षमा माँग ली थी।

मालाबार बहुत सुन्दर प्रदेश है, लेकिन शेखर वहाँ सौन्दर्य देखने नहीं गया था। कॉलेज में ही मालाबार में छुआछूत सम्बन्धी जो कहानियाँ—उसके लिए वे बातें इतनी असम्भव थीं कि वह उन्हें कहानियों से अधिक कुछ नहीं समझ पाता था—उसने सुनी थीं, उन्हीं के कारण वह उधर आकृष्ट हुआ था। वहाँ के अछूत 'पंचम'—किसी कुलीन ब्राह्मण के पास दायरे के भीतर नहीं आ सकते—कुछ गज दूर रहना होता है, ब्राह्मणों के लिए अलग सड़कें हैं जिन पर पंचम नहीं चल सकते, पंचमों को नदियाँ नाव में बैठकर या और किसी प्रकार पार करनी होती हैं क्योंकि पुल ऊँची जातियों के लिए सुरक्षित होते हैं, ब्राह्मणों के पड़ोस में अछूत भूमि नहीं ले सकते और कभी ब्राह्मण और 'पंचम' का सामना हो ही जाए तो 'पंचम' को अपना पंचमत्व घोषित करना पड़ता है कि अनजाने में उसकी छाया ब्राह्मण पर न पड़ जाए...यह सब उसने सुना था, लेकिन सुनकर विश्वास नहीं कर सका था। जब कॉलेज में छुआछूत के प्रश्न पर ही उसका झगड़ा हुआ और उसकी जीत हो गई, तब वह मालाबार की दशा देखने के लिए चल पड़ा।

वहाँ पहुँचकर उसने आर्य समाज मिशन के भवन में अपना सामान रखा। कुछ देर वह प्रतीक्षा में रहा कि मिशन के कोई कार्यकर्ता मिलें तो उनसे बातचीत करे, लेकिन वे सभी बाहर गए हुए थे। अन्त में यह देखकर कि दिन भर की होती हुई

बारिश कुछ थम गई है, उसने झट से कपड़े बदले, साधारण मद्रासी पोशाक पहनी और नंगे पैर घूमने चल पड़ा।

शाम हो चली। शेखर भटकता हुआ एक सूनी-सी सड़क पर निकल गया था, और सोच रहा था कि किधर से लौटने में सुभीता रहेगा। सड़कों पर प्राय: कीचड़ था—कहीं-कहीं पूर्णतया पानी से ढँकी हुई थीं और कहीं धान के खेतों में जाती हुई कोई सड़क उनकी मेंड़ से बढ़कर फैले हुए पानी में खो जाती थी। शेखर सिर झुकाए कुछ सोचता हुआ चला जा रहा था!

सन्ध्या थी, पानी में आकाश के रंग कुछ धुँधले होकर चमक रहे थे। पेड़ों की हरियाली पर एक ताम्रता-सी छा चली थी और धनखेतों पर भी एक मधुर-सी उदासी धीरे-धीरे ओस की तरह घनीभूत हो रही थी। सन्नाटा था। पक्षी पुकार रहे थे, मेढक अपने कर्कश फटे हुए स्वर से अनवरत टर्रा रहे थे। नीरवता नहीं थी, फिर भी बड़ा गहरा सन्नाटा था।

शेखर कीच-भरी सड़क से हटकर एक पथ पर हो लिया। यह कुछ सूखा था, इसलिए शेखर के पैर अपने आप ही उधर मुड़ गए—यद्यपि यह उसे ठीक निश्चय नहीं था कि डेरे पर लौटने का वही छोटा रास्ता है। पथ के दोनों ओर पानी बहा जा रहा था।

एक कराहने की आवाज़ सुनकर उसका ध्यान टूटा और वह रुककर सुनने लगा कि यह स्वर कहाँ से आया था। क्षण ही भर बाद फिर वह आया और शेखर ने पथ के एक ओर बहती हुई नाली पर छाई हुई एक झाड़ी के पास आकर देखा, मैली लाल धोती से आधा आवृत रक्त और मांस का एक लोंदा पड़ा है जो कभी एक स्त्री रहा होगा और उस लोंदे में प्राण है और पीड़ा की अनुभूति है...

एक ही क्षण के लिए, लेकिन बहुत-से कारणों से, जिनमें उस लोंदे का स्त्री होना भी एक था, शेखर हिचकिचाया। फिर किसी तरह उस शरीर को अपनी पीठ पर लादा और लौटकर सड़क-सड़क होता हुआ मिशन भवन तक ले गया। वहाँ उसकी मरहम-पट्टी की गई लेकिन भोर होते-होते वह मर गई। मिशन वालों ने उसके जलाने का प्रबन्ध किया, वह अछूत थी।

पुलिस को सूचित किया गया था। लेकिन शेखर रुका नहीं, उसने अपना बोरिया-बिस्तर उठाया और फ़ौरन मद्रास लौट पड़ा, वहाँ क्षण भर भी और ठहरना उसे असम्भव जान पड़ने लगा...

ट्रेन में उसने अख़बार में पढ़ा कि लाश की जाँच के बाद यह घोषणा की गई थी कि 'मृत्यु किसी भोथरे औजार की चोट से हुई है, हत्या के कारण का पता नहीं लग सका है।' लेकिन साथ ही यह भी समाचार था कि शरीर एक 'वर्जित' सड़क पर पाया गया था और स्त्री अछूत थी...

शेखर को याद आया कि किस प्रकार उस स्त्री के रक्त और कीच से उसका शरीर, उसके वस्त्र सन गए थे और एक कँपकँपी उसके अंगों में दौड़ गई...वह थी

अछूत और वह था ब्राह्मण और उसके रक्त में सन गया था...और उसके हत्यारे थे ब्राह्मण जिन्होंने उसके पास आने की छूत से बचने के लिए, स्वयं उसके पास जाकर उसे पत्थरों से मारा होगा...ब्राह्मण...वही ब्राह्मण जो शेखर है...और अछूत...वही अछूत जिसे शेखर ने कन्धे पर लादा था...और उसका रक्त...

बोर्डिंग पहुँचकर शेखर ने अपना सामान इत्यादि बाँधकर तैयार किया, रिक्शा मँगाकर उसमें लादा और रिक्शा वाले को पता देकर स्वयं ट्राम में बैठकर दूसरे होस्टल में चला गया, जो अछूतों के लिए था और जहाँ कार्यकर्ता भी सब अछूत थे। यहाँ पहले तो सबने उसकी ओर सन्देह की दृष्टि से देखा, लेकिन शीघ्र ही वह दिन आ गया जब कि शेखर ने पाया कि उसके मित्र और सखा और सहायक सब अछूत हैं, उसके भाई अछूत हैं...

और कि जिस समाज का उसे होना चाहिए, उसमें वह अछूत है और यह सह नहीं सकता कि वह इसके अतिरिक्त कुछ भी हो...

'कहते हैं कि धीरे-धीरे सब कुछ हो जाएगा, कि धीरे-धीरे अज्ञान दूर होगा, यह आत्मा पर छाया हुआ कुहरा उठ जाएगा। कहते हैं बहुत-कुछ, पर हाथ पर हाथ धरे बैठे रहते हैं, प्रतीक्षा के युग बीत जाते हैं और कुछ नहीं होता। कुहरा उठ सकता है, पर्दा भी उठ सकता है, पर दीवार नहीं उठ सकती, उसे फोड़ना ही पड़ता है, गिराना ही पड़ता है, नहीं तो वह नहीं मिटती...।'

शेखर बोल रहा है। वह स्वभावत: चुप रहने वाला है, लेकिन उसके भीतर कुछ है जो उसे चुप नहीं रहने देता है, जो उसके संकोच के पीछे से निरन्तर चोट करता हुआ उसे बाध्य किए जाता है...

उन 'अछूतों' में से शेखर ने मित्र बनाने आरम्भ किए हैं और अपने भीतर की इस बाध्यता को, उसके प्रत्येक बदलते हुए पर्दे को, वह उन पर प्रकट करता है। कुछ एक लड़के इकट्ठे करके उसने एक समिति-सी बना ली है, जिसका नाम-नियम कोई नहीं लेकिन जो प्राय: उसके कमरे में सम्मिलित होती है और जिनसे निरन्तर विचारों का विनिमय और रुचियों, भावों और भावनाओं का संघर्षण होता रहता है...

शेखर उनका नेता नहीं है—न अपने मन में, न उनके मन में, लेकिन नेतृत्व किसी तरह उसी की ओर से उद्भूत होता है—वह जो आकारहीन-सी समिति है, वह इसीलिए चलती है कि शेखर है।

एक समतल उजाड़ भूमि के मध्य में जिसे होस्टल के छात्र अपना 'प्लेग्राउंड' कहते हैं, अछूतों का तिमंज़िला होस्टल खड़ा है, और उसकी छत के पक्के

फ़र्श पर बिना कुछ बिछाए चार लड़के लेटे हैं। वह शेखर की नामहीन समिति की कार्यकारिणी है। कार्यकारिणी कहने का अभिप्राय इतना ही है कि इन चारों में अशान्ति भीतरी है, वे जाग रहे हैं और आसपास देखकर स्वभावतया चिन्तित हैं। समिति के दूसरे दो-तीन सदस्य अपनी गति, अपना प्रवाह नहीं रखते, उनमें लहर तब उठती है जब कोई हाथ से हिला देता है या दूर से एक ढेला उनके ऊपर छाई हुई शान्त निस्तब्धता में गिरा देता है...

शेखर के अतिरिक्त बाकियों के नाम हैं—सदाशिव, राघवन् और देवदास। इनमें सदाशिव कद में सबसे छोटा किन्तु बुद्धि में सबसे तीव्र था। उसके प्रायः खुले हुए टेनिस कॉलर के ऊपर उसकी पतली ग्रीवा, उसके ऊपर बिखरे हुए बालों के कारण और भी बड़े दिखने वाले सिर की छाया में शान्त अंडाकार चेहरा, जिसकी छोटी किन्तु खूब खुली-सी रहने वाली आँखों में एक समझदार-करुणा का भाव रहता है, मानो आँखें कह रही हों, मैं तुम्हें कष्ट नहीं पहुँचाऊँगी, केवल निकट से देखकर जानना चाहती हूँ, इन सबको देखकर हठात् शैली के एक चित्र की याद आती थी और शेखर ने उसका नाम ही शैली रख दिया था। सदाशिव इस नाम से बहुत झेंपता था—उसे लगता था कि यह शायद उसके आत्मविस्मृत कर देने वाले प्रकृति-प्रेम पर कटाक्ष है—इसलिए यह नाम स्थायी हो गया था।

राघवन् और देवदास कुछ भिन्न थे। दोनों ही तामिल प्रान्त के शहरों के रहने वाले थे और शहर की छाप उन पर पर्याप्त मात्रा में थी और राघवन् की आँखें चंचल मछलियों की तरह चमकती थीं और देवदास की आँखें तो मानो हर समय किसी शरारत की खोज में रहती थीं। उनमें विष नहीं था, मानव जाति के प्रति एक स्नेह का भाव ही था, लेकिन स्वभाव से ही देवदास का स्नेह उस प्रकार का नहीं था, जो अलग रहकर अपनी, अभिमान-भरी नीरवता से ही अपने को कह डालता है, उस तरह का 'सेंटिमेंटलिज्म' उसे बुरा लगता था, स्नेह निरन्तर चुलबुलाहट में, बातचीत, हँसी-मज़ाक में अपने को छिपाए रखे, यही उसे ठीक लगता था। कभी कोई उसकी 'हृदयहीनता' पर आक्षेप कर देता तो वह हँसकर कहता था, 'भाई, एक प्रेम होता है जो साष्टांग करके रास्ते में बिछ जाता है, एक होता है जो हर समय गुदगुदाता और चुटकियाँ काटता चलता है। पहले ढंग का प्रेम मेरे बस का नहीं है।' और यह बहाना नहीं था, इसमें सत्यता थी। प्रकृति-दोष—या गुण—से ही वह सत्य भी सीधे-सच्चे ढंग से नहीं कह सकता।

अपनी संकोचशील किन्तु पैनी बुद्धि के कारण और त्रावनकोर की विस्तीर्ण हरियाली और नीलिमा में पले हुए उदार सौन्दर्य-प्रेम के कारण सदाशिव शेखर के अधिक निकट था। लेकिन शेखर जानता था कि देवदास और राघवन् के बिना जीवन में पूर्णता नहीं आ सकती और उसे प्रसन्नता थी कि वे भी उसकी समिति में हैं, क्योंकि जीवन की पूर्णता का पाना ही समिति का ध्येय था।

छत पर लेटे-लेटे शेखर बीच-बीच में सदाशिव की ओर देखता जाता था कि कहीं वह सूर्यास्त में ही तो नहीं खो गया है और कहता जाता था, 'उस स्टीवेंसन की किताब में एक कहानी चार सुधारकों की है जो सोचने बैठे कि दुनिया को कैसे सुधारा जाए। एक ने समाज की कुछ बुराइयाँ बताकर कहा कि समाज को मिटा देना चाहिए, दूसरे ने संशोधन किया कि समाज तो तब बिगड़ता है जब धर्म रूढ़ हो जाता है, धर्म ही कुल बुराइयों की जड़ है और उसी को मिटाना चाहिए, तीसरे ने कहा कि धर्म तो केवल संस्कृति का आदर्श नियम होता है, अगर संस्कृति ख़राब होगी तो धर्म ठीक कैसे हो सकता है, इसलिए संस्कृति ही ग़लत चीज़ है। अन्त में वे इस नतीजे पर पहुँचे कि मानव जहाँ आगे बढ़ना चाहेगा वहाँ संस्कृति तो होगी ही, इसलिए मानव-जाति ही मूल अपराधी है और उसी को मटियामेट कर देना चाहिए। अपने आप में यह नतीजा बहुत ठीक है। मानव-जाति को मिटा दीजिए, तब न हम यहाँ सुधार पर बहस करने को रहेंगे, न सदाशिव बहस के बीच में सूर्यास्त में लीन होकर मेरा अपमान करने को रहेगा, न— '

सदाशिव ने मानो संलग्नता प्रमाणित करने के लिए कहा, 'और न शेखर किसी का ध्यान दूसरी जगह समझकर उसे गालियाँ दे सकेगा।'

सब हँस पड़े। शेखर फिर कहने लगा, 'मुझे लगता है कि इस तरह के आमूल परिवर्तन न करने में ख़तरा है। यह मैं नहीं कहता कि केवल सतह पर सुधार किया जाए, वह भी बेवकूफ़ी है। परिवर्तन होना मूल में ही चाहिए लेकिन वहाँ जहाँ पर बुराई साफ़ लक्ष्य हो, केवल तर्क से सिद्ध करके दीखने वाली नहीं।'

राघवन् ने कहा, 'यानी?'

'इस कहानी में देखो, धर्म संस्कृति का आदर्श नियम है, इसलिए धर्म की बुराइयाँ संस्कृति से पैदा होतीं, इसलिए संस्कृति बुरी है, यह केवल तर्कना-शक्ति का नट का तमाशा है। संस्कृति की बुराई अगर हमें देखनी है, तो संस्कृति में स्पष्ट देखनी होगी, इस प्रकार दूर से सिद्ध नहीं करनी होगी। नहीं तो, कहीं अच्छा कुछ है ही नहीं, बुराई ही बुराई है और यह हमारी अशान्ति भी तो उस बुराई में पैदा हुआ मनोविकार है, मानव बुरा होकर अच्छी बात सोच कैसे सकता है? आप अन्धकार दूर करना चाहें तो यही कर सकते हैं कि रोशनी जला दें, यह नहीं कर सकते कि अन्धकार का अँधियारापन मिटा दें।'

सदाशिव ने रोककर कहा, 'लेकिन, शेखर यह तर्क भी तुम्हारा ख़तरनाक है। नैतिक दृष्टि से यह हिंसा का सिद्धान्त प्रतिपादित करना है। तुम्हारे कहने के अनुसार चलें तो हमारा काम सिर्फ़ यथार्थ बुराई का नाश ही है, ध्वंसलीला ही है, वह बुराई पैदा ही न हो, इसका प्रबन्ध तुम्हारी दृष्टि में खामखयाली है।'

'अम्—नहीं। किसी हद तक तो तुम्हारी बात ठीक भी है, ध्वंस को मैं ग़लत नहीं मानता, न उसे हिंसा ही कहता हूँ। हिंसा वहाँ है जहाँ प्रेरणा हिंसा की है, जहाँ

अनिष्ट करने की चेष्टा है। इष्ट के लिए की हुई हत्या भी हिंसा नहीं है, बशर्ते कि वह इष्ट व्यक्ति का नहीं सृष्टि-मात्र का हो। लेकिन यह ग़लत है कि इस प्रकार बुराई पैदा होने से रोकी जाने की गुंजाइश नहीं रहती। मैं यह कहता हूँ कि बुराई को रोकने की चेष्टा भी आप तभी कर सकते हैं जब आप जानते हों कि वह बुराई है क्या। यानी एक बार वह आपके सामने आ जाएगी, तभी आप उसे रोकने की चेष्टा कर सकेंगे। आपकी बचाव की कोशिश एक आदिम आक्रमण से शुरू होगी। क्योंकि बिना इसके आप बचाव करेंगे किससे? अज्ञात शून्य से बचने का आयोजन वैसा ही है जैसा छाया से लठैती करना।'

'हूँ, यह बात तो जँचती है। लेकिन पहली बात फिर भी नहीं जँची। इष्ट के मामले में, तुम समझते हो, व्यक्ति के लिए अपने को धोखे में रखना कुछ बहुत कठिन है? ऐसे भी लोग हैं जो समाज को शुद्ध रखने के नाम पर वेश्याओं के पास जाते हैं। जो आदमी वेश्याओं के पास नहीं जाता, वह शायद ऑब्जेक्टिव दृष्टि से देखकर कह सकता है कि वेश्याएँ समाज-शुद्धि का अप्रत्यक्ष साधन हैं। लेकिन जो आदमी अपनी सब्जेक्टिव वासना का गुलाम कहा जाता है उसे क्या हक है कि वह समाज को ऐसे ऑब्जेक्टिव दृष्टि से देखे? फिर भी लोग हैं जो इस बात पर अपने को विश्वास दिला देते हैं और तुम्हारे हिसाब से वे लोग निर्दोष हैं। इष्ट और अनिष्ट, व्यक्तिगत इष्ट और विश्वहित में फ़ैसला करने वाला कौन?' सदाशिव धीरे-धीरे बात करता जा रहा था और देख रहा था सूर्यास्त की तरफ़ ही मानो उसी से प्रश्न कर रहा हो।

राघवन् दाद देता हुआ बोला, 'हूँ, दैट इज़ दि क्वेश्चन।'

शेखर जैसे कुछ सोचता हुआ-सा कहने लगा, 'वैसे तो, व्यक्ति के हित और विश्व के हित में भेद नहीं होना चाहिए—'

सदाशिव ने बैठकर कहा, 'यह फिर वही ग़लती है, भेद तब नहीं है, अगर ऑब्जेक्टिव व्यापक दृष्टि से देखे। लेकिन जब देखने वाला एक व्यक्ति है और सवाल उसके हित का है, तब वह इतना दूर दृष्टि से कैसे देख सकता है?'

देवदास ने कहा, 'मैं देखता हूँ, तुम लोग उस कहानी के रिफॉर्मरों से कम नहीं हो। यह तुम लोगों का बहस-मुबाहिसा तुम्हारे आत्मसम्मान को भले ही बढ़ाए, किसी काम का नहीं है। इसमें व्यक्ति का हित है, विश्वास नहीं है। चाहे तुम किसी दृष्टि से देखो। विश्वहित काम करने में है। कार्यशीलता की सौ गलतियाँ निकम्मेपन की एक अच्छाई से बढ़कर हैं क्योंकि कार्यशीलता में अपनी ग़लती को दूर करने की भी सामर्थ्य है और निकम्मापन अपनी अच्छाई को कायम भी नहीं रख सकता। इसलिए अगर तुम्हें कुछ करना-धरना है, तो कार्यक्रम नियत कर लो। इस सारी बहस का फायदा विश्वहित में उठाना चाहो तो यह हो सकता है कि किसी भी कार्यक्रम को अन्तिम और अकाट्य मत समझो। संशय मानव का अधिकार है,

लेकिन अगर वह उदारता नहीं पैदा करता तो वह मानव का शाप है। शेखर हमेशा यही चिल्लाया करता है। अब ज़रूरत है इस पर अमल करने की। कार्यक्रम बनाओ और उसमें पहला कार्य लिख लो उदारता, ताकि वह बाक़ी सबको अनुप्राणित करती है। दि आरेकल हैज़ स्पोकन।'

देवदास की बात से बहस का तल कुछ नीचे उतर आया, जहाँ वह काले तर्क के खारे पानी में नहीं कार्य के मीठे रस में हाथ-पैर हिलाए। चारों सुधारक उठकर एक दूसरे के निकट आ गए, शेखर ने कहा, 'अच्छा बताओ, पहला काम क्या हम लोग करें?'

अन्त में वे इस नतीजे पर पहुँचे कि मुख्य कार्य यही हो सकता है कि नौजवानों को जगाया जाए, उनमें एक गम्भीरता पैदा की जाए और उनके जीवन को सोद्‌देश्य बनाया जाए। उन्होंने देखा कि जैसा आमूल परिवर्तन वे चाहते हैं वह इसी प्रकार हो सकेगा और आवश्यक हिंसाकार्य से भी वे बचेंगे। और शेखर के साहित्य-प्रेम से, सदाशिव के कला-प्रेम से, राघवन् के विज्ञान और देवदास के इतिहास से यह भी तय हुआ कि जीवन में एकरसता आना उसके उद्‌देश्य को गहरा नहीं करता, उसके लिए घातक सिद्ध होता है, ठीक वैसे ही जैसे एक ईंट पर खड़ी की हुई दीवार पक्की नहीं हो सकती। उद्‌देश्य को दृढ़ करने के लिए, कार्य को स्थायी बनाने के लिए ज़रूरी है कि जीवन कई जगह पर पृथ्वी में जड़ें जमाए, वटवृक्ष की तरह हरेक दिशा में जाकर एक जिह्वा लटकाकर धरती से भोजन और बल खींचता रहे। उन्होंने गम्भीर होकर इन सब विषयों का अध्ययन करना आरम्भ किया और दूसरों को भी प्रोत्साहित करने लगे।

लेकिन शेखर के लिए यह ठीक-ठीक सुचारु रूप से चलने वाला कार्य बोझ हो गया। न जाने क्यों उसका स्वभाव ही ऐसा था कि वह सिर्फ़ पर्याप्त काम लेकर ही सुखी नहीं हो सकता था। वह चाहता था इतना काम, इतना काम कि सिर उठाना मुश्किल हो जाए, साँस लेने में भी काम का कुछ हर्ज हो जाने का अन्देशा रहे, इतना कि उसके मन में आने वाले सोच, सन्देह, तड़पा देने वाले असम्भव स्वप्न, ये सब अवकाश की कमी के कारण मुरझाकर सूख जाएँ...अपने कुल सोलह-एक वर्षों के अनुभव से ही वह समझ रहा था कि उसका यह गर्वीला, अधीर यौवन का सामर्थ्य ज्ञान असल में अपनी ही पराजय का निशान था, क्योंकि वह माँग रहा था विश्वास—उसमें उठने वाले प्रश्न भी इसीलिए थे कि कहीं पहुँचकर वे प्रश्न न रहें, समाधान हो जाएँ, उसकी सारी गति उस 'कहीं' पर पहुँचने के लिए थी...उसे लगा कि यह समिति का प्रोग्राम आरम्भ में ही ऐसा हो चला है मानो कहीं पहुँच गया है और वह सह नहीं सका कि उसके आगे तक पहुँचने का स्वप्न असम्भव जो जाए! एक दिन वह अकेला ही घूमने निकला और सबसे पहले उधर चला जहाँ बोर्डिंग से करीब मील-भर दूरी पर अछूतों का मुहल्ला था। वहाँ पहुँचकर उसने देखा

मुहल्ले के सिरे पर एक हिन्दू मिडिल स्कूल की इमारत है जो पक्की है बाक़ी सब मकान अधकच्चे या बिलकुल कच्चे हैं और उनके पास तथा बीच में होता हुआ एक नाला बह रहा है।

शाम हो रही थी। नाले का पानी पुराने ताँबे-सा होकर सुलग रहा था। दुर्गन्ध न होती तो शायद उस समय कहना कठिन होता कि पानी गन्दा है। उसक़े किनारे खड़े शेखर ने एकाएक देखा कि वह अकेला है, आसपास बच्चे नहीं दीखते हैं। उसे कुछ अचम्भा-सा लगा कि शाम के समय बच्चे बाहर न खेल रहे हों। क्यों नहीं हैं वे बाहर ? और खासकर इस अछूत मुहल्ले में जहाँ 'भीतर' और चाहे कैसा हो बच्चों के लायक नहीं है।

और सोचते-सोचते जैसे उसके संचित बल के आगे फिर कोई दीवार टूटने लगी, मार्ग दीखने लगा। उसे बाइबिल में से ईसा के दूत जान की बात याद आई, उस उन्मत्त आँखों, रूखे बिखरे बालों और कठोर शरीर वाले मृग-चर्मधारी युवक ने ऐसे ही किसी स्थान पर खड़े होकर आह्वान किया होगा, 'जाओ! जीवन के पानी से तुम्हारा अभिषेक करूँगा!' और ऐसी ही किसी लोहित मैली सन्ध्या में मानवता के उच्छिष्ट छोटी जाति के लोगों ने उसकी सुनी-अनसुनी कर दी होगी, कहा होगा कि पागल है, लेकिन उसका निरन्तर चिल्लाना सुनकर बाहर निकले होंगे कि देखें यह जीवन का पानी है क्या बला...

शेखर को यह बिलकुल ठीक लगा कि वहाँ उसे ऐसी याद आए, क्योंकि जीवन का पानी क्या है ? गंगा, यमुना, गोदावरी, कृष्णा, नर्मदा, इन सबका पानी तो धर्म और भक्ति में धुल-धुलकर प्राणहीन हो गया है, जीवन, चिरन्तन, जीवन कहीं है तो ऐसे ही गँदले नालों में जो समाज की नींव इन अछूतों के बीच में से होते हुए चिर-उपेक्षित बहे जा रहे हैं...उन पतित-पावनी कहलाने वाली नदियों का पानी तो वैसा ही मरा हुआ है जैसा पंडितों का पांडित्य, तभी तो वह पानी चिताओं को सींचने में, अस्थियों को बहाने में काम आता है...

शेखर के सामने यह प्रकट हो गया कि वह सप्ताह-भर के अन्दर ही उस मुहल्ले के बीच में अछूत बच्चों के लिए एक स्कूल खोलेगा और वहाँ स्वयं पढ़ाएगा। कैसे प्रबन्ध होगा, किताबें कहाँ से आएँगी, यह सब उसने नहीं सोचा। निश्चय करके उसने आगे घूमने की ज़रूरत नहीं समझी, सीधा होस्टल की ओर लौटा।

राह में मिडिल स्कूल की इमारत देखकर एकाएक उसने पुकारा, 'दरबान!'

ठीक पाँचवें दिन मिडिल स्कूल की इमारत में ही शेखर की रात्रि-पाठशाला खुल गई। मिडिल स्कूल के हिन्दू संरक्षकों ने उसे इमारत के दो कमरों में अछूत क्लास बिठाने की अनुमति इस शर्त पर दे दी थी कि वह दरबान को तीन रुपए मासिक दिया करे, सवेरे उठकर उन कमरों को विशेष रूप से झाड़-बुहारकर और

पानी छिड़ककर साफ़ कर देने के लिए, ताकि गन्दे बालकों की छूत स्कूल के साधारण विद्यार्थियों को न लग जाए।

पुस्तकें दो थीं, दोनों तसवीरों के अलबम। अध्यापक दो थे—शेखर और सदाशिव। अक्षर-ज्ञान बोर्ड की सहायता से कराया जाता था, बाक़ी शिक्षा मौखिक थी या कई तरह के खेलों द्वारा होती थी। सात विद्यार्थी थे।

जिन लोगों की बुद्धि अशान्त है, जिन्हें हमेशा नई समस्याओं से टक्कर लेने में मज़ा आता है उनके सामने पहली समस्या हमेशा एक ही होती है—दुख-दर्द की समस्या? संसार का पहला दर्शन सदा ही उसके पीड़ा-भरे रूप का दर्शन होता है।

और इसके बाद जो दूसरी समस्या होती है, वह भी सदा एक ही होती है—पहली समस्या एक तरह से उसकी भूमिका तैयार करती है और वह समस्या है नारी की समस्या। संसार का दूसरा दर्शन नारी की मूर्ति का दर्शन है।

और शेखर की बुद्धि बहुत जल्दी इस दूसरी समस्या के सामने आ खड़ी हुई।

दशहरे की पाँच-सात दिन की छुट्टियों में शेखर घर गया था और वहाँ से लौट रहा था। मद्रासियों की भीड़ से खचाखच भरे हुए रेल के डिब्बों के चार-पाँच द्रविड़ भाषाओं के कोलाहल में गूँजते हुए वातावरण में शेखर का मस्तिष्क अपनी रात्रि-पाठशाला, अपने शिशु और वयस्क विद्यार्थियों और उनकी पाठ्य-पुस्तकों—अब पच्चीस विद्यार्थी थे जिनमें कुछ वयस्क लोग पहले ही साक्षर थे—के प्रश्न में लीन था। छोटी लाइन की वह गाड़ी इतना सब भार खींचती, झिकझिक करती हुई चल रही थी, उसकी गति की लय से शेखर के विचारों को सहारा मिलता था और वह आसपास छाए कोलाहल से ऊपर उठ सकता था। जब ट्रेन खड़ी होती थी, तब वह थोड़ी देर के लिए सोचना स्थगित करके चढ़ने-उतरने वाली भीड़ को देख लेता था।

एक बड़े स्टेशन पर गाड़ी रुकी, तो शेखर ने देखा कि दरवाज़े और खिड़कियों से भीतर घुसती हुई पुरुषों की भीड़ के पीछे एक महिला खड़ी है और बेबस आँखों से भीड़ की ओर देख रही है। उसके दोनों हाथों में दो बैग हैं, पीछे कुली ट्रंक और बिस्तर लिये खड़ा है। स्त्री कभी साहस करके आगे बढ़ने को होती है, फिर रुक जाती है, कभी दूसरे डिब्बे की ओर भी देख लेती है जिसमें और भी भीड़ है और समय गाड़ी का हो चला है। गार्ड ने एक सीटी भी दे दी है।

शेखर उठा, खिड़की पर खड़ा होकर उसने कहा, 'लाइए, मुझे दीजिए सामान।' बैग उसने अन्दर खींच लिया, कुली से सामान पकड़कर नीचे रख दिया और गाड़ी के चलने तक दरवाज़े पर पहुँचकर उसे खोल और भीड़ को धक्का देकर बोला, 'चली आइए।'

धन्यवाद की बात से घबराकर शेखर ने अपनी सीट इंगित करते हुए कहा, 'वहाँ बैठ जाइए।'

'नहीं, आपने इतनी तकलीफ़ उठाकर मुझे गाड़ी में बिठा दिया, इतना ही पर्याप्त है। अब आपकी जगह ले लेना नीचता होगी—'

'मैं बहुत अच्छी तरह से हूँ' कहकर शेखर खिड़की के पास पड़े हुए ट्रंक और बिस्तर पर बैठकर बाहर देखने लगा, ताकि उसे दूसरी तरफ़ ध्यान किए पाकर महिला अपने आप बैठ जाएगी।

उसका अनुमान ठीक निकला। वह बैठ गई। शेखर ने लौटकर उधर देखा तब वह धन्यवाद देने को हुई, पर शेखर ने फ़ौरन मुँह फिरा लिया मानो उधर देखा ही नहीं था और चुप हो गईं वे। थोड़ी देर में एक पुस्तक निकाल ली और पढ़ने लगीं। शेखर भी अपनी पाठशाला में पहुँच गया।

लेकिन फ़ौरन ही वह चौंका। कुछ दूर पर खड़ा एक अधगोरा, जिसे शेखर ने अपने पास की सीट पर इसलिए बैठने नहीं दिया था कि वह दो-तीन आदमियों को धक्का देकर भीतर घुसा था और एक को उसने गाली भी दी थी, अब उस महिला को वहाँ बैठा देखकर बड़बड़ा रहा था। वह शेखर के अपनी सीट छोड़ देने पर अपनी गन्दी गोराशाही भाषा में टीका कर रहा था। शेखर ने देखा कि टीका सुनकर उस महिला का चेहरा तमतमा उठा है लेकिन वह किताब के पीछे छिपकर अनसुनी कर देना चाहती है।

शेखर ने भी गोराशाही (यद्यपि बहुत हलके रंग की) भाषा का आसरा लेकर उठते-उठते कहा, 'शट अप, यू कैड!'

यह आग में ईंधन हुआ। अधगोरा और भी बकने लगा। शेखर ने आगे बढ़कर कहा, 'तो तुम्हें चुप कराना पड़ेगा,' और एक ज़ोर का घूँसा जबड़े की बाईं ओर मारा। उसने भी शेखर पर वार किया लेकिन उसे छाती पर लेकर शेखर ने दूसरा घूँसा उसकी ठोड़ी पर मारा जिससे उसका मुँह गाड़ी की छत का ध्यान करने लगा, पीठ सीट की पीठ से टकराई और वह धम से गिर गया, थोड़ी देर उठा नहीं।

गाड़ी की चाल धीमी हो गई थी, स्टेशन पर हो-हल्ला सुनकर पुलिस आई। लेकिन स्टेशन पर जो पंजाबी सब-इंस्पेक्टर था वह शेखर को जानता था, उसने कहानी सुनकर कहा, 'अच्छा किया आपने, दो और लगानी चाहिए थी बदमाश को,' और गोरे को डिब्बे से उतारकर ट्रेन को जाने दिया।

बात यहाँ समाप्त हो जानी चाहिए थी, लेकिन समस्या यहीं से आरम्भ हुई। शेखर को बैठने की जगह मिल गई थी, उस महिला से इतना परिचय भी हो गया था कि उसने अपना नाम बताया था और यह भी बताया था कि वह अमुक स्कूल में अध्यापिका है और शेखर ने कहा था कि वह वहीं पास ही रहता है। इसके बाद दोनों चुप हो गए और वह अध्यापिका फिर पढ़ने में लग गई थी। शेखर ने चाहा था

कि फिर अपने विचारों में लीन हो जाए, लेकिन अब वह देख रहा था कि लोग विचित्र-सी सहमी हुई दृष्टि से उसकी ओर देखते हैं कि कई भाषाओं में धीमे स्वर में उसकी आलोचना हो रही है, कहीं एक कह रहा है कि यह पंजाबी है (मद्रासी वेश में होने के कारण शेखर का पंजाबीपन तब तक दीखा नहीं था) और इस सब देखने और आलोचना में किसी को भी यह नहीं पता लगा है कि शेखर ने साधारण औचित्य निभाया है जो उस महिला को बिठा दिया है और उस गोरे की बकवास को बन्द करा दिया है। कुछ की दृष्टि में वह एक धूर्त है जो इस छोटी-सी बात के सहारे उस महिला से सम्बन्ध जोड़ना चाहता है, कुछ के लिए वह एक मूर्ख नौजवान है जो आजकल की पढ़ी-लिखी चरित्रहीन औरतों के चंगुल में फँसकर रहेगा, कुछ के लिए शेखर और वह स्त्री दोनों ही नीच हैं और अपने कपटपूर्ण व्यवहार से कोई जघन्य अपराध छिपाना चाहते हैं...यह सब उनकी बातों में नहीं है, लेकिन उनके इशारे—आँखों के भी और शब्दों के भी—ऐसा ही कह रहे हैं। शेखर के सुनने के लिए नहीं कह रहे हैं, उससे चोरी ही कह रहे हैं इसलिए शेखर को वह और भी तीखा लग रहा है...

शेखर मुड़कर सिर खिड़की से बाहर निकाल लेता है। बादलों से ओझल पहाड़ी हवा उसके तपे हुए कानों के पास से सनसनाती हुई निकलती है, तो वह सोचने लगता है कि क्या बात है। इस तरह का नैतिक अविश्वास उसने अब तक जाना ही नहीं। पाप उसने बहुत जगह देखा है, किया भी है, लेकिन पाप ही मानव की हरेक प्रेरणा का मूल है, ऐसा भयानक सन्देह—ऐसा असन्दिग्ध अविश्वास—वह अपने हृदय में नहीं जमा सका है। समझ में नहीं आता कि ऐसा करके कोई जी कैसे सकता है, जिसके हृदय की नाड़ियों में कीड़े कुलबुला रहे हों, वह शान्त कैसे रह सकता है...पुरुष और स्त्री का सम्बन्ध—व्यक्ति के रूप में नहीं, सामूहिक पुरुष और सामूहिक स्त्री के रूप में उनका सम्बन्ध—इस घातक अविश्वास के रूप में शेखर के सामने पहली बार आया, आज उसने देखा कि संसार के कष्ट के प्रश्न से भी बड़ा यह संसार के अविश्वास का प्रश्न है, यह बड़ी भारी समस्या जो मानवमात्र ने उस व्यक्ति में केन्द्रित कर दी है जिसे शेखर ने अब तक सिर्फ़ सहारे के रूप में जाना है—नारी में। और इस विचार से ही उसका दम ऐसा घुटने लगा कि जैसे उसके नासापुटों में, फेफड़ों में, कीड़े घुसे जा रहे हों...

शेखर की समिति के सामने उसके उद्देश्य धीरे-धीरे कुछ अधिक स्पष्ट होने लगे। नौजवानों में जितना गम्भीर असन्तोष और परिवर्तनशीलता जगाने की ज़रूरत है, उतना ही स्त्रियों में भी जगाना चाहिए। इस पुरुष-प्रधान सभ्यता का अपनी सम्पूर्णता में सन्तोष तोड़ देना होगा, उसका यह औचित्य का दावा झूठ कर दिखाना होगा, तभी हमें आगे बढ़ने का मार्ग मिलेगा। यह नारी-मात्र में अविश्वास, नारीत्व को ही पापात्मा मानने का संगठित षड्यंत्र नष्ट करना होगा। पौरुष के मद में पागल

हमारे दार्शनिक और समीक्षक कहते हैं, स्त्री को पापमयी दुरभिप्रेरणा समझना रोमांटिक युग की देन है, जब पुरानी रूढ़ियों में हमारा विश्वास टूटने लगता है, पुराना धर्म, पुराना ज्ञान, पुराना दैवी विधान हमें अपने नए विधान के कारण अपर्याप्त और झूठा लगने लगता है, जब हमें पहले-पहल मालूम होता है कि इस अब तक सुव्यवस्थित जान पड़ने वाले विश्व में कुछ अव्यवस्थित, बेठीक भी है, तब हम उसे पाप कहते हैं, लेकिन जब वह हमें मधुर भी लगता है, आकर्षित भी करता है, तब हम रोमांटिक बनकर आकर्षण का अनौचित्य छिपाते हैं। हम कहते हैं सौन्दर्य में आकर्षण है, वह हमें बाँध लेता है, उसमें पड़कर हम नियति के गुलाम हो जाते हैं और वह हमें गड्ढे में ढकेल देता है और सौन्दर्य का सर्वोत्तम, सर्वश्रेष्ठ, सर्वशक्तिमान प्रतीक नारी नहीं तो क्या है ? इसीलिए नारी मूल पाप-भावना है, महामाया है, पतन है और इस प्रकार हम अपने में सन्तुष्ट रहते हैं और संगठित अविश्वास की दीवार खड़ी करते हैं। वह दीवार हमें तोड़नी होगी।

शेखर बोलता है। सदाशिव कभी-कभी दाद देता है, नहीं तो चुप रहता है। उसकी चुप में शेखर अपना सहयोगी पहचान लेता है। देवदास हँस देता है पर जो काम सुपुर्द होता है, लगन से करता है। केवल राघवन् का उत्साह कुछ घट रहा है। समिति के उद्देश्य ज्यों-ज्यों साफ़ होते जाते हैं, उसके मेम्बर भी बढ़ते जाते हैं क्योंकि उन्हें कोई सुस्पष्ट सिद्धान्त चाहिए जिसके अग्नियान में वे अपनी-अपनी डोंगियाँ बाँध दें और समाज के समुद्र के पार घिसटते चलें। लेकिन उससे काम कुछ अधिक अच्छा होने लगा है, ऐसा नहीं जान पड़ता। बल्कि विरोधियों को अब विरोध के लिए कोई बात मिलना अधिक आसान हो गया है।

फिर भी, ये अनेक तरह के जाल-जंजाल काटता हुआ और काला धुआँ उग़लता हुआ अग्नियान चला ही जा रहा है और उसका कप्तान शेखर सदाशिव जैसा सहकारी पाकर अपने को धन्य मानता है।

शेखर और उसके साथियों का एक दिन एकाएक ही नामकरण हो गया—'एंटीगोनम क्लब'।

बात यों हुई...

समिति बहस-मुबाहिसे के बाद धीरे-धीरे इस नतीजे पर पहुँच रही थी कि उनका युवक समाज स्त्रियों के प्रति वही भाव रखे जो एक आदरणीय अतिथि के प्रति रखा जाता है, वे रहें कुछ अपरिचित ही, लेकिन सम्मान पाएँ, कष्ट में सहायता पाएँ, विपत्ति में संरक्षण पाएँ और इतना सब होते हुए भी स्वाधीन रहें, किसी तरह उनके प्रति बाधित न हों। अपनी ओर से शेखर ने यह भी तय कर लिया कि वह विवाह नहीं करेगा, उसकी बात भी नहीं सोचेगा। इस निश्चय पर पहुँचने के बाद ही उसने होस्टल के एक ओर लगी हुई बेल के नीचे एक छोटी-सी मीटिंग-सी की थी और उसमें अपने विचार प्रकट किए थे। जब तक अविवाहित रहने और स्त्रियों के

प्रति दूरस्थ भाव का यत्न करने की बात आई तब तक श्रोता ऊब गए थे और एक-एक, दो-दो करके चले गए थे। रह गए थे केवल उसके तीनों मित्र। शेखर फिर भी कहे जा रहा था :

'...आप देखिए, हमारे साहित्य में, कहानी में, उपन्यास में, नाटक में, मंच और पट पर, सब जगह आप यही पाएँगे कि लेखक नैतिकता का प्रपंच खड़ा करता है—नरक की यातनाएँ भोगती हुई लड़कियाँ लम्बी-लम्बी, सुनने में खूब बढ़िया स्पीचें देकर बताती हैं कि वे पतिव्रत के लिए मर रही हैं, क्योंकि पतिव्रत ही उनकी सबसे बड़ी सम्पत्ति है, सबसे बड़ा धर्म है, जिसके लिए सैकड़ों मर गईं, सैकड़ों सती हो गईं या जौहर करके भस्म हो गईं, सैकड़ों हाथियों के पैरों तले रौंदी गईं...पुरुष दर्शकों के लिए पुरुषों द्वारा तैयार की गई मरीचिका! अपनी बड़ाई और अपनी महत्ता के दर्प में मदमत्त बेवकूफ़ पुरुष-साँड़ देखता है, सुनता है, पढ़ता है और झूम उठता है...क्यों? क्योंकि कहानी या नाटक की नायिका का यह पतिव्रत क्या है? यह एक गुलामी है, चाहे सहर्ष स्वयं स्वीकार की हुई गुलामी जिसके द्वारा वह अपने को अपने पति के, यानी दर्शक के, पुरुष जाति के और इस प्रकार अन्ततः दर्शक के, अधीन करती है! क्योंकि अपने पुरुषत्व के कारण दर्शक ही प्रतिनिधि रूप में (Vicariously) वह पति है और नायिका की दारुण यातनाओं का वह बीभत्स दिग्दर्शन सब उसी के लिए है, उसके व्यक्तिगत अहंकार की पुष्टि करता है...

'यही पतन है, यही सबसे बड़ा पाप है। यह एक मौलिक अपराध को बनाए रखने और अमर करने के लिए एक विराट् षड्यंत्र—पुरुष के अधिकार को बनाए रखने के लिए।'

सदाशिव ने बीच में ही, लेकिन बिना विरोध के कहा, 'पर स्त्री इसे स्वीकार तो कर लेती है।'

'हम ठोकरें मारकर स्वीकृति लेते हैं। तभी स्त्रियों के बनाए हुए साहित्य में वह शक्ति नहीं आती। वे लिखती हैं तो पुरुष के आदर्श में अपने को बाँधकर, तभी उनका लिखा हुआ झूठ और बेजान होता है, सुन्दर चाहे हो—काग़ज़ के बने हुए फूल की तरह।'

'लेकिन—' कहकर सदाशिव मानो कुछ सोचने लग गया।

देवदास ने कहा, 'भई, तुम्हारी बात तो जीना मुश्किल कर देगी। हर वक़्त, हर बात में हम आदर्श खोजने बैठेंगे तो काम कैसे चलेगा? और कहीं कभी कोई स्त्री तुमसे कुछ बात पूछ बैठेगी, तो तुम जवाब भी नहीं दे पाओगे, यही सोचते रहोगे कि कहीं जवाब में पुरुष का दर्प तो नहीं आ गया! मैं कहता हूँ, तुम पाँच मिनट में उल्लू बन जाओगे। राह चलना मुश्किल हो जाएगा।'

शेखर बेल को हाथ से पकड़े बैठा था। देवदास की बात सुनकर थोड़ा-सा मुस्कराया, फिर गम्भीर होकर बोला, 'तो उल्लू बनने से डरना क्यों? बहुत करना है

तो उल्लू बनना ही होगा। हमें चाहिए कि उसी में अभिमान कर सकें, अपना अपमान वैसे ही धारण करें जैसे यह बेल इन आरक्त फूलों को।' कहकर उसने फूलों का एक गुच्छा तोड़कर चुप बैठे राघवन् के बटन में खोंस दिया।

मज़ाक में ही औरों ने भी फूल तोड़े और बटन में लगा लिये। हँसी में सभा भंग हो गई। जब चारों जन होस्टल में जाने लगे, तब किसी ने एंटिगोनम लता के वे फूल देखकर कहा, 'यह एंटिगोनम क्लब चला आ रहा है।'

और क्षण भर में नाम प्रसिद्ध हो गया, स्वीकार भी हो गया और स्वीकृति से उसमें जो उपहास का डंक था वह टूट गया।

लेकिन उपहास ही शान्त हो जाए, ऐसा नहीं हुआ।

क्लब की सदस्य संख्या बढ़ने लगी। शेखर को शक होने लगा कि इस वृद्धि का कारण क्लब के आदर्श नहीं, बल्कि क्लब का संकेत वह एंटिगोनम का फूल है। उसने कई बार देखा था, आप राष्ट्र के नाम पर लोगों को बुलाइए कोई नहीं आएगा, लेकिन राष्ट्रीय झंडा लेकर चलिए तो बहुत लोग नीचे आ खड़े होंगे और अपने कोट के कॉलर में तिरंगा बिल्ला भी लगा लेंगे। फिर भी शेखर के पास कोई उपाय नहीं था कि वह पहचान कर सके, अग्नि-परीक्षा के सिवाय कोई परीक्षा नहीं है और सिर्फ़ परीक्षा के लिए अग्नि भड़काना उसकी दृष्टि में इतना बड़ा पाप है कि वह अब राम का भी आदर करने में अपने को असमर्थ पाता है।

बहुत सोचकर शेखर ने एक हस्तलिखित पत्र निकालने का निश्चय किया जो क्लब के आदर्शों का प्रचार करे। मेम्बरों से उसने लेख माँगे और स्वयं भी लिखने लगा। सदाशिव को चित्रण का काम सुपुर्द हुआ, टाइटिल के लिए आरक्त एंटिगोनम का एक गुच्छ, भीतर जो उसकी इच्छा हो।

अंक करीब-करीब तैयार हो गया था और बड़ी आतुरता से उसकी प्रतीक्षा हो रही थी। यहाँ तक कि होस्टल के कई छात्र इस ताक में थे कि शेखर के कमरे से लिपि उड़ा ली जाए, क्योंकि प्रकाशन के बाद बहुत दिन तो मेम्बरों में ही चक्कर काटेगा, उसके बाद कहीं उन्हें देखने को मिलेगा। पत्र में इतनी दिलचस्पी है, इससे शेखर बहुत प्रसन्न था, लेकिन उसी प्रसन्नता के कारण उसके कार्य में एक विघ्न भी हो रहा था। सम्पादकीय लेख तैयार नहीं हुआ था और जितनी ही प्रतीक्षा बढ़ती थी उतना ही शेखर का विकल्प, क्योंकि वह चाहता था, सम्पादकीय लेख पढ़कर तहलका मच जाए, क्लब के विरोधियों के मुँह टूट जाएँ, उपहास गले में घुट जाएँ...

तब एक दिन घटना घटी।

राघवन् ने कॉलेज से लौटकर बिस्तर बाँधना शुरू किया। पूछने पर मालूम हुआ कि उसने दस दिन की छुट्टी ली है और घर जा रहा है।

'क्या बात है ? कुशल तो है ? एकदम ऐसे जा रहे हो— '

'सब ठीक है—काम से जा रहा हूँ।'

‘अरे भई, बताओ तो क्या काम ?’

बहुत पूछने पर राघवन् ने रुकते-रुकते कहा, ‘भाई, मेरी शादी हो रही है।’

शेखर ने अचकचाकर कहा, ‘एँ?’

थोड़ी देर बाद कुछ स्वस्थ होकर उसने प्रश्न पूछना आरम्भ किया, कब, किससे, कैसे तय हुई, क्यों इत्यादि। राघवन् पहले तो चुप रहा, फिर उसने बताना आरम्भ किया कि पिता ने पाँच-छह वर्ष पहले सगाई कर दी थी, लड़की बड़े मालदार घर की है, राघवन् ने उसे देखा नहीं है, न वह शादी ही चाहता है, पर पिता ज़ोर दे रहे हैं, तारीख भी तय कर दी है, इसलिए वह जा रहा है।

‘तुम्हारी आयु कितनी है ?’

‘आयु तो काफ़ी है, बीस वर्ष, लेकिन मैं अभी—’

शेखर अब क्रोध नहीं सँभाल सका। ‘आयु काफ़ी है, यह कहते हुए तुम्हें शर्म नहीं आती ? बीस वर्ष के हो गए और अभी इतना दम नहीं है कि जबर्दस्ती शादी होने से रोक दो ! नहीं करना चाहते शादी, तो क्यों नहीं कहते कि नहीं करेंगे ? नहीं, मैं नहीं सुनता बात—एक बार कह दिया तो क्या बहादुरी की ? तुम कोई भेड़-बकरी हो कि गले में रस्सी डालकर खींच ले जाएँगे और बलि दे देंगे ? तुम आदमी हो आदमी ! और तुम कहते थे, नौजवानों को दृढ़ बनाएँगे ! तुम साथी बने थे हमारे इस काम में कि स्त्रियों को समर्थ बनाएँगे। तुम—तुम्हारी स्त्री उस आदमी का क्या आदर कर सकेगी जो उसकी चोटी में गूँथे जाने से इनकार नहीं कर सका ? क्योंकि मैं इसे शादी नहीं कहूँगा, शादी तब होती जब तुम स्वयं अपनी इच्छा से उधर बढ़ते, स्वयं अपनी संगिनी चुनते और फिर सारी दुनिया से लड़कर उसे ग्रहण करते ! तुम—’

राघवन् को यह फटकार अच्छी नहीं लगी। झुँझलाए हुए स्वर में बोला, ‘कहना आसान है। माँ-बाप की इच्छा के खिलाफ मैं कैसे जाऊँ ! उन्होंने मुझे पाला-पोसा, बड़ा किया, पढ़ाया, क्या उनके प्रति मेरा कोई ऋण नहीं है ? मैं इस बुढ़ापे में उन्हें चोट नहीं पहुँचा सकता। तुम इसे कायरता समझो, मैं नहीं समझता। तुम-सा हृदयहीन मैं न हूँ, न होना चाहता हूँ।’

‘ऋण ! लेकिन बीस वर्ष तक मेहनत करके उन्होंने तुम्हें इस लायक बनाया कि तुम अपने पैरों खड़े हो सको, स्वाधीन हो सको, क्या उसके प्रति तुम्हारा ऋण नहीं है ? मानवता के प्रति तुम्हारा ऋण नहीं है ? कल्पना करो कि बीस वर्ष बाद माता-पिता यह पाएँ कि हमने अब तक एक नर नहीं, एक भेड़ की सेवा की है। कल्पना करो, बीस साल के विवाहित जीवन के बाद स्त्री यह जाने कि मेरा और इस आदमी का साथ केवल इसलिए हुआ कि इसके पिता ने एक भेड़ मेरे पल्ले बाँध दी। मैं ऐसा अभागा पिता या स्त्री होऊँ तो आत्महत्या कर लूँ। राघवन् तुम—’

‘भाई, मुझे कुछ मत कहो। मुझसे यह नहीं हो सकता। मैं उनका विरोध नहीं कर सकता। जब तुम्हें ऐसी मजबूरी का सामना करना पड़ेगा तब जानोगे।’

'मज़बूरी। हाँ, मज़बूरी। तब माता-पिता को क्यों बदनाम करते हो? मज़बूरी उनकी ओर से नहीं है, तुम्हारी ओर से है, इस सूट के भीतर दुबकी हुई मिमियाती भेड़ की लाचारी है!'

शेखर पैर पटकता हुआ बाहर निकल गया। अपने कमरे में जाकर उसने क्लब का पत्र उठाया और सम्पादकीय के लिए खाली पेज खोलकर सामने रखा, क़लम उठाई और लिखने लगा। तब तक सब लेख लिखकर संशोधन के बाद सुन्दर अक्षरों में नकल किए जा रहे थे, लेकिन इस समय शेखर के भीतर मानो एक भट्ठी धधक रही थी जिससे उसके विचार सीसे की तरह उबल रहे थे और ठीक ढले-ढलाए बाहर आ रहे थे, उनमें ज़रा भी संशोधन-संवर्धन करने की ज़रूरत नहीं थी, गुंजाइश नहीं थी...

'...साहित्य में, समाज में, कला में, जीवन में, सब जगह वही मनमोहक आरम्भ, वही मनमोहक प्रवाह और अन्त में वही गहरी खड्ड! प्राणों का पक्षी उड़ान भरता है, लगता है कि वह आकाश की छत को छू लेगा, लेकिन एकाएक वह टूटकर गिर जाता है, मानो बिजली की मार से नष्ट हो गया हो। हम लोग खूब बढ़िया इमारत बनाते हैं, एक-एक पत्थर जोड़कर मन्दिर सजाते हैं लेकिन अन्त में जब पलस्तर होने लगता है, तब सारा घटाटोप पैरों की धूल हो जाता है, मिट्टी में मिल जाता है...यह क्यों? यह इसलिए है कि हमारे आदर्श डर की भीत पर कायम हैं, हमारे विशाल भवनों की नींव खोखली है और जैसे कि शास्त्र भी कहते हैं, हमारे देवताओं के पैर भूमि पर नहीं टिकते हैं...समाज की सड़ती हड्डियों को भड़कीले लाल रेशम में लपेटकर हम कहते हैं—देखो, हमारा युवक-समुदाय...'

शेखर ने अभी लिखना समाप्त नहीं किया था कि अँधेरा हो गया, वह बत्ती जलाने के लिए उठा कि उसे मालूम हुआ, उसके माथे और नाक पर पसीने की बड़ी-बड़ी बूँदें हैं। वह ज़रा हवा लेने के लिए बाहर उठकर बरामदे में टहलने लगा।

और भी कुछ-एक लड़के घर जा रहे थे। मालूम हुआ कि उन दिनों शादी के लिए साइत अच्छी है, उसके बाद कई महीने तक ब्याह नहीं हो सकेंगे। यह भी मालूम हुआ कि किसी लड़के ने अपनी भविष्यत् पत्नी को देखा नहीं है और न किसी की इतनी जल्दी ब्याह कर लेने की इच्छा है।

शेखर एक लम्बी साँस लेकर लौट आया और फिर लिखने लगा।

'...प्रत्येक भारतीय नौजवान अपनी शादी पर पछताता है, और प्रत्येक उसके लिए माँ-बाप को दोषी ठहराता है। 'मैं तो नहीं चाहता था, लेकिन माँ-बाप ने ज़ोर दिया, परिस्थिति ऐसी हो गई...इत्यादि।' इसका अर्थ यही है कि प्रत्येक भारतीय नौजवान अपने माँ-बाप का गुलाम है और चाहते हैं, शासक की गुलामी से निकलना, समाज की गुलामी से निकलना, अज्ञान की और प्रकृति की गुलामी से निकलना—स्वयं परमात्मा की गुलामी से निकलने की बात करते हैं वे! वे जो जीवन के

अन्धकूप में खचाखच भरे हुए हैं और जो अपने ऊपर कुटुम्बरूपी ढक्कन देकर उस अन्धकूप को और भी अँधेरा और प्राणघातक बना रहे हैं...'

क़लम में स्याही चुक गई। लेकिन सम्पादकीय भी समाप्त हो गया था। उसकी आख़िरी पंक्तियों को सूखती हुई क़लम से ही किसी प्रकार घसीटकर शेखर ने क़लम रख दी। तब एक क्षण के लिए उसे एकाएक लगा कि वह अकेला है और एक सखा चाहता है। उसने मेज़ पर अपने खुले हुए सम्पादकीय लेख पर सिर टेक दिया और एक बड़ी लम्बी साँस ली। फिर वह उठा, कोट की जेब से कुछ पैसे निकालकर जेब में डाले और होस्टल की सीढ़ियाँ उतर आया। नीचे 'कॉमन रूम' के बाहर दो-तीन लड़कों के बीच सदाशिव खड़ा था, उसने शेखर से कहा, ''एंटिगोनम' प्रकाशित हो गया है, मेरी मेज़ पर रखा है, ले लो।' और इस समाचार से जागे हुए कुतूहल को न देखता हुआ बाहर निकल गया।

एंटिगोनम की उस बहुप्रदा बेल से उसने फूलों का एक गुच्छा तोड़ा और फिर समुद्र की ओर चल दिया।

शेखर ने देखा कि वह बेवकूफ़ है और सिर्फ़ होस्टल ही नहीं, सारी क्लास और सारा कॉलेज इस बात को जानता है कि वह बेवकूफ़ है। कॉलेज में वह एक क्लास से दूसरी क्लास में जाता है, तब उसे लगता है कि आने-जाने वाले सब लोगों की आँखें उस पर लगी हैं और उन सब आँखों में उपहास है। क्या उस एंटिगोनम के फूल के कारण, लेकिन वह तो बहुत-से लड़के लगाते हैं, उन पर कोई नहीं हँसता। मानो लोग जानते हैं कि एंटिगोनम फूल चाहे हो किसी के बटन में, लगा वह शेखर के ही कारण है और सब लोग क्लब की बात भी जानते हैं, उसके पत्र की बात भी जानते हैं। कुछ-एक ऊँची क्लासों के लड़के जो दूसरे कॉलेजों से आते हैं, वे तक उसकी ओर देख मुस्करा देते हैं और उनकी मुस्कराहट में शेखर को दीख जाता है कि वे भी उसकी बेवकूफ़ी जानते हैं। कभी-कभी कोई आवाज़ें भी कसता है, 'ब्रह्मचारी जी!' 'वह प्रोफ़ेसर साहब जा रहे हैं।' कभी दो-चार लड़के साथ चल रहे होते तो एक सुनाकर कहता, 'यार, तुम सब तो भेड़ें हो, भेड़ें!' और बाक़ी भेड़ों की तरह मिमियाने लगते। शेखर दुख और ग्लानि से भरकर सोचता, इन लोगों को मुझसे कब का बैर है? मैं बेवकूफ़ हूँ सही, ये लोग जानते भी हैं सही, लेकिन ये लोग हर समय उसकी याद क्यों दिलाते हैं जबकि मैं भूलता नहीं हूँ?

और वह अपने पीड़ित अभिमान को छिपाने के लिए और भी तनकर चलता, उसके बटन में एंटिगोनम का फूल मानो और भी आरक्त चमक उठता और तब शेखर देखता कि कॉलेज में पढ़ने वाली लड़कियाँ भी शायद उसका उपहास कर रही हैं। लेकिन इससे उसे दुख नहीं, एक जलन होती थी। पुरुष उसे बेवकूफ़

समझकर हँसें, यह बात उसकी समझ में आती थी, क्योंकि वह उनके अधिकारों का खंडन करता था, लेकिन ये लड़कियाँ—वे अपनी आज़ादी का आदर नहीं करतीं तो क्या उसकी सद्भावना के प्रति क्षमाभाव भी नहीं रख सकतीं? कभी वह सोचता—पुरुषों ने ही उन्हें इतना कमीना बना दिया है कि उदारता उनमें रही ही नहीं, लेकिन न जाने क्यों उसे लगता कि यह तर्क झूठ है, कमीनापन भले ही पुरुष ने पैदा किया हो लेकिन यह उपहास-वृत्ति उनकी स्वाभाविक है...और यह उसे सह्य नहीं होता था कि नारी में, भारत की उस नारी में जिसमें वह भविष्य की आशा देखता था, इस प्रकार की मौलिक कठोरता हो। वे उससे घृणा करें, यह उसे स्वीकार्य था, यह नहीं...

लेकिन एक दिन उसके एक सहपाठी ने उसे कहा, 'भई, सोची तुमने दूर की।'

शेखर ने क्षीण विस्मय से कहा, 'क्या?'

'यही सब सुधार-उधार की बातें, शादी न करना, औरतों से दूर रहना वगैरह-वगैरह—'

'क्या मतलब?'

'हाँ, भाई है ग़ज़ब की चाल।'

'आख़िर बात क्या है?' शेखर कुछ खीझकर बोला।

'अरे भाई, एक हम हैं कि कोई कभी हमारी तरफ़ देखता भी नहीं, तरस के रह जाते हैं, एक तुम हो कि हर वक़्त तुम्हारी चर्चा रहती है—कॉलेज-भर की लड़कियाँ तुम्हारी राह देखती हैं और क्लास की लड़कियाँ तो तुम पर मरती हैं।'

शेखर ने कुछ और खीझकर और काफ़ी विस्मित-सा होकर कहा, 'तुम एक ही बेवकूफ़ निकले। अरे, उन्हें कैसे मुझ-से आदमी में दिलचस्पी होगी? मैं तो उनके पास नहीं फटकता, न मुझे—'

'अजी रहने दो, बहुत बनो मत! क्या लड़कियाँ उन लोगों को पसन्द करती हैं जो उनके पीछे जूते चटकारते फिरते हैं? वैसे लोगों की तो वे परवाह ही नहीं करतीं, वे जानती हैं कि ये तो बेदाम के गुलाम हैं। उन्हें वह आदमी पसन्द होता है जिसे जीतने में शिकार का लुत्फ़ आए—कुछ ख़तरा हो, कुछ तकलीफ़ हो। तुमको किसी ने लड़की की छाँह के पास भी नहीं देखा, इससे जो लड़की अपनी किताबें तुम्हारी खोपड़ी पर लादकर तुम्हें अपने पीछे-पीछे घसीट सकेगी, वह अपने को रानी क्रिस्टिना से कम नहीं समझेगी, तुम निश्चय मानो। तुम्हारी पाँचों घी में हैं।'

शेखर को एकदम क्रोध हो गया। लेकिन साथ ही उसे यह भी याद आया, तीन-चार दिन पहले क्लास की एक लड़की ने उससे पूछा था, 'समाज के बारे में आपके विचार क्या हैं? मैं एक निबन्ध लिखना चाहती हूँ उसके लिए—' शेखर ने उत्तर दिया—मैं अपने लेख ला दूँगा, पढ़ लीजिएगा, लेकिन उसने ज़ोर दिया था कि वह स्वयं शेखर से सुनना चाहती है और तब शेखर ने लाइब्रेरी में बैठकर मेहनत

और काफ़ी कष्ट से अपने विचार उसे सुनाए थे और पढ़ने के लिए कुछ किताबें बताई थीं। उसने बातें काफ़ी कड़वी कही थीं और चलने पर यह देखकर हैरान हुआ था कि नमस्कार के साथ उसे इतनी मधुर हँसी क्यों मिली है...अब याद आते ही उसका हृदय एक संशय से भर गया कि कहीं सहपाठी की बात ठीक तो नहीं है? उसने क्रोध में उसे कहा, 'तुम अपने गन्दे विचार अपने पास रखो, समझे? मुझे इस सब बकवास से मतलब नहीं है।' लेकिन उसका मन एक उद्वेग से भर गया कि लोग उसके विचारों को, उद्देश्यों को न देखकर उसे ही देख रहे हैं...

वह क्लास की लड़कियों से और भी बचने लगा। जहाँ तक हो सकता ऐसे समय क्लास में आता कि कोई उससे बात न कर सके और सबसे पहले उठकर पिछवाड़े से बाहर निकल जाता, अपनी ओर से ध्यान हटाने के लिए उसने एंटिगोनम का फूल लगाना भी छोड़ दिया, लेकिन उसे लगने लगा कि इसका असर उलटा ही हो रहा है...जिस दिन वह पहले-पहल बिना फूल लगाए आया, उस दिन उसने देखा, बोर्ड पर तीन-चार गुच्छे एंडिगोनम के टँगे हैं और सामने लड़कियों की बेंच पर भी दो-एक फूल किसी ने रख दिए हैं। दूसरे दिन किसी ने बोर्ड पर लिख दिया था—'शेखर के फूल कहाँ हैं? अगली बेंचों से पूछो।' अगली बेंचों पर लड़कियाँ बैठती थीं।

उसने देखा कि उसका निस्तार कहीं नहीं है। कभी वह कहीं भाग जाना चाहता, कभी वह चाहता कि किसी लड़की से पूछे, सब लड़कियों से पूछे—वे क्या सोचती हैं, क्या चाहती हैं उससे? क्या सचमुच उनका वही विचार है जो लड़के अनुमान करते हैं, जो लड़कों के बोर्ड पर लिखे वाक्यों से ध्वनित होता है? फिर कभी उसे लगता कि अगर सचमुच वही बात है, तब तो वह पूछकर और बेवकूफ़ बनेगा...

यह सब परिणामहीन उलझन उसे खाने लगी। एक दिन उसने पाया कि वह अकारण हर समय उन लड़कियों की बात सोचता रहता है, क्लास में कुछ पूछता है या प्रोफ़ेसर के प्रश्न का उत्तर देता है, तो अपने को इस ध्यान में लगा पाता है कि उसका असर उन लड़कियों पर कैसा होता है। जिस दिन उसने पहले-पहल यह जाना, उस दिन वह कुछ देर के लिए स्तब्ध रह गया—क्या मैं सचमुच हार गया? क्या वह रोमांटिक विचार ठीक है और स्त्री नियति बनकर पुरुष को अनजाने अपना गुलाम बनाती है और उसके प्राण ले लेती है? वह नहीं मानेगा इसे! वह नियति का गुलाम नहीं है, उसका प्रतिद्वन्द्वी है।

वह उसी दम क्लास से उठकर बाहर चला गया। दो-तीन घंटे बाहर भटकता रहा और अन्त में मानो अभिभूत-सा होकर समुद्र की ओर चल पड़ा।

लेकिन उस दिन उसे समुद्र से भी सान्त्वना नहीं मिली, तब वह लौटकर अपनी रात्रि-पाठशाला में जा बैठा और बच्चों से बातें करने लगा। परीक्षा के दिन निकट आ

रहे थे, शेखर का कॉलेज तैयारी की छुट्टियों के लिए बन्द होने वाला था और निश्चय हो गया था कि छुट्टियाँ होते ही रात्रि-पाठशाला भी बन्द कर दी जाए और कॉलेज दुबारा खुलने पर खुले। इस शीघ्र आने वाली चार महीने की लम्बी अवधि पर बालक कुछ खिन्न थे, इसलिए शेखर का स्वागत उन्होंने अधिक उत्साह से किया, और शेखर थोड़ी देर के लिए नारी जाति को और अपनी मुसीबतों को भूल गया। उन बच्चों के मध्य में उसे लगा कि वह रक्षक है, समर्थ है, वह भूल गया कि वह एक भाराक्रान्त, थका हुआ और बेवक़ूफ़ शिकार है जिसके पीछे कई शिकारी लगे हैं...

समुद्र के किनारे खुली धूप में दुपहर-भर नंगे बदन भटककर शेखर शाम को घर लौटा। वह नहाने गया था, पर नहाने पर भी उसकी अशान्ति दूर नहीं हुई थी और वह अपने कपड़े कन्धे पर लादकर तपती हुई रेत में भटका किया था, जब उसका बदन धूप से जलकर स्याह पड़ने लगा था तब दुबारा नहाकर और कपड़े पहनकर वह घर आया था।

होस्टल के जीने पर चढ़ते ही उसने देखा, उसके कमरे के बाहर रात्रि-पाठशाला की उसकी क्लास के दो लड़के खड़े हैं। उसने जल्दी में पास जाकर पूछा, 'क्या है शाम्ब!'

शाम्बशिव ने चुपचाप एक लिफ़ाफ़ा उसकी ओर बढ़ा दिया। शेखर खोलकर पढ़ने लगा।

बड़ी मेहनत से काटकर बनाए गए कार्ड पर बड़े-बड़े अपढ़ अक्षरों में लिखा था कि उसी रात रात्रि-पाठशाला के छात्रों की ओर से अध्यापकों की विदाई का जलसा होगा और उसमें अध्यापक चन्द्रशेखर की प्रतीक्षा है।

शेखर के हृदय को एक मीठी करुणा ने छू दिया। उसने पूछा, 'औरों को भी बुलाया है?'

'जी हाँ, सबको बुलाया है, पर अध्यापक सदाशिव के सिवाय बाक़ी नहीं जाएँगे।'

'क्यों?'

लड़कों ने उत्तर नहीं दिया। तब शेखर ने पूछा, 'जलसे में क्या होगा?'

'अभिनन्दन पढ़ा जाएगा।'

'और?'

दोनों लड़के एक-दूसरे की ओर देखकर रह गए। बोले नहीं। शेखर ने मुस्कराकर पूछा, 'क्यों, कोई भेद है क्या? कुछ शरारत सूझी है?'

लड़कों ने कहा, 'बताने को मना किया है।' पर साथ ही शेखर के मुस्कराने से जैसे कुछ खुलकर उन्होंने कहा, 'जलपान भी होगा।'

'ऐं!' कहकर शेखर चुप हो गया। उसके मन में आया कि पूछे, 'इतने पैसे कहाँ से आए, लेकिन उनके इस स्नेह के खयाल से वह ऐसा भर गया कि यह प्रश्न पूछना अपमान-सा लगा। उसने कहा, 'अच्छा, तुम लोग चलो, मैं अभी थोड़ी देर में आता हूँ।' लड़के चले गए।

शेखर ने अविश्वास करना नहीं सीखा था, लेकिन आज न जाने क्यों उसके मन में आया कि जो लोग निमन्त्रण नहीं स्वीकार कर रहे हैं, वे खाने के डर से ही वैसा कर रहे हैं। उस बोर्डिंग में अछूत वर्गों के ही लोग रहते थे, उनमें भी यह भाव कि स्कूल के लड़के अछूत हैं और शायद यह भी कि कंगाल हैं और गन्दे हैं...मन-ही-मन शेखर ने तय किया कि वह अगले वर्ष इन लोगों का सहयोग नहीं माँगेगा, बल्कि मिलने पर अस्वीकार कर देगा।

उसने फिर स्नान किया। अच्छे सफेद कपड़े पहने। फिर उसने अपने एक नए अलबम में से तीन चित्र निकाले, नीचे उतरकर एंटिगोनम के बहुत-से फूल लिये और रात्रि-पाठशाला की ओर चल पड़ा। सदाशिव कहीं बाहर गया था और वहाँ से सीधा ही पाठशाला पहुँचने वाला था।

जब जलपान करते-करते शेखर और सदाशिव मीठे उलाहने के साथ उन छब्बीस-सत्ताईस छात्रों और छात्राओं—स्कूल में तीन छोटी लड़कियाँ भी आती थीं—को कह चुके कि उन्होंने बिना उनसे पूछे जलपान के लिए आपस में चन्दा इकट्ठा करके ठीक नहीं किया और जलपान के बाद शेखर सब छात्र-छात्राओं को चित्र और फूल बाँट चुका, उनके अभिवादन के लिए जुड़े हुए हाथों को पकड़कर रुँधे गले से कह चुका, 'देखो, पागल मत बनो!' और इसके बाद सदाशिव भी थोड़े-से शब्दों में उन सबको धन्यवाद दे चुका, तब शेखर को चलने के लिए तैयार पाकर बच्चों ने कहा, 'शेखर दादा, आज चुप ही रहेंगे?'

'अध्यापक शेखर' से 'शेखर दादा' बनकर वह चुप नहीं रह सका, लेकिन बोलना तो पहले ही उसे असम्भव हो रहा था और फिर शेखर अक्षर-ज्ञान कराने और थोड़ा-बहुत काम चलाने लायक तमिल तो जानता था, इतनी कहाँ जानता था कि अपने उस समय के भाव व्यक्त कर सके जिन्हें कि वह अपनी भाषा में भी नहीं कर सकता, लेकिन अपने पर जमी एकटक भोली आँखों से मानो वह संवेदन की एक नई भाषा सीखने लगा और वह हिन्दी, अंग्रेज़ी, तमिल की विचित्र खिचड़ी बनकर उसके मुँह से निकल पड़ी :

'पहले मैं समझता था, मैं आपकी सेवा करने आया हूँ, यह मेरी देन है। लेकिन आप लोगों ने मुझे सिखाया है कि वह झूठ था। हम लोग अपने घमंड में रहकर बूढ़े हो गए हैं, सूखे काठ की तरह अकड़ गए हैं, अब हमें आपसे विनय सीखना है, आपसे नरमाई पानी है, आपसे नया जीवन और नया यौवन पाना है। आज मैं आपकी जबान पर यह छोटे-छोटे बिना अर्थ के अक्षर देखता हूँ जो हम कायदे में

से आपको सिखाते हैं, लेकिन एक दिन ऐसा आएगा जब आपकी इसी जबान पर एक नई भाषा के शब्द होंगे जिनमें अर्थ होगा, वह ताकत होगी जो उथल-पुथल मचा देगी और जाति और सम्प्रदाय का नाश कर देगी, एक नया धर्म पैदा करेगी, जिसमें हम और आप भाई होंगे, सगे होंगे। आज वह दिन नहीं आया है, तो इसलिए कि अभी हमारे और आपके दिलों में वह नहीं है, लेकिन वह आएगा शीघ्र...'

शेखर ने अपने भारी होते हुए गले को ज़रा-सा आराम देने के लिए चुप होकर चारों ओर देखा, कुछ लड़के उसकी बात समझ रहे थे, कुछ नहीं समझ रहे थे, लेकिन फिर भी स्नेह से उसकी ओर देख रहे थे। यह देखकर उसके भीतर कुछ उमड़ आया, उसने सदाशिव को पुकारा, 'सदाशिव, मेरी बात ये नहीं समझ रहे हैं, तुम सुनो और मेरी ओर से अनुवाद कर देना।' और फिर कहने लगा...

'जिन लोगों के साथ रहना और खाना मैंने स्वयं चुना है, ये सभी अछूत हैं, आदर्शनीय हैं, लेकिन मैं आपसे कहता हूँ, उनमें मैंने मित्र पाए हैं, भाई पाए हैं। कोई उन्हें पूछता नहीं है, देखता नहीं है, उनके पास नहीं जाता है, इसलिए उनके दिल सच्चे हैं, ताजे हैं और आग से भरे हैं, उन लोगों से कोई बात नहीं करता, इसलिए उनमें अनुभूति और भी तीखी है। आप ही वे लोग हैं, आप ही मेरे संगी और स्नेही हैं, आप ही मेरा कार्यक्षेत्र हैं और आप ही मेरी शक्ति। मैंने आपको अपनाया है, पहचाना है और मैं इसमें सुखी हूँ। लेकिन आप इसके लिए कृतज्ञ मत होइए, आप उस तरह अपने को छोटा मत बनाइए। मैं ब्राह्मण होकर आप लोगों को अपने साथ ले रहा हूँ, ऐसा भाव मुझमें नहीं है। मैं स्वयं आपके साथ आया हूँ। भीतर कहीं मैं भी अछूत हूँ, आपका भाई हूँ। मैंने अपने आपको दान नहीं किया मैंने आपको पाया है...'

शेखर चुप हो गया। सदाशिव आगे आकर उसके वक्तव्य का अनुवाद करने लगा, लड़के उसे सुनने लगे, जो वयस्क थे, वे कुछ करुणा से, स्नेह से शेखर की ओर देखने लगे। उनके पीछे शेखर ने देखा कि एक लड़का दो हार लिये खड़ा है, और एकाएक वह अभिभूत हो गया, हल से जोती हुई भूमि की तरह टूटा हुआ-सा अनुभव करने लगा...सदाशिव के बात समाप्त करने से पहले वह उठा और तेज़ी से बाहर निकल गया, पीछे उसने अनुमान से जाना कि कुछ गड़बड़ फैली है, कुछ लोग उसे रोकने निकले हैं—

वह भागा...

भूलना ग़लत है, भूलना असम्भव है, वह भाराक्रान्त है, थका हुआ है, बेवक़ूफ़ है और चारों तरफ़ से घिरा हुआ है...

फिर समुद्र पर, लेकिन आज समुद्र जैसे उसे दीखता नहीं है, आज यह भीतर की घुमड़ती हुई घटा उसका क्षितिज भर रही है, उसे लीलने बढ़ती चली

आ रही है...वह लौटकर बोर्डिंग आया, दो-एक कपड़े, किताबें और एक तौलिया लपेटकर उसने गठरी बनाई और अडयार नदी पर पहुँचकर महाबलिपुर जाने वाली रात की नाव पर सवार हो गया। महाबलिपुर में एकान्त समुद्र है, किनारे पर बहुत-से मन्दिर हैं, पीछे पोखरे हैं, जिनमें कमल के पत्ते छाए होंगे, वहाँ शायद वह कुछ शान्त हो सके, कुछ पढ़ सके, परीक्षा के लिए तैयार हो सके...

गर्मी है। नाव के भीतर बैठना असम्भव है। छत के ऊपर बैठने की जगह नहीं है, छत दोनों तरफ़ को ढालू है। माँझी उस ढलाव पर ही न जाने कैसे लेटे रहते हैं और सो भी रहते हैं, यह देखकर शेखर भी जा लेटता है। बीच के ऊँचे स्थान पर बाँहें अटकाकर वह लेट जाता है। जब तक बाँहें वहाँ रहें तब तक ठीक है, पर छोड़ने पर उसे लगता है कि वह फिसलकर नदी में गिर जाएगा। वह गिरने का ख़तरा मानो जगह को और ग्रहणीय बना देता है। शेखर एक हाथ से छत पकड़कर किनारे की ओर सरक आता है, आगे क्षितिज तक गई हुई नदी को देखता है।

चाँद निकल रहा है। नाव की गति से नदी पर उठी हुई छोटी-छोटी मछलियाँ चाँदनी में चमककर परे हट जाती हैं, मानो बुला रही हों। सतह के नीचे भी छोटी-छोटी बिजली से चमकने वाली मछलियाँ इधर-उधर भागकर मानो हरी आग से कुछ लिखती जाती हैं। उनके भागने से आलोड़ित पानी भी किसी प्रकाश से चमक उठता है, मानो उसमें भी वह हरी आग लगी हुई है...नाव भी चाँदनी में धुल-सी गई है और आलोक में उसकी गति मानो और भी शब्दहीन हो गई है। गर्मी के कारण मल्लाह भी चुप है...रहस्य, रहस्य, रहस्य...शेखर मानो धीरे-धीरे अपने आप में से निकलने लगता है, खुलने लगता है, इस व्याप्त रहस्यमय मौन से मिलकर स्वस्थ होने लगता है...होस्टल के लड़के, कॉलेज की लड़कियाँ, शहर के लोग, सब उसकी चेतना में से मिटने लगते हैं, उनके द्वारा पाए हुए आघात, घाव, इस स्वच्छ चाँदनी में मैल की तरह घुलने लगते हैं...उसकी बाँह थक रही है, वह हाथ की बजाय अपनी गर्दन वहाँ अटकाकर और पैर छत के सिरे में बँधी हुई एक रस्सी की गाँठ में अटकाकर सीधा लेट जाता है और पाता है कि वह फिसलता नहीं, लेट सकता है...थकान उसे आती है, बड़ी मीठी थकान, पर मस्तिष्क उसका भरा आ रहा है उन स्कूल के बच्चों से, उनकी मुग्ध दृष्टि से, इस मुग्ध चाँदनी से और आज न जाने क्यों शारदा के ध्यान से भी...शारदा को देखे दो वर्ष हो गए, न जाने वह है कहाँ, शेखर ने याद नहीं किया, लेकिन आज इतने दिन बाद, इतनी कलह और कटुता के बाद, इस एक स्वच्छ, शान्त, स्नेह-भरे क्षण में, वह इस सारे रहस्य का हिस्सा बनकर आई है...

शारदा...थकान...चाँदनी...शारदा...

अगर वह सो सकता—शारदा को स्वप्न में देख सकता—सो सकता...

महाबलिपुर को सहस्र मन्दिरों का स्थान कहते हैं, वह बेजा नहीं है। लेकिन उन अगणित मन्दिरों का अवतंस है समुद्र-तट पर बना हुआ शिव का मन्दिर, जिसका द्वार समुद्र की ओर खुलता है, जिसके अनगढ़ पत्थर के चौखटे के बीच समुद्र का विस्तार दीखता है और उसके पार सूर्य और चन्द्रमा का उदय...

शेखर ने एक ही दिन में दोनों देखे हैं। फिर रात-भर वहीं मन्दिर की देहली में पड़े रहकर चाँद का क्रमश: ऊपर उठते हुए छोटा होते जाना देखा है, मानो वह परे हटता जा रहा है और देखते-देखते उसे फिर शारदा की याद ने ओस की तरह मीठे स्पर्श से भिगो दिया है...

महाबलिपुर में आने के दूसरे दिन शेखर सबेरे सूर्योदय देखकर ही मन्दिर से लौटा और सो गया। दस-ग्यारह बजे उठकर उसने मुँह-हाथ धोकर जलपान किया, और फिर घूमता हुआ समुद्र-तट पर जा पहुँचा। एक किताब उसने साथ ले ली, यद्यपि वह जानता था कि वह पढ़ेगा नहीं।

समुद्र-तट पर मन्दिर की छाया में बैठकर वह समुद्र में खड़े हुए एक पत्थर के स्तम्भ की ओर देखने लगा। कभी वह स्तम्भ एक मन्दिर के गोपुरम् का अंग था, लेकिन समुद्र आगे बढ़ता हुआ उस गोपुरम् और मन्दिर को लील गया और शिव मन्दिर के द्वार तक आ पहुँचा। उसी का स्मारक वह स्तम्भ अभी शिव-मन्दिर तक अजेय खड़ा था, दो सौ वर्षों से अरोक सागर के वारों को अचल भाव से सहता हुआ...

शेखर को उस स्तम्भ तक तैरकर जाने की इच्छा प्रबल हुई। वहाँ से मन्दिर का दृश्य कितना सुन्दर होगा और फिर मन्दिर के पीछे जब सूर्यास्त होगा, तब मन्दिर की सीढ़ियों पर स्वर्ण-किरीट पहने हुए लहरों की क्रीड़ा कितनी मनमोहक...तीन बज चुके थे, एक घंटा-भर उसने किसी तरह पढ़ने के बहाने अपने को रोका, फिर उसने कपड़े उतारकर एक पोटली बनाकर रख दी और पानी में उतर पड़ा।

तैरना उसने अभी तक ठीक तरह से नहीं सीखा था, थोड़ी-थोड़ी दूर तक ही किसी प्रकार चला जाता था। आधा रास्ता तय करते-करते उसकी साँस फूलने लगी, लेकिन वह यह सोच आगे बढ़ता गया कि अब तो जैसा पीछे लौटना वैसा ही आगे बढ़ना। आख़िर जब उसकी शक्ति बिलकुल खर्च हो गई, जब हाथ उठाना भी एक यातना बन गया, तब किसी तरह वह स्तम्भ के पास पहुँच गया, बची हुई शक्ति से उस स्तम्भ के चबूतरे को पकड़ा और अपने को खींचकर उस पर बिठा लिया।

लेकिन बैठकर भी वह सुस्ता नहीं सका। ज्वार उठ रहा था, लहरों का वेग बढ़ता जा रहा था और स्तम्भ का चबूतरा भी धीरे-धीरे डूब रहा था। अपनी जगह कायम रहने के लिए अब शेखर खम्भे को जकड़कर बैठा था पर प्रत्येक लहर मानो उसे स्थानच्युत करने के लिए अधिक क्रुद्ध फुफकार करती थी। थोड़ी ही देर में शेखर ने पाया कि सिर्फ़ वहाँ टिके रहने के लिए जितना ज़ोर उसे लगाना पड़ रहा है, वह उसे शीघ्र थका देगा और तब उसका वहीं डूबना निश्चित हो जाएगा। उसके मन

में मानो तटस्थ भाव से यह बात आई कि वह वहाँ वैसे मरना नहीं चाहता है, उसकी मृत्यु और किसी तरह होने को है और उसे अभी कुछ करना बाक़ी है।

शेखर ने स्तम्भ को छोड़ दिया और किनारे की ओर तैरने लगा। सूर्यास्त में अभी देर थी, लेकिन धूप का प्रकाश कुछ लाल-सा होने लगा था और किनारे पर मछुओं के कुछ नंगे बच्चे इकट्ठे होकर नाच रहे थे। शेखर उनका स्वर नहीं सुन सकता था, लेकिन उसे लगा कि वे उसे ही खम्भे के पास खड़ा देखकर चिल्ला रहे थे। उसे इससे सुख-सा हुआ। वह तैरते हुए अपने को भी उन बच्चों में एक बच्चा अनुभव करने लगा...

वह थक गया। हाथों ने उठने से इनकार कर दिया, वह गोते खाने लगा, उसे याद आया कि ऐसी हालत में घबराना नहीं चाहिए, गोता खाकर फिर साँस के लिए ऊपर उठना चाहिए। वह लहर के नीचे डूब गया, थोड़ी देर बार फिर ऊपर आया, तब साँस की कमी से उसके सारे शरीर में सुइयाँ चुभ उठी थीं। उसने हवा के एक बड़े-से झोंके के लिए मुँह खोला—

कि एक लहर आई जिसके ऊपर वह उठ नहीं सका, मुँह में हवा के साथ पानी भर गया, वह फिर डूब गया—

और फिर ऊपर उठा, फिर मुँह खोला कि एक गहरी साँस ले ले—

कि फिर लहर में छिप गया, तिलमिला गया, डूब गया।

तब एकाएक उसने अपने को छोड़ दिया। कोई लाभ नहीं इसका। आगे मृत्यु है। फिर उठेगा, फिर पानी भर जाएगा, बेहोश हो जाऊँगा और अनजाने में मर जाऊँगा। व्यर्थ। साँस क्यों लूँ—मृत्यु यहीं सही—मृत्यु मैं जान लूँगा कि मृत्यु क्या होती है, अनुभव कर लूँगा। यहाँ घबराना नहीं चाहिए। ऐसा शायद किसी ने बतलाया है—घबराया नहीं—

उसने आँखें खोलीं। खारा पानी उनमें चुभ गया। विस्तीर्ण, कड़वा नीलापन। मृत्यु मैं देख लूँगा। घबराना नहीं होता—मृत्यु...

बच्चों का कोलाहल। क्या ये फरिश्ते हैं?

शेखर ने उठने की कोशिश की, लेकिन सफलता इतनी ही मिली कि घबराकर मुँह से और नाक से खारा पानी उलट दिया। पीठ में बड़ा दर्द हो रहा था, छाती पर मानो पत्थर रखा हुआ था, बदन सारा चरमरा रहा था।

वह अवश्य मर रहा है। लेकिन मर गया क्यों नहीं है?

उसने फिर उठ बैठने की कोशिश की। आँखें खोलीं।

मछुओं के बच्चे उसके छिले हुए बदन को घेरे हुए थे, एक आदमी उसकी छाती दबा रहा था।

समुद्र को उसकी ज़रूरत नहीं थी, लहरों ने उसे निकालकर बाहर फेंक दिया था।

वह एक बड़ी जलती हुई यातना-भरी कोशिश से उठ बैठा।

वह चाहता था, उसी रात मद्रास लौट जाए, लेकिन उठना भी उसके लिए असम्भव था। मछुए उसे धर्मशाला तक पहुँचा गए थे, वहीं वह पड़ा था। सारा बदन बुरी तरह दुख रहा था, लेकिन उसे लगता था, जो कुछ हुआ था ठीक हुआ था। अब वह जी सकेगा, बढ़ सकेगा। उसने मानो पुनर्जन्म पाया था और अब वह जीवन का सामना दुबारा करने के लिए तैयार था। वह जो चला आया था, उसने सौन्दर्य में जो वेदना को भुला देने की, संघर्ष से बच भागने की कोशिश की थी वह व्यर्थ थी, ग़लत थी। सौन्दर्य कुछ नहीं है अगर वह शक्ति नहीं है, प्रेरणा नहीं है, यह उसे समुद्र ने सिखा दिया था, उस आदि गुरु, आदि सत्य, आदि शिव, आदि सुन्दर समुद्र ने! सौन्दर्य वहीं हैं जहाँ संग्राम है और उसे वही देख सकता है जिसके भीतर शक्ति है। उस आद्य शक्ति को जिसने एक बार देखा है, उसने अपने को सदा के लिए समर्थ बना लिया है, वह पथ-भ्रष्ट नहीं हो सकता, मर सकता है पर झुक नहीं सकता, नष्ट हो सकता है पर कीच में नहीं रेंग सकता...

लेकिन जीवन न जाने क्यों सूना हो गया। शेखर ने अपने को होस्टल के लोगों से किसी प्रकार के भी सम्पर्क से खींच लिया, एंटिगोनम क्लब को तोड़ दिया। पत्र भी बन्द कर दिया और निर्मम होकर अपनी पाठ्य-पुस्तकें चाटना शुरू किया, लेकिन वह शून्य कुरेद-कुरेदकर कहने लगा, लोगों से बच लोगे, मुझसे कैसे बचोगे...दिन-भर पढ़कर या पढ़ने की कठोर और व्यर्थप्राय तपस्या करके? वह शाम को उदास-सा मुँह लेकर कभी समुद्र किनारे जा बैठता, कभी होस्टल से कुछ दूर पर एक सरोवर के बीच में बने हुए मन्दिर के पीछे, जहाँ घंटाध्वनि और आरती तो सुन पड़े, और झील में दीपकों का प्रतिबिम्ब भी दिखे, लेकिन आने-जाने वाले लोग न दिखें। उस पर एक दुख की छाप थी, यद्यपि वह नहीं जानता था कि उसे क्या दुख है, समझ नहीं पाता था। कभी उसे लगता, वह सौन्दर्य चाहता है, सौन्दर्य शक्ति है, लेकिन वह शक्ति नहीं भाँगता, सौन्दर्य माँगता है, कभी उसे लगता, वह एक संगी चाहता है, लेकिन वह संगी भी देवदास नहीं है, सदाशिव भी नहीं है और शारदा—शारदा भी नहीं हो सकती, यद्यपि...वह चाहता है कुछ और इनसे भिन्न कुछ, इनसे ऊपर कुछ—लेकिन वैसा क्या हो सकता है? अपने से झल्लाकर वह पूछता—क्या मैं देवता चाहता हूँ जबकि वे होते नहीं, हो सकते नहीं?

एक दिन सदाशिव ने कहा, 'देखो शेखर, अभी परीक्षा के तीन सप्ताह बाक़ी हैं? काफ़ी पढ़ाई हो सकती है। क्यों न मेरे साथ घर चलो, वहाँ त्रावनकोर की शान्ति में ठीक से पढ़ सकोगे।'

शेखर ने ख्वाहमख्वाह अप्रसन्न स्वर में कहा, 'क्या मैं पढ़ता नहीं हूँ।'

'पढ़ते तुम हो, लेकिन पढ़ाई नहीं होती। क्लास में तुम सदा अच्छे रहते आए हो। अब देखता हूँ...'

शेखर ने कुछ उदासीन-से स्वर में, बिना विरोध के कहा, 'पास तो हो जाऊँगा कि नहीं...'

सदाशिव ने इसका उत्तर नहीं दिया। बोला, 'मैं कल-परसों चले जाने की बात सोच रहा था! तुम भी चलो तो अच्छा हो। इकट्ठे होंगे तो दोनों को प्रोत्साहन भी मिलता रहेगा। तुम्हें अच्छी तरह पास होना ही चाहिए, शेखर!'

शेखर कुछ देर तक चुप रहा। उसने देखा कि सदाशिव का निमन्त्रण सच्चा है, उसकी सत्कामना भी सच्ची है और त्रावनकोर—शारदा का जन्मस्थान, उसके शैशव की क्रीड़ा-स्थली और शायद उसका वर्तमान निवास...एकाएक वह सदाशिव के प्रति रुखाई के लिए शर्मिन्दा हो गया, लेकिन 'हाँ' वह नहीं कह सकेगा, शारदा के कारण भी नहीं। बल्कि उस प्रलोभन के कारण और भी नहीं। समुद्र ने उसे वापस यहाँ फेंक दिया है, यहीं वह रहेगा, इस अधमरी अवस्था में ऐसा ही अकेला...

'नहीं, सदाशिव, मैं नहीं जाऊँगा।'

'क्यों नहीं जाओगे?'

'नहीं। मैं बहुत बदतमीज आदमी हूँ, तुमसे लड़ूँगा, तुम्हें भी नहीं पढ़ने दूँगा, मुझे तो पास होना नहीं है। मैं खत्म हो गया हूँ और उसका क्रोध तुम पर निकालूँगा मैं—' एकाएक शेखर लौट पड़ा और चलने लगा।

सदाशिव ने उसके कन्धे पर हाथ रखकर कहा, 'शेखर, मुझे बताओ, तुम्हें क्या दुख है?'

शेखर पिघल गया। उसने चाहा कि कन्धे पर से उस हाथ को झटक दे जिसके सहारे सदाशिव एकदम इतना पास आ गया है, पर वैसा कर नहीं सका। पर उस हाथ के स्पर्श ने उसका निश्चय बदल दिया, लेकिन इनकारी की रुखाई अब स्वीकृति में आ गई। शेखर ने ढीले स्वर में कहा, 'अच्छा, चलता हूँ। लेकिन एक शर्त है।'

'क्या?'

'कि आज ही चल पड़ो—अभी शाम की गाड़ी से।'

सदाशिव ने एक स्निग्ध मुस्कान लेकर कहा, 'चलो। बाँधो बिस्तर।'

त्रिवेन्द्रम पहुँचकर सदाशिव ने घर में शेखर को अलग कमरा दिलवा दिया और कह दिया कि वह जितना चाहे, एकान्त ले सकता है, सदाशिव भी बुलाने पर ही आएगा। केवल नौकर अपने काम के लिए आया करेगा। शेखर ने नज़र फिराकर चारों ओर देखा, बड़ी शीशेदार खिड़की से बाहर झाँककर वहाँ खड़े युकलिप्टस के पेड़ और उसके नीचे पड़ी कैनवस की आरामकुर्सी को भी और सन्तुष्ट होकर पूछा, 'यह कमरा है किसका?'

'पहले मेरा था, अब तुम्हारा है। पढ़ाई के लिए ठीक रहेगा—'

शेखर ने जैसे जागकर कहा, 'सदाशिव, तुम हो दोस्त कहलाने के काबिल!' और वह कहने के प्रयास से झेंप-सा गया। सदाशिव चला गया।

पढ़ाई कुछ ठीक होने लगी। वह पाता कि सदाशिव के अलावा उसके घर के लोग उससे स्नेह करते हैं। उसने स्वयं कहकर भोजन उनके साथ ही करना आरम्भ किया, उसके बाद कुछ देर वह उनके साथ—सदाशिव की वृद्धा और कुछ-कुछ पागल किन्तु स्नेह-भरी माँ के साथ सदाशिव के छोटे भाई के साथ—गपशप भी कर लेता (सदाशिव की एक बहिन थी जिससे माँ को बहुत प्रेम था, उसके मरने पर ही वह दुख से पागल हो गई थी और तब से मस्तिष्क का विकार पूर्णतया ठीक नहीं हुआ था)। केवल शाम को घूमने जाते समय उसे किसी का साथ सह्य नहीं होता, वह अकेला ही न जाने किधर-किधर भटककर रात तक लौट आता, कभी कोई पूछता कि किधर गया था, तो कह देता, 'यों ही, शहर की तरफ़—' या 'यों ही, पता नहीं कहाँ, कोठियाँ ही कोठियाँ थीं—'

छह दिन की पढ़ाई के बाद उसे फिर एक धक्का लगा।

घूमते-घूमते वह याददाश्त के लिए अकसर राह की कोठियों की दुकानों के बोर्ड पढ़ा करता था, यद्यपि बहुत ध्यान से नहीं, और अकसर पढ़ते ही भूल जाता था। उस दिन भी वह अनमना-सा बोर्ड देख रहा था कि दिल धक् से हुआ, उस धड़कन से चौंककर उसने दुबारा बोर्ड पढ़ा—शारदा के पिता!

वह ठिठक गया। फाटक के पास आकर दुबारा नाम पढ़ा। फिर खड़ा रह गया। भीतर जाने को हुआ लेकिन इतना उद्विग्न था कि जा नहीं सका। फिर धीरे-धीरे वह वापस लौट आया।

उस शाम और अगले दिन वह किसी से मिला नहीं। शाम को वह फिर निकला घूमने और उधर ही चला।

अहाते के भीतर घुसकर देखा, कोई नहीं था, कोठी के बरामदे में जाकर उसने किवाड़ खटखटाया।

नौकर ने किवाड़ खोलकर नाम पूछा, शेखर ने बता दिया। कुछ क्षण बाद उसने देखा कि वह शारदा की माँ के सामने खड़ा है।

माँ ने बहुत-सी इधर-उधर की बातें कीं। स्वास्थ्य पूछा, परीक्षा का नतीजा पूछा, अबकी पढ़ाई की बात पूछी, माता-पिता का कुशल-क्षेम पूछा, वहाँ आने का कारण और रहने का ठिकाना पूछा, चाय के लिए पूछा, शेखर को सिर्फ़ एक ही बात पूछनी थी, लेकिन वह उसके लिए साहस न बटोर सका, वह उत्तर ही उत्तर दे सका...आधे घंटे बाद वह लौट आया।

आठवें और नवें दिन भी पढ़ाई नहीं हुई तब उसे याद आया, सदाशिव ने दस दिन के लिए वहाँ आने की बात कही थी। क्या कल लौटना होगा?

वह जल्दी कपड़े पहनकर फिर उधर चला। फाटक के भीतर घुसते ही उसने देखा, कोठी से एक ओर शारदा खड़ी है। उसने यह भी लक्ष्य किया कि शारदा ने भी उसे देख लिया है, पहचान लिया है और क्षण-भर भी रुके बिना फ़ौरन भीतर चली गई है...

वह भीतर जाकर बैठ गया। माँ थीं, उनसे बातचीत करने लगा। आज चाय को भी उसने इनकार नहीं किया—उसमें कुछ समय तो लगेगा!

शारदा कमरे में आई और अब मानो उसने पहले-पहल शेखर को देखा, विस्मय के स्वर में बोली, 'तुम यहाँ कहाँ, कब आए?'

शेखर के उत्तर देने से पहले ही माँ ने मीठे स्वर में कहा, 'बेटी, इनके लिए चाय बनवाकर भेज तो!' शेखर ने लक्ष्य किया कि माँ के स्वर की वह मिठास सभ्यता के बरसों के अनुभव से प्राप्त हुई है...

चाय पीकर वह चला। शारदा फिर नहीं दीखी।

घर पहुँचकर शेखर ने सदाशिव से कहा, 'क्या कल ही चलना होगा? दो-एक दिन ठहर नहीं सकते?'

'दो छोड़ के तीन दिन ठहरो! पढ़ाई ठीक हो रही है?'

'हाँ।'

'कितने घंटे पढ़ते हो? हफ्ते-भर में ही क्या सूरत निकल आई है। कुछ मद्रास के लिए भी छोड़ दो न!'

'हूँ।' कहकर शेखर फिर एकान्तवास में घुस गया।

शेखर रोज वहाँ जाता, लेकिन बँगले के भीतर न घुसता। उसने समझ लिया कि शारदा और उसके मिलने का बड़े सभ्य, मीठे, लेकिन दृढ़ ढंग से विरोध हो रहा है। वह फाटक से कुछ दूर बाहर खड़ा होकर प्रतीक्षा करता...

तीसरे दिन शारदा अकेली बाहर निकली। उसके हाथ में एक सैटिन का मनीबैग था, शायद बाजार के लिए वह निकली थी।

शेखर एक पेड़ की आड़ में था, जब शारदा बिलकुल पास आ गई तब वहाँ से निकलकर उसने पुकारा, 'शारदा!'

शारदा का चेहरा खिल उठा, लेकिन फ़ौरन ही उसने मुड़कर एक भीत दृष्टि से पीछे बँगले की ओर देखा।

शेखर ने कहा, 'तुम तो ऐसे डरती हो जैसे मैं कोई भूत होऊँ।'

शारदा ने उत्तर नहीं दिया।

'तुम मुझे बताए बिना ही क्यों चली आई थीं?' मीठे उलाहने से शेखर ने कहा।

'और तुम मुझे बताए बिना कहाँ गुम हो गए थे? मैं तो जानती भी नहीं थी कि तुम कहाँ हो!'

शेखर ने लक्ष्य किया कि वे पास के एक पार्क की ओर जा रहे हैं।

'आजकल क्या कर रही हो?'

'परीक्षा की तैयारियाँ! दस-पन्द्रह दिन रह गए हैं।'

'मैट्रिक?'

'हाँ।'

'मेरी भी परीक्षा होने वाली है।'

'इंटर की?'

'हाँ।'

थोड़ी देर की शान्ति के बाद शेखर ने कहा, 'परीक्षा के बाद तुम मद्रास आ जाना, वहीं कॉलेज में पढ़ना।'

'क्यों?'

'मैं भी वहीं हूँगा—'

'और जो न आऊँ तो?' शारदा शायद थोड़ा-सा मुस्कराई।

'तो मैं समझूँगा, मैं तुम्हारा कोई नहीं हूँ।'

'तुम हो कौन?'

शेखर उस फीकी रोशनी में देख नहीं सका कि शारदा मुस्करा रही है या नहीं। वह पार्क के फाटक की चरखड़ी घुमाने लगा।

लेकिन शारदा ने कहा, 'नहीं, अब नहीं। मैं जाती हूँ—माँ बिगड़ेगी—फिर आऊँगी सबेरे।' और जल्दी-जल्दी लौट गई।

शेखर भी धीरे-धीरे घर लौट आया।

सबेरे पार्क में वे फिर मिले। बातें रुक-रुककर शुरू हुईं, लेकिन धीरे-धीरे बाँध खुल गया। शारदा ने बताया कि बड़ी बहिन की शादी के लिए वे चले आए थे और उसी समय पिता की बदली भी यहाँ हो गई थी, तब से वे यहीं थे। उसने यह भी बतलाया कि शेखर के परीक्षा देने चले जाने के बाद वह बहुत रोई थी। रो-रोकर बीमार हो गई थी, तब माँ ने कुछ-कुछ समझ लिया था कि उसे क्या हो रहा है और तब से उसका व्यवहार कुछ बदल गया था। उसने शारदा को बच्चा समझना छोड़ दिया था, अब वह उससे बराबरी का विनयपूर्ण बर्ताव करती थी, लेकिन उस विनय में कितना शासन था...कहते-कहते एकाएक मुस्कराकर बोली, 'अब मैं बड़ी हो गई हूँ न!' और तब शेखर अपनी बातें कहने लगा, कैसे उसकी माँ भी कठोर शासन करती है जिसमें विनय भी नहीं है, कैसे उसने कॉलेज में मित्र बनाए हैं, अपने एंटिगोनम लीग की बातें, उसके आदर्श, उसकी रात्रि-पाठशाला, उसकी निराशा, उसके सखा समुद्र और मन्दिर और पोखरा और कमल के पत्ते...और फिर वह सुनाने लगा कि किस तरह वह महाबलिपुर गया था, किस तरह वहाँ समुद्र में तैरने चला था और डूब गया था...

शारदा के मुँह से एक हलकी-सी चीख़ निकली जो शेखर को बड़ी प्रिय लगी, उसमें शेखर के लिए इतनी चिन्ता थी...तब वह और भी रोमांचकारी कहानियाँ सुनाने लगा, अपने घर से भागने की, काश्मीर में झील में डूबने की...

शारदा ने कहा, 'बस करो! और नहीं सुनूँगी ऐसी बातें!'

'क्यों?'

'वायदा करो कि मानोगे—'

'बताओ तो—'

'तुमसे कुछ माँगना है, वायदा करो कि दोगे—'

'दूँगा।'

'वचन दो कि अपने जीवन से ऐसा खिलवाड़ नहीं करोगे—उसे ख़तरे में नहीं डालोगे—'

शेखर का हृदय सुख से भरा आ रहा था और उसके साथ-ही-साथ उसमें एक साहस का भी उदय हो रहा था। लेकिन उसका दिल धड़कन के मारे फट जाएगा... उसने एकाएक कह ही तो दिया, 'शारदा, तुम मुझे प्यार करती हो?'

शारदा ने उत्तर नहीं दिया।

'बताओ, शारदा, प्यार करती हो?'

शारदा ने हड़बड़ाकर उठते हुए कहा, 'मैं घर जाती हूँ, अब बड़ी देर हो गई। माँ नाराज़ होगी। फिर कभी बाहर भी नहीं निकल सकूँगी इतनी देर—'

शेखर के दिल की धड़कन धीरे-धीरे शान्त हो रही थी। आरम्भ वह कर चुका था, अब आगे बढ़ना उतना कठिन नहीं था। शारदा के प्रश्न टालने से वह कुछ अप्रतिभ तो हुआ, लेकिन फिर भी आग्रह से कहने लगा, 'पहले मैं नहीं जानता था कि प्यार क्या होता है, अब जानता हूँ। मैं तुम्हारा आदर कर सकूँगा, शारदा, बताओ प्यार करती हो?'

'और जो मैं कहूँ कि नहीं करती, तो?'

'तो-तो...' शेखर से कुछ कहते नहीं बना। वह काफ़ी देर तक चुप रहा, भीतर ही भीतर न जाने क्या उलटफेर करता रहा...फिर उसने कहा, 'शायद अभी मुझे पूछना नहीं चाहिए। पर मद्रास तो आओगी न?'

यह विषय-परिवर्तन उसे अच्छा नहीं लगा, लेकिन शेखर ने यह नहीं देखा। शारदा ने खंडित-सी होकर कहा, 'और अगर न आई तो?'

'आओगी कैसे नहीं! आना पड़ेगा?' शेखर ने कुछ क्रोध में, कुछ अपने से ही उस क्रोध को छिपाने के लिए हँसी में कहा।

और आगे धीरे-धीरे उलझने लगे। शारदा ने कहा, 'नहीं आऊँगी, यहीं पढ़ूँगी। वहाँ आना व्यर्थ है और मैं अकेली कहाँ रहूँगी? और—'

'तुम नहीं आओगी तो मैं समझूँगा तुम मुझे बिलकुल नहीं चाहतीं।'

शारदा ने और भी कुंठित स्वर में जैसे उसकी बात दुहराते हुए कहा, 'तब तो जान पड़ता है, तुम्हें ऐसा सोचने का मौका देना ही पड़ेगा कि मैं तुम्हें बिलकुल नहीं चाहती।'

'शारदा?'

शारदा चुप।

'शारदा!'

वह फिर चुप।

'शारदा!' अबकी बार काँपते हुए स्वर से, 'शारदा, तुम्हें वे दिन याद हैं?' और शेखर जल्दी-जल्दी दो वर्ष पहले की कितनी ही बातें गिना गया—स्कूल से आती हुई शारदा की प्रतीक्षा, चीड़ के वन में उनका मिलना, इकट्ठे बैठकर गीतांजलि का पाठ, फूलों का बीनना और अन्त में वह क्षण जब उसने एकाएक उठाकर दोनों हाथों से शारदा की आँखें मींच ली थीं और उसके केशों में अपना मुँह छिपा लिया था, उनके सौरभ से अभिभूत होकर...

शारदा ने भी मुँह फेरकर व्यथित काँपते हुए स्वर में रुक-रुककर कहा, 'जिन बातों का न हुआ होना ही अधिक उचित है, उन्हें याद करने में कुछ लाभ है, ऐसा मैं नहीं समझती।'

शेखर ने आगे बढ़कर शारदा की दोनों कलाइयाँ पकड़ लीं। उसके आवेग में, उसके स्पर्श से, उसके स्वर में, एक साथ ही यत्न से दबाया कोप भी था और व्याकुल अभ्यर्थना—'शारदा! यह तुम्हें क्या हुआ है? तुम मुझे प्यार करती हो। कहो कि तुम मुझे प्यार करती हो—'

'छोड़ दो मेरा हाथ—'

'कहती क्यों नहीं, कहो—' शेखर ने अपनी पकड़ और भी कड़ी कर ली।

तब एकाएक रोष और आँसुओं से रुँधे स्वर से, 'तुम्हें? प्यार? मुझे खेद है कि मैंने तुमसे कभी बात भी की!' शारदा ने झटककर अपने हाथ छुड़ा लिये और अपनी कलाइयों पर पड़ी हुई शेखर की उँगलियों की गहरी छाप की ओर देखती हुई घर की ओर दौड़ी!

शेखर कुछ देर वहीं स्तब्ध खड़ा रहा। समझने की कोशिश करता हुआ कि यह क्या हो गया है, फिर धीरे-धीरे घर लौट गया।

अगले दिन सुबह और शाम, उससे अगले दिन फिर सुबह और शाम शेखर पार्क में जाकर प्रतीक्षा करता रहा। शारदा नहीं आई। तब शेखर को एकाएक विश्वास हो गया कि सब कुछ समाप्त हो गया है। उसे अचम्भा नहीं हुआ समुद्र ने उसको स्वीकार नहीं किया था, समुद्र अपनी नीलिमा में सब कुछ अपना लेता है, उसने भी शेखर को अस्वीकार करके बाहर फेंक दिया था! वह उच्छिष्ट है। उसे शारदा नहीं स्वीकार करती तो अचम्भा क्या?

शेखर ने सदाशिव से कहा, 'अब वापस चलना चाहिए?'

'तैयारी पूरी हो गई! तुम...' सदाशिव एकाएक रुक गया, शेखर की आँखों में देखता रह गया। थोड़ी देर बाद उसने दुखी स्वर में कहा, 'अच्छा, चलो। वहीं चलकर देखेंगे कि कैसी तैयारी हुई।' और वह जाने लगा।

'सदाशिव, तुम पूछते नहीं कि क्या हुआ है?'

'तुम दुखी हो, इस दुख में अकेले ही रहोगे, मेरा पास आना बुरा लगेगा।'

'सदाशिव, तुम इतनी बातें जानते कैसे हो?'

सदाशिव ने धीरे से कहा, 'अपनी माँ के पागलपन से मैंने बहुत-कुछ सीखा है। जो भोग चुके हैं, वही गुरु होने के काबिल होते हैं।'

चलते समय जब शेखर प्रणाम करने के लिए झुका तब सदाशिव की माँ ने कहा, 'बेटा, फिर कब आओगे यह तो तुमने बताया ही नहीं?'

शेखर का जी भर आया, उसने एकाएक झुककर माँ के पैर छू लिये।

माँ ने आर्द्र होकर उसके सिर पर हाथ रखकर आशीर्वाद दिया।

शेखर ने लक्ष्य किया—एक ऐसे भाव से भरकर जो कृतज्ञता के बहुत निकट था—कि माँ ने उसे वहाँ का साधारण आशीर्वचन 'तुम सुखी होओ' नहीं कहा, माँ ने कहा, 'तुम यशस्वी होओ...'

कुछ दिन और वह निरर्थक उद्देश्यहीन मेहनत, वह अनदेखती आँखों की पढ़ाई, उसके बाद आकांक्षाहीन होकर परीक्षा में बैठना, फिर उसका भी अन्त...शेखर ने जान लिया कि वह पास हो जाएगा, लेकिन पास-भर होगा, उससे अधिक कुछ नहीं। उसने संगी-साथियों से विदा ली।

फिर मद्रास से विदा लेने के लिए वह समुद्र-तट पर गया।

मद्रास के प्रान्त से उसे उपरति हो गई थी, वह जानता था कि वह अब वहाँ नहीं लौटेगा। अब परिस्थिति से उसका संग्राम, उस उच्छिष्ट की मानलीला, अब किसी दूसरे युद्ध-मुख पर होगी, शारदा से विदा, शारदा के देश से विदा...

बहुत देर तक वह समुद्र के उमड़ने और उतरने को देखा किया और उसकी अगाध रहस्यमयता को...।

❑❑❑